新訂

枕草子 上

現代語訳付き

角川文庫
24106

子』の達成やその成立の経緯、作者については、下巻の「解説」をご参照ください。

さて角川文庫では、一九六五—六六年の松浦貞俊・石田穣二訳注の『枕草子　上・下』にはじまり、改訂を加えた石田穣二訳注の『新版　枕草子　上・下』が一九七九年から一九八〇年に刊行されました。そして四十年以上の長きにわたり好評を得ていましたが、その後の『枕草子』の研究成果もさまざまに積み上げられてきました。今回の『新訂』は『新版』を踏まえながら、より新しく、本文に忠実な解釈をモットーに編集されました。

『新訂』では、底本を三巻本系統の善本とされる陽明文庫甲本に定めて、底本で解釈できないところは、諸本を参照して改訂を加えました。また現代語訳では、できるかぎり意訳は行わず、本文の一字一句を編者がどう解釈したかが明確になるように心掛けました。本書では最新の研究成果を参照して、注・補注・現代語訳・校異を作成し、鑑賞にあたる「評」や解説についても、その成果を積極的に取り入れました。『源氏物語』との関連にできるだけ言及したのも、注釈として新しい試みです。

古典文学が苦手だという方も、本書で必ずや『枕草子』に心惹かれる部分に出会えるはずです。ですので章段の順序に捕らわれず、興味をおぼえた段から自由にお読みいただければと思います。そして『枕草子』という作品の読み解きやその研究について、新しい風を感じていただければ幸いです。

河添房江

はじめに

『枕草子』は『源氏物語』と並んで、平安文学を代表する珠玉の名作として長らく親しまれてきました。「春はあけぼの」（一段）の美文は特に名高く、小学校から高等学校まで国語教科書にも採られて、人口に膾炙（かいしゃ）しています。

そのほか著名な段に、「うつくしきもの」「すさまじきもの」や「月のいと明かきに」「九月ばかり」などがあり、鋭敏な感性が光るところです。また「雪のいと高う降りたるを」の香炉峰の雪など、中宮定子のサロンを讃美した段もよく知られたものです。これらの章段は内容により日記回想段・類聚段・随想段に大別されます。

日記回想段――中宮定子のサロンやその周囲など、作者が体験した出来事を記した章段

類聚段――「は」型や「もの」型で提示され、主題に沿って物事を並べた章段

随想段――その他、自然や人間関係について自由な感想が綴られた章段

こうした章段は、清少納言という個性がもたらした溌剌（はつらつ）とした表現にとどまらず、清少納言が仕えた中宮定子のサロンの美意識や価値観も反映されていると、今日では受け取められています。そして定子やその主家の中関白家が没落した後、さらに定子亡き後まで、『枕草子』に示された文化的な魅力は燦然（さんぜん）と輝いて、現在に至っています。清少納言は卓越した文才により、千年の時を超えて人の心を震わせる名作を生み出したのです。『枕草

凡例

一　本書の底本には、三巻本（安貞二年奥書本）系統の第一類に属する、陽明文庫蔵本（甲本）を用いた。同本が欠いている七六段までは、第二類に属する中邨本（日本大学蔵本）で補った。

誤字脱字、意味が通りにくいと判断した箇所は、他の三巻本諸本および抜書本にて校訂した。

そのほか、字形の相似等と判断して改めた箇所、他系統本（能因本・前田家本・堺本）を用いて校訂した箇所もある（詳細は「本文校訂表」参照）。

二　校訂に際しては、三巻本諸本は杉山重行編『三巻本枕草子本文集成』（笠間書院、一九九九）を用い、略号も同書に従った（例、陽明文庫乙本→明本）。同系統の抜書本および他系統本は主に田中重太郎『校本枕冊子』上・下・附巻（古典文庫、一九五三〜一九五七）を用いた。

三　本文表記は、読みやすさに配慮して以下の原則に従って改めた。

○仮名づかいは「歴史的仮名遣」に統一し、必要な箇所に句読点および濁点を加えた。

○適宜改行し、段落および章段分けを行った。

○独自の章段区分は行わず、『三巻本枕草子本文集成』の段数をそのまま踏襲した。

伝本に「第何段」という区分はなく、段数は後世の読者が便宜的に付している。また、各段は「類聚的章段」「随想的章段」「日記的章段」などと分類されるが（本書では「類聚段」「随想段」「日記回想段」と呼称）、実際は明確に分類できない箇所も多い。

○仮名に漢字をあてて表記する場合は、原則としてもとの仮名をルビとして残した（例「虫（むし）」）。また編者の判断で漢字に読み仮名を加える場合は、括弧を補って前者と区別した（例「雁（かり）」）。

○旧字および異字宛字と判断した漢字は、通行の漢字や仮名に改めた（例「木丁」→「几帳」）。

○漢字には送り仮名を適宜補い、補助動詞「侍」「給」などは仮名書きした。

○助動詞「ん」「らん」などの「ん」は原則として「む」に統一した。

○反復記号は、編者の判断で文字を繰り返して記した（漢字一字の反復「々」は除く）。

○「と」「など」等の受ける範囲を、必要に応じて「　」『　』で示した。範囲が長文となる箇所は括弧を用いず、前後に一行空ける形をとった。

四　注釈および現代語訳の作成に当たっては、先行の諸注釈、研究書、研究論文を可能な限り参照し、多大な恩恵を受けた。紙幅の都合上、逐一その旨は明記できなかったが、厚く御礼申し上げたい。また内野晴菜氏に編集協力をお願いした。以下に、参照することの多かった三巻本の注釈書のみあげておく。
萩谷朴『枕草子（新潮日本古典集成）』上・下（新潮社、一九七七）
石田穣二『新版枕草子（角川ソフィア文庫）』上・下（角川書店、一九七九・一九八〇）
萩谷朴『枕草子解環』一～五（同朋舎出版、一九八一～一九八三）
増田繁夫『枕草子（和泉古典叢書）』（和泉書院、一九八七）
鈴木日出男『枕草子（日本の文学　古典編）』上・下（ほるぷ出版、一九八七）
渡辺実『枕草子（新日本古典文学大系）』（岩波書店、一九九一）
松尾聰・永井和子『枕草子（新編日本古典文学全集）』（小学館、一九九七）
上坂信男・神作光一『枕草子（講談社学術文庫）』上・中・下（講談社、一九九九～二〇〇三）
津島知明・中島和歌子『新編枕草子』（おうふう、二〇一〇）

目次

枕草子

一段

春はあけぼの[1]。やうやうしろくなり行く山ぎは[2]、すこし[3]あかりて、紫[4]だちたる雲のほそくたなびきたる。

夏[5]はよる。月のころはさらなり[6]、やみもなほ蛍のおほく飛びちがひたる。また、ただ一つ二つなどほのかにうち光りて行くもをかし。雨など降るもをかし。

秋[7]は夕暮。夕日のさして、山の端[8]いと近うなりたるに、烏の寝所へ行くとて、三つ四つ[9]、二つ三つなど飛びいそぐさへ、あはれなり。まいて雁などのつらねたるが、いと小さく見ゆるは、いとをかし。日入り果てて、風の音[10]、虫のねなど、はた[11]言ふべきにあらず。

冬はつとめて。雪の降りたるは言ふべきにもあらず。霜のいと白きも、またさらでも[12]、いと寒きに、火[13]など急ぎおこして炭もてわたるもいとつきづきし。昼になりて、ぬる

1 「春ならあけぼの」と言い切った形。暁より遅く、日の出前の空の明るさやその時刻を指す言葉で、作中での使用はこの一例のみ。補注一
2 空が白んで山との境界が際立ってゆく様。「山ぎは」は山の稜線に接する空のあたり。
3 赤みを帯びて明るさを増す。
4 紫がかった。補注二
5 補注三
6 「言ふもさらなり」(言うまでもない)の意。
7 春のあけぼのと対応。補注四
8 山の稜線。
9 点在する群れは家族を思わせる。烏は漢詩文では「孝鳥」。
10 補注五
11 強調の語。
12 霜はおりていなくても。
13 屋外の景物から、室内に目を向けて変化をもたせる。

くゆるびもていけば、火桶[14]の火も白き灰がちになりてわろし。

二段

ころは正月[1]、三月四月五月、七八九月、十一二月。すべてをりにつけつつ、一年ながらをかし。

三段

正月一日は、まいて空の気色もうらうらと、めづらしう霞[1]みこめたるに、世にありとある人は、みな姿かたち心ことにつくろひ、君をも我をも祝ひなどしたるさま、ことにをかし。

七日[2]、雪間[3]の若菜つみ。青やかにて、例はさしもさる物目近からぬ所に、もてさわぎたるこそをかしけれ。白馬[4]見にとて、里人[5]は車きよげにしたてて見に行く。中御門[6]

14　丸い火鉢。

1　以下、底本表記に従えば、月名は音読。年中行事の少ない二・六・十月を除くか。

1　霞は春を告げる代表的な景物。

2　正月七日は人日。七種の若菜の羹（熱い汁物）を食して万病を払った。

3　雪の消えた所。

4　白馬の節会。正月七日に行われた年中行事。馬寮の官人が計二一頭の馬をひく。中国の習俗にならい、もとは「青馬」と表記されていた。青は春の色。

5　宮仕えしていない人。以下、その視点から描かれる。

6　大内裏の東面の待賢門。その石階を「とじきみ」（敷居）と呼んだか。板を敷くなどして通過したのだろう。

のとじきみ引き過ぐるほど、頭一所にゆるぎあひ、[7]さし櫛も落ち、用意せねば折れなどして笑ふも、またをかし。[8]左衛門の陣のもとに[9]殿上人などあまた立ちて、[10]舎人の弓どもも取りて馬どもおどろかし笑ふを、はつかに見入れたれば、[11]立蔀などの見ゆるに、[12]主殿司、女官などの行きちがひたるこそをかしけれ。「いかばかりなる人、[13]九重をならすらむ」など思ひやらるるに、[14]内にも見るは、いとせばきほどにて、舎人の顔のきぬにあらはれ、まことに黒きに[15]白き物いきつかぬ所は雪のむらむら消え残りたる心地して、いと見苦しく、馬のあがりさわぐなどもいとおそろしう見ゆれば、引き入られてよくも見えず。

八日、[16]人のよろこびして走らする車の音、ことに聞えてをかし。

十五日、[17]節供まゐりするゐ、[18]かゆの木ひき隠して家の[19]御達女房などのうかがふを、打たれじと用意して、常にうし

7　正装時の飾り櫛。
8　内裏東面の建春門にある衛府の詰所。
9　清涼殿の殿上の間に昇殿を許された者。四位五位から選ばれる。
10　馬副の舎人。近衛府の下級役人。
11　目隠し用に庭に立てた蔀（板を張った格子）。以下、門内の様子。
12　後宮十二司の一つで、ここはその女官。次の「女官」は下級の女性職員。
13　宮中、皇居。
14　門内で間近に見た舎人の様子。
15　白粉。
16　五日六日の叙位で加階し、七日に位記を授けられた人が「よろこび」（御礼）を言上する。
17　節日に奉る食膳。正月十五日には七種の穀物を煮た望粥を食す。
18　粥を炊いた焚木を削った粥杖。これで腰を打つと男子が生まれるという俗信があった。
19　年輩、上位の女房。

ろを心づかひしたる気色もいとをかしきに、いかにしたるにかあらむ、打ちあてたるは、いみじう興ありて、うち笑ひたるはいとはえばえし。ねたしと思ひたるも、ことわりなり。

あたらしうかよふ[20]婿の君などの、内へまゐるほどをも心もとなう、所につけて我はと思ひたる女房の、のぞきけしきばみ奥の方にたたずまふを、前にゐたる人は心得て笑ふを「あなかま」とまねき制すれども、女はた知らず顔にて、おほどかにてゐたまへり。「ここなる物、取りはべらむ」など言ひ寄りて、走り打ちて逃ぐれば、あるかぎり笑ふ。男君もにくからずうちゑみたるに、ことにおどろかず、顔すこしあかみてゐたるこそをかしけれ。また、かたみに打ちて、男をさへぞ打つめる。いかなる心にかあらむ、泣き腹立ちつつ人をのろひ、まがまがしく言ふもあるこそをかしけれ。内わたりなどのやむごとなきも、今日はみな乱れて

20　婿の君が参内の支度をしているうちから、女房が女君の腰を打とうと狙っている。

かしこまりなし。
[21]除目のころなど、内わたりいとをかし。雪降りいみじう氷りたるに、[22]申文もてありく四位五位、わかやかに心地よげなるは、いとたのもしげなり。老いて頭白きなどが、人に案内言ひ、女房の局などに寄りて、おのが身のかしこきよしなど、心ひとつをやりて説き聞かするを、若き人々はまねをし笑へど、いかでか知らむ。「よきに奏したまへ」「啓したまへ」など言ひても、得たるはいとよし。得ずなりぬるこそ、いとあはれなれ。

[23]三月三日は、うらうらとのどかに照りたる、桃の花のいま咲きはじむる。柳などをかしきこそさらなれ、それもま[24]だまゆにこもりたるはをかし。ひろごりたるは、うたてぞ見ゆる。[25]おもしろく咲きたる桜を長く折りて、大きなる瓶にさしたるこそをかしけれ。[26]桜の直衣に[27]出袿して、まらうどにもあれ御せうとの君達にても、そこ近くゐて物など

21 大臣以外の官職を任命する会議。当時は正月二十日以降が多かった。
22 任官を申請する文書。上申書。
23 上巳。曲水の宴などが行われた。
24 柳の葉がまだ広がっていない様。また柳の葉は「眉」にも見立てられた。「青柳のまゆにこもれる糸なれば春の来るにぞ色まさりける」（兼輔集）。
25 以下、二一段の瓶に差した桜や伊周登場の場面と重なる。
26 桜襲。表は白、裏は紅や紫。
27 直衣の裾から中の袿を出して着ている。

うち言ひたる、いとをかし。

四月、[28]祭のころいとをかし。[29]上達部殿上人も、うへの衣の濃き薄きばかりのけぢめにて、[30]白襲ども同じさまに涼しげにをかし。木々の木の葉、まだいとしげうはあらで、わかやかに青みわたりたるに、霞も霧もへだてぬ空のけしきの、何となくすずろにをかしきに、すこし曇りたる夕つ方、夜など、しのびたる郭公の、[31]遠く空音かとおぼゆばかりたどたどしきを聞きつけたらむは、何心地かせむ。

祭近くなりて、[32]青朽葉、二藍の物どもおし巻きて、紙などにけしきばかりおし包みて、行きちがひ持てありくこそをかしけれ。[33]裾濃、むら濃なども、常よりはをかしく見ゆ。童べの頭ばかり洗ひつくろひて、なりはみな[34]ほころび絶え乱れかかりたるもあるが、[35]屐子、沓などに「緒すげさせ」「裏をさせ」などもてさわぎて、「いつしかその日にならなむ」と急ぎおしありくも、いとをかしや。あやしうをどり

28　賀茂神社の祭礼。四月の中の酉の日。
29　参議以上の上級官人。「殿上人」は注9。
30　白い薄物の下襲・半臂。袍の下に着ている。
31　ほととぎすが本格的に鳴き出すのは五月。
32　青みがかった朽葉色（赤みある黄色）。「二藍」は藍と紅の間色。
33　裾を濃い紫や紺で染めたもの。「むら濃」は濃薄のむらに染めたもの。
34　ほころび縫い（間隔をあけた縫い方）の糸が切れて。
35　被いの付いた足駄。

ありく者どもの、装束き仕立てつれば、いみじく定者[36]などいふ法師のやうに練りさまよふ、いかに心もとなからむ、ほどほどにつけて、親、をばの女、姉などの供しつくろひてゐてありくもをかし。

蔵人[37]思ひしめたる人の、ふとしも[38]えならぬが、その日青色[39]着たるこそ、やがて脱がせでもあらばやとおぼゆれ。綾ならぬはわろき。

36 法会の行道で、香炉を持って先導する小法師。
37 天皇の側近として殿上の間に勤務する者。ここは六位蔵人。
38 まだ蔵人になれない人。蔵人所の衆など。
39 六位蔵人が着用を許された麴塵の袍。祭の前駆をつとめる所の衆にも着用が許された。ただ生地は本来の綾織物でなく平絹。

四段

同じことなれども聞き耳ことなるもの　法師の言葉　男の言葉　女の言葉。下衆[1]の言葉には、かならず文字あまりたり。たらぬこそをかしけれ。

1 「下衆」は身分の低い者。

五段

思はむ[1]子を法師になしたらむこそ、心苦しけれ。ただ木[2]

1 「思はむ」「なしたらむ」の「む」は仮定婉曲。
2 木の切れ端。欲望や感情のままに振る舞えないためか。

の端などのやうに思ふこそ、いといとほしけれ。[3]精進物のいとあしきをうち食ひ寝ぬるをも。若きは物もゆかしからむ、女などのある所をも、などか忌みたるやうにさしのぞかずもあらむ。それをもやすからず言ふ。まいて、[4]験者などはいと苦しげなめり。困じてうちねぶれば「ねぶりをのみして」などもどかる、いと所せく、いかにおぼゆらむ。

これは昔の事なめり。今はやすげなり。

六段[1]

[2]大進生昌が家に[3]宮の出でさせたまふに、東の門は[4]四足になして、それより[5]御輿は入らせたまふ。北の門より女房の車どもも、「まだ[6]陣のゐねば入りなむ」と思ひて、頭つきわろき人もいたうもつくろはず、「寄せて下るべきもの」と思ひあなづりたるに、[7]檳榔毛の車などは門小さければさ

3　精進生活での食事。菜食。
4　修行を積んで験（加持祈禱の効力）を身に付けた者。

1　長保元年（九九九）八月九日の出来事。「評」参照。
2　中宮大進（中宮職の三等官）平生昌。平珍材の子、同母兄に惟仲。文章生出身。この時は前中宮大進、前但馬守。
3　一条天皇の中宮、藤原定子（解説参照）。関白道隆一女、二三歳。この生昌邸で十一月七日に第一皇子敦康を出産する。
4　補注一
5　勘物によれば葱花輦。
6　警護のための詰所。ここはそこにいる武官。
7　檳榔の葉で全体を覆った高級な牛車。女房たちが乗車。

はりてえ入らねば、例の筵道[8]敷きて下るるに、いとにくく腹立たしけれども、いかがはせむ。殿上人[9]、地下[10]なるも、陣に立ちそひて見るも、いとねたし。

御前にまゐりて、ありつるやう啓すれば、「ここにても人は見るまじうやは、などかはさしもうち解けつる」と笑[11]はせたまふ。「されど、それは目馴れにてはべれば、よくしたててはべらむにしもこそ、おどろく人も侍らめ」「さ[12]ても、かばかりの家に車入らぬ門やはある。見えば笑はむ」など言ふほどにしも、「これまゐらせたまへ」とて御[13]硯などさし入る。「いで、いとわろくこそおはしけれ。などその門はた狭くは作りて住みたまひける」と言へば、笑ひて「家の程、身の程に合はせて侍るなり」といらふ。「されど門のかぎり[14]を高う作る人もありけるは」と言へば、「あな、おそろし[15]」とおどろきて、「それは于定国が事にこそ侍るなれ。古き進士[16]などに侍らずは、うけたまはり知る

8 地面に筵を敷いて通路とした。
9 清涼殿の殿上の間に昇殿を許された者。四位五位から選ばれる。
10 昇殿を許されていない官人。
11 作中に初めて描かれる定子の言動。笑顔で登場。
12 以下は「はべり」を用いない。独白のように口にしたか。
13 中宮の硯。
14 補注二
15 大げさに驚いて清少納言を持ち上げようとする。
16 文章生。紀伝道を学び式部省の試験に合格した者。

べきにも侍らざりけり。たまたまこの道にまかり入りにければ、かうだにわきまへ知られはべり」と言ふ。「[17]その御道もかしこからざめり、筵道敷きたれど、みなおち入りさわぎつるは」と言へば、「雨の降りはべりつればさも侍りつらむ。よしよし、また仰せられかくる事もぞ侍る。まかり立ちなむ」とて往ぬ。「何事ぞ、生昌がいみじうおぢつる」と問はせたまふ。「あらず、車の入りはべらざりつる事言ひはべりつる」と申して下りたり。

同じ局に住む若き人々などして、よろづの事も知らず、ねぶたければみな寝ぬ。[18]東の対の西の廂北かけてあるに、北の障子に[19]掛金もなかりけるを、それも尋ねず、[20]家主なれば案内を知りて開けてけり。あやしくかればみさわぎたる声にて「さぶらはむはいかに、いかに」と、あまたたび言ふ声にて、おどろきて見れば、几帳のうしろに立てたる灯台の光はあらはなり。[21]障子を五寸ばかり開けて言ふなりけ

17 生昌が言った学問の道を、先に歩かされた筵道にすり替えて切り返した。
18 清少納言の寝所。寝殿の東にある「対の屋」の西側の「廂の間」。
19 戸締り用の金具。
20 勝手の分かっている生昌の動作。
21 襖障子。

り。[22]いみじうをかし。さらにかやうの好き好きしきわざ、ゆめにせぬものを、わが家におはしましたりとて、むげに心にまかするなめりと思ふも、いとをかし。かたはらなる人をおし起して、「かれ見たまへ。かかる見えぬもののあめるは」と言へば、頭もたげて見やりていみじう笑ふ。「あれは誰そ、顕証に」と言へば、「あらず、家の主と定め申すべき事の侍るなり」と言へば、「門の事をこそ聞えつれ、障子開けたまへとやは聞えつる」と言へば、「なほその事も申さむ。そこにさぶらはむはいかに、いかに」と言へば、「いと見苦しきこと。さらにえおはせじ」とて笑ふめれば、「[23]若き人おはしけり」とて引き立てて往ぬる後に、笑ふ事いみじう、「開けむとならばただ入りねかし。消息を言はむに『よかなり』とは誰か言はむ」と、げにぞをかしき。

つとめて御前に参りて啓すれば、「[24]さる事も聞えざりつ

22　几帳の向こうの灯台に照らされて生昌の顔がよく見えた。逆にこちら側は暗い。「いみじうをかし」とある所以。

23　声から生昌は他の女房に気付く。

24　先にも「好き好きしきわざゆめにせぬものを」とあった。生昌は色好みと目されていなかった。

るものを、昨夜の事にめでて行きたりけるなり。あはれ、かれをはしたなう言ひけむこそ、いとほしけれ」とて笑はせたまふ。

[25]姫宮の御方の童べの装束つかうまつるべきよし仰せらるるに、「この[26]衵のうはおそひは何の色にかつかうまつらすべき」と申すを、また笑ふもことわりなり。「姫宮の御前のものは、例のやうにてはにくげにさぶらはむ。[27]ちうせい折敷にちうせい高坏などこそよく侍らめ」と申すを、「さてこそは、うはおそひ着たらむ童も参りよからめ」と言ふを、「なほ例人のやうに、[28]これな言ひ笑ひそ。いと謹厚なるものを」と、[29]いとほしがらせたまふもをかし。

中間なるをりに「大進、まづ物聞えむとあり」と言ふを聞しめして、「また、なでふこと言ひて笑はれむとならむ」と仰せらるるもまたをかし。「行きて聞け」とのたまはすれば、わざと出でたれば、「一夜の門の事、[30]中納言に語り

25　脩子内親王。補注三

26　衵（肌着）の上の襲（上着）。汗衫と言えば済む所。

27　「ちいさき」が訛ったものか。

28　底本「これなかくな言ひ笑ひそ」、内本に拠る。「謹厚」は律儀で生真面目なさま。「勤公」とも。文章生出身の生昌に似つかわしい漢語表現。

29　前と同じく生昌に心を寄せる定子を描く。

30　平惟仲。補注四

はべりしかば、いみじう感じ申されて『いかで、さるべからむをりに心のどかに対面して、申しうけたまはらむ』となむ申されつる」とて、[31]また異事もなし。「一夜の事や言はむ」と心ときめきしつれど、「今静かに御局にさぶらはむ」とて往ぬれば、帰りまゐりたるに、「さて何事ぞ」とのたまはすれば、申しつる事を「さなむ」と啓すれば、「わざと消息し、呼び出づべき事にはあらぬや。おのづから端つかた局などにゐたらむ時も言へかし」とて笑へば、「[32]おのが心地にかしこしと思ふ人のほめたる、うれしとや思ふと告げ聞かするならむ」とのたまはする御気色も、[33]いとめでたし。

七段[1]

[2]上にさぶらふ御[3]猫は、[4]かうぶりえて、[5]「命婦のおとど」とていみじうをかしければ、かしづかせたまふが、端に出

31 惟仲の言葉には関心を示さない。
32 惟仲は生昌が「かしこしと思ふ人」なのだからと心中を思いやる。
33 「めでたし」の初例。定子の生昌への態度を、自分たち女房との対比によって際立たせている。

1 事件時は補注一
2 一条天皇。補注二
3 補注三
4 猫ながら五位に叙せられた。
5 女房のような呼び名。「命婦」は五位以上の女官。「おとど」は婦人の敬称。

で伏したるに、乳母の馬の命婦「あなまさなや、入りたまへ」と呼ぶに、日のさし入りたるにねぶりてゐたるを、おどすとて、「翁丸、いづら、命婦のおとど食へ」と言ふに、まことかとて、しれものは走りかかりたれば、おびえまどひて御簾の内に入りぬ。朝餉の御間に上おはしますに、御覧じていみじうおどろかせたまふ。猫を御ふところに入れさせたまひて、をのこども召せば、蔵人忠隆なりなかまゐりたれば、「この翁丸打ち調じて犬島へつかはせ、ただいま」と仰せらるれば、あつまり狩りさわぐ。馬の命婦をもさいなみて「乳母かへてむ、いとうしろめたし」と仰せらるれば、御前にも出でず。犬は狩り出でて、滝口などして追ひつかはしつ。

「あはれ、いみじうゆるぎありきつるものを」「三月三日、頭弁の柳かづらせさせ、桃の花をかざしにささせ、桜腰にさしなどしてありかせたまひしをり、かかる目見

6　猫の世話係。『小右記』にも名が見える。
7　犬の名。内裏の庭で飼われていたか。
8　ばか者。二類本諸本「たれもの」。
9　天皇が簡略な食事をとったりする部屋。
10　源忠隆は補注四。「なりなか」は該当者が見出せない。
11　『枕草子』に最初に描かれる一条の言動。前段の定子とは対極の「怒る」姿。
12　淀の中洲にあった野犬収容所。
13　蔵人所に属する武士。
14　頭弁は蔵人頭で弁官を兼ねる者。ここは藤原行成。補注五

むとは思はざりけむ」などあはれがる[15]。「御膳[16]のをりは、かならず向かひさぶらふに」「さうざうしうこそあれ」など言ひて三、四日になりぬる昼つ方、犬いみじう鳴く声のすれば、「なぞの犬のかく久しう鳴くにかあらむ」と聞くに、よろづの犬とぶらひ見に行く。御廁人[17]なる者走り来て、「あないみじ、犬を蔵人二人して打ちたまふ。死ぬべし。犬を流させたまひけるが、帰りまゐりたるとて調じたまふ」と言ふ。心憂のことや、翁丸なり。「忠隆、実房[18]なんど打つ」と言へば制しにやる程に、からうじて鳴きやみ、「死にければ陣[19]の外に引き捨てつ」と言へば、あはれがりなどする夕つ方、いみじげに腫れ、あさましげなる犬の、わびしげなるがわななきありけば、「翁丸か、このごろかかる犬やはありく」と言ふに、「翁丸」と言へど聞きも入れず。「それ」とも言ひ、「あらず」とも口々申せば、「右近[20]ぞ見知りたる、呼べ」とて召せばまゐりたり。「これは

15 追放された翁丸に女房たちは同情的だった。
16 定子の食事の時。
17 下級の女官。
18 藤原実房。長保二年二月時点で蔵人だった（権記、同十日条）。
19 一条院の警固の詰所。その外へ死骸を捨てたという。
20 右近内侍。天皇付きの女房だが、定子の元に出入りする様が作中に散見。脩子と敦康の誕生の折には天皇に派遣されて奉仕した（栄花物語）。

翁丸か」と見せさせたまふ。「似ては侍れど、これはゆゆしげにこそ侍るめれ」「また、翁丸かとだに言へばよろこびてまうで来るものを、呼べど寄り来ず。あらぬなめり」「それは[21]『打ち殺して捨てはべりぬ』とこそ申しつれ。二人して打たむには侍りなむや」など申せば、[22]心憂がらせたまふ。

暗うなりて物食はせたれど食はねば、あらぬ物に[23]言ひなしてやみぬるつとめて、御けづり髪、御手水などまゐりて、御鏡を持たせさせたまひて御覧ずれば[24]候ふに、犬の柱もとにゐたるを見やりて、「あはれ、昨日翁丸をいみじうも打ちしかな。死にけむこそあはれなれ。[25]何の身にこのたびはなりぬらむ。いかにわびしき心地しけむ」とうち言ふに、このゐたる犬の、ふるひわななきて涙をただ落しに落すに、いとあさましきは翁丸にこそはありけれ。昨夜は隠れしのびてあるなりけりと、あはれにそへてをかしきこと限りな

21　翁丸に関する情報は右近にも届いていた。「殺す」「死ぬ」が頻出する場面。
22　定子も翁丸に同情的。追放した天皇との間に心理的隔たりが浮かび上がる。
23　「なす」は「あえて～する」。右近の裁定に従ったが、内心は翁丸であってほしかった。
24　定子が御覧になる鏡を持って、お側に伺候していた。底本「けに」、能本に拠る。
25　仏教の輪廻思想に拠る。翁丸の来世での安寧を思いやる。

し。御鏡うち置きて「さは翁丸か」と言ふに、ひれ伏していみじう鳴く。御前にも、いみじうおち笑はせたまふ。[26]右近内侍召して「かくなむ」と仰せらるれば笑ひののしるを、[27]上にも聞しめしてわたりおはしましたり。「あさまし[28]う、犬などもかかる心あるものなりけり」と笑はせたまふ。上の女房なども聞きてまゐりあつまりて呼ぶにも、いまぞ立ち動く。「なほこの顔などの腫れたる、物の手をせさせばや」と言へば、「[29]つひにこれを言ひあらはしつること」など笑ふに、忠隆聞きて、台盤所の方より「さとにや侍らむ。かれ見はべらむ」と言ひたれば、「あなゆゆし、さらにさる物なし」と言はすれば、「さりとも見つくるをりも侍らむ。さのみもえ隠させたまはじ」と言ふ。

さて、[30]かしこまりゆるされて、もとのやうになりにき。なほ、あはれがられてふるひ泣き出でたりしこそ、世に知らずをかしくあはれなりしか。人などこそ、人に言はれて

26 「おち笑ふ」の用例は他にないが「安心して笑う」(集成)と解しておく。
27 追放を命じた当人、一条天皇が現れる。その反応に注目が集まる所。
28 天皇の反応が笑顔とともに記される。清少納言からいきさつを聞いたのだろう。翁丸への怒りも消えている。
29 勅勘を蒙った翁丸への同情的な言動は、天皇の前では憚られていた。
30 正式に勅勘が解かれた。

泣きなどはすれ。

八段

[1]正月一日、三月三日は、いとうららかなる。

五月五日はくもり暮らしたる。

七月七日はくもり暮らして、夕がたは晴れたる空に、月いとどあかく、星の数も見えたる。

九月九日は暁がたより雨すこし降りて、[2]菊の露もこちたく、おほひたる綿などもいたく濡れ、[3]移しの香ももてはやされて、つとめてはやみにたれど、なほくもりて、ややもせば降り立ちぬべく見えたるもをかし。

九段

[1]よろこび奏するこそ、をかしけれ。[2]うしろをまかせて、御前の方に向かひて立てるを。[3]拝し舞踏しさわぐよ。

1　元日・上巳・端午・七夕・重陽の節日の時分に、ふさわしい日和をあげてゆく。
2　菊を着せ綿で覆い、その綿に付いた露で体をぬぐうと長生きするとされた。
3　湿気で菊の移り香が際立つ。

1　「よろこび」は三段注16参照。「奏す」は天皇に奏上する意だが、直接拝謁するわけではない。
2　下襲の裾を、後ろに長く引いたままにしている。
3　拝礼し舞踏する。喜びを表す作法。

一〇段[1]

[2]今内裏の東をば[3]北の陣と言ふ。[4]梨の木のはるかに高きを、「いく[5]尋あらむ」など言ふ。[6]権中将、「もとよりうち切りて[7]定澄僧都の枝扇にせばや」とのたまひしを、[8]山階寺の別当になりて[9]よろこび申す日、近衛司にてこの君の出でたまへるに、高き屐子をさへはきたれば、ゆゆしう高し。出でぬる後に、「などその枝扇をば持たせたまはぬ」と言へば、「物忘れせぬ」と笑ひたまふ。「定澄僧都に袿なし、[10]すくせ君に袙なし」と言ひけむ人こそをかしけれ。

一一段

山は　[1]をぐら山　かせ山　みかさ山　このくれ山　いりたちの山　わすれずの山　[2]末の松山。[3]かたさり山こそ、いかならむとをかしけれ。[4]いつはた山

1 長保二年（一〇〇〇）三月の出来事。「評」参照。
2 一条院。補注一
3 補注二
4 能本では「ならの木」。
5 「尋」は両手を広げた長さ。
6 源成信。補注三
7 定澄は同年八月に権少僧都となる。事件時は権律師（長徳元年十月以降）。
8 定澄が山階寺（興福寺）の別当（長官）となったのは三月十七日（御堂関白記、権記）。
9 御礼の奏上。僧の慶賀に際しては近衛中将が伝奏（侍中群要）。
10 未詳。背の低い人だったらしい。

一一
1 以下「わすれずの山」まで補注一
2 陸奥国。補注二
3 所在未詳。「かたさる」は他人に場所を譲って退く意。
4 以下「のちせの山」まで補注三

かへる山　のちせの山。[5]あさくら山、よそに見るぞをかしき。[6]おほひれ山も、をかし。臨時の祭の舞人などの思ひ出でらるるなるべし。[7]みわの山、をかし。[8]たむけ山　[9]まちかね山　[10]たまさか山　[11]みみなし山。

一二段

市は　[1]たつの市　[2]さとの市。[3]つば市、大和にあまたある中に、長谷に詣づる人のかならずそこに泊るは、観音の縁のあるにやと、心ことなり。[4]をふさの市　[5]しかまの市　[6]あすかの市。

一三段

峰は　[1]ゆづるはの峰　[2]あみだの峰　[3]いやたかの峰。

5　筑前国。補注四
6　所在未詳。補注五
7　大和国。『古事記』中巻、三輪山伝説が背景となる。
8　大和国。
9　摂津国。
10　『能因歌枕』に摂津国とある。
11　摂津国。『万葉集』の大和三山伝説の山を挙げることで本段を締めくくる。

1　大和国。補注一
2　所在未詳。地方の市か。
3　大和国。補注二
4　所在未詳。
5　播磨国飾磨郡。補注三
6　「あすか」は大和国。奈良県高市郡明日香村。市は確認できない。

1　所在地については諸説ある。補注一
2　山城国。補注二
3　補注三

一四段

原は　みかの原[1]　あしたの原　その原。

一五段

淵は　かしこ淵[1]は、いかなる底[2]の心を見てさる名を付けけむと、をかし。ないりその淵[3]、誰にいかなる人の教へけむ。あを色の淵[4]こそ、をかしけれ。蔵人などの具にしつべくて。かくれの淵[5]　いな淵。

一六段

海は　水海[1]　よさの海[2]　かはふちの海　いせの海。

一七段

陵[1]は　うぐひすの陵[2]　かしはぎの陵　あめの陵。

1　山城国相楽郡。以下、すべて歌枕。補注一
1　所在未詳。賢淵または畏淵の意か。
2　心底と水底を掛ける。
3　所在未詳。「な入りそ」(入るな)の意。
4　所在未詳。補注一
5　以下の淵は補注二
1　淡水の海、湖。ここでは琵琶湖。
2　丹後国与謝郡宮津湾。以下、補注一
1　天皇・皇后などの墓所。
2　以下、いずれも所在未詳。補注一

一八段

渡は[1] しかすがの渡[2] こりずまの渡 水はしの渡。

一九段

たちは[1] 玉つくり。

二〇段

家は 近衛のみかど[1] 二条みかゐ[2] 一条もよし。染殿の宮[3] 清和院 菅原の院 冷泉院[4] 閑院 朱雀院 小野の宮[5] 紅梅[6] あがたの井戸 竹三条 小八条 小一条。

二一段[1]

清涼殿[2]の丑寅の隅の北のへだてなる御障子[3]は、荒海のかた、生きたる物どものおそろしげなる、手長足長などを

---

1 川・海・湖などの渡し場。
2 三河国宝飯郡にあった有名な渡し場。以下、補注一

1 「館」「太刀」の両説がある。玉をちりばめた邸宅、あるいは飾り太刀。

1 近衛御門の大路に面した邸宅。
2 補注一
3 以下「菅原の院」まで補注二
4 以下「朱雀院」まで補注三
5 惟喬親王の邸宅。
6 以下「小一条」まで補注四

1 本段の日時は特定できない。主家の全盛期、正暦五年（九九四）春の出来事か。
2 天皇の御在所。長保元年（九九九）六月には焼亡する。
3 清涼殿の東広廂の北端に置かれた「荒海の障子」。南面に荒海と手長足長（山海経にみえる想像上の生き物）、北面に宇治の網代が描かれていた。

ぞ書きたる。[4]上の御局の戸を押し開けたれば、[5]常に目に見ゆるを、にくみなどして笑ふ。

[6]高欄のもとに[7]青き瓶の大きなるをすゑて、桜のいみじうおもしろき枝の五尺ばかりなるを、いと多くさしたれば、高欄の外まで咲きこぼれたる昼方、[8]大納言殿、[9]桜の直衣のすこしなよらかなるに、濃き紫の固紋の指貫、白き御衣ども、うへには濃き綾のいとあざやかなるを出だしてまゐりたまへるに、[10]上のこなたにおはしませば、戸口の前なる細き板敷にゐたまひて、物など申したまふ。

御簾の内に女房、桜の唐衣どもくつろかにぬぎたれて、[11]藤、山吹など色々好ましうて、あまた[12]小半蔀の御簾よりも押し出でたるほど、[13]昼の御座の方には[14]御膳まゐる足音高し。警蹕など「おし」と言ふ声聞ゆるも、うらうらとのどかなる日の気色など、いみじうをかしきに、[15]果ての御盤取りたる蔵人まゐりて御膳奏すれば、[16]中の戸よりわたらせたまふ。

4 清涼殿にある弘徽殿の上御局。中宮の控えの間。
5 上御局からは、上げた格子の先に「荒海の障子」が見える。
6 簀子の外側の手すり。
7 青磁の瓶。舶来品の秘色か。
8 定子の同母兄、伊周。二一歳。補注一
9 桜襲。直衣での参内を許されている。
10 一条天皇。十五歳。七段補注二
11 藤襲と山吹襲。
12 清涼殿北廊にある小型の半蔀。北廊にも女房が控えている。
13 天皇の昼の御座所。
14 天皇の御食事。午前十一時の「大床子の御膳」。
15 御膳の最後（七つ目）の盤。
16 夜の御殿に入る戸。

御供に廂より大納言、御送りにまゐりたまひて、ありつる花のもとに帰りゐたまへり。宮[17]の御前の、御几帳押しやりて長押のもとに出でさせたまへるなど、何となくただめでたきを、さぶらふ人も思ふ事なき心地するに、[18]「月も日もかはりゆけども久にふるみむろの山の」といふことを、いとゆるるかにうち出だしたまへる、いとをかしうおぼゆるにぞ、げに千歳もあらまほしき御ありさまなるや。

　[19]陪膳つかうまつる人の、をのこどもなど召す程もなく、わたらせたまひぬ。「御硯の墨すれ」と仰せらるるに、目はそらにて、[20]ただおはしますをのみ見たてまつれば、ほとど継ぎ目もはなちつべし。白き色紙押したたみて、「これにただ今おぼえむ古きこと、一つづつ書け」と仰せらるる。外にゐたまへるに「これはいかが」と申せば、「とう書きてまゐらせたまへ、をのこは言加へさぶらふべきにもあらず」と[21]てさし入れたまへり。御硯取り下ろして、「とくと

17　中宮定子。十八歳。

18　『万葉集』（巻十三）所載歌では結句が「離宮どころ」。『玄々集』には「とこ宮どころ」（永遠の宮殿）とある。

19　御盤を下げる蔵人たち。

20　再びお揃いになった天皇と中宮の姿を。

21　清少納言は伊周に色紙を差し出していたことになる。後掲の良房の歌を書くべきは、后の兄たる伊周だろうと判断したので。

く、ただ思ひまはさで、[22]難波津も何もふとおぼえむことを」と責めさせたまふに、などさは臆せしにか、すべて面さへ赤みてぞ思ひ乱るるや。

春の歌、花の心など、さ言ふ言ふも上臈二つ三つばかり書きて、「これに」とあるに、

[23]年ふればよはひはおいぬしかはあれど花をし見ればものおもひもなし

といふことを、「[24]君をし見れば」と書きなしたる、御覧じくらべて、「ただこの心どものゆかしかりつるぞ」と仰せらるるついでに、

[25]円融院の御時に、「草子に歌一つ書け」と殿上人に仰せられければ、いみじう書きにくう、すまひ申す人々ありけるに、「さらにただ手のあしさよさ、歌の折にあはざらむも知らじ」と仰せらるれば、わびてみな書きける中に、

22 『古今集』仮名序に見える「難波津に咲くやこの花冬籠り今を春べと咲くやこの花」。初心者でも知っている歌。

23 『古今集』(春上)に「染殿の后(文徳天皇妃で清和天皇を産んだ藤原明子)の御前に、花瓶に桜の花をささせたまへるを見てよめる」の詞書で見える、摂政太政大臣藤原良房の歌。娘明子を桜に喩え「物思いもない」と詠んだ。

24 良房の歌の「花」を「君」(主君たる定子)に変えた。

25 円融天皇。補注二

ただ今の関白殿[26]、三位中将と聞えける時、

　しほの満つ[27]いつもの浦のいつもいつも君をばふかく思ふはやわが

といふ歌の末を、「たのむはやわが」と書きたまへりけるをなむ、いみじうめでさせたまひける。

など仰せらるるにも、すずろに汗あゆる心地ぞする。「年[28]わかからむ人、はたさもえ書くまじき事のさまにや」などぞおぼゆる。例いとよく書く人も、あぢきなうみなつつまれて、書きけがしなどしたるあり。

　古今[29]の草子を御前に置かせたまひて、歌どもの本を仰せられて、「これが末いかに」と問はせたまふに、すべて夜昼心にかかりておぼゆるもあるが、けぎよう申し出でられぬはいかなるぞ。宰相[30]の君ぞ十ばかり、それもおぼゆるかは。まいて五つ六つなどは、ただおぼえぬよしをぞ啓すべ

26　藤原道隆。補注三

27　出典未詳。原歌の「思ふ」を「頼む」（臣下の忠心）に変えた。

28　自分は若くないという認識。清少納言は二九歳くらいか。

29　『古今和歌集』。最初の勅撰和歌集で二十巻、約一一〇〇首を所載。「草子」は綴じ本。

30　中宮女房。二六二段に「藤原顕忠の孫」とある。清少納言と並び称せられた才女。父は顕忠男の重輔、一説にその兄の元輔。

けれど、「さやはけにくく、仰せ言をはえなうもてなすべき」と、わびくちをしがるもをかし。「知る」と申す人なきをば、やがてみな読みつづけて[31]夾算せさせたまふを、「これは知りたる事ぞかし。などかうつたなうはあるぞ」と言ひ嘆く。中にも古今あまた書き写しなどする人は、みなもおぼえぬべき事ぞかし。

[32]村上の御時に、[33]宣耀殿の女御と聞えけるは、[34]小一条の左の大殿の御むすめにおはしけると、誰かは知りたてまつらざらむ。まだ姫君と聞えける時、父大臣の教へきこえたまひける事は、「一つには御手を習ひたまへ。次には[35]琴の御琴を人よりことに弾きまさらむとおぼせ。さては古今の歌二十巻をみな浮かべさせたまふを、御学問にはせさせたまへ」となむ聞えたまひけると聞しめしおきて、[36]御物忌なりける日、古今を持てわたらせたまひて御几帳を引き隔てさ

31 竹製のしおり。

32 村上天皇。補注四

33 藤原芳子。村上天皇女御。昌平・永平両親王を産んだ。左大臣師尹の娘で髪が長く美しかったという（大鏡）。父師尹は、摂政太政大臣忠平の子。天慶八年（九四五）に左大臣。父から小一条第を伝領した。

34 藤原師尹。注33参照。

35 七絃の琴。奏法が難しい。

36 天皇の物忌。

せたまひければ、女御「例ならずあやし」とおぼしけるに、草子をひろげさせたまひて、[37]「その月、何のをりぞ、人の詠みたる歌はいかに」と問ひきこえさせたまふを、「かうなりけり」と心得たまふもをかしきものの、「ひが覚えをもし、忘れたる所もあらばいみじかるべき事」と、わりなうおぼし乱れぬべし。その方におぼめかしからぬ人、二三人ばかり召し出でて、碁石して数置かせたまふとて、強ひきこえさせたまひけむ程など、いかにめでたうをかしかりけむ。御前にさぶらひけむ人さへこそうらやましけれ。

せめて申させたまへば、さかしうやがて末まではあらねども、すべてつゆたがふ事なかりけり。「いかで、なほすこしひがごと見つけてをやまむ」と、ねたきまでにおぼしめしけるに、十巻にもなりぬ。「さらに不用なりけり」とて、御草子に夾算さして大殿籠りぬるも、まためでたしかし。

37　詞書・作者から歌を答えさせる。先の定子の出題より難しい。

いと久しうありて起きさせたまへるに、なほこの事、勝ち負けなくてやませたまはむ、いとわろしとて、下の十巻を明日にならば異をぞ見たまひ合はするとて、今日さだめてむと、大殿油まゐりて夜ふくるまで読ませたまひける。されど、つひに負けきこえさせたまはずなりにけり。「上わたらせたまひて、かかる事」など、殿に申しに奉られたりければ、いみじうおぼしさわぎて御誦経などあまたせさせたまひて、そなたに向きてなむ念じくらしたまひける、すきずきしうあはれなることなり。

など語り出でさせたまふを、[38]上も聞しめし、めでさせたまふ。「我は三巻四巻だに、え見果てじ」と仰せらる。「昔は[39]えせものなども、みなをかしうこそありけれ」「このごろは、かやうなる事やは聞ゆる」など、御前にさぶらふ人々、[40]上の女房こなたゆるされたるなどまゐりて、口々言ひ出でな

38 一条天皇。

39 こうした風流が「えせもの」(つまらない者)にも行き渡っていたという認識。

40 内裏女房で中宮方への出入りを許された者。

どしたる程は、[41]まことにつゆ思ふことなく、めでたくぞおぼゆる。

二二段

[1]生ひ先なく、まめやかにえせざいはひなど見てゐたらむ人は、いぶせくあなづらはしく思ひやられて、なほさりぬべからむ人のむすめなどは、さしまじらはせ、世のありさまも見せならはさまほしう、[2]内侍のすけなどにてしばしもあらせばや、とこそおぼゆれ。

宮仕へする人を、あはあはしうわるき事に言ひ思ひたる男などこそ、いとにくけれ。[3]げに、そもまたさる事ぞかし。かけまくもかしこき御前をはじめたてまつりて、上達部殿上人、五位四位はさらにもいはず、見ぬ人はすくなくこそあらめ、女房の従者、その里より来る者、[4]長女、[5]御厠人の従者、[6]たびしかはらと

41 最後にも「思ふこと」のない「今」が強調される。「評」参照。

1 「まめやかに（まじめに）えせ（見せかけの）ざひはひ（幸運）」などを望んでいる人を、「生ひ先（将来）」がないと決めつけている。補注一

2 典侍（内侍司の次官）。宮中で実務に携わる女性のトップ。

3 宮仕え女性を認めようとしない男性の言い分にも一定の理解を示す。様々な人と顔を合わせる職務ではあるので。

4 下級の女官の監督にあたる女性。

5 下級の女官。

6 礫（小石）や瓦。取るに足りない者。

いふまで、いつかは、それを恥ぢ隠れたりし。殿ばらなどは、いとさしもやあらざらむ。

[7]それも、ある限りはしかさぞあらむ。上など言ひてかしづきすゑたらむに、心にくからずおぼえむ、ことわりなれど、また[8]内の内侍のすけなど言ひて、をりをり内へまゐり、[9]祭の使などに出でたるも、面立たしからずやはある。さて籠りゐぬるは、まいてめでたし。受領の[10]五節出だすをりなど、いとひなび、いひ知らぬ事など人に問ひ聞きなどはせじかし。心にくきものなり。

二三段

[1]すさまじきもの　[2]昼ほゆる犬。[3]春の網代。[4]三、四月の紅梅の衣。牛死にたる牛飼。ちごなくなりたる産屋。火おこさぬ[5]炭櫃、地火炉。[6]博士のうち続き女児生ませたる。[7]方違へに行きたるに、[8]あるじせぬ所。まいて[9]節分などは、い

7 「げに」以下の譲歩を踏まえた上で、宮仕えの利点を説く。宮仕えで得たスキルは、その人を妻とした時に活かされるという。
8 天皇に仕える典侍。
9 賀茂祭の時、女使として行列に加わる。典侍はまた八十島祭の使いも務めた（江家次第）。
10 五節（八七段注1参照）で舞う女性。受領からは二人（大嘗会では三人）献上される。

1 興ざめ。期待はずれのもの。
2 番犬として夜にほえるべきところ。
3 網代は冬に氷魚をとる。
4 襲の色目で、表紅、裏紫。十一月から二月まで着用。
5 炭櫃は角火鉢、地火炉は土間のいろり。

とすさまじ。

[10]人の国よりおこせたる文の物なき。京のをもさこそ思ふらめ、されどそれは、ゆかしき事どもをも書きあつめ、世にある事などをも聞けば、いとよし。人のもとにわざと清げに書きてやりつる文の返り事、「今はもて来ぬらむかし、あやしうおそき」と待つほどに、ありつる文、[11]立て文をも結びたるをも、いときたなげに取りなしふくだめて、上に引きたりつる墨など消えて、「おはしまさざりけり」、もしは「御物忌とて取り入れず」と言ひて持て帰りたる、いとわびしくすさまじ。

また、必ず来べき人のもとに車をやりて待つに、来る音すれば、「さななり」と人々出でて見るに、車宿りにさらに引き入れて、[12]轅ほうとうちおろすを、「いかにぞ」と問へば、「今日はほかへおはしますとて、わたりたまはず」などうち言ひて、牛のかぎり引き出でて往ぬる。

6　「博士の」は内本に拠る。大学寮の文章博士らは、女子を跡継ぎにできない。

7　陰陽道でその日により避けるべき方角があり、他の方角の家に泊まって避けること。

8　饗応。

9　「節分」は二十四節気の前日で、特に立春前が重視された。八卦忌の方角などの禁忌から自由になるための方違えを行ったが、迎える側が饗応するのが慣わしだったらしい。

10　地方か異国の意で、ここでは前者。

11　縦長に畳んで上下を折り返した正式の書状。

12　牛車の前方に突き出した二本の棒。軛を渡して牛が引く。

また、家の内なる男君の来ずなりぬる、いとすさまじ。さるべき人の、宮仕へするがりやりて、はづかしと思ひゐたるも、いとあいなし。ちごの乳母の「ただあからさまに」とて出でぬるほど、とかくなぐさめて「とく来」と言ひたるに、「今宵はえまゐるまじ」とて返しおこせたるは、すさまじきのみならず、いとにくくわりなし。女むかふる男まいていかならむ。待つ人ある所に、夜すこしふけて、忍びやかに門たたけば、胸すこしつぶれて人出だし問はするに、あらぬよしなき者の名のりして来たるも、かへすがへす、すさまじといふはおろかなり。

13験者の物の気調ずとて、いみじうしたり顔に独鈷[14]や数珠など持たせ、蟬の声しぼり出だして読みゐたれど、いささか去りげもなく、護法[15]もつかねば、あつまりゐ念じたるに、男も女もあやしと思ふに、時のかはるまで読み困じて、「さらにつかず。立ちね」とて数珠とり返して、「あな、い

13 五段注4参照。
14 密教の修法に用いる仏具の一つで、鉾先が一つのもの。
15 護法童子。修験者と仏との間を往復して物の気を退散させるのに協力する童形の鬼神。修験者は物の気をよりましに取り憑かせて退散させるが、その前に護法童子を乗り移らせるのに、ここではそれも憑かないという意味。

と験なしや」とうち言ひて、額よりかみざまにさくりあげ、あくびおのれよりうちして寄り臥しぬる。「いみじうねぶたし」と思ふに、いとしもおぼえぬ人の、おし起こしてせめて物言ふこそ、いみじうすさまじけれ。

除目[16]に司得ぬ人の家。「今年はかならず」と聞きて、はやうありし者どものほかほかなりつる、田舎だちたる所に住む者どもなど、みなあつまり来て、出で入る車の轅に隙なく見え、物詣でする供に「我も我も」と参りつかうまつり、物食ひ酒飲みののしり合へるに、果つる暁まで門たたく音もせず。あやしうなど耳立てて聞けば、前駆[17]追ふ声々などして、上達部などみな出でたまひぬ。物聞きに、夜より寒がりわななきをりける下衆男、いと物憂げに歩み来るを、見る者どもはえ問ひだにも問はず。ほかより来たる者などぞ、「殿は何にかならせたまひたる」など問ふに、いらへには「何の前司[18]にこそは」などぞ、かならず

16　三段注21参照。

17　先払いの声。

18　任官できなかったので、前任国の官名を言うのである。

いらふる。まことに頼みける者は「いと嘆かし」と思へり。つとめてになりて、ひまなくをりつる者ども、一人二人すべり出でて往ぬ。ふるき者どもの、さもえ行き離るまじきは、[19]来年の国々手を折りてうちかぞへなどして、[20]ゆるぎありきたるも、いとをかしうすさまじげなり。

「よろしう詠みたる」と思ふ歌を人のもとにやりたるに、返しせぬ。[21]懸想人はいかがせむ、それだに、[22]をりをかしうなどある返り事せぬは心おとりす。また、さわがしう時めきたる所に、うち古めきたる人の、おのがつれづれと暇多かるならひに、昔おぼえてことなることなき歌詠みておこせたる。

[23]物のをりの扇、[24]いみじと思ひて、心ありと知りたる人に取らせたるに、その日になりて[25]思はずなる絵などかきて得たる。

[26]産養、[27]馬のはなむけなどの使に禄取らせぬ。はか

19 来年の除目に任官の可能性のある国々の名。
20 身体をゆすって歩く。
21 こちらが思いを寄せる人が片想いで返歌を得られないのは仕方ない。
22 時節に合った風流事に返事をしないのは。
23 祭や節会などのしかるべき時に持つ扇。
24 大事と思ってしかるべき人に預けたのに。
25 底本「思ひ忘るる」、内本ほかに拠る。
26 出産の後、三・五・七夜などに行う祝宴。
27 旅立ちの際に餞別を届ける使い。

なき[28]薬玉、[29]卯槌など持てありく者などにも、なほかならず取らすべし。思ひかけぬ事に得たるをば、いとかひありと思ふべし。これはかならずさるべき使と思ひ、心ときめきして行きたるは、ことにすさまじきぞかし。

婿取りして四、五年まで産屋のさわぎせぬ所も、いとすさまじ。大人なる子どもあまた、ようせずは孫なども這ひありきぬべき人の、[30]親どち昼寝したる。かたはらなる子どもの心地にも、親の昼寝したるほどは、[31]寄り所なくすさまじうぞあるかし。

師走のつごもりの夜、寝起きてあぶる湯は、腹立たしうさへぞおぼゆる。[32]師走のつごもりの長雨、「一日ばかりの精進潔斎」とや言ふらむ。

28　五月五日の端午の折に、薬を入れた袋を造花で飾り、菖蒲や蓬をつけ、五色の糸で飾った縁起物。人に贈ったり、柱や簾に掛けたり、身につけたりした。
29　正月初めの卯の日に、桃の木片で作った小槌を糸で飾った縁起物。人に贈ったり、柱に掛けたりした。
30　「親どち」は「あまた」ある子供から見た両親。この「昼寝」は共寝。
31　近寄り所がなく。近寄ることが憚られるので。
32　十二月末の長雨は、元日の晴天を期待薄にする。「一日だけの精進潔斎」も成果が期待できない興ざめな行い。

二四段

[1]たゆまるるもの　[2]精進の日の行ひ。遠き急ぎ。寺に久し

1　「たゆむ」は気がゆるむこと。
2　酒肉を絶って潔斎する。仏道の勤行。

く籠りたる。

二五段

人にあなづらるるもの[1] 築地のくづれ。あまり心よしと人に知られぬる人。

1 「あなづる」は軽蔑するの意。

二六段

にくきもの[1] 急ぐ事あるをりに来て長言するまらうど。[2]あなづりやすき人ならば「後に」とてもやりつべけれど、[3]さすがに心はづかしき人、[4]いとにくくむつかし。硯に髪の入りてすられたる。また、墨の中に石のきしきしときしみ鳴りたる。

にはかにわづらふ人のあるに、験者もとむるに例ある所にはなくて、ほかに尋ねありくほど、いと待ち遠に久しきに、からうじて待ちつけて、よろこびながら加持せさする

1 思い通りにならない事への不快感や嫌悪感。憎悪の感情ではない。
2 客人。訪問客。
3 軽く扱える人。いいかげんに扱える人。
4 気おくれするほど立派な人。

に、このごろ物の気にあづかりて困じにけるにや、ゐるまにすなはちねぶり声なる、いとにくし。5なでふことなき人の、笑がちにて物いたう言ひたる。火桶の火、炭櫃などに、手の裏うち返しうち返し、押しのべなどしてあぶりをる者。いつか若やかなる人などは、さはしたりし。老いばみたる者こそ、火桶の端に足をもたげて物言ふままに押しすりなどはすらめ。さやうの者は、人のもとに来て、ゐむとする所をまづ扇してこなたかなたあふぎちらして塵掃き捨て、ゐも定まらずひろめきて、7狩衣の前まき入れてもゐるべし。「かかる事は、いふかひなき者のきはにや」と思へど、すこしよろしき者の8式部の大夫などいひしがせしなり。

また酒飲みてあめき、口をさぐり、鬚ある者はそれを撫で、杯こと人に取らする程のけしき、いみじうにくしと見ゆ。「また飲め」と言ふなるべし、身ぶるひをし、頭ふ

5　格別優れたところもない人。

6　ふらふらする。

7　狩衣は前が長く垂れていて、それを前に出して座るのが作法。それを膝の下にまくり入れて座る不作法をいう。

8　式部省の三等官の式部丞は六位相当だが、特に五位に叙せられた者。

り、口[9]わきをさへ引き垂れて、童べの「こう殿に参りて」[10]など歌ふやうにする。それはしも、まことによき人のしたまひしを見しかば、心づきなしと思ふなり。

物うらやみし、身の上嘆き、人の上言ひ、つゆ塵の事もゆかしがり聞かまほしうして、言ひ知らせぬをば怨じそしり、またわづかに聞き得たる事をば、我もとより知りたる事のやうに、こと人にも語りしらぶるも、いとにくし。

物聞かむと思ふ程に泣くちご。烏のあつまりて飛びちがひ、さめき鳴きたる。忍びて来る人、見知りてほゆる犬。

あながちなる所に隠し伏せたる人の、いびきしたる。また、忍び来る所に長烏帽子して、さすがに人に見えじとまどひ入る程に、物に突きさはりて「そよろ」[11]といはせたる。伊予簾[12]などかけたるに、うちかづきて「さらさら」と鳴らしたるも、いとにくし。帽額[13]の簾はまして、こはし[14]のうち置かるる音いとしるし。それも、やをら引きあげて入るはさ

9 口をへの字にまげる意か。
10 当時の俗謡の一節か。
11 オノマトペ。物が軽く触れあって立てる音。
12 伊予産の篠竹で編んだ簾。
13 簾の上部に飾りとして横に張った布。
14 簾の下に縫い込んである細長い薄板。巻き上げる時の芯にする。

らに鳴らず。遣戸をあらく立て開くるも、いとあやし。すこしもたぐるやうにして開くるばかり鳴りやはする。あしう開くれば、障子なども[15]こほめかしうほとめくこそ、しるけれ。

ねぶたしと思ひて臥したるに、蚊の細声にわびしげに名のりて、顔の程に飛びありく。羽風さへその身の程にあるこそ、いとにくけれ。きしめく車に乗りてありく者、耳も聞かぬにやあらむと、いとにくし。わが乗りたるは、そのぬしさへにくし。また、物語するにさし出でして、我一人[16]さいまくる者。すべてさし出では、童も大人もいとにくし。あからさまに来たる子ども、童べを、見入れらうたがりて、をかしき物取らせなどするに、ならひて常に来つつゐ入りて調度うちちらしぬる、いとにくし。

家にても宮仕へ所にても、「会はでありなむ」と思ふ人の来たるに、空寝をしたるを、わがもとにある者、起しに

15　ごとごと音がする様子。「ほとめく」もほとほと音がすること。

16　「さきまくる」の音便。先を話す、でしゃばるの意。

寄り来て、[17]「いぎたなし」と思ひ顔に引きゆるがしたる、いとにくし。[18]今まゐりの、さし越えて、物知り顔に教へやうなる事言ひ後見たる、いとにくし。

[19]わが知る人にてある人の、はやう見し女のこと、ほめ出でなどするも、程経たることなれど、なほにくし。まして、さし当りたらむこそ、思ひやらるれ。されど、なかなか[20]さしもあらぬなどもありかし。

[21]鼻ひて誦文する。おほかた、人の家の男主ならでは高く鼻ひたる、いとにくし。

蚤もいとにくし。衣の下にをどりありきて、もたぐるやうにする。犬のもろ声に長々と鳴きあげたる、まがまがしくさへにくし。

開けて出で入る所 たてぬ人、いとにくし。

二七段

17 ぐっすり眠っている。

18 新参の者。

19 恋人や夫。

20 「にくし」と思わない場合もあるだろう。

21 くしゃみは不吉の前兆とされ、「休息万命、急急如律令」など呪文を唱えた。

[1]心ときめきするもの　[2]雀の子飼。[3]ちご遊ばする所の[4]前わたる。よき[5]薫物たきて一人臥したる。[6]唐鏡のすこし暗き見たる。[7]よき男の、車とどめて案内し問はせたる。

頭洗ひ化粧じて、香ばしうしみたる衣など着たる。[8]ことに見る人なき所にても、心のうちはなほいとをかし。待つ人などのある夜、雨の音、風の吹きゆるがすも、[9]ふとおどろかる。

二八段

過ぎにしかた恋しきもの　[1]かれたる葵。[2]雛遊びの調度。

[3]二藍、葡萄染などの、[4]さいでの押しへされて、草子の中などにありける見つけたる。また、折からあはれなりし人の文、雨など降りつれづれなる日、さがし出でたる。去年の[5]蝙蝠。

1　期待から胸がどきどきすること。
2　雀の雛を飼育すること。
3　乳児・幼児を指す。「童」より幼少の時期。
4　室内で遊ばせている幼児の前を通る。
5　さまざまな香料を合わせた練り香。
6　舶来の鏡が少し曇ったもの。補注一
7　身分の高い男性が、従者に来意を告げさせる。
8　着飾った姿を見てくれる人がいなくても。
9　「る」は自発。補注二

1　補注一
2　人形遊びの道具。
3　紅花と藍とで染めた色、赤みがかった紫色など。
4　裁ち落としの布切れ。押しつぶされていたことが時間の経過を感じさせる。
5　夏扇。補注二

二九段

心[1]ゆくもの　よくかいたる女絵[2]の、ことばをかしうつけて、多[3]かる。物見の帰さに、乗りこぼれて、をのこどもいと多く、牛よくやる者の車走らせたる。白く清げなるみちのくに紙[4]に、いといと細う書くべくはあらぬ筆して文書きたる。うるはしき糸の練[5]りたる、あはせ繰りたる。調[6]ばみに調多くうち出でたる。物よく言ふ陰陽師して、河[7]原に出でて呪詛[8]の祓したる。夜、寝起きて飲む水。

つれづれなる折に、あまりむつましうもあらぬまらうどの来て、世の中の物語、このごろある事のをかしきもにくきもあやしきも、これかれにかかりて、おほやけわたくしおぼつかなからず、聞きよき程に語りたる、いと心ゆく心地す。

神寺などに詣でて物申さするに、寺は法師、社は禰宜[9]な

1 満ち足りた気持ち。すっきりする快感。
2 主に男女の恋が画題とされた。
3 絵がたくさんある。一説、絵詞が多い。
4 壇の繊維で製した厚手の紙。陸奥産が有名。
5 糸を灰汁で煮て柔らかくする。
6 調半。双六で二つの賽の目がそろうのが「調」。
7 賀茂の河原。
8 呪詛を受けた時に行う祓。
9 神職。宮司や神主より下級。

どの、くらからずさはやかに、思ふほどにも過ぎて、とどこほらず聞きよう申したる。

三〇段

[1]檳榔毛は、のどかにやりたる。急ぎたるはわろく見ゆ。

[2]網代は、走らせたる。人の門の前などよりわたりたるを、ふと見やる程もなく過ぎて、供の人ばかり走るを、「誰ならむ」と思ふこそをかしけれ。ゆるゆると久しくゆくは、いとわろし。

1　檳榔の葉を糸状にして車体に葺いた高級車。物見がない。
2　竹や檜の薄皮などを網代に組んで屋形に張った車。貴族が日常的に使用した。

三一段

[1]説経の講師は、顔よき。講師の顔をつとまもらへたるこそ、その説く事のたふとさもおぼゆれ。ひが目しつれば、ふと忘るるに、[2]にくげなるは罪や得らむとおぼゆ。[3]この事は、とどむべし。[4]すこし年などのよろしき程は、

1　経文をわかりやすく講義する僧。
2　講師の顔がよくないと聴衆が注目しない。せっかくの教えも身に付かないので罪つくりだという理屈。
3　「この事」は僧の美醜を論じたりすること。前言に抑制を加えた。一説「この言葉」。
4　年などがまずまずの頃、今と比べてまだ若かった頃。今はお迎えも近い年齢になったという認識。

かやうの罪得がたの事は書き出でけめ、今は罪いとおそろし。

また、「たふとき事、道心おほかり」とて説経すといふ所ごとに、さいそに行きゐるこそ、[5]なほこの罪の心には、いとさしもあらでと見ゆれ。

[6]蔵人など、昔は[7]御前などいふわざもせず、その年ばかりは内わたりなどには影も見えざりける。[8]今はさしもあらざめる。蔵人五位とて、それをしもぞいそがしうつかへど、[9]なほ名残つれづれにて、心ひとつは暇ある心地すべかめれば、さやうの所にて一たび二たびも聞きそめつれば、常に詣でまほしうなりて、夏などのいと暑きにも[10]帷子いとあざやかにて、薄二藍、青鈍の[11]指貫など踏み散らしてゐためり。烏帽子に[12]物忌つけたるは、さるべき日なれど、功徳のかたには障らずと見えむとにや。[13]その事する聖と物語し、車[14]立つる事などをさへぞ見入れ、事に付いたるけしきなる。久

5 度を越した信心深さとは距離を置く。
6 ここは任期を終えた六位蔵人。「蔵人おりたる人」（能本）の意。叙せられるべき五位蔵人に欠員がないと、殿上を降りて「蔵人の五位」と呼ばれた。
7 退任した六位蔵人が行幸などの前駆（先導）を務めること。
8 六位蔵人に関しては、度々今と昔が対比される（八五・二七六段）。
9 多忙だった蔵人在任中の気分を引きずって、所在なく過ごしている。
10 夏に直衣の下に着る絹や麻の単。
11 指貫袴の長い裾を無造作に踏みつけて。
12 物忌中であることを示すため頭に付けた、柳の木を三寸くらいに薄く切った札。
13 法会を主催する寺の僧。講師ではない。
14 車中で聴聞する女たちの車。

しう会はざりつる人の詣で会ひたる、めづらしがりて近う
ゐ寄り、物言ひうなづき、をかしき事など語り出でて、扇
広うひろげて口にあてて笑ひ、よく装束したる数珠かいま
さぐり手まさぐりにし、こなたかなたうち見やりなどして、
車のあしよしほめそしり、なにがしにてその人のせし八講[15]、
経供養せし事[16]、とありし事、かかりし事、言ひくらべゐた
る程に、この説経の事は聞きも入れず。何かは、常に聞く
事なれば、耳馴れてめづらしうもあらぬにこそは。
[17]さはあらで、講師ゐてしばしある程に、前駆[18]すこし追は
する車とどめて下るる人、蟬の羽よりも軽げなる直衣、指
貫、生絹の単など着たるも、狩衣の姿なるも、さやうにて
若うほそやかなる三四人ばかり、侍の者またさばかり[19]して
入れば、はじめゐたる人々も、すこしうち身じろぎくつろ
い、高座のもと近き柱もとにすゑつれば、かすかに数珠お
しもみなどして聞きゐたるを、講師もはえばえしくおぼ

15 『法華経』八巻二八品を、四日間、朝夕八回で講説する法会。
16 経文を書写して供える仏事。
17 右の「蔵人五位」のような、説経ずれした態度ではなくて。
18 先払いの声で身分ある男性の来訪だとわかる。
19 供の者も三、四人ほどで仰々しくない。

ゆるなるべし、「いかで語り伝ふばかり」と説き出でたなり。[20]聴聞衆などたふれさわぎ額づく程にもならで、よき程に立ち出づとて、車どもの方など見おこせてわれどち言ふ事も、「何事ならむ」とおぼゆ。見知りたる人は、をかしと思ふ。見知らぬは、「誰ならむ、それにや」など思ひやり、目をつけて見送らるるこそをかしけれ。

「そこに説経しつ」「八講しけり」など人の言ひ伝ふるに、「その人はありつや」「いかがは」など定まりて言はれたる、あまりなり。[21]などかは、むげにさしのぞかではあらむ。あやしからむ女だに、いみじう聞くめるものを。[22]さればとて、[23]はじめつ方ばかり、歩きする人はなかりき。たまさかには壺装束などして、なまめき化粧じてこそはあめりしか、それに物詣でなどをぞせし。説経などには、ことにおほく聞えざりき。[24]このごろ、そのをりさし出でけむ人、命長くて見ましかば、いかばかりそしり誹謗せまし。

20 聴衆たちの熱狂が最高潮に達する前に。

21 度を越した聴聞には違和感を覚えるが、出掛けたくなる気持ちには理解を示す。

22 前文を受ける。昨今は身分の低い女まで聴聞に出掛ける風潮だが。

23 「はじめつ方」は聴聞が流行し始めた当初。女性は今ほど出歩かず、たまに寺社詣ではしても、説経まで聴く者は少数派だったという。次の「このごろ」との対比。

24 聴聞が大衆化している「このごろ」の風潮を、女性の出歩きが稀であった「そのをり」に、説経まで聴聞していた女の人が見たならば、という想定。

三二段

[1]菩提といふ寺に、結縁の八講[2]せしに詣でたるに、人のもとより「とく帰りたまひね、いとさうざうし」と言ひたれば、蓮の葉の裏に

[3]もとめてもかかるはちすの露を置きてうき世にまたはかへるものかは

と書きてやりつ。まことにいとたふとくあはれなれば、や[4]がてとまりぬべくおぼゆるに、[5]さうちうが家の人のもどかしさも忘れぬべし。

1　東山の阿弥陀峰にあった菩提寺か。
2　法華八講。三一段注15参照。
3　「かかる」「置き」が「露」の縁語。「（露が）掛かる・斯かる（このような）」「置きて・措きて」「泥・憂き」が掛詞。『清少納言集』『千載集』などに所収。
4　そのまま出家してしまいたいほどに感極まった。
5　補注一

三三段[1]

小白川といふ所は、[2]小一条大将殿の御家ぞかし。そこにて上達部、結縁の八講[3]したまふ。世の中の人、「いみじうめでたき事にて、おそからむ車などは立つべきやうもな

1　事件時は花山朝の寛和二年（九八六）六月。作者出仕以前の話。
2　藤原済時。補注一
3　法華八講（三一段注15参照）。六月十八日から二一日にかけて済時が開催（本朝世紀）。

し」と言へば、露とともにおきて、[4]げにぞひまなかりける。[5]轅の上にまたさし重ねて、三つばかりまではすこし[6]物も聞ゆべし。

六月十余日にて、暑きこと世に知らぬほどなり。[7]池の蓮を見やるのみぞ、いと涼しき心地する。[8]左右の大臣たちをおきたてまつりては、おはせぬ上達部なし。二藍の指貫、直衣、[9]あさぎの帷子どもぞ[10]透かしたまへる。すこし大人びたまへるは、青鈍の指貫、白き袴もいと涼しげなり。[11]佐理の宰相などもみな若やぎだちて、すべてたふとき事の限りもあらず、をかしき見物なり。廂の簾高う上げて、長押の上に、上達部は奥に向きてながながとゐたまへり。[12]その次には殿上人、若君達、狩装束直衣などもいとをかしうて、ゐるも定まらず、ここかしこに立ちさまよひたるもいとをかし。[13]実方の兵衛佐、[14]長命侍従など、家の子にて、今すこし出で入りなれたり。[15]まだ童なる君な

4 「起き」に「置き」を掛ける。
5 二三段注12参照。
6 話し声が聞こえるほど、車が密集している。
7 蓮は妙法蓮華経の象徴。
8 時の左大臣は源雅信（六七歳）、右大臣は藤原兼家（五八歳）。兼家はこの時期、花山天皇を退位に追い込むべく陰謀をめぐらしていた。
9 浅葱（薄青色）。「浅黄」とも。底本「あさましき」、能本に拠る。
10 直衣の下の帷子（裏を付けない夏の衣）の色が透けて見える。底本「かしたまへる」、能・前本に拠る。
11 藤原佐理。補注二
12 長押より下座の簀子敷に。
13 藤原実方。補注三
14 藤原相任（済時の子）の幼名。当時、従五位下侍従で十六歳。同年に出家する。
15 相任の弟（通任）たちか。

ど、いとをかしくておはす。

すこし日たくるほどに、三位中将[16]とは関白殿をぞ聞えし、[17]唐の薄物の二藍の御直衣、[18]二藍の織物の指貫、濃蘇芳の[19]下の御袴に、[20]はりたる白き単のいみじうあざやかなるを着たまひて歩み入りたまへる、さばかりかろび涼しげなる御中に、暑かはしげなるべけれど、いといみじうめでたしとぞ見えたまふ。[21]朴塗骨など骨はかはれど、ただ[22]赤き紙をおしなべてうち使ひ持たまへるは、撫子のいみじう咲きたるにぞ、いとよく似たる。

まだ講師も上らぬほど、[23]懸盤して、何にかあらむ、物まゐるなるべし。[24]義懐の中納言の御さま、常よりもまさりておはするぞ、限りなきや。色あひのはなばなと、いみじうにほひあざやかなるに、いづれともなき中の帷子を、これはまことにすべて[25]ただ直衣ひとつを着たるやうにて、[26]常に車どもの方を見おこせつつ物など言ひかけたまふ、をかし

16 藤原道隆（二一段注26参照）。事件時に三位中将で三四歳。当代（一条朝）の関白。
17 舶来の羅。底本「かう（香染）の」、前本に拠る。
18 紫系の綾織物。高級品。
19 指貫の下の大口袴。
20 糊張りしてつやを出した単。
21 朴の木と漆塗。扇の骨の材質。
22 赤は五行思想で夏の色。
23 一人用の四脚膳。
24 藤原義懐。補注四
25 義懐のすっきりとした着こなしを言うか。
26 義懐は庭で聴聞する女車に常に目を配っていた。

と見ぬ人はなかりけむ。

[27]後に来たる車の、ひまもなかりければ池に引き寄せて立ちたるを見たまひて、実方の君に「消息をつきづきしう言ひつべからむ者一人」と召せば、いかなる人にかあらむ、選りて率ておはしたり。「いかが言ひやるべき」と、近うゐたまふ限り、のたまひ合はせてやりたまふ、言葉は聞えず。いみじう用意して車のもとへ歩み寄るを、かつ笑ひたまふ。[28]後の方に寄りて言ふめる。久しう立てれば、「歌など詠むにやあらむ」「[29]兵衛佐、返し思ひまうけよ」など笑ひて、「いつしか返り事聞かむ」と、ある限り大人上達部まで、みなそなたざまに見やりたまへり。げにぞ、[30]顕証の人まで見やりしもをかしかりし。

返り事聞きたるにや、すこし歩み来るほどに、扇をさし出でて呼び返せば、「歌などの文字言ひあやまりてばかりや、かうは呼び返さむ。久しかりつるほど、おのづからあ

27 本段には三台の女車が描かれる。その一台目。

28 車の乗降口。

29 歌人である実方を指名。

30 あらわな人、つまり庭にいる聴聞衆。

るべきことは、なほすべくもあらじものを」とぞおぼえたる。近うまゐりつくも心もとなく、「いかにいかに」と誰も誰も問ひたまふ。ふとも言はず、権中納言ぞのたまひつれば、そこにまゐりけしきばみ申す。三位中将、「とく言へ。[31]あまり有心すぎてしそこなふな」とのたまふに、「これもただ同じ事になむはべる」と言ふは聞ゆ。[32]藤大納言、人よりけにさしのぞきて「いかが言ひたるぞ」とのたまふめれば、三位中将、「[33]いとなほき木をなむ、押し折りためる」と聞えたまふに、うち笑ひたまへば、みな何となくさと笑ふ声、聞えやすらむ。

中納言、「さて、呼び返さざりつるさきはいかが言ひつる。これやなほしたる[34]定」と問ひたまへば、「久しう立ちてはべりつれど、ともかくも侍らざりつれば、『さは帰りまゐりなむ』とて帰りはべりつるに、呼びて」などぞ申す。「誰が車ならむ」「見知りたまへりや」などあやしがり

31　風流ぶる態度が過ぎて。使いの「けしきばむ」様に苦言を呈した。
32　藤原為光。補注五
33　無理すると興ざめになる、といった意の諺か。
34　「定」はありさま、様子の意か。能・前本「事」。

たまひて、「いざ、歌詠みてこのたびはやらむ」などのたまふほどに、講師上りぬれば、みなゐしづまりてそなたをのみ見るほどに、車はかい消つやうに失せにけり。[35]下簾など、ただ今日はじめたりと見えて、[36]濃き単襲に[37]二藍の織物、蘇芳の薄物の表着など、後にも[38]摺りたる裳、やがてひろげながらうち下げなどして、何人ならむ、何かはまた、かたほならむ事よりは「げに」と聞えて、[39]なかなかいとよしとぞおぼゆる。

[40]朝座の講師[41]清範、高座の上も光り満ちたる心地して、いみじうぞあるや。暑さのわびしきにそへて、しさしたる事の今日すぐすまじきをうちおきて、「ただすこし聞きて帰りなむ」としつるに、頻波につどひたる車なれば、出づべき方もなし。「[42]朝講果てなば、なほいかで出でなむ」と、[43]上なる車どもに消息すれば、近く立たむが嬉しさにや、はやばやと引き出であけて出だすを見たまひて、いとかしがま

35 牛車の簾の内側に垂らす絹布。簾からはみ出して見える。
36 以下、車からの出衣の描写。「濃き」は蘇芳系、「単襲」は夏の装い。
37 唐衣か。道隆の指貫も「二藍の織物」だった。
38 白地の絹に文様を摺り出した裳。
39 先に女車を批判したが、事情がわかった時点で応対を評価。車の装いにも注目している。
40 法華八講初日、前半の講師。後半は夕座。
41 補注六
42 朝講だけ聞いて退出しようとしたので衆目を集めてしまう。義懐と関わった二台目の女車となる。
43 「上」は「あたり」の意。「車ども」とあるので「轅の上の車」ではない。

しきまで、老上達部さへ笑ひにくむをも聞き入れず、いらへもせで強ひて狭がり出づれば、権中納言の「やや、[44]まかりぬるもよし」とてうち笑みたまへるぞ、めでたき。それも耳にもとまらず、暑きにまどはし出でて、人して「[45]五千人のうちには入らせたまはぬやうあらじ」[46]と聞えかけて帰りにき。

そのはじめより、やがて果つる日まで立て[47]たる車のありけるに、人寄り来とも見えず、すべてただあさましう、絵などのやうにて過ぐしければ、[48]「ありがたくめでたく心にくく、いかなる人ならむ、いかで知らむ」と問ひ尋ねたまひけるを聞きたまひて、藤大納言などは「[49]何かめでたからむ。いとにくくゆゆしき者にこそあなれ」とのたまひけるこそ、をかしかりしか。

さて、その[50]二十日あまりに中納言法師になりたまひにしこそ、[51]あはれなりしか。桜など散りぬるも、なほ世の常な

44　朝講で説かれた『法華経』方便品に拠る。退出する「増上慢の人」（悟ったと思い上がった人）を制止せず、釈迦が「退くもまたよし」と言った。

45　「五千人」は方便品にみえる「増上慢の人」の数。釈迦を気取った義懐への切り返し。

46　言葉をおかけ申し上げて。ここは伝言。

47　本段に描かれた三台目の女車。最も熱心に聴講している。

48　車の主の信心深さに心惹かれてゆく義懐が描かれる。後日、実方などから聞いた話か。

49　藤大納言は入れ込み過ぎる信心を評価しなかった。それは三一段に見えた作者の主張にも通じる。

50　八講の直後、六月二三日に花山天皇が出家譲位、義懐も二四日に出家した。花山朝は唐突な終焉を迎え、兼家の念願だった一条の即位が果たされた。

51　この「結縁八講」参加者の中で、義懐こそが即座に出家を果たした者となる。その感慨が「あはれ」と評された。「評」参照。

りや。「[52]おくを待つ間の」とだに言ふべくもあらぬ御有様にこそ見えたまひしか。

三四段

七月ばかり、いみじう暑ければ、よろづの所あけながら夜も明かすに、月のころは寝おどろきて見出だすに、いとをかし。闇もまたをかし。有明はた言ふもおろかなり。いとつややかなる板の端近う、あざやかなる畳一枚うち敷きて、三尺の几帳、奥の方に押しやりたるぞあぢきなき。端にこそ立つべけれ。奥のうしろめたからむよ。

[1]人は出でにけるなるべし、[2]薄色の裏いと濃くて上はすこしかへりたる、ならずは濃き綾のつややかなるがいと萎えぬを、頭ごめに引き着てぞ寝たる。[3]香染の単、もしは黄生絹の単、紅の単袴の腰のいと長やかに衣の下より引かれ着たるも、まだ解けながらなめり。外の方に髪のうちたた

52 補注七

1 以下、明け方に男を送り出した後の女の姿を描写。

2 薄紫色、一説に薄紅色。

3 丁子染め。黄を帯びた薄紅色。「生絹」は練らない生糸で織った物。

なはりて、ゆるるかなる程、長さおしはかられたるに、[4]二藍の指貫に、あるかなきかの色したる香染の狩衣、白き生絹に紅のとほすにこそはあらめ、つややかなる、霧にいたうしめりたるを脱ぎ、[5]鬢のすこしふくだみたれば、烏帽子の押し入れたるけしきもしどけなく見ゆ。朝顔の露落ちぬさきに[6]文書かむと、道の程も心もとなく、「[7]麻生の下草」など口ずさみつつわが方に行くに、格子の上がりたれば、御簾のそばをいささか引き上げて見るに、[8]置きていぬらむ人もをかしう、露もあはれなるにや、端に立てれば、枕上の方に朴に紫の紙はりたる扇、ひろごりながらある。[9]みちのくに紙の畳紙の細やかなるが、[10]花か紅か、すこしにほひたるも、几帳のもとに散りぼひたり。

人気のすれば衣の中より見るに、うち笑みて長押に押しかかりてゐぬ。[11]恥ぢなどすべき人にはあらねど、うちとくべき心ばへにもあらぬに、「ねたうも見えぬるかな」と思

4　三段注32参照。以下はその女の部屋に立ち寄った男を描写。三巻本以外、この前に「またいづこよりにかあらむ、朝ぼらけのいみじう霧りたちたるに」という説明が入る。
5　ほつれてふくらんだ髪を烏帽子に押し込んでいる。
6　昨夜、共寝した女に贈る後朝の文。
7　「桜麻の麻生の下草露しあらば明かしてゆかむ親は知るとも」（古今六帖）に拠る。昨夜の情事を思い返して口ずさんだ。
8　露の縁語。「起きて」を掛ける。
9　二九段注4参照。
10　縹色（薄い藍色）。
11　女の側から男を評した一節。二人の関係はそれ以上語られないが、きょうだいか。

ふ。「こよなき名残の御朝寝かな」とて簾の内になから入りたれば、[12]「露より先なる人のもどかしさに」と言ふ。をかしき事、取り立てて書くべき事ならねど、とかく言ひ交はすけしきどもはにくからず。枕上なる扇、わが持たるしておよびてかき寄するが、あまり近う寄り来るにやと、心ときめきして引きぞ下らるる。取りて見などして「うとく思いたること」など、うちかすめうらみなどするに、明かうなりて人の声々し、日もさし出でぬべし。霧の絶え間見えぬべき程、急ぎつる文[13]もたゆみぬるこそうしろめたけれ。[14]出でぬる人も、いつの程にかと見えて、萩の露ながらおし折りたるに付けてあれど、えさし出でず。香の紙のいみじうしめたる匂ひ、いとをかし。あまりはしたなき程になれば、立ち出でて、[15]「わが置きつる所もかくや」と思ひやらるるも、をかしかりぬべし。

12 からかう男に「早々に帰った人が腹立たしくて（臥せっているのだ）」と切り返した。

13 注6に同じ。

14 先に女の部屋から帰っていった男。

15 自分が残してきた女の所にも、別な男が訪れていたらと想像する。「置き」に「起き」を掛ける。

三五段

木[1]の花は　濃きも薄きも紅梅[2]。桜は、花びらおほきに、葉の色濃きが、枝ほそくて咲きたる。藤の花は、しなひ長く、色濃く咲きたる、いとめでたし。

四月のつごもり五月のついたちのころほひ、橘の葉の濃く青きに花のいと白う咲きたるが、雨うち降りたるつとめてなどは、世になう心あるさまにをかし。花の中より、黄金の玉かと見えて[3]、いみじうあざやかに見えたるなど、朝[4]露に濡れたる朝ぼらけの桜におとらず。郭公（ほととぎす）のよすが[5]とさへ思へばにや、なほさらに言ふべうもあらず。

梨の花、世にすさまじき物にして近うもてなさず、はかなき文つけなどだにせず。愛敬おくれたる人の顔などを見てはたとひに言ふも、げに葉の色よりはじめて、あはひな[6]

1　以下、春の木の花を中心に綴られている。

2　紅梅は白梅に遅れて、平安期になって輸入された植物である。文献上の初例は『三代実録』貞観十六年（八七四）八月二十四日条、大風で紫宸殿の桜や東宮の紅梅が倒れたという記事が見える。

3　「枝は金鈴を繋けたり。春の雨の後、花は紫麝を薫ず凱風の程」（和漢朗詠集・具平親王）と同様の表現。

4　補注二

5　寄り所。「年毎に来つつ声する郭公花橘や妻にやあるらむ」（古今六帖・貫之）。

6　しっくりしない。「あはひ」は配色の意。

く見ゆるを、唐土には限りなきものにて文にも作る。なほさりともやうあらむと、せめて見れば、花びらの端にをかしきにほひこそ、心もとなうつきためれ。[7]楊貴妃の、帝の御使に会ひて泣きける顔に似せて、「梨花一枝、春、雨を帯びたり」など言ひたるは、[8]おぼろけならじと思ふに、なほいみじうめでたき事はたぐひあらじとおぼえたり。

桐の木の花、紫に咲きたるは、なほをかしきに、葉のひろごりざまぞうたてこちたけれど、こと木どもとひとしう言ふべきにもあらず。[9]唐土に名つきたる鳥の選りてこれにのみゐるらむ、いみじう心ことなり。まいて琴に[10]作りて、さまざまなる音の出で来るなどは、をかしなど世の常に言ふべくやはある。いみじうこそめでたけれ。

木のさまにくげなれど、[11]楝の花、いとをかし。[12]かれがれにさまことに咲きて、かならず五月五日にあふもをかし。

7 「玉容寂寞として涙闌干たり。梨花一枝、春、雨を帯びたり」(白氏文集・長恨歌)。楊貴妃の泣き顔をたとえた詩句。
8 いいかげんではない。
9 鳳凰のこと。『荘子』(秋水篇)ほか。
10 桐が琴材となることは、『詩経』など参照。
11 栴檀とされる。
12 個々の花が密着せず離れ離れに見える。「かれ(離れ)」と「あふ(逢ふ)」の言葉遊び。

三六段

池は　かつまたの池[1]。いはれの池。にへ野の池、初瀬に詣でしに水鳥のひまなくゐて立ちさわぎしが、いとをかしう見えしなり。

水なしの池こそ、あやしう、などてつけけるならむとて問ひしかば、「五月などすべて雨いたう降らむとする年は、この池に水といふ物なむなくなる。また、いみじう照るべき年は、春のはじめに水なむおほく出づる」と言ひしを、「むげになく乾きてあらばこそさも言はめ、出づるをりもあるを、一すぢにもつけけるかな」と言はまほしかりしか。

[2]猿沢の池は、采女の身投げたるを、聞しめして行幸などありけむこそ、いみじうめでたけれ。「寝くたれ髪を」と人丸が詠みけむ程など思ふに、言ふもおろかなり。

[3]おまへの池、また何の心にてつけけるならむ、とゆかし。

1　以下、名称に対する興味がある。「水なしの池」まで補注一

2　「猿沢の池」は大和国、興福寺の南。以下の説話は『大和物語』一五〇段に見える。奈良の帝の時、一度召された采女が二度と召されなかったのを悲しんで猿沢の池に身を投げた。帝は池に行幸し、その時、人麻呂が詠んだ歌が「わぎもこが寝くたれ髪を猿沢の池の玉藻と見るぞかなしき」（拾遺集・哀傷・人丸）であるという。

3　所在未詳。

[4]かみの池。[5]さ山の池は、三稜草といふ歌のをかしきがおぼゆるならむ。[6]こひぬまの池。[7]はらの池は、[8]「玉藻な刈りそ」と言ひたるも、をかしうおぼゆ。

三七段

[1]節は、五月にしく月はなし。菖蒲、蓬などのかをりあひたる、いみじうをかし。[2]九重の御殿の上をはじめて、言ひ知らぬ民のすみかまで、「いかでわがもとにしげく葺かむ」と葺きわたしたる、なほいとめづらし。いつかは異をりに、さはしたりし。

空のけしき曇りわたりたるに、中宮などには、[3]縫殿より御薬玉とて、色々の糸を組み下げてまゐらせたれば、[4]御帳立てたる母屋の柱に左右につけたり。[5]九月九日の菊を、あやしき生絹の衣に包みてまゐらせたるを、同じ柱に結ひつけて月ごろある、薬玉に解きかへてぞ捨つめる。また薬

4　所在未詳。神の御前の連想か。
5　河内国丹比郡。「恋すてふ狭山の池の三稜草こそ引けば絶えすれ我や根絶ゆる」（古今六帖）。
6　所在未詳。「恋ひぬ間」に通じるか。
7　武蔵国幡羅郡と摂津の原の説がある。
8　風俗歌に「をし、たかべ、鴨さへ来居りはらの池の、や、玉藻はま根な刈りそや、生ひも継ぐがに、や、生ひも継ぐがに」とある。

1　五月五日の節日。菖蒲や蓬を屋根に葺いて邪気を払った。
2　宮中の殿舎の屋根。
3　縫殿寮の糸所から、中宮御所に薬玉が届けられる。薬玉は、薬や香料を入れた袋を造花で飾り、色糸を垂らしたもの。
4　御帳台。帷で囲った貴人の休息所。
5　昨年の九月九日（重陽）、柱に結んだ菊。

玉は、菊のをりまであるべきにやあらむ。されどそれは、みな糸を引き取りて物結ひなどして、しばしもなし。

御節供まゐり、若き人々[6]菖蒲の腰さし、[7]物忌つけなどして、さまざまの唐衣、汗衫などに、[8]をかしき折枝ども、[9]長き根に群濃の組して結びつけたるなど、めづらしう言ふべき事ならねど、いとをかし。さて、春ごとに咲くとて桜をよろしう思ふ人やはある。

[10]つちありく童べなどの、程々につけていみじきわざしたりと思ひて、常に袂まぼり、人のに比べなど、えも言はずと思ひたるなどを、[11]そばへたる小舎人童などに引きはられて泣くもをかし。

紫紙に[12]楝の花、青き紙に菖蒲の葉細くまきて結ひ、また白き紙を根してひき結ひたるもをかし。いと[13]長き根を文の中に入れなどしたるを見る心地ども、艶なり。「返り事書かむ」と言ひ合はせ、語らふどちは見せ交はしなどするも、

6　菖蒲の薬玉（続命縷）を腰に佩びること。
7　物忌の札を頭に付けること。同じように菖蒲を頭に飾った。
8　季節にふさわしい枝。
9　菖蒲の長い根。それが組紐で折枝と結び付けてある。
10　地面を歩く子供。ここは召使いの童女。
11　「戯ふ」（戯れる、ふざける）。一説「傍経」（近くを通る）。
12　三五段注11参照。
13　菖蒲の長い根を贈り物にした。

いとをかし。人のむすめ、やむごとなき所々に御文など聞えたまふ人も、今日は心ことにぞなまめかしき。夕暮の程に、[14]ほととぎすの名のりてわたるも、すべていみじき。

三八段

[1]花の木ならぬは　かへで　かつら　[2]五葉。

[3]たそばの木、しななき心地すれど、花の木ども散りはてて、おしなべて緑になりにたる中に、時もわかず濃き紅葉のつやめきて、思ひもかけぬ青葉の中よりさし出でたる、めづらし。

[4]まゆみ、さらにも言はず。その物となけれど、[5]やどり木といふ名、いとあはれなり。

さかき、[6]臨時の祭の御神楽のをりなど、いとをかし。世に木どもこそあれ、[7]「神の御前の物」と生ひはじめけむも、とりわきてをかし。楠の木は、木立おほかる所にもことに

14 ほととぎすの名は鳴き声に由来。「足引の山ほととぎす里馴れてたそがれ時に名のりすらしも」（拾遺集・雑春・輔親）など。

1 花を観賞するのではない木。

2 五葉の松。

3 かなめもちの木。

4 山錦木。陸奥紙の材料。

5 寄生植物。一説に蔦。『源氏物語』の巻名にもなっている。

6 賀茂の臨時の祭（十一月下の酉の日）の還立ちの御神楽。

7 「神垣の御室の山の榊葉は神の御前に茂り合ひにけり」（神楽歌の採物・榊）。

まじらひ立てらず、[8]おどろおどろしき思ひやりなどうとましきを、[9]千枝にわかれて、恋する人のためしに言はれたるこそ、誰かは数を知りて言ひはじめけむと思ふにをかしけれ。

ひの木、またけ近からぬ物なれど、[10]「三葉四葉の殿づくり」もをかし。[11]五月に雨の声をまなぶらむも、あはれなり。

かへでの木のささやかなるに、もえ出でたる葉末の赤みて、同じ方にひろごりたる葉のさま、花もいとものはかなげに、虫などの枯れたるに似てをかし。

[12]あすはひの木、この世に近くも見え聞えず、[13]御嶽に詣でて帰りたる人などの持て来める枝ざしなどは、いと手触れにくげに荒くましけれど、何の心ありて「あすはひの木」とつけけむ、あぢきなきかねごとなりや。誰にたのめたるにかと思ふに、聞かまほしくをかし。

[14]ねずもちの木、人並み並みになるべきにもあらねど、葉

8　鬱蒼と茂った様を思うと気味悪くて疎ましい。

9　「和泉なる信太の森の楠の葉の千枝に分かれてものをこそ思へ」（古今六帖）。

10　補注一

11　晩唐の詩人方干の「長潭五月に氷気を含み、孤檜終宵に雨声を学ぶ」（千載佳句）の句を引く。

12　翌檜の木。「明日は檜の木になろう」から名づけられた。

13　吉野の金峰山。

14　やまつげの類という説がある。

のいみじうこまかに小さきが をかしきなり。楝の木 [15]山たちばな。[16]山なしの木。

しひの木、常盤木はいづれもあるを、それしも[17]葉がへせぬためしに言はれたるもをかし。

[18]白かしといふものは、まいて深山木の中にもいとけ遠くて、[19]三位二位のうへの衣染むるをりばかりこそ、葉をだに人の見るめれば、をかしき事めでたき事にとり出づべくもあらねど、いづくともなく雪の降り置きたるに見まがへれ、[20]須佐之男命 出雲の国におはしける御事を思ひて人丸が詠みたる歌などを思ふに、いみじくあはれなり。折につけても、一ふしあはれともをかしとも聞き置きつるものは、草木鳥虫もおろかにこそおぼえね。

[21]ゆづり葉のいみじうふさやかにつやめき、茎はいと赤くきらきらしく見えたるこそ、あやしけれどをかし。なべての月には見えぬものの、師走のつごもりのみ時めきて、[22]亡

15 やぶこうじ。補注二

16 補注三

17 「はし鷹のとかへる山の椎柴の葉がへはすとも君はかへせじ」（拾遺集・雑恋・よみ人しらず）。

18 樫の一種で、葉の裏が白い。

19 この頃すでに四位以上は黒袍。樫の葉で染めた例はない（衣服令義解に拠れば橡）。

20 補注四

21 親子草とも。古い葉が春まであり、新葉が生えて後に落ちるので、この名がついた。

22 十二月晦日には故人の霊が訪れると考えられて、魂祭が行われた。

き人の食物に敷くものにやとあはれなるに、また[23]齢を延ぶる歯固めの具にも、もてつかひためるは。いかなる世にか、[24]「紅葉せむ世や」と言ひたるもたのもし。

かしは木、いとをかし。[25]葉守りの神のいますらむも、かしこし。[26]兵衛の督、佐、尉など言ふもをかし。[27]姿なけれど、[28]すろの木、唐めきてわろき家の物とは見えず。

三九段

鳥は　こと所の物なれど、[1]鸚鵡いとあはれなり。人の言ふらむ事をまねぶらむよ。[2]郭公　[3]くひな　鴫　[4]都鳥　[5]ひは　ひたき。

[6]山鳥、友を恋ひて、鏡を見すればなぐさむらむ、心わかういとあはれなり。[7]谷隔てたる程など、心苦し。

鶴は、いとこちたきさまなれど、[8]鳴く声雲居まで聞ゆる、いとめでたし。[9]頭赤き雀　[10]斑鳩の雄鳥　[11]たくみ鳥。

23　補注五
24　補注六
25　補注七
26　補注八
27　姿はよくないけれど、の意。
28　清涼殿の東庭に植えられていた。
1　補注一
2　夏を告げる代表的な鳥。以下、都鳥まで歌によく詠まれる鳥。
3　水鳥。戸を叩くような声で鳴く。
4　ゆりかもめの雅称。『伊勢物語』の東下りの隅田川の段で名高い鳥。
5　「ひは」は秋冬の頃の鳴鳥。「ひたき」はスズメ科の小鳥。郭公から都鳥までと対照的に、二つとも詠歌の対象にならない鳥。
6　補注二
7　雌と雄が谷を隔てて寝る。その説の由来は不明。
8　『詩経』に「鶴は九皐に鳴き、声は天に聞こゆ」とある。
9　紅雀、または入内雀ともいう。
10　豆まわし。雄鳥の方が姿や鳴き声が美しいと考えられていたか。
11　みそさざいの異称。一説に、およしきり。

さぎは、いと見目も見苦し。まなこゐなども、うたてよろづになつかしからねど、「ゆるぎの森にひとりは寝じ」[12]とあらそふらむ、をかし。

水鳥、鴛鴦いとあはれなり。かたみにゐかはりて、羽の上の霜はらふらむ程など。[13]千鳥、いとをかし。

鶯は、文などにもめでたき物に作り、声よりはじめて様かたちもさばかりあてにうつくしき程よりは、九重のうちに鳴かぬぞ、いとわろき。人の「さなむある」と言ひしを、「さしもあらじ」と思ひしに、十年ばかりさぶらひて聞きしに、[14]まことにさらに音せざりき。さるは、竹近き紅梅も、[15]いとよく通ひぬべきたよりなりかし。まかでて聞けば、あやしき家の見所もなき梅の木などには、かしがましきまでぞ鳴く。夜鳴かぬもいぎたなき心地すれども、今はいかがせむ。夏秋の末まで老い声に鳴きて、「虫くひ」[16]など、ようもあらぬ者は名を付けかへて言ふぞ、くちをしくすし

12　「高島やゆるぎの森の鷺すらもひとりは寝じと争ふものを」（古今六帖）に拠る。

13　「羽の上の霜うちはらふ人もなし鴛鴦のひとり寝けさぞ悲しき」（古今六帖）。鴛鴦は夫婦仲のよい鳥とされた。

14　作者の宮仕えは正暦四年（九九三）冬から長保二年（一〇〇〇）末頃と思われ、足掛け八年くらいだが、実際は内裏を離れていた期間が多い。この「十年ばかり」は、鶯がいかに宮中で鳴かないかを大げさに言ったもの。

15　清涼殿の東庭には呉竹、河竹、紅梅があった。

16　老鶯の俗称か。

き心地する。それもただ雀などのやうに常にある鳥ならば、さもおぼゆまじ。春鳴くゆゑこそはあらめ、「[17]年立ちかへる」など、をかしきことに歌にも文にも作るなるは。なほ、春のうち鳴かましかば、いかにをかしからまし。[18]人をも人げなう、世のおぼえあなづらはしうなりそめにたるをば、そしりやはする。鳶鳥などのうへは、見入れ聞き入れなどする人、世になしかし。[19]されば いみじかるべき物となりたればと思ふに、心ゆかぬ心地するなり。[20]祭の帰さ見るとて、雲林院、知足院などの前に車を立てたれば、時鳥も忍ばぬにやあらむ、鳴くに、[21]いとようまねび似せて、木高き木どもの中にもろ声に鳴きたるこそ、さすがにをかしけれ。

郭公は、なほさらに言ふべき方もなし。[22]いつしかしたり顔にも聞えたるに、[23]卯の花、花橘などに宿りをしてはた隠れたるも、[24]ねたげなる心ばへなり。五月雨の短夜も寝覚をして、いかで人よりさきに聞かむと待たれて、夜深くうち

17 「あらたまの年立ち返る朝より待たるるものは鶯の声」（拾遺集・春・素性）。
18 人の場合も、おちぶれた人をそしったりしない。
19 鶯はすばらしい鳥と評価されていると思うので。
20 賀茂祭の翌日、斎王が紫野へ帰る行列を見る。雲林院、知足院は紫野にあった。
21 鶯が本当にうまくまねて。
22 得意げに鳴く声が聞こえたかと思うと。
23 郭公と卯の花・橘の取り合わせは『万葉集』以降、歌に多く詠まれた。
24 しゃくなほど感心な。

出でたる声の[25]らうらうじう愛敬づきたる、いみじう心あくがれ、せむかたもなし。[26]六月になりぬれば音もせずなりぬる、すべて言ふもおろかなり。

夜鳴くもの、何も何もめでたし。[27]ちごどものみぞ、さしもなき。

四〇段

[1]あてなるもの　[2]薄色に[3]白襲の汗衫。[4]かりのこ。[5]削り氷に[6]甘づら入れて、あたらしき[7]金椀に入れたる。水晶の数珠。藤の花。梅花に雪の降りかかりたる。いみじううつくしき[8]ちごの、[9]いちごなど食ひたる。

四一段

虫は　[1]すずむし　[2]ひぐらし　蝶　[3]松虫　[4]きりぎりす　[5]はたおり　[6]われから　[7]ひをむし　蛍。

25 洗練されて愛らしいこと。
26 渡り鳥ゆえである。鶯がいつまでも鳴いていることと好対照。
27 一転して幼児の夜泣きを出して終わるという意表をついた締め括り方。

1 高貴で上品なもの。
2 薄紫色。一説に薄紅色。
3 表裏ともに白の襲。汗衫は童女が初夏に着る裾の長い上衣。
4 かるがもの卵。補注一
5 夏に氷室から出して削った氷。
6 甘茶蔓の茎や葉の汁を煮つめた甘味料。
7 金属製の椀。
8 二七段注3参照。
9 草苺。

1 今の松虫とする説があるが、そのまま鈴虫とする説もある。和歌では「鳴る」「振る」と縁語で詠まれることが多い。
2 蜩。「日暮らし」と掛詞になることが多い。

みの虫、いとあはれなり。鬼[8]の生みたりければ、親に似てこれもおそろしき心あらむとて、親の[9]あやしき衣ひき着せて、「いま秋風吹かむをりぞ来むとする。待てよ」と言ひおきて逃げて往にけるも知らず、風の音を聞き知りて、八月ばかりになれば、[10]「父よ父よ」とはかなげになく。いみじうあはれなり。

[11]ぬかづき虫、またあはれなり。さる心地に道心おこして、[12]つきありくらむよ。思ひかけず暗き所などにほとめきありきたるこそ、をかしけれ。

蠅こそ、[13]にくき物のうちに入れつべく愛敬なき物はあれ。人々しうかたきなどにすべき物のおほきさにはあらねど、秋などただよろづの物にゐ、顔などに濡れ足してゐるなどよ。[14]人の名につきたる、いとうとまし。

[15]夏虫、いとをかしうらうたげなり。火近う取り寄せて物語など見るに、草子の上などに飛びありく、いとをかし。

3　「待つ」と掛詞になり、恋の歌で詠まれることが多い。
4　今のこおろぎ。
5　今のきりぎりす。
6　補注一
7　今のかげろう。
8　その姿が鬼のようなので、母親が鬼という伝承が生まれたか。
9　みすぼらしい着物。すなわち蓑。
10　幼児が父を呼ぶ声。
11　米つき虫。
12　虫の動きを、額を地につける礼拝に見立てた。
13　「にくきもの」にあげたくなるくらい、可愛げがない。
14　古く蠅麿・蠅伊呂泥などの人名があった。ここは魔除け等のために幼名として付けた名か。
15　灯火に集まる小さな夏の虫。

蟻（あり）は、いとにくけれど、[16]かろびいみじうて、水の上（うへ）などをただあゆみにあゆみありくこそをかしけれ。

四二段

[1]七月ばかりに、風いたう吹きて雨などさわがしき日、おほかたいと涼（すず）しければ、[2]扇（あふぎ）もうち忘れたるに、汗（あせ）の香（か）すこ[3]しかかへたる[4]綿衣（わたぎぬ）の薄（うす）きを、いとよく引き着（き）て昼寝（ひるね）したるこそをかしけれ。

四三段

[1]にげなきもの　[2]下衆（げす）の家に雪の降（ふ）りたる。また、月のさし入りたるもくちをし。月の明（あ）かきに[3]屋形（やかた）なき車のあひたる。また、さる車に[4]あめ牛（うし）かけたる。また、[5]老（お）いたる女の腹高（はらたか）くてありく。若（わか）き男（をとこ）持ちたるだに見苦（ぐる）しきに、「こと人のもとへ行（い）きたる」とて腹立（はらた）つよ。老（お）いたる男の寝（ね）[6]まど

16 軽くて水の上をすいすい歩く様子。

1 初秋。残暑の頃。
2 蝙蝠（かはほり）扇。
3 下二段動詞の「搚ふ」。薫りがこもる、漂う意。
4 綿を入れた着物。

1 似合わないもの。
2 身分が低い者や卑しい職業の者。
3 人を乗せる部分がない車。荷車か。
4 黄牛（あめうし）。補注一
5 年老いた妊婦の出歩き。『うつほ物語』に同様の例がある。
6 「まどふ」は「ひどく〜する」意。老人の眠りは浅いもの。

ひたる。また、さやうに鬚がちなる者の椎つみたる。歯もなき女の梅食ひて酢がりたる。下衆の紅の袴[7]着たる。このごろは、それのみぞある。

靫負[8]の佐の夜行姿。狩衣姿もいとあやしげなり。人におぢらるるうへ[9]の衣は、おどろおどろし。たちさまよふも、見つけてあなづらはし。「嫌疑の者やある」と、とがむ。入[10]りゐて、空薫物にしみたる几帳にうちかけたる袴など、いみじうたづきなし。

かたちよき君達の弾正[11]の弼にておはする、いと見苦し。宮中将[12]などの、さもくちをしかりしかな。

四四段

細殿[1]に人あまたゐて、やすからず物など言ふに、きよげなる男、小舎人童など、よき包み袋などに衣ども包みて、指貫[2]のくくりなどぞ見えたる。弓、矢立てなど持てあ

7　下賤な女が「紅の袴」を着ることへの非難。
8　衛門府の次官で検非違使を兼務。「夜行」は宮中の夜間巡察に当たるが、政務に紛れて夜遊びする姿を皮肉っている（二九四段にも同じ指摘がある）。
9　「靫負の佐」は五位の赤袍を着る。
10　巡察する素振りで、女房の局に入ろうとしている。
11　弾正台の次官。補注二
12　源頼定。補注三

1　細長い廂の間。宮中では弘徽殿、麗景殿などにもあるが、作者が主に滞在したのは登花殿の西廂。
2　指貫の裾を括る紐。

りくに、「誰がぞ」と問へば、ついゐて「なにがし殿の」とて行く者はよし。けしきばみやさしがりて「知らず」とも言ひ、物も言はでも往ぬる者は、いみじうにくし。

四五段

[1]主殿司こそ、なほをかしき物はあれ。下女の際は、さばかりうらやましき物はなし。よき人にも、せさせまほしきわざなめり。若くかたちよからむが、なりなどよくてあらむは、ましてよからむかし。すこし老いて物の例知り、[2]面なき様なるも、いとつきづきしくめやすし。主殿司の顔愛敬づきたらむ一人[3]持たりて、装束時にしたがひ、裳、唐衣など今めかしくてありかせばや、とこそおぼゆれ。

四六段

1　後宮十二司のひとつで、掃除や薪炭などを掌る。ここはその女官。

2　あつかましい様子。気後れしない仕事ぶりを評した。

3　「持たり」は「持ちあり」（持っている）の意。使用人として身近に置いて、面倒を見てやりたい。

[1]をのこは、また[2]随身こそあめれ。いみじうびびしうてをかしき君達も、随身なきはいとしらじらし。[3]弁などはいとをかしき官に思ひたれど、[4]下襲の裾短くて随身のなきぞ、いとわろきや。

四七段[1]

[2]職の御曹司の西面の立蔀のもとにて、[3]頭弁物をいと久しう言ひ立ちたまへれば、さし出でて[4]「それは誰ぞ」と言へば、[5]「弁さぶらふなり」とのたまふ。「何かさも語らひたまふ。[6]大弁見えばうち捨てたてまつりてむものを」と言へば、いみじう笑ひて、[7]「誰か、かかる事さへ言ひ知らせけむ。『それ、さなせそ』と語らふなり」とのたまふ。

いみじう見え聞えて、をかしき筋など立てたる事はなう、ただありなるやうなるを、皆人さのみ知りたるに、なほ奥深き心ざまを見知りたれば、[8]「おしなべたらず」など御前

1　ここは下男、召使いの男。前段の「下女」と対。
2　貴人が朝廷から賜る護衛の武官。賜る人数は身分が高いほど多い。
3　太政官の三等官、左右の大中小弁。
4　下襲の裾は袍の下から後ろに長く出して引く。弁官が短いのは激務ゆえとされる。

1　冒頭は長徳三年（九九七）下半期から翌年十月までの某日、章段末は長保二年（一〇〇〇）三月の出来事。
2　中宮職の役所。補注一
3　藤原行成（七段参照）。ここは彼の左中弁時代（長徳四年十月二三日まで）の逸話。
4　行成と分かっていながら、知らぬ顔で声を掛けた。
5　三巻本「さぶらひなり」能因本「侍なり」。「さぶらふなり」の意と解し改めた。
6　当時、左大弁が源扶義、右大弁が藤原忠輔。扶義は長徳四年七月に卒去、その後任人事で行成は念願の大弁を射止めている。

にも啓し、また知ろしめしたるを、常に[9]『女はおのれをよろこぶ者のために顔づくりす、士はおのれを知る者のために死ぬ』となむ言ひたる」と[10]言ひ合はせたまひつつ、[11]よう知りたまへり。

[12]「遠江の浜柳」と言ひかはしてあるに、若き人々は「ただ言ひに見苦しき事どもなどつくろはず言ふに、この君こそうたて見えにくけれ」「こと人のやうに歌うたひ興じなどもせず、けすさまじ」などそしる。さらにこれかれに物言ひなどもせず、[13]「まろは、目は縦ざまにつき、眉は額ざまに生ひあがり、鼻は横ざまなりとも、ただ口つき愛敬づき、おとがひの下、くび清げに、声にくからざらむ人のみなむ思はしかるべき」「とは言ひながら、なほ顔いとにくげならむ人は心憂し」とのみのたまへば、ましておとがひ細う愛敬おくれたる人などは、あいなくかたきにして、御前にさへぞあしざまに啓する。

7　補注二

8　女房たちの行成評は「おしなべたり」（十人並み）だったらしい。そうではないことを定子にも納得させた。行成が清少納言に信頼を寄せたゆえん。

9　『史記』刺客列伝から予譲の言葉を引用。原典では「男は」「女は」の順。

10　予譲と智伯の厚情を自分たちと重ね合わせた。

11　行成も清少納言の嗜好をよく理解していた。女性相手の漢籍引用は異例。

12　『万葉集』巻七に「霰降り遠江のあど川柳かれどもまたも生ふといふあど川柳」とある歌の類か。切っても切れぬ仲だということ。

13　行成の言葉。補注三

「[14]物など啓せさせむ」とても、そのはじめ言ひそめてし人をたづね、下なるをも呼び上せ、常に来て言ひ、里なるは文書きても、みづからもおはして、「おそくまゐらば『さなむ申したる』と申しにまゐらせよ」とのたまふ。「それ人のさぶらふらむ」など言ひゆづれど、さしもうけひかずなどぞおはする。「[15]あるにしたがひ、定めず何事ももてなしたるをこそよきにすめれ」と後見きこゆれど、「わがもとの心の本性」とのみのたまひて「[16]改まらざるものは心なり」とのたまへば、「さて『[17]はばかりなし』とは何を言ふにか」とあやしがれば、笑ひつつ「『仲よし』とも人に言はる、かく語らふとならば何か恥づる。[18]見えなどもせよかし」とのたまふ。「いみじう『[19]にくげ』なれば『さあらむ人をばえ思はじ』とのたまひしによりて、え見えたてまつらぬなり」と言へば、「げに、にくくもぞなる。さらばな見えそ」とて、おのづから見つべきをりも、おのれ顔ふ

14 主語は行成。取り次ぎの女房を介して用件を中宮に申し上げる。

15 倹約を勧めた九条殿（藤原師輔）御遺戒の一節、「衣冠より始めて車馬に及ぶまで、有るに随ひて之を用ひ、美麗を求むること勿れ」に拠る。師輔は行成の曾祖父。

16 「稟くる所に巧拙有り、改む可からざる者は性なり」（白氏文集・詠懐）に拠る。

17 「過ちては則ち改むるに憚ること勿れ」（論語・学而）に拠る。

18 「（扇で隠さず）自然と見えるようにしてほしい」の意。より親密な関係を望んだ。「見ゆ」の「ゆ」は自発。

19 先の行成の言葉「なほ顔いとにくげならむ人は心憂し」を使って切り返した。

たぎなどして見たまはぬも、「まごころに空言したまはざりけり」と思ふに、[20]三月つごもり方は[21]冬の直衣の着にくきにやあらむ、[22]うへの衣がちにてぞ殿上の宿直姿もある。

つとめて、日さし出づるまで[23]式部のおもとと[24]小廂に寝たるに、奥の遣戸をあけさせたまひて、[25]上の御前、宮の御前出でさせたまへば起きもあへずまどふを、いみじく笑はせたまふ。唐衣をただ汗衫の上にうち着て、宿直物も何もうづもれながらある[26]上におはしまして、[27]陣より出で入る者ども御覧ず。殿上人の、つゆ知らで寄り来て物言ふなどもあるを、「けしきな見せそ」とて笑はせたまふ。さて立たせたまふ。「二人ながら、いざ」と仰せらるれど、「いま顔などつくろひ立ててこそ」とてまゐらず。

入らせたまひて後も、なほめでたき事どもなど言ひ合はせてゐたる、南の遣戸のそばの、[28]几帳の手のさし出でたるにさはりて簾のすこしあきたるより、黒みたる物の見ゆれ

20　次文によれば、以下は長保二年三月、舞台は一条院と認定される。行成との逸話のなかで最も遅い事件時。

21　三月までは冬装束。裏があって厚い。

22　下襲を省いた略装で。

23　中宮女房。二七六段にも登場。

24　二七六段の記事によれば、一条院北二対（定子御在所）の孫廂。

25　一条天皇と定子。先月二五日に彰子立后が成り、異例の「一帝二后」となっていた。時系列上は両人が揃う最後の場面。

26　夜具などを片付ける間もなかったが、天皇はかまわず奥まで入ってきた。

27　北二対の小廂に面した陣なので、東門より北の「東北門」（東面北門）に置かれた東北陣が該当する。内裏に倣って「北の陣」とも呼ばれた（一〇段）。

28　几帳上部の横木。その先端に簾が邪魔されて少し隙間ができた。

ば、「[29]則隆がゐたるなめり」とて見も入れで、なほこと事どもを言ふに、いとよく笑みたる顔のさし出でたるも、「なほ則隆なめり」とて見やりたれば、あらぬ顔なり。「あさまし」と笑ひさわぎて、几帳引きなほし隠るれば、頭弁にぞおはしける。「見えたてまつらじ、としつるものを」と、いとくちをし。[30]もろともにゐたる人は、こなたに向きたれば顔も見えず。

たち出でて「いみじく名残なくも見つるかな」とのたまへば、「則隆と思ひはべりつればあなづりてぞかし。などかは『見じ』とのたまふに、さつくづくとは」と言ふに、『女は寝起き顔なむいとかたき』と言へば、ある人の局に行きてかいば見して、またもし見えやするとて来たりつるなり。まだ上のおはしましつる折からあるをば知らざりける」とて、[31]それより後は局の簾うちかづきなどしたまふめりき。

29　橘則隆。七九段に登場する則光の弟で、六位蔵人として行成の配下にあった。以下の反応によればこの頃作者の局に入り浸っていたようで、彼を通して行成は定子方の動向を把握し、顔を出す機会を探っていたのだろう。

30　式部のおもと。

31　いっそう親密な関係となったことをほのめかす。ただし、三月二七日に定子は三条宮へ退出しており、行成との「その後」は描かれない。「評」参照。

四八段

馬は、いと黒きが、ただいささか白き所などある。紫の紋つきたる蘆毛[1]。薄紅梅[2]の毛にて、髪、尾などいと白き。げに、木綿髪[3]とも言ひつべし。黒きが足四つ白きもいとをかし。

1 萌え出た葦のような青みのある毛。雑色。
2 赤みがかった毛。
3 たてがみを木綿（楮の樹脂を裂いた白糸）に見立てた。

四九段

牛は、額はいと小さく白みたるが、腹の下、足、尾の筋などはやがて白き。

五〇段

猫[1]は、上のかぎり黒くて、腹いと白き。

1 猫はもともと舶載の動物で、仏典などの書籍が海外から運ばれる際に、書をかじる鼠よけとして船に乗せられた。猫の記録で注目されるのは宇多天皇の『寛平御記』で、父光孝天皇から譲り受けた猫は墨のように黒々とした色で、その毛並みが絶賛されている。

五一段

雑色随身[1]は、すこしやせて細やかなるぞよき。男はなほ若きほどは、さる方なるぞよき。いたく肥えたるは、いねぶたからむと見ゆ。

1 「雑色」は無位で袍の色に定めがない意。ここは貴人の供人。「随身」は四六段注2参照。

五二段

小舎人童[1]、小さくて髪いとうるはしきが、筋さはらかにすこし色なるが、声をかしうて、かしこまりて物など言ひたるぞ、らうらうじき。

1 貴人の供や雑用に使われる少年。

五三段

牛飼[1]は、大きにて髪あらかなるが、顔赤みて、かどかどしげなる。

1 牛車の御者。成人しても垂れ髪の童形だった。

五四段

殿上[1]の名対面こそ、なほをかしけれ。

1 清涼殿の殿上の間で、毎晩亥の二刻に行われる宿直人の点呼。六位蔵人が「誰そ」と問い、各々が姓名を名乗る。

御前[2]に人さぶらふをりは、やがて問ふもをかし。足音どもして[3]くづれ出づるを、上[4]の御局の東面にて耳をとなへて聞くに、知[5]る人の名のあるは、ふと例の胸つぶるらむかし。また、ありともよく聞かせぬ人など、このをりに聞きつけたるは、いかが思ふらむ。「名のりよし」「あし」「聞きにくし」など定むるもをかし。

「果てぬなり」と聞く程に、[6]滝口の弓鳴らし、沓の音し、[7]そそめき出づると、[8]蔵人のいみじく高く踏みこほめかして、丑寅の隅の高欄に、[9]「高膝まづき」といふゐずまひに御前の方に向かひて、後ろざまに「誰々か侍る」と問ふこそをかしけれ。高く細く名のり、[10]また人々さぶらはねば、名対面つかうまつらぬよし[11]奏するも、「いかに」と問へば、さはる事ども奏するに、さ聞きて帰るを、[12]「方弘[13]聞かず」とて[14]君達の教へたまひければ、[15]いみじう腹立ちしかりてかうがへて、また滝口にさへ笑はる。

2 帝の御前に誰か伺候している場合は、蔵人も近くに控えているので、殿上の間まで出向かずに点呼を行う。
3 後文とのつながりから、「出づる」は参集してきた侍臣たちが殿上の間に出現する様と解す。
4 以下、名対面を聞く際のおもしろさを説明。「上の御局」は弘徽殿の上御局。
5 その女房と恋仲の人。
6 侍臣に続いて滝口の武士の名対面（宿直奏）が行われる。「弓鳴らし」は弦を手で鳴らす邪気払い。
7 滝口の陣から清涼殿東庭に騒がしく参集してくる。
8 清涼殿孫廂の板敷を踏み鳴らしながら、蔵人が滝口の点呼に向かう様。
9 膝を付いたまま上半身を直立させた姿勢。
10 当直の滝口が三人以上でないと点呼は行わなかった（侍中群要）。
11 滝口の奏上。帝の命で点呼をとっている蔵人に申し上げる。
12 源方弘。補注一
13 補注二

[16]御厨子所の御膳棚に沓置きて言ひののしらるるを、いと[17]ほしがりて、「誰が沓にかあらむ」「え知らず」と主殿司、人々などの言ひけるを、「やや、方弘がきたなきものぞ」とて、いとどさわがる。

五五段

若くよろしき男の、[1]下衆女の名、呼びなれて言ひたるこそにくけれ。知りながらも、何とかや、[2]片文字はおぼえで言ふはをかし。宮仕へ所の局に寄りて、夜などぞあしかるべけれど、[3]主殿寮、さらぬただ所などは[4]侍などにある者を、具して来ても呼ばせよかし。手づから、声もしるきに。[5]はした者、童べなどは、[6]されどよし。

五六段

[1]若き人、[2]ちごどもなどは、肥えたるよし。[3]受領など

14　君達が方弘に蔵人の役割を教えた。
15　方弘は報告した滝口に腹を立てる。道理は滝口の方にあるので、かえって笑われてしまう。
16　「御厨子所」は、後涼殿の西廂にある帝の御膳を調進する所。蔵人所の管轄。「御膳棚」は、朝夕の御膳などを置く棚。
17　補注三

1　召使いの女。
2　名前の一部をぼかして呼ぶ。「片文字」以下、内本で補う。
3　宮内省に属する役所。ここはその男性官人。
4　侍所。大臣家などの従者の詰所。
5　「はした」は中途半端。成人ではないが童女ほど幼くない下仕え女。
6　相手が大人でなければ呼び掛けてもよい。

1　ここでは若い女性を指すか。
2　乳児・幼児を指す。「童」より幼少。
3　国司。地方長官。

大人だちぬるも、ふくらかなるぞよき。

五七段

ちごは、あやしき弓、しもとだちたる物などささげて遊びたる、いとうつくし。車などとどめて抱き入れて見まほしくこそあれ。また、さて行くに、薫物[1]の香いみじうかかへたるこそいとをかしけれ。

1 衣服にたきしめた香りが車内にこもっている。「かかふ」は四二段注3参照。

五八段

よき家の中門[1]あけて、檳榔毛[2]の車の白く清げなるに、蘇芳の下簾[3]、にほひいときよらにて、榻[4]にうちかけたるこそめでたけれ。五位六位などの下襲の裾[5]はさみて、笏のいと白きに扇うち置きなど行きちがひ、また装束し壺胡籙[6]負ひたる随身の出で入りしたる、いとつきづきし。厨女[7]の清げなるがさし出でて、「何がし殿の人やさぶらふ」な

1 表門の内にある、廊下を切り通して設けた門。そこで牛車を降りる。
2 「檳榔毛」は三〇段注1参照。ここは来客の車。
3 簾の内側にかける帳。
4 牛車の轅を置く台。
5 下襲の裾を背中の石帯にはさんでいる。
6 矢を壺に入れて背負う武具。「随身」は四六段注2参照。
7 この邸に仕える下女。「厨」は台所。

ど言ふもをかし。

五九段

滝は　[1]おとなしの滝。[2]ふるの滝は、法皇の御覧じにおはしましけむこそ、めでたけれ。[3]なちの滝は「[4]熊野にあり」と聞くが、あはれなるなり。[5]とどろきの滝は、いかにかしがましくおそろしからむ。

六〇段

川は　[1]あすか川、淵瀬も定めなくいかならむと、あはれなり。[2]大井川　おとなし川　ななせ川。[3]みみと川、またも何事をさくじり聞きけむと、をかし。[4]玉ほし川。[5]ほそ谷川、いつぬき川、さはだ川などは、[6]催馬楽などの思はするなるべし。[7]名とり川、いかなる名を取り

1　補注一
2　補注二
3　紀伊国。
4　『延喜式』神名帳では紀伊国牟婁郡に熊野早玉神社と熊野坐神社の名が見える。
5　未詳。

1　大和国高市郡、飛鳥の地を北流する。補注一
2　以下「ななせ川」まで補注二
3　山城国。補注三
4　陸奥国。
5　以下「さはだ川」まで補注四
6　もともとは民謡が雅楽風に編曲された歌謡。
7　陸前国名取郡。補注五

たるならむと、聞かまほし。吉野川[8]。[9]あまの川原、「七夕つめに宿からむ」と業平が詠みたるも、をかし。

六一段

暁に帰らむ人は、装束などいみじううるはしう[1]、烏帽子[2]の緒、元結かためずともありなむとこそおぼゆれ。いみじくしどけなく、かたくなしく、直衣狩衣などゆがめたりとも、誰[3]か見知りて笑ひそしりもせむ。

人はなほ暁のありさまこそ、をかしうもあるべけれ。わりなくしぶしぶに起きがたげなるを、強[4]ひてそのかし、「明け過ぎぬ」「あな見苦し」など言はれて、うち嘆くけしきも、げにあかず物憂くもあらむかしと見ゆ。指貫[5]なども、ゐながら着もやらず、まづさし寄りて、夜言ひつる事の名残、女の耳に言ひ入れて、何[6]わざすともなきやうなれど、

8　大和国。著名な歌枕。
9　河内国。補注六
1　きちんとしている。
2　烏帽子の紐や髪の元結を固く結ぶ。一説に、烏帽子の紐を元結にきつく結ぶ。
3　明け方のほの暗さで誰とも判別がつかないし、女の所から帰るのだから、嘲笑や非難の的になるはずもない。
4　女の方から起こさせるのも、男の手練手管の一つ。
5　身支度は後回しにする。
6　衣服を着るふうでもないのに。

帯など結ふやうなり。格子おしあげ、妻戸ある所は、やがてもろともに率て行きて、昼の程のおぼつかなからむ事なども言ひ出でにすべり出でなむは、[7]見送られて、名残もをかしかりなむ。

思ひ出所ありて、いときはやかに起きて、[8]ひろめき立ちて、指貫の腰[9]こそこそと[10]ひき結ひなほし、うへの衣も狩衣も袖かいまくりて[11]「よろ」とさし入れ、帯いとしたたかに結ひ果てて、ついゐて、烏帽子の緒きと強げに結ひ入れて、[12]かい据うる音して、扇、畳紙など、昨夜枕上に置きしかど、おのづから引かれ散りにけるを求むるに、暗ければいかでかは見えむ、「いづらいづら」と叩きわたし、見出でて、扇[13]ふたふたと使ひ、懐紙さし入れて、「まかりなむ」とばかりこそ[14]言ふらめ。

7　女も自発的に見送る気分になる。

8　ばたばたと動きまわって。

9　以下、オノマトペを用いて、男の粗雑さを印象的にかたどる。

10　底本「かはは」、内本に拠る。補注一

11　がさりと。

12　烏帽子をかぶり据えるの意。

13　一汗かいてしまったので、行儀悪くばたばたと煽ぐ。

14　現実にはこの手合いが多いことを暗にこぼしている。

六二段

橋は [1]あさむづの橋 ながらの橋 あまびこの橋 はまなの橋 ひとつ橋 うたたねの橋 さのの舟橋 ほり江の橋 [2]かささぎの橋 [3]山すげの橋 [4]をつの浮橋。[5]一筋わたしたるたな橋、心せばけれど、名を聞くにをかしきなり。

1 以下「ほり江の橋」まで補注一
2 七夕に天の川で鵲が羽をつらねて織女を渡す橋。
3 下野国。大谷川にかかる神橋か。
4 所在未詳。「浮橋」は舟など並べて作った簡単な橋。
5 未詳。「たな橋」は板を棚のように渡した簡単な橋。

六三段

里は [1]あふさかの里 ながめの里 ゐさめの里 人づまの里 [2]たのめの里 [3]夕日の里。[4]つまどりの里、人に取られたるにやあらむ、わがまうけたるにやあらむとをかし。[5]ふしみの里 [6]あさがほの里。

1 以下「人づまの里」まで補注一
2 補注二
3 丹後国竹野郡の「夕日の浦」と関わるか。
4 「妻取り」からの連想。
5 補注三
6 女の朝の顔への連想。

六四段

草は　菖蒲[1]　菰[2]。

葵[3]、いとをかし。神代よりしてさる挿頭となりけむ、いみじうめでたし。もののさまもいとをかし。

沢瀉[4]は、名のをかしきなり。心あがりしたらむと思ふに。

みくり[5]　蛇むしろ[6]　苔　雪間[7]の若草　こだに。

かたばみ[8]、綾の紋にてあるも、ことよりはをかし。

あやふ草[9]は、岸の額に生ふらむも、げにたのもしからず。いつまで草[10]は、またはかなくあはれなり。岸の額よりも、これはくづれやすからむかし。まことの石灰などには、え生ひずやあらむと思ふぞ、わろき。

事なし草[11]は、思ふ事をなすにやと思ふもをかし。

忍ぶ草[12]、いとあはれなり。道芝[13]、いとをかし。茅花[14]もをかし。蓬[15]、いみじうをかし。山すげ[16]　日かげ[17]　山藍[18]　浜木綿[19]　葛　笹　青つづら　なづな　なへ。浅茅、いとをかし。

1 五月の節供に邪気払いに用いる。
2 水草。補注一
3 賀茂祭に挿頭（髪・冠などに挿す飾り）として使う二葉葵。補注二
4 花くわい。「面高」を連想させる。
5 沼地に生えて、茎は簾に使用する。
6 海辺に生える浜人参。
7 以下、補注三
8 葉は三弁。綾織物などの紋様に用いる。
9 補注四
10 未詳。「壁におふるをばいつまで草といふなり」（能因歌枕）。
11 未詳。補注五
12 しだ類の植物。『古今六帖』の歌題。
13 人が通わない道に生い茂る芝。『万葉集』『古今六帖』など。
14 ちがやの花。『万葉集』『古今六帖』など。
15 葉に香があり、五月の節供に菖蒲と共に用いる。『古今六帖』に例歌三首。
16 山地に自生する菅。藪蘭の古名とも。『拾遺集』『古今六帖』などに例歌。

蓮葉、よろづの草よりもすぐれてめでたし。妙法蓮花の[20]たとひにも、花は仏に奉り、実は数珠に貫き、念仏して往生極楽の縁とすればよ。また花なきころ、緑なる池の水に紅に咲きたるも、いとをかし。「翠翁紅(すいをうこう)」[21]とも詩に作りたるにこそ。

唐葵[22]、日の影にしたがひて傾くこそ、草木といふべくもあらぬ心なれ。さしも草[23]八重葎(むぐら)。つき草、うつろひやすなるこそ、うたてあれ。

六五段

草の花は　なでしこ[1]、唐のはさらなり、大和のもいとめでたし。女郎花(をみなへし)　桔梗　朝顔[2]　かるかや[3]　菊[4]　つぼすみれ[5]。竜胆[6]は、枝ざしなどもむつかしけれど、こと花どものみな霜がれたるに、いとはなやかなる色合ひにてさし出でたる、いとをかし。また、わざと取り立てて人めかす[7]べく

17　ひかげのかずら。常緑のつる草で、神事に用いる。
18　補注六
19　以下「浅茅」まで補注七
20　蓮華が仏の妙法の喩えになる。『妙法蓮華経』（法華経）。
21　補注八
22　たちあおい。
23　以下「つき草」まで補注九
1　以下「桔梗」まで補注一
2　今日の朝顔。補注二
3　補注三
4　中国渡来の植物。
5　すみれの別名。すみれ科の一種とも。
6　補注四
7　一人前に扱う。

もあらぬさまなれど、[8]かまつかの花、らうたげなり。名もうたてあなる。「雁の来る花」とぞ、文字には書きたる。

[9]かにひの花、色は濃からねど、藤の花といとよく似て、春秋と咲くがをかしきなり。

萩、いと色深う、枝たをやかに咲きたるが、朝露に濡れてなよなよとひろごり伏したる。さ[10]牡鹿のわきて立ちならすらむも、心ことなり。[11]八重山吹。

[12]夕顔は、花のかたちも朝顔に似て、言ひつづけたるにいとをかしかりぬべき花の姿に、実のありさまこそ、いとくちをしけれ。など、さはた生ひ出でけむ。[13]ぬかづきなどいふ物のやうにだにあれかし。されど、なほ「ゆふがほ」といふ名ばかりはをかし。[14]しもつけの花。[15]葦の花。

これに[16]薄を入れぬ、「いみじうあやし」と人言ふめり。[17]秋の野のおしなべたるをかしさは薄こそあれ。穂先の[18]蘇芳にいと濃きが朝霧に濡れてうちなびきたるは、さばかりの

8　補注五
9　未詳。春秋に咲く雁緋とする説もあるが、藤には似ていない。
10　補注六
11　八重咲きの山吹。
12　補注七
13　ほおずき。
14　繡線菊。バラ科。
15　イネ科の多年草。
16　秋の七草の一つ。歌題として有名。
17　秋の野を全般的に見ての風情。
18　青みがかった紅色。

物やはある。秋の果てぞ、いと見所なき。色々に乱れ咲きたりし花のかたちもなく散りたるに、冬の末まで頭[19]のいと白くおほどれたるも知らず、昔思ひ出で顔に風になびきてかひろぎ立てる、人にこそいみじう似たれ。よそふる心ありて、それをしもこそあはれと思ふべけれ。

六六段

集は古万葉[1]　古今[2]。

六七段

歌[1]の題はみやこ　くず　みくり　こま　あられ。

六八段

おぼつかなきもの[1]　十二年の山ごもりの法師[2]の女親。知らぬ[3]所に闇なるに行きたるに、あらはにもぞあるとて、火

19　薄を老人に見立てた。

1　『万葉集』。『新撰万葉集』や『続万葉集』に対しての呼称。
2　『古今集』。

1　いずれも『古今六帖』の歌題。「みやこ」は平安京。「くず」は秋の七草の一つ。「みくり」は三稜の葉を持つ水草。「こま」は馬の歌語的表現。『古今六帖』には馬として載る。

1　はっきりせず気がかりな気持ち。

もともさで、さすがに並みゐたる。[4]今出で来たる者の心も知らぬに、やむごとなき物持たせて人のもとにやりたるに、遅く帰る。物もまだ言はぬちごの、そりくつがへり人にも抱かれず泣きたる。

六九段

[1]たとしへなきもの　夏と冬と。夜と昼と。雨降る日と照る日と。人の笑ふと腹立つと。老いたると若きと。白きと黒きと。

[2]思ふ人と憎む人と。[3]同じ人ながらも[4]心ざしある折とかはりたる折は、まことにこと人とぞおぼゆる。火と水と。肥えたる人痩せたる人。[5]髪長きと短き人と。

七〇段

[1]夜烏どものゐて、夜中ばかりにいねさわぐ。落ちまど

2　比叡山延暦寺では、修行僧が出家受戒したのち十二年間、下山が許されなかった。また女人禁制で、母親は登ることができなかった。
3　主人の供をして知らぬ邸などに出かけた折の不安な気持ち。
4　新参者で気心も知れない召使い。

1　違いすぎて比べようがないもの。正反対のもの。
2　自分が愛するのか、自分を愛するのか両説あるが、前者としたい。
3　「思はぬと思ふと二人くらぶれば同じ人とや言ふべかりける」（古今六帖）。
4　自分に対する情愛がある時とそれが変わってしまった時。
5　髪が長いのが美女の条件であった。

1　夜の烏。昼とは対照的な姿を描く。

ひ木づたひて、寝起きたる声に鳴きたるこそ、昼の目にたがひてをかしけれ。

七一段

[1]しのびたる所にありては、夏こそをかしけれ。いみじく短き夜の明けぬるに、つゆ寝ずなりぬ。やがてよろづの所あけながらあれば、涼しく見えわたされたる。[2]なほ今すこし言ふべきことのあれば、かたみにいらへなどする程に、ただゐたる上より[3]烏の高く鳴きて行くこそ、[4]顕証なる心地してをかしけれ。

また、冬の夜いみじう寒きにうづもれ臥して聞くに、鐘の音のただ[5]物の底なるやうに聞ゆる、いとをかし。鳥の声も、はじめは羽のうちに鳴くが、[6]口をこめながら鳴けば、いみじう物深く遠きが、明くるままに近く聞ゆるもをかし。

1 男女の逢瀬の夏と冬が対比される。鳥も含め、六九段以降、話題がゆるやかに連続。
2 同じく。男も女も。
3 前段の「夜烏」に対して「明烏」。
4 あらわである。
5 何かの底であるかのように、籠って聞こえる。
6 口ごもったような鳴き方。

七二段

懸想人にて来たるは言ふべきにもあらず、ただうち語らふも、またさしもあらねど、おのづから来などもする人の、簾の内に人々あまたありて物など言ふにゐ入りて、とみも帰りげもなきを、供なるをのこ童など、とかくさしのぞきけしき見るに、「斧の柄も朽ちぬべきなめり」と、いとむつかしかめれば、長やかにうちあくびて、みそかにと思ひて言ふらめど「あなわびし、煩悩苦悩かな、夜は夜中になりぬらむかし」と言ひたる、いみじう心づきなし。かの言ふ者はともかくもおぼえず、このゐたる人こそ、をかしと見え聞えつる事も失するやうにおぼゆれ。

また、さいと色に出でてはえ言はず、「あな」と高やかにうち言ひうめきたるも、「下行く水の」といとほし。立蔀、透垣などのもとにて「雨降りぬべし」など聞えご

1　女性に想い懸けている男性。そのような人が来て長居するのは当然だが。
2　『述異記』などに見える爛柯の故事。晋の王質が山中で仙童の碁を（一説、弾琴を）見ていると、局が終わらぬうちに斧の柄が朽ちていた（知らぬ間に長い年月が経っていた）という。『古今集』の紀友則歌や『源氏物語』松風・胡蝶巻にも見られる有名な故事。長く待たされる供人の思いを表した。
3　心身を悩ませ苦しませること。仏教語を用いて大げさに言った。
4　底本「ある」、「あな」の誤写と解す。参考「あなわびしと」（堺・前本）。
5　補注一
6　三段注11参照。
7　竹などを間を透かして組んだ垣。

つも、いとにくし。

いとよき人の御供人などは、さもなし。君達などの程はよろし。それより下れる際は、みなさやうにぞある。あまたあらむ中にも、心さへ見てぞ率てありかまほしき。

七三段

[1]ありがたきもの　[2]舅にほめらるる婿。また、姑に思はるる嫁の君。毛のよく抜くる[3]銀の毛抜き。主そしらぬ従者。[4]つゆの癖なき。

かたち心ありさますぐれ、世に経る程いささかのきずなき。[5]同じ所にすむ人の、かたみに恥ぢかはし、いささかの隙なく用意したりと思ふが[6]、[7]つひに見えぬこそかたけれ。

物語、集など書き写すに、[8]本に墨つけぬ。よき草子などはいみじう心して書けど、必ずこそきたなげになるめれ。[9]男女をば言はじ、女どもも、契り深くて語らふ人の、末まで

1 めったにない、珍しい。
2 舅対婿、姑対嫁で、共に同性の親の目がきびしいことをいう。
3 銀製は上等だが、抜く力が弱いため、普通は鉄製を用いた。
4 これっぽっちも癖のない人。
5 同じ所に宮仕えしている人。
6 「が」は主格の格助詞。
7 最後まで本性を相手に見られないで終わること。
8 もとの本。
9 男女の間は今さら言うまい、女同士でも。

なかよき人、かたし。[10]

七四段

内の局、細殿[1]いみじうをかし。上の蔀あげたれば、風いみじう吹き入りて、夏もいみじう涼し。冬は、雪、霰などの風にたぐひて降り入りたるも、いとをかし。せばくて、童べ[2]などののぼりぬるぞあしけれども、屏風のうちに隠しすゑたれば、こと所の局のやうに声高くえ笑[3]ひなどもせで、いとよし。

昼なども、たゆまず心づかひせらる。夜[4]はまいてうちとくべきやうもなきが、いとをかしきなり。沓の音、夜一夜聞ゆるがとどまりて、ただ指一つしてたたくが、「その人なり」とふと聞ゆるこそをかしけれ。いと久しうたたくに音もせねば、「寝入りたり」とや思ふらむとねたくて、すこしうち身じろく衣のけはひ、「さなり」と思ふらむか

10　実現が難しいさま。補注一

1　「細殿」は四四段注1参照。

2　用事があって来た子供など。余計に狭くなるので困る。

3　底本「ゑわらひ」、能本に拠る。窮屈な所に押し込められた子供の様子。

4　登花殿の西廂前は昼夜男性が行き来するが、夜はお忍びの訪問もある。

し。冬は、火桶にやをら立つる箸の音も「しのびたり」と聞ゆるを、[5]いとどたたきはらへば、声にても言ふに、かげながらすべり寄りて聞く時もあり。

また、あまたの声して詩誦し歌などうたふには、たたかねどまづあけたれば、ここへとしも思はざりける人も立ちどまりぬ。ゐるべきやうもなくて立ち明かすも、なほをかしげなるに、几帳の帷子いとあざやかに[6]裾のつますこしうち重なりて見えたるに、直衣のうしろに[7]ほころびたえすきたる君達、六位の蔵人の[8]青色など着て、うけばりて遣戸のもとなどにそば寄せてはえ立たで、塀の方にうしろ押して、[9]袖うち合はせて立ちたるこそをかしけれ。

また、指貫いと濃う直衣あざやかにて、色々の衣どもこ[10]ぼし出でたる人の、簾を押し入れて、なから[11]入りたるやうなるも、外より見るはいとをかしからむを、清げなる硯引き寄せて文書き、もしは鏡乞ひて見なほしなどしたるは、

5　女は起きている気配を伝えるものの、外の男は気付かずに戸を叩く。
6　女房の着物の裾の端と解す。
7　「ほころびたゆ」は、ほころび縫いの糸が切れること。三段注34参照。
8　「青色」は三段注39参照。
9　かしこまっている様子。
10　直衣から袿などを出して着ている。
11　底本「いひたる」、能本ほかにて校訂。

すべてをかし。

三尺の几帳を立てたるに、[12]帽額の下ただすこしぞある。外に立てる人と内にゐたる人と物言ふが、顔のもとに[12]いとよく当りたるこそをかしけれ。丈の高く、短からむ人などやいかがあらむ。なほ世の常の人は、さのみあらむ。

まいて[13]臨時の祭の調楽などは、いみじうをかし。[14]主殿の官人、長き松を高くともして頸は[15]引き入れて行けば、先はさしつけつばかりなるに、をかしう遊び笛吹き立てて、心ことに思ひたるに、君達、昼の装束して立ちどまり物言ひなどするに、供の随身どもの、[16]前駆を忍びやかに短う、おのが君達の料に追ひたるも、遊びにまじりて常に似ずをかしう聞ゆ。

なほ[17]あけながら帰るを待つに、君達の声にて[18]「荒田に生ふる富草の花」とうたひたる、[19]このたびはいますこしをかしきに、いかなる[20]まめ人にかあらむ、すくすくしうさし歩

12　底本「もとの」、能本ほかにて校訂。「帽額」は二六段注13参照。外に立つ男は帽額の下の簾に顔を近づけ、中に座る女房は（少し腰を浮かせて）几帳越しに顔をのぞかせる。わずかな空間を使った対話。
13　ここは賀茂神社の臨時の祭。十一月下の酉の日。「調楽」は祭のひと月前から隔日で行われる、舞人・陪従（楽人）の予行練習。その報告に彼らが清涼殿に参るさい、細殿の前を行き来する。
14　主殿寮の男性官人。清涼殿へ舞人らを先導する。調楽は夜半まで行われるので松明を持つ。
15　寒くて。一説、火の粉が入らないように。
16　先払いの声。
17　細殿の遣戸を開けて、楽人たちの退出を待つ。
18　「荒田に生ふる富草の花、手に摘入れて宮へ参らむ、なかつたへ」（風俗歌・荒田）。清涼殿からの退出時に歌われる。「富草」はイネ。
19　行きと比べて帰りは。
20　生真面目な人。女房たちに見向きもしないので。

みて往ぬるもあれば笑ふを、「しばしや。などさ世[21]を捨ていそぎたまふとあり」など言へば、心地などやあしからむ、倒れぬばかり、もし人などや追ひて捕ふると見ゆるまでまどひ出づるもあめり。

七五段

職[1]の御曹司におはしますころ、木立などのはるかに物ふり、屋のさまも高うけ遠けれど、すずろにをかしうおぼゆ。「母屋は鬼[2]あり」とて、南へ隔て出だして、南の廂に御帳立てて、又廂に女房はさぶらふ。

近衛[3]の御門より左衛門の陣に参りたまふ上達部の前駆[4]ども、殿上人のは短ければ、「大前駆」「小前駆」とつけて聞きさわぐ。あまたたびになれば、その声どももみな聞き知りて、「それぞ」「かれぞ」など言ふに、また「あらず」など言へば、人して見せなどするに、言ひ当てたるは「さ

21 世と夜を掛ける。世捨て人が今夜の情趣を見捨てるように。出典があるか。参考「世をすてて山に入る人山にてもなほ憂き時はいづち行くらむ」（古今集・雑下・躬恒）。

1 事件時は補注一

2 鬼は霊物。古い建物などに出没すると考えられた。

3 「近衛の御門」は大内裏の陽明門。「左衛門の陣」は内裏の建春門。陽明門から職の前を通って建春門に至る。

4 貴人を先導して先払いの声を上げる。声の長短から「大前駆」「小前駆」と名付けた。

ればこそ」など言ふもをかし。

有明の、いみじう霧りわたりたる庭に下りてありくを聞しめして、御前にも起きさせたまへり。上なる人々の限りは、出でゐ下りなどして遊ぶに、やうやう明けもて行く。「左衛門の陣にまかり見む」とて行けば、「我も我も」とおひつきて行くに、殿上人あまた声して、「[5]何がし一声秋」と誦して参る音すれば、逃げ入り物など言ふ。「月を見たまひけり」などめでて、歌詠むもあり。

夜も昼も、殿上人の絶ゆるをりなし。上達部まで参りたまふに、[6]おぼろけに急ぐ事なきは、[7]かならずまゐりたまふ。

七六段

[1]あぢきなきもの　わざと思ひ立ちて宮仕へに出で立ちたる人の、[2]物憂がり、うるさげに思ひたる。[3]取り子の顔にくげなる。[4]しぶしぶに思ひたる人を強ひて婿取りて、「思ふ

5　源英明の詩、「池冷ややかにして水に三伏の夏無く、松高くして風に一声の秋有り」（和漢朗詠集・納涼）を朗詠した。「三伏」は最も暑い時期。池水や松風に涼しさを求めた詩句。
6　「おぼろけならず」（並々でない）と同義。ここは「ことさら」の意。
7　中宮の健在ぶりを印象付けている。

1　今さら甲斐がないの意。
2　厭がり、おっくうがること。
3　養子。
4　婿になりたくない男性。

さまならず」と嘆く。

七七段

心地よげなるもの　[1]卯杖のほうし。[2]御神楽の人長。神楽の[3]ふりはたとか持たる者。

七八段

[1]御仏名のまたの日、地獄絵の御屏風とりわたして[2]、宮に御覧ぜさせたてまつらせたまふ。ゆゆしういみじき事かぎりなし。[3]「これ見よ、これ見よ」と仰せらるれど、「さらに見はべらじ」とて、ゆゆしさに小部屋に隠れ臥しぬ。

雨いたう降りてつれづれなりとて、殿上人上の御局に召して、御遊びあり。[4]道方の少納言、琵琶いとめでたし。[5]済政箏の琴、[6]行義笛、[7]経房の中将笙の笛などおもしろし。ひとわたり遊びて琵琶弾きやみたる程に、[8]大納言殿、[9]「琵琶

1 補注一
2 補注二
3 法会などの先頭に立って振る幡といわれるが未詳。

1 年時は補注一
2 「わたす」は「移動させる」意。屏風を上の御局へ持ってこさせた。
3 定子の言葉。一説、一条天皇。
4 源道方。左大臣源重信の子。
5 源済政。大納言源時中の子。『更級日記』に登場する資通の父。正暦五年八月には六位蔵人、修理亮。長徳二年正月に式部大丞。
6 平行義。参議平親信の子。正暦五年五月には蔵人兵庫助。
7 源経房。補注二
8 藤原伊周（二一段注8参照）。事件時には内大臣だが、左遷前の呼称は一貫して「大納言」。
9 補注三

声やんで、物がたりせむとする事おそし」と誦したまへりしに、隠れ臥したりしも起き出でて、[10]なほ罪はおそろしけれど、[11]「ものめでたさは、やむまじ」とて笑はる。

七九段

[1]頭中将の、[2]すずろなるそら言を聞きていみじう言ひおとし、『なにしに人と思ひほめけむ』など、殿上にていみじうなむのたまふ」と聞くにもはづかしけれど、「まことならばこそあらめ、おのづから聞きなほしたまひてむ」と[3]笑ひてあるに、[4]黒戸の前などわたるにも声などするをりは袖をふたぎてつゆ見おこせず、いみじうにくみたまへば、ともかうも言はず見も入れで過ぐすに、二月つごもり方、いみじう雨降りてつれづれなるに、[5]「御物忌にこもりて、『さすがにさうざうしくこそあれ。物や言ひやらまし』となむのたまふ」と人々語れど「世にあらじ」などいらへて

10　地獄絵から目を背けた自分の、以下のような発言は仏罰にあたるかもしれないが、という弁明。

11　名演奏が終わっても伊周の見事な朗詠が続いた。「めでたさ」は終わらないという賛辞。伊周の秀句に清少納言が誘い出された形。

1　蔵人頭で近衛中将を兼ねる者、ここは藤原斉信。事件時は長徳元年（九九五）二月。補注一

2　いいかげんな作り話のせいで斉信の非難を受けたというが、具体的な内容は記さない。

3　弁解もせず笑って受け流した。以下、すべてアプローチは斉信側からなされている。

4　清涼殿北廂にある板戸。

5　天皇の物忌。斉信も宮中で宿直していた。

あるに、日一日[6]下に居くらしてまゐりたれば、[7]夜のおとどに入らせたまひにけり。

[8]長押の下に火近く取り寄せて、[9]扁をぞつく。「あなうれし」「とくおはせよ」など見つけて言へど、[10]すさまじき心地して「何しにのぼりつらむ」とおぼゆ。炭櫃のもとにゐたれば、そこにまたあまた居て物など言ふに、「[11]なにがしさぶらふ」と、[12]いとはなやかに言ふ。「あやし、[13]いつのまに何事のあるぞ」と問はすれば、[14]主殿寮なりけり。「[15]ただここもとに、人伝てならで申すべき事なむ」と言へばさし出でて問ふに、「これ、頭の殿の奉らせたまふ。御返り事とく」と言ふ。「いみじくにくみたまふに、いかなる文ならむ」と思へど、ただ今急ぎ見るべきにもあらねば、「往ね、今聞えむ」とて懐に引き入れて、なほなほ人の物言ふ聞きなどする、すなはち返り来て、「『さらば、そのありつる御文を給はりて来』となむ仰せらるる。とくとく」

6 「下」は自分の局。登花殿細殿か。
7 定子は清涼殿夜の御殿に召されて不在だった。
8 下長押の下、廂の間。
9 「扁継ぎ」あるいは「扁付き」。漢字を使った遊戯。
10 定子が不在だったので。
11 訪ねてきた使者の名を「なにがし」と記した。
12 名乗り方が役人にしては華やかだったか。
13 いつ自分に用事ができたのか、の意。
14 主殿寮の男官。斉信からの使者だった。
15 こちらに出てきてほしい、の意。

と言ふがあやしう、「[16]いせの物語なりや」とて見れば、青き薄様にいと清げに書きたまへり。[17]心ときめきしつるさまにもあらざりけり。

[18]蘭省花時錦帳下

と書きて「末はいかにいかに」とあるを、いかにかはすべからむ。「御前おはしまさば御覧ぜさすべきを、これが末を知り顔にたどたどしき真名書きたらむもいと見苦し」と思ひまはすほどもなく責めまどはせば、ただその奥に、[19]炭櫃に消え炭のあるして、

[20]草の庵りをたれかたづねむ

と書きつけて取らせつれど、また返り事も言はず。

みな寝てつとめて、いととく局に下りたれば、[21]源中将の声にて「ここに草の庵りやある」とおどろおどろしく言へば、「あやし、などてか人げなきものはあらむ。『[22]玉の台』と求めたまはましかば、いらへてまし」と言ふ。「あ

16 『伊勢物語』八四段（男が母からの文を受け取った場面）を踏まえ、「それほど火急の文なのか」の意か。二九一段参照。底本「いをの物語」、二類本に拠る。

17 絶交中の相手からなので、辛辣な内容などを予想していた。

18 出典は補注二

19 咄嗟に答えたことを示すとともに、筆跡への品評も回避した。

20 補注三

21 源宣方。補注四

22 豪華な楼閣。「けふ見れば玉のうてなもなかりけりあやめの草のいほりのみして」（拾遺集・夏・よみ人知らず、賀茂保憲女集）と詠まれるように、「草の庵」と対義。

なうれし、下[23]にありけるよ。上にて尋ねむとしつるを」と
て、昨夜ありしやう、

頭中将の宿直所[24]に、すこし人々しき限り、六位[25]まであつまりて、よろづの人の上、昔今と語り出でて言ひしついでに、「なほこの者、むげに絶え果てて後こそ、さすがにえあらね」「もし言ひ出づる事もやと待てど、いささか何とも思ひたらず、つれなきもいとねたきを」「今宵、あしともよしとも定め[26]きりてやみなむかし」とて、みな言ひ合はせたりし言を、「ただ今は見るまじとて入りぬ」と主殿寮が言ひしかば、また追ひ返して「ただ手をとらへて東西せさせず乞ひ取りて、持て来ずは文を返し取れ」といましめて、さばかり降る雨のさかりにやりたるに、いととく返り来、「これ」とてさし出でたるが、ありつる文なれば、「返してけるか」とてうち見たるにあはせてをめけば、「あ

23 「下」は清少納言の局。「上」は中宮の御前。
24 蔵人所町屋の北廂。
25 六位蔵人。後出の則光も該当者。
26 評定して結論を出す。清少納言への対応が懸案となっていた。後文の「みな定めし」に繋がる。

やし」「いかなる事ぞ」とみな寄りて見るに、「[27]いみじき盗人を。なほえこそ思ひ捨つまじけれ」とて見さわぎて、「これが本つけてやらむ」「源中将、つけよ」など、夜ふくるまでつけわづらひてやみにし事は、「行く先も語り伝ふべき事なり」などなむみな定めし。

など、いみじうかたはらいたきまで言ひ聞かせて、「今は御名をば草の庵りとなむつけたる」とていそぎ立ちたまひぬれば、「[28]いとわろき名の末の世まであらむこそ、くちをしかなれ」と言ふほどに、[29]修理亮則光、「いみじき[30]よろこび申しになむ、上にやとて参りたりつる」と言へば、「なんぞ、[31]司召なども聞えぬを、何になりたまへるぞ」と問へば、「いな、まことにいみじううれしき事の昨夜侍りしを、心もとなく思ひ明かしてなむ」「かばかり面目ある事なかりき」とて、はじめありける事ども、中将の語りたまひつ

27　清少納言が公任の句を借用したことを言う。公任の句を出されては、下手な歌句は付けにくい。

28　「草の庵り」（粗末な住みか）などという名が。

29　橘則光。補注五

30　「よろこび申し」は昇進任官の御礼言上。清少納言のおかげで自分も面目を施したと、おおげさに喜ぶ。

31　除目。則光が「よろこび申し」などと言うので、こう応じた。

る同じ事を言ひて、

「ただこの返り事にしたがひて、[32]こかけをしふみし、[33]すべてさる者ありきとだに思はじ」と頭中将のたまへば、ある限り[34]かうようしてやりたまひしに、ただに来たりしは、なかなかよかりき。持て来たりしたびは、いかならむと胸つぶれて、まことにわるからむは[35]兄人のためにもわるかるべしと思ひしに、なのめにだにあらず、そこらの人のほめ感じて「兄人こち来、これ聞け」とのたまひしかば、下心地はいとうれしけれど、「[36]さやうの方に、さらにえさぶらふまじき身になむ」と申ししかば、「言加へよ聞き知れとにはあらず、ただ人に語れとて聞かするぞ」とのたまひしになむ、すこしくちをしき兄人のおぼえにはべりしかども、「本つけ試みるに、言ふべきやうなし」「ことに、またこれが返しをやすべき」など言ひ合はせ、「わるしと言はれて

32 未詳。一説「籠懸け押し文」で勅勘の手続き（集成）。
33 存在を抹消してしまおうという強い語勢。
34 「勘用」「勘要」など諸説ある。「熟考して」といった意か。
35 女性が男兄弟を呼ぶ語。後文によれば則光と清少納言は「兄人」「妹」と呼ばれていた。それを用いた自称。
36 和歌の方面。則光が歌嫌いだったことは八一段にみえる。

は、なかなかねたかるべし」とて夜中までおはせし。これは身のため人のためにも、いみじきよろこびにはべらずや。司召に少々の司得てはべらむは、何ともおぼゆまじくなむ。

と言へば、「げに、[37]あまたしてさる事あらむとも知らで、ねたうもあるべかりけるかな」と、これらなむ胸つぶれておぼえし。この「[38]妹」「兄人」といふ事は、上までみな知ろしめし、殿上にも司の名をば言はで「兄人」とぞつけられたる。

[39]物語などしてゐたる程に、「まづ」と召したればまゐりたるに、この事仰せられむとなりけり。[40]上わたらせたまひて語りきこえさせたまひて、「[41]男どもみな扇に書きつけてなむ持たる」など仰せらるるにこそ、あさましう、何の言はせけるにかとおぼえしか。さて後ぞ、[42]袖の几帳なども取り捨てて、[43]思ひなほりたまふめりし。

37　返信の時点では、斉信ひとりを想定していたか。

38　男性が姉妹を呼ぶ語。ここは清少納言のこと。

39　以下は則光が帰った後（直後とは限らない）の話。

40　参上してみると天皇がお渡りだった。先の一件を天皇から聞いて、定子は清少納言を召したのだろう。

41　殿上人たち。

42　それまで斉信は「袖をふたぎて」顔を合わせまいとしていた。

43　冒頭に描かれた斉信の不興が「直り」（解け）、関係が修復された。

八〇段

[1]返る年の二月二十余日、宮の職[2]へ出でさせたまひし御供にまゐらで、梅壺[3]に残りゐたりしまたの日、頭中将[4]の御消息とて、「昨日の夜、鞍馬[5]に詣でたりしに、今宵方[6]のふたがりければ方違へになむ行く。まだ明けざらむに帰りぬべし。かならず言ふべき事あり。[7]いたうたたかせで待て」とのたまへりしかど、「局に独りはなどてあるぞ、ここに寝よ」と御匣殿[8]の召し[9]たればまゐりぬ。

久しう寝起きて下り[10]たれば、「昨夜いみじう人のたたかせたまひし。からうじて起きて侍りしかば、『上にか、さらばかくなむと聞えよ』と侍りしかども、『よも起きさせたまはじ』とて臥しはべりにき」と語る。「心もなの事や」[11]と聞くほどに、主殿司[12]が来て、「頭の殿[13]の聞えさせたまふ、『ただ今まかづるを、聞ゆべき事なむある』」と言へば、

1 前段の翌年、長徳二年（九九六）。斉信との関係が修復されて一年後。
2 補注一
3 内裏の凝花舎。当時、中宮の御在所だったか。
4 藤原斉信。前段に続いて登場。
5 洛北の鞍馬寺。
6 都の方角が方角神により塞がっていた。それを避けるべく他所で一泊する。
7 戸を叩いたらすぐに応じてほしい。火急の用事らしいが内容には触れない。
8 補注二
9 斉信の来訪を知りつつ御匣殿のお召しに応じる。局での夜間の面会を避けた形。
10 翌朝、自分の局に戻った。
11 斉信にとって「心もなの事」（非情な事）となった。清少納言には予想された事態。
12 主殿司の女官か。
13 斉信。

「見るべき事ありて上になむのぼりはべる。そこにて」と言ひてやりつ。

[14]局は引きもや上げたまはむと、心ときめきわづらはしければ、梅壺の東面半部開けて「ここに」と言へば、めでたくてぞ歩み出でたまへる。桜の綾の直衣のいみじうはなばなと、裏のつやなど、えも言はずきよらなるに、葡萄染のいと濃き指貫、藤の折枝おどろおどろしく織り乱りて、[15]紅の色、打目など、かかやくばかりぞ見ゆる。白き薄色など、下にあまた重なりたり。せばき縁に片つ方は下ながら、すこし簾のもと近う寄りゐたまへるぞ、まことに絵に描き物語のめでたき事に言ひたる、これにこそはとぞ見えたる。

[16]御前の梅は、西は白く東は紅梅にて、すこし落ちがたになりたれど猶をかしきに、うらうらと日のけしきのどかにて、人に見せまほし。御簾の内にまいて、若やかなる女房などの髪うるはしくこぼれかかりて、など言ひためるやう

14　局で会うと（前夜に回避した）密会のような状況に持ち込まれかねない。

15　以下、直衣の下の袿の描写。

16　梅壺の御前、つまり南面の庭。その東西に紅梅と白梅が植えてあったことになる。

にて、もののいらへなどしたらむは、いますこしをかしう見どころありぬべきに、[17]いとさだ過ぎふるぶるしき人の、[18]髪などもわがにはあらねばにや、所々わななき散りぼひて、[19]おほかた色ことなるころなれば、あるかなきかなる薄鈍、あはひも見えぬ薄衣などばかり、あまたあれどつゆの映えも見えぬに、おはしまさねば裳も着ず、[20]袿姿にてゐたるこそ、物そこなひにて口惜しけれ。

「職へなむまゐる」「ことづけやある」「いつかまゐる」などのたまふ。「さても、[21]昨夜明かしも果てで、さりともかねて言ひしかば待つらむとて、[22]月のいみじう明かきに、[23]西の京といふ所より来るままに局をたたきしほど、からうじて寝おびれ起きたりしけしき、[24]いらへのはしたなき」など語りて笑ひたまふ。「むげにこそ思ひうんじにしか。などさる者をば置きたる」とのたまふ。[25]「げにさぞありけむ」と、をかしうもいとほしうもあり。[26]しばしありて出でたま

17　「さだ過ぎ」は盛りを過ぎた年齢。清少納言は三十歳前後だったか。
18　髪にかもじを添えていた（二六二段注140）。
19　前年に薨じた道隆の服喪中。
20　裳・唐衣を付けない袿だけの姿。
21　方違えで泊まった家を、夜が明け切らぬうちに出立した。
22　有明の月。
23　朱雀大路より西の右京。左京と比べて寂れていた。
24　下女のすげない応答に、きまり悪い思いにさせられた。
25　斉信の不興は当然予想されていた。
26　退出までに記された斉信の言葉は、今後と昨夜の話題ばかり。当日の対話内容には最後まで触れない。

ひぬ。[27]外より見む人は、をかしく、「内にいかなる人あらむ」と思ひぬべし。[28]奥の方より見出だされたらむうしろこそ、「外にさる人や」とおぼゆまじけれ。

暮れぬればまゐりぬ。御前に人々いとおほく、[29]上人などさぶらひて、物語のよきあしき、にくき所なんどをぞ定め言ひそしる。[30]涼、仲忠などが事、御前にも劣り優りたるほどなど仰せられける。「まづこれはいかに」「とくことわれ」「[31]仲忠が童生ひのあやしさを、せちに仰せらるるぞ」など言へば、「何か、[32]琴なども天人の下るばかり弾き出で、いとわるき人なり。帝の御むすめやは得たる」と言へば、仲忠が方人ども所を得て「さればよ」など言ふに、「この事どもよりは、[33]昼斉信がまゐりたりつるを見ましかば、いかにめでまどはましとこそおぼえつれ」と仰せらるるに、「さてまことに、常よりもあらまほしうこそ」など言ふ。「まづその事をこそは啓せむと思ひてまゐりつるに、物語

27　斉信の姿を外から見る人がいたら、以下のような想像ができて「をかしく」思われる。
28　奥から見られた場合の自分の後ろ姿。
29　ここは内裏女房だろう。
30　『うつほ物語』の主要人物、源涼と藤原仲忠。『公任集』などにも両者の優劣論がみえる。
31　仲忠は幼少時に北山の杉の空洞に住んでいた。
32　現存本では琴を弾いたのは涼と仲忠。その点は同等でも、帝の娘（女一の宮）を得ていないので涼は劣る、という主張か。
33　斉信は清少納言との対面を語らなかったか。

のことにまぎれて」とて、[34]ありつる事ども聞えさすれば、「誰も見つれど、いとかう縫ひたる糸、針目までやは見とほしつる」とて笑ふ。

「西の京といふ所のあはれなりつる事、もろともに見る人のあらましかば、となむおぼえつる。垣などもみな古りて、苔生ひてなむ」など語りつれば、[35]宰相の君の「[36]瓦に松はありつや」といらへたるに、いみじうめでて、「[37]西の方、都門を去れる事いくばくの地ぞ」と口ずさみつる事など、かしがましきまで言ひしこそ、をかしかりしか。

八一段

[1]里にまかでたるに、殿上人などの来るをも、やすからずぞ人々は言ひなすなり。いと有心に引き入りたるおぼえ、はたなければ、さ言はむもにくかるまじ。また、昼も夜も来る人を、何しにかは「なし」とも[2]かかやきかへさむ。ま

34　ここでも対話の内実は記されない。伊周らの処遇に関する情報を得たい清少納言と、中宮側の内情を把握しておきたい斉信との間で、探り合いなどがあったか。すぐに結果が報告されていない所を見ると、有益な情報は得られなかったのだろう。

35　中宮女房。二一段注30参照。

36　出典は補注三

37　補注四

1　一般論のようだが、一三八段で詳述される、自身の訳ありの里下がり。長徳二年（九九六）六月以降のこと（滞在は翌年初夏頃まで）。

2　「かかやく」は「きまり悪く思う」。居留守を使って帰すのがきまり悪い。

ことにむつましうなどあらぬも、さこそは来めれ。あまりうるさくもあれば、この度、いづくとなべてには知らせず。[3]左中将経房の君、[4]済政の君などばかりぞ知りたまへる。

[5]左衛門の尉則光が来て物語などするに、「昨日、[6]宰相の中将の参りたまひて『[7]妹のあらむ所、さりとも知らぬやうあらじ、言へ』といみじう問ひたまひしに、さらに知らぬよしを申ししに、あやにくに強ひたまひしこと」など言ひて、「ある事は、あらがふはいとわびしくこそありけれ。ほとほとゑみぬべかりしに、[8]左の中将のいとつれなく知らず顔にてゐたまへりしを、かの君に見だに合はせば笑ひぬべかりしに、わびて[9]台盤の上に布のありしを取りて、ただ食ひに食ひまぎらはししかば、中間にあやしの食ひ物やと見けむかし。されど、かしこうそれにてなむ、そことは申さずなりにし。笑ひなましかば不用ぞかし。『まことに知らぬなめり』とおぼえたりしも、をかしくこそ」など語れ

3　源経房。七八段注7参照。左中将は長徳四年（九九八）十月以降の呼称。
4　源済政。七八段注5参照。
5　橘則光。七九段注29参照。彼にも居場所を教えていた。「左衛門の尉」は長徳三年正月以降の呼称。来訪を里下がり間もない頃とすれば「修理の亮」。七九段と本段で斉信を呼び換えたこと（注6）に準じたか。則光はどちらも後官となる。
6　「宰相」は参議の唐名。前段まで「頭中将」と呼ばれていた藤原斉信（「評」参照）。居場所を知りたがる斉信と、教えまいとする清少納言が描かれる。
7　七九段に見えた清少納言の呼び名。則光は「兄人」と呼ばれていた。
8　居場所を知っている源経房。
9　「台盤」は食物を盛った皿を載せる台。殿上の間に備えられていた。「布」は食用の海藻。

ば、「さらにな聞えたまひそ」など言ひて日ごろ久しうなりぬ。

夜いたうふけて、門をいたうおどろおどろしう叩けば、「何の、かう心もなう遠からぬ門を高く叩くらむ」と聞きて問はすれば、[10]滝口なりけり。「左衛門の尉の」とて文を持て来たり。みな寝たるに、火取りよせて見れば、「明日[11]御読経の結願にて、宰相の中将、[12]御物忌に籠りたまへり。『妹のあり所申せ申せ』と責めらるるに、ずちなし。更にえ隠し申すまじ。さなむとや聞かせたてまつるべき。いかに、仰せにしたがはむ」と言ひたる、返り事は書かで、布を一寸ばかり紙に包みてやりつ。

さて後来て、「一夜は責めたてられて、すずろなる所々になむ率てありきたてまつりし。まめやかにさいなむに、いとからし。さて、などともかくも御返りはなくて、すずろなる布の端をば包みて給へりしぞ。あやしの包み物や。

10 滝口の武士。蔵人所の所管。六位蔵人だった則光の使い。
11 同年秋の季の御読経。宮中に僧を招いて経文を転読する。結願はその最終日。
12 天皇の物忌。

人のもとにさる物包みておくるやうやはある。取り違へたるか」と言ふ。「いささか心も得ざりける」と見るがにくければ、物も言はで硯にある紙の端に、

[13]かづきする海女のすみかをそことだにゆめ言ふなとや
　めをくはせけむ

と書きてさし出でたれば、「歌詠ませたまへるか、更に見はべらじ」とて扇ぎ返して逃げて往ぬ。

かう語らひ、かたみの後見などする中に、[14]何ともなくてすこし仲あしうなりたるころ、文おこせたり。「便なき事など侍りとも、なほ契り[15]きこえし方は忘れたまはで、よそにては[16]『さぞ』とは見たまへとなむ思ふ」と言ひたり。

常に言ふ事は、「おのれをおぼさむ人は、歌をなむ詠みて得さすまじき。すべて仇敵となむ思ふ。今は限りありて、絶えむと思はむ時にさる事は言へ」など言ひしかば、この返り事に、

13　清少納言の歌。「そこ」に「其処」と「底」、「めをくはせけむ」に「目配せする」と「布を食わせる」の意を掛ける。ともに「海女」の縁語。「や」は疑問で、相手を問い詰めている。『後拾遺集』（雑五）にも見え、上の句は「かづきするあまのありかをそこなりと」とある。
14　朧化表現。逆に事態の深刻さを思わせる。この時期、則光は斉信追従の姿勢を鮮明にしたか。
15　「兄」として清少納言の味方でいること。七九段参照。
16　今まで通り「兄」として。

[17]くづれよるいもせの山の中なればさらに吉野の川とだに見じ

と言ひやりしも、まことに見ずやなりにけむ、返しもせずなりにき。

さて、[18]かうぶり得て遠江の介と言ひしかば、にくくてこそやみにしか。

八二段

[1]物のあはれ知らせ顔なるもの　[2]鼻垂り、間もなうかみつつ物言ふ声。[3]眉ぬく。

八三段

さて、その[1]左衛門の陣などに行きて後、里に出でてしばしあるほどに、「とくまゐりね」などある仰せ言の端に、[2]左衛門の陣へ行きしうしろなむ、常に思し召し出でら

17　吉野川は「流れては妹背の山の中に落つる吉野の川のよしや世の中」（古今集・恋五・よみ人しらず）のように、妹山背山の間に流れ落ちる川として詠まれた。その「妹背」に則光と自分を重ねた。「川」に「彼は」を掛ける。先の『さぞ』とは見たまへ」に対する返答だが、則光にとっては歌じたいが絶縁状。

18．則光は長徳四年に五位に叙せられ、遠江の介（勘物によれば権守）となった。作中に散見する六位蔵人への非難（八五段ほか）に該当。「評」参照。

1　しみじみとした思いをそそるもの。

2　絶え間なく鼻をかみつつ話すのは老人にありがちな様子。

3　眉毛を抜く痛そうな表情。成年の女性は眉毛を抜き、眉墨で眉を画いた。

1　七五段に描かれた職の御曹司での出来事（長徳三年）をさす。同じ里下がりでも、先の八一段（長徳二年）とは別時であることを示した。

2　以下、中宮の言葉を女房が伝えるので敬語が含まれる。

るる。いかでか[3]、さつれなくうちふりてありしならむ。

「いみじうめでたからむ」とこそ思ひ[4]たりしか。

など仰せられたる御返しに、かしこまりのよし申して、わ[5]たくしには、

いかでかは「めでたし」と思ひはべらざらむ。御前にも「なか[6]なるをとめ」とは御覧じおはしましけむとなむ思ひたまへし。

と聞えさせたれば、立ちかへり、

[7]いみじく思へるなる仲忠が面伏せなる事は、いかで啓したるぞ。ただ今宵のうちに、よろづの事を捨ててまゐれ。さらずはいみじうにくませたまはむ。

となむ仰せ言あれば、

よろしからむにてだにゆゆし。まいて「いみじう」とある文字には、[8]命も身もさながら捨ててなむ。

とてまゐりにき。

3　当日の清少納言の恰好に対する定子の所感。

4　中宮の戯れ。「思っていた」主体は清少納言。

5　公的な返答に「私事」として以下を添えた。

6　『うつほ物語』にみえる仲忠の歌、「朝ぼらけほのかに見ればあかぬかな中なるをとめしばしとめなむ」（吹上・下）に拠る。「明け方ほのかに見えた姿なら、歌にある天女という事にしていただけませんか」と秀句で応じた。

7　中宮の返信。清少納言が仲忠贔屓だった事は八〇段に見えた。そなたの古臭い恰好と歌の天女を一緒にしたら仲忠の面目がつぶれよう、と指摘。ここも代筆の女房によって敬語が加えられている。

8　「一心に仏を見たてまつらむと欲し自ら身命を惜しまず」（法華経・如来寿量品）に拠る。

八四段

[1]職の御曹司におはしますころ、西の廂に[2]不断の御読経あるに、[3]仏などかけたてまつり、僧どものゐたるこそさらなるなれ。

二日ばかりありて、縁のもとにあやしき者の声にて、「なほ、かの御仏供のおろし侍りなむ」と言へば、「いかでか、まだきには」と言ふなるを、「何の言ふにかあらむ」とて立ち出でて見るに、なま老いたる[4]女法師の、いみじうすすけたる衣を着て、[5]さるさまにて言ふなりけり。「かれは何事言ふぞ」と言へば、[6]声ひきつくろひて、「仏の御弟子にさぶらへば、御仏供のおろし食べむと申すを、この御坊たちの惜しみたまふ」と言ふ。はなやぎ、みやびかなり。かかる者は、うちうんじたるこそあはれなれ、うたてもはなやぎたるかなとて、「こと物は食はで、ただ仏の御おろ

1 職の御曹司での長期滞在時（四七段注2参照）の出来事。長徳四年（九九八）末から翌年正月まで、雪山をめぐる逸話などを詳細な日付とともに記載。
2 昼夜絶え間なく続けられる読経。女法師を呼び寄せる契機となる。
3 仏などの画像。
4 男性の出家者のように剃髪した女性。
5 そのような（汚れた衣に見合った）様子の意か。能本では「猿のさま」。
6 「あやしき者の声」を一変させて「みやびか」に語った。

しをのみ食ふか。いとたふとき事」など言ふけしきを見て、「などか、こと物も食べざらむ。それがさぶらはねばこそ、とり申しつれ」と言ふ。くだ物ひろき餅などを物に入れて取らせたるに、むげに仲よくなりてよろづの事語る。

若き人々出で来て、「男やある」「子やある」「いづくにか住む」など口々問ふに、をかし事[7]そへ言などをすれば、「歌はうたふや」「舞などはするか」と問ひも果てぬに、「夜は誰とか寝む、常陸のすけと寝む、寝たる肌よし」、これが末いとおほかり。また「[8]男山の峰のもみぢ葉、[9]さぞ名は立つや、さぞ名は立つや」と頭をまろばし振る。いみじうにくければ、笑ひにくみて「往ね往ね」と言ふに、「いとほし、これに何取らせむ」と言ふを聞かせたまひて、「いみじうかたはらいたき事はせさせつるぞ。え聞かで耳をふたぎてぞありつる。その衣一つ取らせてとくやりてよ」と仰せらるれば、「これ給はするぞ。衣すすけためり。

7　答えに何か言い添えた。一説に「諷言」で風刺的な言葉。

8　石清水八幡宮のある山。

9　山の紅葉が目に付くように浮名が立つ。頭を振って歌うので歌詞と相まって卑猥な所作となる。

白くて着よ」とて投げ取らせたれば、[10]伏し拝みて肩にうち置きては舞ふものか。[11]まことににくくてみな入りにし後、ならひたるにやあらむ、常に見えしらがひありく。

やがて「常陸のすけ」とつけたり。衣も白めず同じすすけにてあれば、「いづちやりてけむ」などにくむ。[12]右近の内侍のまゐりたるに、「かかる者をなむ語らひつけて置きためる。すかして常に来る事」とて、ありしやうなど、[13]小兵衛といふ人にまねばせて聞かせさせたまへば、「かれ、いかで見はべらむ。かならず見せさせたまへ」「御得意ななり。さらによも語らひ取らじ」など笑ふ。

その後また、尼なるかたゐのいとあてやかなる出で来たるを、また呼び出でて物など問ふに、これはいとはづかしげに思ひてあはれなれば、例の衣一つ給はせたるを、[14]伏し拝むはされどよし。さてうち泣きよろこびて往ぬるを、はやこの常陸のすけは来あひて見てけり。その後、[15]久しう見

10 正式な作法である拝舞をしてみせた。
11 拝舞がかえって女房の反感を買う。先の「笑ひにくみて」とは「にくし」の次元が異なる。
12 内裏女房（七段注20参照）。右近の職への参上は、この時期に帝と中宮が連絡を取り合っていたことを示す。
13 中宮女房。
14 常陸のすけのように拝舞までしない。
15 後文によれば、この尼に嫉妬して来なくなった。

えねど誰かは思ひ出でむ。

師走の十余日のほどに、雪いみじう降りたるを、女官どもなどして縁にいとおほく置くを、「同じくは、庭にまことの山を作らせはべらむ」とて侍召して、仰せ言にて言へばあつまりて作る。主殿の官人の御きよめに参りたるなども、みな寄りていと高う作りなす。宮司などもまゐりあつまりて、言加へ興ず。三、四人まゐりつる主殿寮の者ども、二十人ばかりになりにけり。里なる侍召しにつかはしなどす。「今日この山作る人には、日三日たぶべし」、また「まゐらざらむ者は、また同じ数とどめむ」など言へば、聞きつけたるは、まどひまゐるもあり。里遠きは、え告げやらず。作り果てつれば、宮司召して絹二ゆひ取らせて縁に投げ出だしたるを、一つ取りに取りて、拝みつつ腰にさしてみなまかでぬ。うへの衣など着たるは、さて狩衣にてぞある。

16　長徳四年は十二月十日に「大雪」の記録が残る（権記）。降雪当日に雪山は作らないだろうから、「十余日」は「あつまりて作る」日。
17　女房より下級の職員。
18　雑役にあたる男性。
19　主殿寮の男官。
20　中宮職の役人（主殿より上位）。指図するのみ。
21　主殿に加え、非番の侍まで動員した大がかりな作業だった。降雪から日を置いているので、方々の残雪もかき集めたか。
22　一日で三日の出勤日（上日）とする。
23　三日分の上日を停止する（数えない）。
24　巻絹を束ねたものを二くくり。
25　巻絹を受け取る作法。
26　雪山を作った官人が狩衣姿だったことを改めて確認。

「これ[27]、いつまでありなむ」と人々にのたまはするに、「十日はありなむ」「十余日はありなむ」など、ただこのごろのほどをある限り[28]申すに、「いかに」と問はせたまへば、「睦月の十余日までは侍りなむ」と申すを、御前にも「えさはあらじ」とおぼしめしたり。女房はすべて「年のうち、つごもりまでもえあらじ」とのみ申すに、「あまり遠くも申しつるかな。げにえしもやあらざらむ。ついたちなどぞ言ふべかりける」と下には思へど、「さはれ、さまでなくとも言ひそめてむ事は」とて、かたうあらがひつ[29]。

二十日のほどに雨降れど、消ゆべきやうもなし。すこし丈ぞおとりもて行く。「[30]白山の観音、これ消えさせたまふな」と祈るも物ぐるほし。

さて、[31]その山作りたる日、御使に[32]式部丞忠隆まゐりたれば、褥さし出だして物など言ふに、「[33]今日、雪の山作らせたまはぬ所なむなき。御前の壺にも作らせたまへり。[34]春

27 以下、日付に焦点。同月十六日に娘の脩子が職より参内、翌日登花殿で着袴の儀が行われた（権記）。定子の還御も取り沙汰されていたと思しき時期。

28 女房たちは「十（何）日」で一致。清少納言ひとり異を唱えた形となる。

29 「あらがふ」（言い争う）とあるので、「言い過ぎた」と思いながらも頑なに貫いた。

30 加賀の白山。「消えはつる時しなければ越路なる白山の名は雪にぞありける」（古今集・羇旅・躬恒）のように、雪が消えないイメージがあった。

31 雪山を作った日。先の「師走の十余日」。

32 源忠隆。七段に蔵人として登場。式部丞は後官（寛弘元年以降）で、いまだ蔵人でもない。右近とともに「密儀入内」（「評」参照）に関わる非公式の使いだったか。女房と歌など交わす余裕はなかったのだろう。

33 おそらく当日は雪山作りに最適の日和だった。

宮にも[35]弘徽殿にも作られたり。[36]京極殿にも作らせたまへりけり」など言へば、

[37]ここにのみめづらしと見る雪の山ところどころにふりにけるかな

と、かたはらなる人して言はすれば、たびたびかたぶきて、「返しは、つかうまつりけがさじ。[38]あざれたり。御簾の前にて人にを語りはべらむ」とて[39]立ちにき。歌いみじうこのむと聞くものを、あやし。御前に聞しめして、「いみじうよくとぞ思ひつらむ」とぞのたまはする。

つごもり方に、すこし小さくなるやうなれど、なほいと高くてあるに、昼つ方縁に人々出でゐなどしたるに、常陸のすけ出で来たり。「など、いと久しう見えざりつるに」と問へば、「何かは、心憂き事の侍りしかば」と言ふ。「何事ぞ」と問ふに、「なほかく思ひはべりしなり」とて、ながやかに詠み出づ。

34　冷泉皇子の居貞親王。在所は梨壺。
35　内大臣藤原公季女の義子（長徳二年に女御）が住む。
36　左大臣道長の土御門邸。忠隆は各所の情報を伝えている。
37　忠隆の話を「この雪山が目新しくないとでも言うのか」と、戯れに曲解してみせた歌。「ふり」は「降り」「古り」を掛ける。
38　「あざる」は馴れ馴れしくする。
39　すでに帝への返信は受け取っていたのだろう。

[40]うらやましあしもひかれずわたつ海のいかなる人に物
たまふらむ

と言ふを、にくみ笑ひて人の目も見入れねば、雪の山にのぼり、かかづらひありきて往ぬる後に、[41]右近の内侍に「かくなむ」と言ひやりたれば、「などか人添へては給はせざりし。かれがはしたなくて雪の山までのぼりつたよひけむこそ、いとかなしけれ」とあるをまた笑ふ。

さて、雪の山つれなくて年も返りぬ。[42]ついたちの日の夜、雪のいとおほく降りたるを、「うれしくもまた降り積みつるかな」と見るに、「これはあいなし。はじめの際を置きて今のはかき捨てよ」と仰せらる。

[43]局へいととく下るれば、[44]侍の長なる者、[45]柚の葉のごとくなる宿直衣の袖の上に、青き紙の松につけたるを置きて、わななき出でたり。「それはいづくのぞ」と問へば、[46]「斎院より」と言ふに、ふとめでたうおぼえて、取りて参

40 常陸のすけの歌。「うらやまし」に「浦」、「あし」に「足」「葦」を掛けて縁語となる。「わたつ海の」「人」が「海女＝尼」を暗示、後から施しを受けた尼に嫉妬してみせた。技巧を凝らした詠みぶりが、かえって女房の反感を買う。

41 ここでも内裏の右近との遣り取りが明示される。常陸のすけの話は必ず右近に繋がる。

42 長保元年（改元は正月十三日）正月一日に降雪（勘物）。その日の夜、定子が除去を命じた。

43 後文によれば初卯の日の出来事。つまり元日（乙卯）早朝に話を戻した。「とく」は時間が早いこと。後文の「いととかりけり」も同じ。

44 中宮職の侍の長。

45 「柚の葉」は濃い緑色。

りぬ。まだ大殿籠りたれば、まづ御帳にあたりたる御格子を、碁盤などかき寄せて一人念じ上ぐる、いと重し。片つ方なれば、きしめくにおどろかせたまひて、「などさはする事ぞ」とのたまはすれば、「斎院より御文のさぶらふには、いかでか急ぎ上げはべらざらむ」と申すに、「げに[47]いととかりけり」とて起きさせたまへり。

御文あけさせたまへれば、五寸ばかりなる[48]卯槌二つを、[49]卯杖のさまに頭などを包みて、[50]山橘、日陰、山菅など、うつくしげに飾りて、御文はなし。「ただなるやうあらむやは」とて御覧ずれば、卯杖の頭包みたる小さき紙に、

山とよむをのの響きをたづぬれば[51]いはひのつゑの音にぞありける

御返し書かせたまふほども、いとめでたし。[52]斎院には、これより聞えさせたまふも、御返しも、なほ心ことに書きけがしおほう、御用意見えたり。[53]御使に白き織物の単、蘇

46　斎院は、賀茂の大神に仕える未婚の皇女・女王。村上天皇第十皇女の選子内親王（母は中宮安子）が、円融から後一条まで五代にわたって在任。当時三六歳。『大斎院前の御集』『大斎院御集』などが文芸サロンとしての活況を伝える。斎院からの年始の挨拶は、中宮方の健在ぶりを印象付ける。

47　まだ格子を上げる時刻ではなかった。

48　初卯の日の邪気払いの贈り物。長方形に削った桃の木に組糸を通した。

49　頭を紙で包んだ五尺ほどの杖。卯槌と同じ贈り物。

50　以下、祝意を込めた植物の飾り。

51　「いはひのつゑ」は卯杖。卯杖の体裁で卯槌を贈ったので。

52　斎院へ返信する様を評す。本段ではここにしか見えない定子への賛辞。

53　斎院からの使い。

芳なるは梅[54]なめりかし。雪の降りしきたるにかづきてまゐるも、をかしう見ゆ。[55]そのたびの御返しを知らずなりにしこそくちをしう。

さて、その雪の山は、[56]まことの越のにやあらむと見えて消えげもなし。黒うなりて見るかひなきさまはしたれども、げに勝ちぬる心地して、「いかで[57]十五日待ちつけさせむ」と念ずる。されど「七日をだにえ過ぐさじ」となほ言へば、「いかでこれ見果てむ」と皆人思ふほどに、[58]にはかに内へ三日入らせたまふべし。「[59]いみじうくちをし、この山の果てを知らでやみなむ事」とまめやかに思ふ。こと人も「げにゆかしかりつるものを」など言ふを、御前にも仰せらるるに、「同じくは言ひ当てて御覧ぜさせばや」と思ひつるにかひなければ、御物の具どもはこび、いみじうさわがしきに合はせて、[60]木守といふ者の築地のほどに廂さしてゐたるを縁のもと近く呼び寄せて、「この雪の山いみじうまも

54　梅襲（表白、裏蘇芳）。
55　定子の返信は記さない。
56　先に祈っていた加賀の白山。
57　清少納言が主張した期日。前には「十余日」とあった。
58　勘物に「入内の事、所見無し、若し密儀か」とある。記録に残らない密かな還御だったらしい。
59　入内は重大事件だが、自身はそれに関知しない者として描いてゆく。
60　庭番のような下賤の者。

りて、童べなどに踏み散らさせず、こぼたせでよくまもりて、十五日までさぶらへ。その日まであらば、めでたき禄給はせむとす。わたくしにも、いみじきよろこび言はむとす」など語らひて、常に[61]台盤所の人、[62]下衆などにくるるを、くだ物や何やといとおほく取らせたれば、うちゑみて「いとやすき事、たしかにまもりはべらむ。童べそのぼりさぶらはむ」と言へば、「それを制して聞かざらむ者をば申せ」など言ひ聞かせて、入らせたまひぬれば七日までさぶらひて出でぬ。そのほどもこれがうしろめたければ、[63]おほやけ人、すまし、長女などして絶えずいましめにやる。[64]七日の節供の下ろしなどをさへやれば、拝みつる事など笑ひあへり。

里にても、まづ明くるすなはち、これを大事にて見せにやる。十日の程に「[65]五日待つばかりはあり」と言へば、うれしくおぼゆ。また昼も夜もやるに、十四日夜さり、雨い

61　職の台盤所（台所）。
62　底本「下衆などにくまるるを」。二類本に拠る。物を与えて木守を懐柔した。本来は「語らふ」相手ではない。
63　宮中の下級女官、樋洗童、下級女官の長などを使って。
64　正月七日（人日）の節供。若菜を摘んで羹にした。
65　「中の五日」の意で十五日をさす。

みじう降れば、「これにぞ消えぬらむ」といみじう、「いま一日二日も待ちつけで」と夜も起きゐて言ひ嘆けば、聞く人も「物ぐるほし」と笑ふ。[66]人の出でて行くにやがて起きゐて、下衆起こさするに、さらに起きねばいみじうにくみ腹立ちて、起き出でたるやりて見すれば、「[67]円座のほどなむはべる。木守、『いとかしこうまもりて童べも寄せはべらず。明日朝までもさぶらひぬべし。禄給はらむ』と申す」と言へば、いみじううれしくて、「いつしか明日にならば、歌詠みて物に入れてまゐらせむ」と思ふ。いと心もとなくわびし。

[68]暗きに起きて、[69]折櫃など具せさせて、「これにその白からむ所入れて持て来、きたなげならむ所かき捨てて」など言ひやりたれば、いととく持たせたる物をひきさげて、「はやく失せはべりにけり」と言ふにいとあさましく、をかしう詠み出でて人にも語り伝へさせむと、うめき誦じつ

66 十四日夜に外出する者がいた。

67 藁などを編んだ円形の敷物。

68 十五日朝、暗いうちに。

69 檜の薄板を折って作った入れ物。

る歌も、あさましうかひなくなりぬ。「いかにしてさるならむ。昨日までさばかりあらむものの、夜のほどに消えぬらむ事」と言ひくんずれば、「木守が申しつるは『昨日いと暗うなるまで侍りき。禄給はらむと思ひつるものを』とて、手を打ちてさわぎはべりつる」など言ひさわぐに、内より仰せ言あり。「さて雪は今日までありや」と仰せ言あれば、いとねたうくちをしけれど、「『年の内、ついたちまでだにあらじ』と人々の啓したまひしに、[70]昨日の夕暮まで侍りしは、いとかしこしとなむ思うたまふる。今日まではあまり事になむ。[71]夜の程に人のにくみて取り捨ててはべるにやとなむ推しはかりはべると、啓せさせたまへ」など聞えさせつ。

二十日まゐりたるにも、まづこの事を御前にても言ふ。「[72]身は投げつ」とて蓋のかぎり持て来たりけむ法師のやうに、すなはち持て来しがあさましかりし事、物の蓋に小山

70　雨が降り出す前。夜に残存を確認させたことまでは伏せている。

71　雨でも消えていない事は確認しているので、こう推察した。

72　雪山童子（釈迦の前世）の「捨身聞偈」の故事（大般涅槃経）に拠るか。雪山（ヒマラヤ）で修行中、「諸行無常、是生滅法」の後半の偈を、羅刹（実は帝釈天）に聞くべくその身を投じた。「雪山」からの連想。ここは「蓋ばかり」持ってきた様を「身（中身）は投げつ」に重ねた。

作りて、白き紙に歌いみじう書きてまゐらせむとせし事など啓すれば、いみじく笑はせたまふ。御前なる人々も笑ふに、

から心に入れて思ひたる事をたがへつれば、罪得らむ。まことは[73]四日の夜、侍どもをやりて取り捨てしぞ。返り事に言ひ当てしこそ、いとをかしかりしか。その女[74]出で来ていみじう手をすりて言ひけれども、「仰せ言にて、かの里より来たらむ人にかく聞かすな。さらば屋うちこぼたむ」など言ひて、[75]左近の司の南の築地などにみな捨ててけり。「いと固くておほくなむありつる」などぞ言ふなりしかば、[76]げに二十日も待ちつけてまし。[77]今年の初雪も降り添ひてなまし。[78]上も聞しめして、「いと思ひやり深くあらがひたり」など、殿上人どもなどにも仰せられけり。さてもその歌語れ。今はかく言ひあらはしつれば同じ事、勝ちたるなり。

73 十四日の夜。清少納言が残存を確認した後、よって深夜。
74 先の木守。一説にその妻。能本「おきな」。
75 左近衛府。職の東隣。
76 もし私が取り捨てさせなかったら（今日まで残っていたろう）、という仮想。
77 同じく「捨てさせなかったら」という仮想。「今年の初雪」は正月一日の雪。
78 「三日」の入内以降、ここで初めて一条天皇の動向が記される。

と御前にも仰せられ、人々ものたまへど、「なでふにか、さばかり憂き事を聞きながら啓しはべらむ」など、まことにまめやかにうんじ心憂がれば、[79]上もわたらせたまひて、「まことに年ごろは、おぼす人なめりと見しを、これにぞあやしと見し」など仰せらるるに、いとど憂くつらく、うちも泣きぬべき心地ぞする。「いであはれ、いみじく憂き世ぞかし。[80]後に降り積みて侍りし雪を、うれしと思ひはべりしに、『それはあいなし、かき捨てよ』と仰せ言侍りしよ」と申せば、「勝たせじとおぼしけるななり」とて、[81]上も笑はせたまふ。

八五段

[1]めでたきもの　[2]唐錦　[3]飾り太刀　[4]作り仏のもくゑ。

色合ひ深く花房長く咲きたる藤の花、[5]松にかかりたる。

79　一条自身は最後に自然な形で登場を果たす。
80　定子が言及した「今年の初雪」。
81　本段を締めるのは一条天皇の笑顔。泣きそうな清少納言がそれを際立たせ、定子の笑顔とも響き合う。十一月に第一皇子が誕生するので、この入内が懐妊に繋がったことになる。「評」参照。
1　無条件で称賛に価する、立派ですばらしいもの。
2　中国より舶来の錦（厚手の絹織物）。
3　柄や鞘に装飾を施した太刀。束帯の時に着用。
4　彩色仏の木絵。「木絵」は彩色した木片を貼って図柄としたもの。
5　藤は松などにからませて観賞した。

六位の蔵人。いみじき君達なれど、えしも着たまはぬ[6]綾織物を心にまかせて着たる[7]青色姿などの、いとめでたきなり。[8]所の雑色、ただ人の子どもなどにて、殿ばらの侍に、四位五位の司あるが下にうちゐて、何とも見えぬに、蔵人になりぬれば、えも言はずぞあさましきや。[9]宣旨など持てまゐり、[10]大饗のをりの甘栗の使などにまゐりたるもてなし、やむごとながりたまへるさまは、いづこなりし天くだり人ならむとこそ見ゆれ。

[11]御むすめ后にておはします、またまだしくても姫君など聞ゆるに、御書の使とてまゐりたれば、御文取り入るるよりはじめ、[12]褥さし出づる袖口など、明け暮れ見し者ともおぼえず。下襲の裾引き散らして、[13]衛府なるはいますこしをかしく見ゆ。御手づから杯などさしたまへば、わが心地にもいかにおぼゆらむ。いみじくかしこまり、[14]地にゐし家の子君達をも、心ばかりこそ用意しかしこまりたれ、同じや

6 六位以下は着ることができない綾だが、蔵人は勅許で着用。
7 「青色」は六位蔵人が着用を許された麴塵の袍。
8 蔵人所の雑色（雑役にあたる職員）。欠員があると蔵人に昇任できる。以下、彼らが蔵人になる前と後の落差を指摘。
9 内侍を通じて伝えられた宣旨（天皇の勅旨を伝える文書）を、蔵人が持参する。
10 「大饗」は正月二日の大臣主催の宴会。天皇から大臣に蘇と甘栗（かち栗）が贈られる。六位蔵人が使者となる。
11 以下、現役の后の実家や、入内予定の姫君がいる家。そこに帝の使いとして蔵人が参上する。
12 「褥」は方形の敷物。
13 兵衛・衛門尉を兼任する六位蔵人。下襲の裾が長い。
14 蔵人になる以前の様子。その家の君達にうやうやしく跪いていた。

うに連れだちてありく。夜、上の近う使はせたまふを見るには、ねたくさへこそおぼゆれ。

馴れつかうまつる[15]三年四年ばかりを、なりあしく、[16]物の色よろしくてまじはらむは、言ふかひなき事なり。[17]かうぶりの期になりて、下るべきほどの近うならむにだに、命よりもをしかるべき事を、[18]臨時の所々の御給はり申して下るるこそ、言ふかひなくおぼゆれ。[19]昔の蔵人は今年の春夏よりこそ泣きたちけれ、今の世には走りくらべをなむする。

[20]博士の才あるは、めでたしと言ふもおろかなり。顔にくげに、いと下﨟なれど、やむごとなき人の御前に近づきまゐり、さべき事など問はせ[21]たまふ[22]御書の師にてさぶらふは、うらやましくめでたしとこそおぼゆれ。[23]願文、表、物の序など作り出だしてほめらるるも、いとめでたし。法師の才ある、はたすべて言ふべくもあらず。

后の昼の行啓。[24]一の人の御ありき、春日詣で。

15　六位蔵人の任期は六年だが、当時は三、四年で叙爵し退下した。
16　青色を着ない六位蔵人の緑衫（六位の位袍）姿を批判。
17　叙爵の時期になって。任期を終えると従五位下に叙せられるが、五位蔵人に欠員がないと殿上を下りる。
18　臨時に支給される年官・年爵。三宮・親王・公卿などが一定の叙位任官者を申請できる権利。それを行使してもらうよう、蔵人が願い出る。
19　六位蔵人への批評は、今昔の対比と結びつく。「今年」は翌年に任期満了を控えたその年、つまり退任の前年。
20　大学寮の文章博士など。二三段注6を参照。
21　底本「たまひて」、能本に拠る。
22　漢籍を進講する侍読。
23　「願文」は神仏への祈願文。「表」は上奏文。「物の序」は漢詩などの序文。
24　第一の人。摂政関白。「春日」は藤原氏の氏神。兼家以来、参詣が恒例となる。

葡萄染の織物。すべて何も何も紫なる物はめでたくこそあれ。花も糸も紙も。庭に雪のあつく降りしきたる。一[25]の人。紫の花の中には、[26]かきつばたぞ、すこしにくき。六位の宿直姿のをかしきも、[27]紫のゆゑなり。

八六段

[1]なまめかしきもの　細やかに清げなる君達の[2]直衣姿。をかしげなる童女の[3]うへの袴など、わざとはあらで、[4]ほころびがちなる汗衫ばかり着て、[5]卯槌、[6]薬玉など長くつけて、高欄のもとなどに扇さし隠してゐたる。

[7]薄様の草子。柳の萌え出でたるに、青き薄様に書きたる文つけたる。[8]三重がさねの扇。五重は、あまり厚くなりて、[9]もとなどにくげなり。いとあたらしからず、いたうものふりぬ檜皮葺の屋に、長き菖蒲をうるはしう葺きわたしたる。青やかなる簾の下より、几帳の[10]朽木形いとつややか

25 補注一
26 『伊勢物語』（九段）が想起されたか。
27 補注二

1 優美なもの。
2 補注一
3 下の袴に重ねる袴。晴れの場で着用。
4 腋を縫わないのでほころびやすい。汗衫は童女が初夏に着る裾の長い上衣。
5 二三段注29参照。
6 二三段注28参照。
7 薄い鳥の子紙。
8 補注二
9 扇の手元。
10 几帳の帷子の模様。朽ちた板目をかたどる。

にて、紐の吹きなびかされたる、いとをかし。白き[11]組の細き。[12]帽額あざやかなる。簾の外、高欄に、いとをかしげなる猫の、赤き首綱に白き札つきて、[13]はかりの緒、組の長きなどつけて引きあるくも、をかしうなまめきたり。

[14]皐月の節の[15]あやめの蔵人。菖蒲のかづら、[16]赤紐の色にはあらぬを、[17]領巾[18]裙帯などして、薬玉、皇子たち上達部の立ち並みたまへるに奉れる、いみじうなまめかし。[19]取りて腰に引きつけつつ、[20]舞踏し拝したまふも、いとめでたし。

紫の紙を[21]包み文にて、房長き藤につけたる。[22]小忌の君達も、いとなまめかし。

八七段

宮の[1]五節出ださせたまふに、[2]かしづき十二人、[3]こと所には「[4]女御、御息所の御方の人出だすをばわるき事になむす

11　組み紐。
12　二六段注13参照。
13　補注三
14　五月五日の端午の節会。
15　薬玉などを親王・公卿らに渡す役目の女官。
16　小忌衣の肩に付ける赤い打紐のように派手ではない。
17　正装の折、肩にかける帯状の薄布。
18　正装時に、長く垂らす腰紐。
19　受け取った薬玉の糸を腰のあたりで結ぶ。
20　お礼の気持ちを表す拝舞と拝礼の作法。
21　包んで糊づけした書状。
22　補注四

1　「五節」および事件時は補注一
2　舞姫の世話をする女房。当時の記録には六人や十人の例が多く、十二人は最多となる。
3　中宮以外の五節所。舞姫の献上者は四人（大嘗会の年は五人）。
4　天皇や東宮の妻として認められた女性を「女御、御息所」と総称した。そのような人に仕える女房を「かしづき」にするのはよくないという指摘。

る」と聞くを、いかにおぼすにか、宮の御方を十人は出ださせたまふ。いま二人は[5]女院、[6]淑景舎の人、やがてはらからどちなり。

[7]辰の日の夜、[8]青摺の唐衣汗衫をみな着せさせたまへり。女房にだにかねてさも知らせず、[9]殿人にはましていみじう隠して、みな装束したちて、暗うなりにたるほどに持て来て着す。[10]赤紐をかしう結び下げて、いみじう[11]瑩じたる白き衣、[12]かた木のかたは絵にかきたり。織物の唐衣どもの上に着たるは、まことにめづらしき中に、童はまいてすこしなまめきたり。下仕へまで出でゐたるに、殿上人上達部おどろき興じて[13]「小忌の女房」とつけて、小忌の君達は外にゐて物など言ふ。[14]五節の局を、「日も暮れぬ程にみなこぼちすかして、ただあやしうてあらする、いと異様なる事なり。その夜までは、なほうるはしながらこそあらめ」とのたまはせて、さもまどはさず。几帳どものほころび結ひ

5　藤原詮子。補注二
6　藤原原子。補注三
7　以下、最終日の豊明の節会。紫宸殿で舞姫が舞う日。
8　「青摺」は山藍で紋様を摺り出した小忌衣。介添えの女房と童女らが唐衣や汗衫の上に着用したらしい。よって実体は「青摺を羽織った唐衣・汗衫」姿。
9　出入りの家人。「外の人」（外部の人）とも。
10　小忌衣の右肩から下げる二本の紐。
11　貝で磨いて光沢を出した。
12　小忌衣の模様は型木（版木）で摺るが、ここは即席の手描きだった。
13　小忌衣姿で神事に奉仕する「小忌の君達」に準えてこう呼んだ。
14　舞姫の控え室。常寧殿の四隅に設けられた。豊明節会当夜、早々と撤去されていたらしい。

つつこぼれ出でたり。

[15]小兵衛といふが、赤紐の解けたるを「これ結ばばや」と言へば、[16]実方の中将寄りてつくろふに、ただならず。

[17]足引の山井の水は氷れるをいかなるひものとくるなるらむ

と言ひかく。年若き人の、さる顕証のほどなれば、言ひにくきにや、返しもせず。そのかたはらなる人どもも、ただうち過ぐしつつともかくも言はぬを、[18]宮司などは耳とどめて聞きけるに、久しうなりげなるかたはらいたさに、こと方より入りて、女房のもとに寄りて「などかうはおはするぞ」などささめくなり。四人ばかりをへだててゐたれば、よう思ひ得たらむにても言ひにくし。まいて、[19]歌詠むと知りたる人のは「おぼろけならざらむはいかでか」と、[20]つつましきこそはわろけれ。詠む人はさやはある。いとめでたからねど、ふとこそうち言へ。[21]爪はじきをしありくがいと[22]

15　中宮女房。八四段に名が見えた。「かしづき」の一人。

16　藤原実方（三三段注13）。正暦五年は左近中将で三三歳。東宮の皇子（敦明）を擁する小一条家の一員。当夜「小忌の君達」だったか。

17　実方の歌。補注四

18　中宮職の役人。

19　こうした折に歌を詠む人。ここは歌人として知られている実方。

20　単なる「つつましさ」を是としない。中関白家の気風に通じる。

21　指先をはじいて鳴らす（指弾）。返答しない中宮女房方への警鐘。

22　気の利いた返答ができないと、中宮方の失点となるので。

ほしければ、

[23]うは氷あはにむすべるひもなればかざす日影にゆるぶ
ばかりを

と弁[24]のおもとといふに伝へさすれば、消え入りつつえも言ひやらねば、「なにとか、なにとか」と耳をかたぶけて問ふに、すこし言どもりする人の、いみじうつくろひ、めでたしと聞かせむと思ひければ、[25]え聞き付けずなりぬるこそ、なかなか恥隠るる心地してよかりしか。

のぼる送りなどに「なやまし」と言ひて行かぬ人をも、[26]のたまはせしかば、ある限り連れだちて、[27]ことにも似ず、あまりこそうるさげなれ。舞姫は[28]相尹の馬の頭のむすめ、[29]染殿の式部卿の宮の上の御おとうとの四の君の御腹、十二にていとをかしげなりき。[30]果ての夜も[31]おひかづき出でもさわがず。[32]やがて仁寿殿より通りて清涼殿の御前の東の簀子より、舞姫を先にて[33]上の御局にまゐりし程もをかしかりき。

23 清少納言の歌。補注五

24 中宮女房。本段のみの登場。

25 返答が伝わらなかったとすれば中宮方には大きな失点だが、右の返歌を掲載したことで、その印象は薄められている。

26 女房は紫宸殿に参上する舞姫に付き添うよう、中宮が指示した。

27 「こと」は、ほかの舞姫一行。「うるさげなり」は、いかにも気配りが行き届いているさま。

28 左馬頭藤原相尹。右大臣師輔の孫、遠量の子。のち伊周らの配流に連座。

29 村上天皇の皇子、為平親王。その「上」(正妻)の妹(源高明の四女)が舞姫の母。

30 五節の最終日、辰の日の夜。

31 具合悪くなった舞姫が担ぎ出されることもなく。

32 以下、紫宸殿から退出してくる舞姫一行の様子。

33 清涼殿の上御局。中宮の御在所。

八八段

[1]細太刀に平緒つけて、清げなるをのこの持てわたるも、なまめかし。

八九段

内は[1]五節のころこそ、すずろにただ、なべて見ゆる人もをかしうおぼゆれ。[2]主殿司などの、色々の[3]さいでを[4]物忌のやうにて[5]釵子につけたるなども、めづらしう見ゆ。[6]宣耀殿のそり橋に、[7]元結のむら濃いとけざやかにて出でゐたるも、さまざまにつけてをかしうのみぞある。[8]上の雑仕、人のもとなる童べも、いみじき色ふしと思ひたる、ことわりなり。[9]山藍、日陰など[10]柳筥に入れて、[11]かうぶりしたる男など持てありくなど、いとをかしう見ゆ。殿上人の、[12]直衣ぬぎたれて扇やなにや

1　儀礼用の細身太刀。束帯時に着用。飾りに平緒（幅三寸ほどの平たい緒）も垂らす。八六段に回帰するような一節。

1　八七段注1参照。
2　「主殿司」は四五段注1参照。
3　端切れ。
4　物忌の札（三一段注12）のように細長くして。
5　正装時に結い上げた髪に挿すかんざし。
6　宣耀殿と（舞姫の局がある）常寧殿をつなぐ橋。
7　髻を結ぶ、濃淡に染め分けた組紐。
8　内裏の雑仕女や、女房に仕える童女。
9　「山藍」は小忌衣を摺るための染料に用いる。「日陰」は冠に飾る日陰の鬘。
10　柳の枝で編んだ箱。
11　童ではなく元服している男が。一説、叙爵した、冠を被った。
12　肩脱ぎして乱舞する。殿上の淵酔（酒宴）を描く。主として寅の日（二日目）に行われた。

と拍子にして、「[13]つかさまさりと、しきなみぞたつ」といふ歌をうたひ、[14]局どもの前渡る、いみじう立ち馴れたらむ心地もさわぎぬべしかし。まいてさと一度にうち笑ひなどしたるほど、いとおそろし。[15]行事の蔵人の[16]掻練襲、ものよりことにきよらに見ゆ。[17]褥など敷きたれど、なかなかえものぼり居ず、女房のゐたるさまほめそしり、このころはこと事なかめり。

[18]帳台の夜、行事の蔵人のいときびしうもてなして、「[19]かいつくろひ、二人の童よりほかには、すべて入るまじ」と戸をおさへて、おもにくきまで言へば、殿上人なども「なほこれ一人は」などのたまふを、「うらやみありて、いかでか」などかたく言ふに、宮の女房の二十人ばかり、蔵人を何ともせず戸を押し開けてさめき入れば、あきれて、「いと、こはずちなき世かな」とて立てるもをかし。それにつけてぞ、かしづきどもみな入る。けしき、いとねた

13 当時の歌謡。「つかさまさり」は官位昇進、「しきなみ」は次々寄せる波。『梁塵秘抄』に類歌が見える。
14 五節所（舞姫の局）。
15 五節の行事を取り仕切る蔵人。
16 「掻練」は縦横とも練糸で織った絹織物。蔵人の下襲。
17 行事の蔵人用の敷物。
18 以下、初日（丑の日）の記事。帝が常寧殿で試演をご覧になる「帳台の試」がある。
19 理髪役の女房。

げなり。上にもおはしまして、をかしと御覧じおはします[20]らむかし。灯台に向かひて寝たる顔どもも、らうたげなり。[21]

九〇段[1]

無名といふ琵琶の御琴を、上の持てわたらせたまへ[2][3]るに、見などして「かき鳴らしなどす」と言へば、弾くに[4]はあらで緒などを手まさぐりにして、「これが名よ、いかにとか」と聞えさするに、ただ「いとはかなく、名もなし」とのたまはせたるは、なほいとめでたしとこそおぼえ[5]しか。

淑景舎などわたりたまひて、御物語のついでに、「ま[6]ろがもとに、いとをかしげなる笙の笛こそあれ。故殿の得[7]させたまへりし」とのたまふを、僧都の君、「それは隆円[8]に給へ。おのがもとにめでたき琴はべり。それにかへさせ[9]たまへ」と申したまふを、聞きも入れたまはでこと事をの

20　一条天皇。
21　疲れて居眠りしている舞姫などの様子。

1　事件時は補注一
2　琵琶の名器で御物。後に上東門院（彰子）の所有となるも焼失（江談抄、拾芥抄）。
3　一条天皇。
4　誰かが掻き鳴らそうかと言ったとき、清少納言は緒を手まさぐりしながら琵琶の名を話題にした。
5　名もない身の上は、はかないものだと戯れた。
6　関白道隆の二女、原子。八七段注6参照。
7　父の道隆（二一段注26）、長徳元年（九九五）四月に薨去。
8　隆円。補注二
9　七絃の琴。琴ならば女性も奏でる。

たまふに、いらへさせたてまつらむとあまたたび聞えたまふに、なほ物ものたまはねば、宮の御前の『いなかへじ』[10]とおぼしたるものを」とのたまはせたる御けしきの、いみじうをかしき事ぞ限りなき。

[11]この御笛の名、僧都の君もえ知りたまはざりければ、ただうらめしうおぼいためる。これは職[12]の御曹司におはしまいしほどの事なめり。上の御前に「いなかへじ」といふ御笛のさぶらふ名なり。

御前にさぶらふ物は、御琴も御笛もみなめづらしき名つきてぞある。[13]玄上、牧馬、井手、渭橋、無名など。また和琴なども、朽目、塩釜、二貫などぞ聞ゆる。水龍、小水龍、宇多の法師、釘打、葉二つ、何くれなどおほく聞きしかど忘れにけり。[14]「宜陽殿の一の棚に」といふ言ぐさは、[15]頭の中将こそしたまひしか。

10　御物に「いなかへじ」という笙の笛があり、それを使ったしゃれだったことが後に説明される。千石積まれても譲らなかったので、こう呼ばれたという（江談抄）。

11　御物の笛の名を、隆円は知る術がなかった。

12　定子の職の御曹司滞在時。内裏を舞台とした前半とは時も場所も異にする。

13　以下、諸書にみえる名器。「玄上」から「無名」までは琵琶の名。「和琴」は日本古来の六絃の琴。ただし「塩釜」は『拾芥抄』などによれば箏の琴。「水龍」以下は横笛だが「宇多の法師」のみ和琴。

14　母屋が納殿で累代の御物（楽器や書籍など）を納めた。「一の棚」は第一級品を置く所。名器であることをこう言い習わした。

15　藤原斉信。七九段注１参照。

九一段

[1]上の御局の御簾の前にて、殿上人日一日琴笛吹き遊び暮して、大殿油まゐる程に、[2]まだ御格子はまゐらぬに大殿油さし出でたれば、[3]戸のあきたるがあらはなれば、[4]琵琶の御琴をたたざまに持たせたまへり。[5]紅の御衣どもの、言ふに世の常なる袿、また張りたるどもなどをあまた奉りて、いと黒うつややかなる琵琶に、御袖をうちかけてとらへさせたまへるだにめでたきに、[6]そばより御額の程のいみじう白うめでたく、けざやかにてはづれさせ[7]たまへるは、たとふべきかたぞなきや。近くゐたまへる人にさし寄りて、「[8]なかば隠したりけむ、えかくはあらざりけむかし。[9]あれはただ人にこそはありけめ」と言ふを、道もなきに分けまゐりて申せば、笑はせたまひて、「[10]別れは知りたりや」となむ仰せらるるもいとをかし。

1　弘徽殿上局の前（清涼殿東廂）での殿上人たちの演奏。長徳元年（九九五）四月以前の内裏滞在時の出来事か。
2　格子を下ろす前に火を入れてしまった。
3　中宮は開けた遣戸の向こう（藤壺の上局）にいた。
4　琵琶を立ててさりげなく顔を隠す。
5　定子の外見を記すのは本段が初例。重ね袿姿。「紅の御衣ども」は、袿・打衣の色を総称したか。
6　琵琶の脇。
7　「たまへる」以下「人に」まで、中本ほかで補う。
8　出典は補注一
9　「琵琶引」の女は「もと長安の倡い女」なので。
10　補注二

九二段

ねたきもの[1] 人のもとにこれよりやるも、人の返り事も、書きてやりつる後、文字一つ二つ思ひなほしたる。とみの物縫ふに、「かしこう縫ひつ」と思ふに、針を引き抜きつれば、はやく尻[2]を結ばざりけり。また、かへさまに縫ひたるもねたし。

南の院[3]におはしますころ、「とみの御物[4]なり。誰も誰も時[5]かはさず、あまたして縫ひてまゐらせよ」とて給はせたるに、南面にあつまりて御衣の片身[6]づつ、「誰かとく縫ふ」と近くも向かはず縫ふさまも、いと物ぐるほし。命婦[7]の乳母、いととく縫ひ果ててうち置きつる、ゆたけ[8]の片[9]の身を縫ひつるが、そむき[10]ざまなるを見つけで、とぢ目もしあへずまどひ置きて立ちぬるが、御背合[11]はすればはやくたがひたりけり。笑ひののしりて「はやくこれ縫ひなほせ」と

1 しゃくにさわるもの。いまいましいもの。
2 「尻」は糸の端。そこを結んでいなかったので針から抜けてしまった。
3 補注一
4 中宮のための急ぎの縫い物。
5 時が変わらないうちに。一時は二時間。
6 「片身」は着物の半分（身頃と袖）か。左右を分担して仕上げている。
7 中宮の乳母か。勘物は「一宮（敦康）御乳母」とするが、南院滞在の時期（補注一）と合わない。
8 裄丈か。「裄」は背縫いから袖口までの長さ。
9 「片の身」は片方の身頃。状況から判断すると、それを袖と縫い合わせるのが命婦の仕事だった。
10 袖に対して逆方向だったのを。
11 左右の背縫いの段階で命婦の間違いが発覚。

言ふを、[12]「誰あしう縫ひたりと知りてかなほさむ。[13]綾などならばこそ裏を見ざらむ人も『げに』となほさめ、[14]無紋の御衣なれば何をしるしにてか。なほす人誰もあらむ。[15]まだ縫ひたまはぬ人になほさせよ」とて聞かねば、「さ言ひてあらむや」とて、[16]源少納言、[17]中納言の君などいふ人たち、物憂げに取り寄せて縫ひたまひしを、[18]見やりて居たりしこそをかしかりしか。

おもしろき萩、薄などを[19]植ゑて見るほどに、[20]長櫃持たる者、鋤など引きさげて、ただ掘りに掘りて往ぬるこそ、わびしうねたけれ。よろしき人などのある時は、さもせぬものを。いみじう制すれど、「ただすこし」などうち言ひて往ぬる、言ふかひなくねたし。

[21]受領などの家に、[22]さるべき所の下部などの来てなめげに言ひ、「さりとて、我をばいかがせむ」など思ひたる、いとねたげなり。

12　間違っていても直すつもりはない。直しはまた別の仕事だと言いたいらしい。

13　綾織の文様で表裏がすぐに分かる。

14　この「無紋」は文様のない生地。縫い直そうにも目印がないと強弁する。

15　それでも直せと言うのなら、まだ縫っていない者がやるべきだという理屈。

16　中宮女房。本段のみの登場。

17　中宮の上臈女房。右兵衛督藤原忠君の娘。関白道隆の従姉妹。

18　「見やる」は遠くを眺める。直さないと言い張ったものの、命婦は離れた所から見守っていた。

19　野山から採ってきた草花を庭に植えていた。

20　長方形の大きな足付きの箱。二人で担ぐ。

21　四位五位の地方官クラスの家。

22　「さるべき所」は中本ほかに拠る。権勢のある家。

見まほしき文などを、人の取りて庭に下りて見立てる。いとわびしく、ねたく思ひて行けど、[23]簾のもとにとまりて見立てる心地こそ。飛びも出でぬべき心地こそすれ。

九三段

[1]かたはらいたきもの　客人などに会ひて物言ふに、奥の方に[2]打ちとけごとなど言ふを、えは制せで聞く心地。思ふ人のいたく酔ひて[3]同じ事したる。聞きゐたりけるを知らで、人の上言ひたる。[4]それは何ばかりならねど、使ふ人などだに、いとかたはらいたし。

旅立ちたる所にて、下衆どものざれゐたる。にくげなるちごを、おのが心地の[5]かなしきままにうつくしみ、かなしがり、これが声のままに言ひたる事など語りたる。[6]才ある人の前にて、才なき人の物覚え声に[7]人の名など言ひたる。ことによしとも覚えぬわが歌を人に語りて、人のほめなど

23　女性は簾の外には出て行きにくい。

1　いたたまれない気持ちになるもの。

2　くつろいだ話。おのずと無遠慮になる。

3　酔って言動がくどくなる。

4　内容に関わりなく、当人に聞かれることが問題。

5　いとおしい。

6　「才」は主に漢学の知識教養。

7　古人や著名な人の名前。

したるよし言ふも、かたはらいたし。

九四段

[1]あさましきもの　[2]さし櫛すりてみがく程に、物につきさへて折りたる心地。車のうち返りたる。さる[3]おほのかなる物は、[4]所せくやあらむと思ひしに、ただ夢の心地して、あさましうあへなし。

人のために、はづかしうあしき事を、つつみもなく言ひゐたる。かならず来なむと思ふ人を、夜一夜起き明かし待ちて、暁がたにいささか打ち忘れて寝入りにけるに、烏のいと近く「かか」と鳴くに、打ち見あけたれば昼になりにける、いみじうあさまし。

見すまじき人に、外へ持て行く文見せたる。むげに知らず見ぬ事を、人のさし向かひてあらがはすべくもあらず言ひたる。物うちこぼしたる心地、いとあさまし。

1　意外な事態に驚きあきれ、あっけにとられるもの。
2　正装時、髪飾りにする櫛。
3　おおげさな物。牛車の大きさをいう。
4　「所せく」は窮屈、つまり倒れようのない様子。

九五段

[1]くちをしきもの　[2]五節、[3]御仏名に雪降らで雨の[4]かきくらし降りたる。[5]節会などに、さるべき御物忌のあたりたる。いとなみ、いつしかと待つ事の、さはりあり、にはかにとまりぬる。遊び、もしは見すべき事ありて、呼びにやりたる人の来ぬ、いとくちをし。

男も女も法師も、宮仕へ所などより、同じやうなる人、もろともに寺へ詣で、物へも行くに、このましう[6]こぼれ出で、用意よく、言はば「[7]けしからず、あまり見苦し」とも見つべくぞあるに、さるべき人の馬にても車にても行きあひ見ずなりぬる、[8]いとくちをし。わびては、「すきずきしき下衆などの、人などに語りつべからむをがな」と思ふも、いとけしからず。

1　期待や願望が満たされない時の感情。
2　八七段補注一参照。
3　仏名会。七八段補注一参照。
4　「年のうちに積もれる罪はかきくらし降る白雪とともに消えなむ」(古今六帖、拾遺集・冬・貫之)に拠る。
5　天皇が出御し諸臣に宴を賜る。天皇の物忌と重なると出御がない。
6　出衣にしている。
7　人が見咎めるくらい目立たせている。
8　趣向を凝らしたからには人に見てほしい。次段でも同じ思いが描かれる。

九六段

[1]五月の御精進のほど、職[2]におはしますころ、塗籠[3]の前の二間なる所をことにしつらひたれば、例様ならぬもをかし。

一日より雨がちに曇りくらす。「つれづれなるを、郭公の声尋ねに行かばや」と言ふを、「われもわれも」と出で立つ。賀茂の奥に「なにさき[4]」とかや、七夕[5]の渡る橋にはあらでにくき名ぞ聞えし、「そのわたりになむ郭公鳴く」と人の言へば、「それはひぐらしなり[6]」と言ふ人もあり。「そこへ」とて五日のあしたに、宮司[7]に車の案内言ひて、[8]北の陣より「[9]五月雨はとがめなきものぞ」とてさしよせて、四人ばかり乗りて行く。うらやましがりて「なほいま一つして同じくは」など言へど、「まな」と仰せらるれば、聞き入れず情けなきさまにて行くに、[10]馬場といふ所にて人おほくてさわぐ。「何するぞ」と問へば、「[11]手つがひにて[12]馬弓

1 正・五・九月は斎月とされ、持戒精進した（拾芥抄）。
2 職の御曹司滞在時（四七段注2）、長徳四年（九九八）五月のこと。
3 周囲を壁で塗りこめた、二間（柱三本分）ある部屋。仏間として使用。
4 松ヶ崎だろう。「待つが先」の意を帯びるのが「にくき」ゆえんか。
5 七夕の夜に鵲が織女を渡すという故事（淮南子）から。「（まつ）かさき」「かささき」の近似。
6 蜩。補注一
7 中宮職の役人。
8 内裏の朔平門（北門）にある侍の詰所。車を内裏から調達した。
9 梅雨時は車を殿舎に寄せて乗ってよいと判断。
10 左近の馬場。一条大路北、堀河・西洞院大路末。
11 五月五日に行う左近衛府の真手結（競射の演習）。
12 馬上から弓を射る。騎射。

射るなり。しばし御覧じておはしませ」とて車とどめたり。「左近中将、みな着きたまへ」と言へど、さる人も見えず。六位など立ちさまよへば、「ゆかしからぬ事ぞ。早く過ぎよ」と言ひて行きもて行く。道も、[13]祭のころ思ひ出でられてをかし。

[14]かく言ふ所に[15]明順の朝臣の家ありけり。「そこもいざ見む」と言ひて、車寄せて下りぬ。田舎だち事そぎて、馬のかた描きたる[16]障子、[17]網代屏風、[18]三稜草の簾など、ことさらに昔の事をうつしたり。屋のさまもはかなだち、[19]廊めきて端近に浅はかなれどをかしきに、げにぞかしがましと思ふばかりに鳴き合ひたる時鳥の声を、くちをしう御前に聞しめさせず、さばかりしたひつる人々をと思ふ。「所につけては、かかる事をなむ見るべき」とて稲といふ物を取り出でて、若き下衆どものきたなげならぬ、そのわたりの家のむすめなどひきもて来て、五、六人してこかせ、また

13 四月（中の酉の日）に行われた賀茂祭。
14 「かく言ふ所」は祭が偲ばれるような場所。「ありけり」まで中本ほかに拠る。
15 高階明順。補注二
16 衝立障子。
17 網代（檜などの薄板を編んだもの）を張った屏風。
18 三稜草の茎で編んだ簾。
19 奥行きがない様。

見も知らぬ[20]くるべく物、二人して引かせて歌うたはせなどするを、めづらしくて笑ふ。時鳥の歌詠まむとしつる、まぎれぬ。

[21]唐絵に描きたる懸盤して物食はせたるを、見入るる人もなければ、家の主、[22]「いとひなびたり。かかる所に来ぬる人は、ようせずは主逃げぬばかりなど責め出だしてこそまゐるべけれ。むげにかくては、[23]その人ならず」など言ひて取りはやし、「この[24]下蕨は手づから摘みつる」など言へば、「いかでか、さ女官などのやうにつき並みてはあらむ」など笑へば、「さらば取りおろして、例の『[25]はひぶし』にならはせたまへる御前たちなれば」とてまかなひさわぐ程に、「雨降りぬ」と言へば急ぎて車に乗るに、[26]「さてこの歌は」「ここにてこそ詠まめ」など言へば、「さはれ」「道にても」など言ひて皆乗りぬ。

卯の花のいみじう咲きたるを折りて、車の簾、かたはら

20　回転する物。挽き臼か。
21　中国風の絵に描かれた懸盤（食器を載せる台）。数人用の食卓か。
22　食べ物に無関心な態度は、ここではかえって野暮だという。
23　都から来た人らしくない。女房たちにくつろいでほしい。
24　草の下から採取した蕨の類。
25　「はひぶし」は伏せるような低い姿勢。並んで着座するのが嫌なら各々手に取って食べればよい、と勧めた。
26　以下、女房たちの会話。

などに挿しあまりて、[27]おそひ、棟などに長き枝を[28]葺きたるやうに挿したれば、ただ卯の花の垣根を牛にかけたるぞと見ゆる。供なるをのこどもも、いみじう笑ひつつ「ここまだし、ここまだし」と挿しあへり。

「[29]人も会はなむ」と思ふに、さらに、あやしき法師、下衆の言ふかひなきのみ、たまさかに見ゆるに、いとくちをしくて、「近く来ぬれど、いとかくてやまむは。この車のありさまぞ人に語らせてこそやまめ」とて、[30]一条殿のほどにとどめて「[31]侍従殿やおはします。時鳥の声聞きて今なむ帰る」と言はせたる、使、『ただ今まゐる、しばしあが[32]君』となむのたまへる。[33]侍にまひろげておはしつる、急ぎ立ちて指貫奉りつ」と言ふ。「待つべきにもあらず」とて走らせて[34]土御門ざまへやるに、いつのまにか装束きつらむ、帯は道のままに結ひて、「しばししばし」と追ひ来る。供に侍三、四人ばかり、物もはかで走るめり。「とくやれ」と、

27 「おそひ」は牛車の屋根。「棟」は屋根に渡した棟木。
28 菖蒲を屋根に葺く（端午の風物の）ように。
29 「散り散らず聞かまほしきをふる里の花見て帰る人も会はなむ」（拾遺集・春・伊勢）に拠るか。
30 補注三
31 藤原為光の六男、公信。事件時に従五位下讃岐介兼侍従で二二歳。斉信（七九段注1）の異母弟。
32 親愛を込めた二人称。
33 侍所。大臣家に置かれる侍の詰所。
34 土御門は、大内裏の上東門。

いといそがして土御門に行き着きぬるにぞ、あへぎまどひておはして、この車のさまをいみじう笑ひたまふ。「[35]うつつの人の乗りたるとなむ、さらに見えぬ。なほ下りて見よ」など笑ひたまへば、供に走りつる人、ともに興じ笑ふ。「歌はいかが、それ聞かむ」とのたまへば、「今、御前に御覧ぜさせて後こそ」など言ふ程に、雨まこと降りぬ。「などか、こと御門御門のやうにもあらず、土御門しも[36]頭もなくしそめけむと、今日こそいとにくけれ」など言ひて、「いかで帰らむとすらむ。こなたざまは『ただおくれじ』と思ひつるに人目も知らず走られつるを、[37]奥行かむ事こそいとすさまじけれ」とのたまへば、「いざ給へかし、内へ」と言ふ。「[38]烏帽子にては、いかでか」「取りにやりたまへかし」など言ふに、まめやかに降れば、[39]笠もなきをのこども、ただ引きに引き入れつ。一条殿より[40]傘持て来たるをささせて、うち見返りつつ、[41]こたみはゆるゆると物憂げにて、卯

35　現実離れした有り様だと感嘆した。
36　「頭」は門の屋根。築土塀を切り開いた門なので、屋根がなかった。
37　清少納言たちが大内裏へ入ろうとしていること。
38　日常の被り物。一緒に御前に参上するなら冠でなければと言う。
39　かぶり笠。
40　柄のあるさし傘。
41　車を追ってきた先刻とは対照的に。

の花ばかりを取りておはするもをかし。

さてまゐりたれば、ありさまなど問はせたまふ。恨みつる人々、怨じ心憂がりながら、[42]藤侍従の一条の大路走りつる語るにぞ、皆笑ひぬる。「さていづら、歌は」と問はせたまへば「かうかう」と啓すれば、「くちをしの事や。[43]上人などの聞かむに、いかでかつゆ[44]をかしき事なくてはあらむ。その聞きつらむ所にて、きとこそは詠まましか。あまり儀式さだめつらむこそあやしけれ。ここにても詠め。いと言ふかひなし」などのたまはすれば、「げに」と思ふにいとわびしきを、言ひ合はせなどする程に、藤侍従、[45]ありつる花につけて[46]卯の花の薄様に書きたり。[47]この歌おぼえず。「これが返しまづせむ」など、硯取りに局にやれば、「ただこれして、とく言へ」とて御硯蓋に紙などして給はせたる。「[48]宰相の君、書きたまへ」と言ふを、「なほそこに」など言ふ程に、かきくらし雨降りて、神いとおそろしう鳴り

42　貴族が路上を走るのは尋常でない光景。

43　「上人」は殿上人や上の女房をさす語。

44　「をかしき事」は風流な話題。奇抜な牛車や公信の笑い話は該当しない。

45　公信が牛車から持ち帰った卯の花。

46　料紙の色目。白と青緑を重ねた。

47　能本には「ほととぎす鳴く音たづねに君ゆくと聞かば心をそへもしてまし」という公信の歌が見える。

48　中宮から紙まで下賜されたことで、返歌にも改まった気構えが加味された。そこで清少納言は宰相の君に譲ろうとする。宰相は同行した女房のひとり（二一段注30）。

たれば、物もおぼえず。ただおそろしきに御格子まゐりわたしまどひし程に、この事も忘れぬ。

いと久しう鳴りて、すこしやむほどには暗うなりぬ。「ただ今、なほこの返り事奉らむ」とて取りむかふに、人々、上達部など[49]神の事申しにまゐりたまへれば、[50]西面に出でゐて物聞えなどするに、まぎれぬ。[51]こと人、「はた、[52]さして得たらむ人こそせめ」とてやみぬ。「なほ、この事に宿世なき日なめり」とくんじて、「[53]今はいかで『さなむ行きたりし』とだに人におほく聞かせじ」など笑ふ。「今も、などかその行きたりし限りの人どもにて言はざらむ。されど『させじ』と思ふにこそ」と、ものしげなる御けしきなるも[54]いとをかし。「されど、今はすさまじうなりにてはべるなり」と申す。「すさまじかべき事かは」などのたまはせしかど、さてやみにき。

二日ばかりありて、その日の事など言ひ出づるに、宰相

49 雷のお見舞い。
50 職の御曹司の西廂。
51 同行したほかの女房。
52 公信の歌は清少納言宛だったらしい。一方、ほととぎすの歌は同行者の連帯責任。
53 ほととぎすの歌までも回避しようとする。
54 あくまで詠歌にこだわる定子を評した。

の君、「いかにぞ、『手づから折りたり』と言ひし下蕨は」とのたまふを聞かせたまひて、「思ひ出づる事のさまよ」と笑はせたまひて、紙の散りたるに、

したわらびこそ恋しかりけれ

と書かせたまひて「本言へ」と仰せらるるも、いとをかし。

郭公たづねて聞きし声よりも

と書きてまゐらせたれば、「いみじううけばりけり。かうだに、いかで時鳥の事を書きつらむ」とて笑はせたまふも、はづかしながら、

何か。この歌詠みはべらじとなむ思ひはべるを。物のをりなど、人の詠みはべらむにも、「詠め」など仰せられば、え候ふまじき心地なむしはべる。いといかがは、文字の数知らず、春は冬の歌、秋は梅、花の歌などを詠むやうははべらむ。なれど「歌詠む」と言はれし末々は、すこし人よ

55 花より団子のような歌にしてまで、清少納言がほととぎすを詠んだこと。

56 しかるべき折の詠歌。私的な贈答とは別。

57 歌詠みの子孫。曾祖父の深養父、父の元輔は著名な歌人。

りまさりて、「そのをりの歌は、これこそありけれ」「さは言へど、それが子なれば」など言はればこそ、かひある心地もしはべらめ。つゆとりわきたる方もなくて、さすがに歌がましう、「われは」と思へるさまに最初に詠み出ではべらむ、[58]亡き人のためにもいとほしうはべる。

と、まめやかに啓すれば笑はせたまひて、「さらば、ただ心にまかす。われは『詠め』とも言はじ」とのたまはすれば、「いと心やすくなりはべりぬ」「今は歌の事思ひかけじ」など言ひてあるころ、[59]庚申せさせたまふとて、[60]内の大殿、いみじう心まうけせさせたまへり。

夜うちふくる程に、[61]題出だして女房にも歌詠ませたまふ。皆けしきばみ、ゆるがし出だすも、宮の御前近くさぶらひて、物啓しなど異事をのみ言ふを、大臣御覧じて、「など歌は詠までむげに離れゐたる。[62]題取れ」とてたまふを、

58　特に父元輔（故人）を意識していたことがわかる。元輔は晴れの歌を得意とした。

59　庚申待ち。庚申の日に、眠らずに詩歌管絃などの催しをした。直近の庚申は七月四日だが、中宮病悩の時期にあたるので（権記）、事件時は次の庚申、九月四日だろう。九月は五月の次の精進月（注1参照）。

60　藤原伊周（二一段注8）。左遷の後、召還の官符を受け前年十二月に帰京していた。事件時は無位無官だが「内大臣」と呼称。「評」参照。

61　出された題で歌を詠む（題詠）。先に清少納言が拒んだ「物のをり」の歌。

62　用意した題で歌を詠め。複数の題を分け取る「探り題」だったとも考えられる。

「[63]さる事うけたまはりて、歌詠(よ)みはべるまじうなりてはべれば、思ひかけはべらず」と申す。「異様(ことやう)なる事、[64]まことにさる事やははべる。などか、さはゆるさせたまふ」「[65]いとあるまじき事なり。よし、異時(こと)は知(し)らず、今宵(こよひ)は詠(よ)め」など責(せ)めさせたまへど、け清(ぎよ)う聞(き)きも入(い)れでさぶらふに、皆人々詠(よ)み出だしてよしあしなど定(さだ)めらるる程に、[66]いささかなる御文(ふみ)を書(か)きて投(な)げ給はせたり。見れば、

[67]元輔(もとすけ)がのちといはるる君しもや今宵(こよひ)の歌にはづれて
　はをる

とあるを見るに、[68]をかしき事ぞたぐひなきや。いみじう笑(わら)へば、「何(なに)事ぞ、何事ぞ」と大臣(おとど)も問(と)ひたまふ。

[69]その人の後(のち)といはれぬ身なりせば今宵(こよひ)の歌をまづぞ詠(よ)
　まし

[70]つつむ事さぶらはずは、千(ち)の歌なりとこれよりなむ出(い)
　でまうで来(こ)まし

63 「さる事」は詠歌免除の特権。理由は説明せず結果のみ伝えた。
64 伊周はまず定子に真偽を確かめる。
65 理由を知らない伊周は納得しない。
66 蚊帳の外に置かれた清少納言に注目を集める行為。
67 詠歌拒否の理由を、伊周の前で改めて語らせようとする歌。
68 定子の気遣いに感激する。
69 詠歌拒否の理由を歌で答えた。この種の歌ならすぐ詠みますというアピールにもなる。
70 「つつむ事」は憚る事。「その人の後」（元輔の娘）ゆえの重圧を、定子に申し上げる体で伊周にも伝えた。

と啓しつ。

九七段

[1]職におはしますころ、八月十余日の月あかき夜、[2]右近の内侍に[3]琵琶ひかせて、[4]端近くおはします。[5]これかれ物言ひ笑ひなどするに、[6]廂の柱に寄りかかりて物も言はでさぶらへば、「などかう音もせぬ。物言へ、[7]さうざうしきに」と仰せらるれば、「[8]ただ秋の月の心を見はべるなり」と申せば、「[9]さも言ひつべし」と仰せらる。

1　年時は補注一
2　内裏女房（七段注20）。八四段と同じく天皇の使いで参上していたか。
3　補注二
4　七五段に拠れば南廂の端か。
5　女房たちが話したり笑ったりしている様。演奏後の場面。
6　孫廂の柱。月を眺めやすい。
7　「物言ふ」女房たちの中で清少納言はひとり沈黙していた。
8　出典は補注三
9　中宮の言葉。補注四

九八段

[1]御方々、君達、上人など、御前に人のいとおほくさぶらへば、[2]廂の柱に寄りかかりて女房と物語などしてゐたるに、[3]物を投げ給はせたる、あけて見たれば、「思ふべしやいなや、人第一ならずはいかに」と書かせたまへり。

1　中宮の兄弟姉妹などが集まっているが、何の折かには言及がない。「上人」は九六段注43参照。
2　廂の柱に寄りかかるのは、前段と同じ構図。
3　中宮が「物を投げてよこす」のは九六段と同じ。衆目を集める。

[4]御前にて物語などするついでにも、「すべて人に一に思はれずは何にかはせむ。ただいみじう、なかなかにくまれ、あしうせられてあらむ。二、三にては死ぬともあらじ。一にてをあらむ」など言へば、「[5]一乗の法ななり」など人々も笑ふ事の筋なめり。

筆紙など給はせたれば、「[6]九品蓮台の間には[7]下品といふとも」など書きてまゐらせたれば、「むげに思ひくんじにけり。いとわろし。言ひとぢめつる事は、さてこそあらめ」とのたまはす。「それは人にしたがひてこそ」と申せば、「そがわろきぞかし。[8]第一の人に、また一に思はれむとこそ思はめ」と仰せらるる、いとをかし。

九九段

[1]中納言まゐりたまひて、[2]御扇奉らせたまふに、「隆家こそ、いみじき骨は得てはべれ。それを張らせてまゐらせむ

4　以下、平素の自身の言動を紹介。

5　「一乗の法」は仏果に至るための唯一の乗り物、法華経をさす。「十方仏土の中に唯一乗の法有り、二も無く亦三も無し」（法華経方便品）から。

6　極楽往生の九階級。上・中・下品がそれぞれ上・中・下生に分かれる。

7　極楽往生できるなら最下級でもかまわない、中宮に思っていただけるなら最下位でも、の意。慶滋保胤の願文「十方仏土の中には西方を以て望みと為す。九品蓮台の間には下品と雖も足りぬべし」（和漢朗詠集・仏事）に拠る。

8　時の中宮たる定子の矜持。それが清少納言を感服させた。

1　藤原隆家。補注一

2　ここは蝙蝠扇。

とするに、おぼろけの紙は え張るまじければ、もとめはべるなり」と申したまふ。「いかやうにかある」と問ひきこえさせたまへば、「すべていみじう侍り。『さらにまだ見ぬ骨のさまなり』となむ人々申す。まことに、かばかりのは見えざりつ」と言高くのたまへば、「さては扇のにはあらで、くらげのななり」と聞ゆれば、「これは隆家が事にしてむ」とて笑ひたまふ。

かやうの事こそは「かたはらいたき事」のうちに入れつべけれど、「一つな落としそ」と言へば、いかがはせむ。

一〇〇段

雨のうちはへ降るころ、今日も降るに、御使にて式部の丞信経まゐりたり。例のごと褥さし出でたるを常よりも遠く押しやりてゐたれば、「誰が料ぞ」と言へば、笑ひて、「かかる雨にのぼりはべらば、足形つきて、いとふびんに

3　極上の骨に見合う紙を探している。
4　骨を見た人々のコメント。
5　「となむ」以下「くらげのななり」まで明本ほかで補う。
6　興奮気味な隆家の話しぶり。「まだ見ぬ」「見えざりつ」の一点張りで、骨の実際のすばらしさが伝わらない。
7　補注二
8　隆家の冗談。
9　隆家のことを思うといたたまれない、の意。自慢話になるからではない。「われぼめ」「吹き語り」と自認された事例は作中に二例のみ（一二八・二六二段）。「評」参照。

1　天皇の使い。年時は補注一
2　藤原信経。補注二
3　方形の敷物。
4　「料」は使うべく用意されたもの。信経が褥を使わないので声を掛けた。

きたなくなりはべりなむ」と言へば、「など、[5]せんぞく料にこそはならめ」と言ふを、「これは[6]御前にかしこう仰せらるるにあらず。信経が足形の事を申さざらましかば、えのたまはざらまし」と、かへすがへす言ひしこそ[7]をかしかりしか。

はやう、[8]中后の宮に「[9]ゐぬたき」といひて名高き下仕へなむありける。美濃守にて失せける[10]藤原時柄、蔵人なりけるをりに、下仕へどものある所に立ち寄りて、「これやこの高名のゐぬたき、[11]などさしも見えぬ」と言ひけるいらへに、「それは[12]時柄に、さも見ゆるならむ」と言ひたりけるなむ、「かたきに選りても。さる事はいかでかあらむ」と上達部、殿上人まで興ある事にのたまひける。またさりけるなめり、今日までかく言ひ伝ふるは。

5 洗足と氈褥（毛織の敷物）を掛けた。遠慮なく足をのせて下さい、の意。
6 「御前」は清少納言への敬称。「に」は「〜におかれては」の意。
7 秀句は「言わせた者」の手柄でもあるという言い分に、一定の理解が示されている。
8 村上天皇の中宮、安子。藤原師輔の娘で、冷泉・円融帝の母。
9 「ゐぬ」は「狗」（和名抄）、「たき」は「抱き」に通じるか。
10 藤原（京家）三仁の子。美濃守以後も健在で、摂津守になっている（勘物）。
11 名前通りには見えない。「別のものを抱きそうだ」といったからかいか。
12 「時柄」はその時しだいの意。相手の名前を使って切り返した。

と、聞えたり。[13]「それまた、時柄が言はせたるなめり。すべてただ[14]題からなむ、文も歌もかしこき」と言へば、「げにさもある事なり。さは題出ださむ、歌詠みたまへ」と言ふ。「いとよき事」と言へば、[15]「なせむに。同じくは、[16]あまたをつかうまつらむ」なんど言ふほどに[17]御返し出で来ぬれば、[18]「あなおそろし、まかり逃ぐ」と言ひて出でぬるを、[19]「いみじう真名も仮名もあしう書くを人笑ひなどする、隠してなむある」と言ふもをかし。

[20]作物所の別当するころ、[21]誰がもとにやりたりけるにかあらむ、物の絵様やるとて、「これがやうにつかうまつるべし」と書きたる真名の様、文字の世に知らずあやしきを見つけて、「これがままにつかうまつらば、ことやうにこそあるべけれ」とて殿上にやりたれば、人々取りて見ていみじう笑ひけるに、[22]おほきに腹立ちてこそにくみしか。

13　「言わせた者」にも功績があるという、先の主張の繰り返し。
14　「時がら」を受けて「題がら」（題しだい）という。ここから詩歌の話題へ移ってゆく。
15　「なにせんに」（どうして～か）の意。能本「一つはなにせんに」と同義と解す。
16　好きな題を選んで良い歌を披露せよと、逃げ道を塞いでゆく。
17　中宮から帝への返信。取り次ぎの女房から差し出された。
18　信経は返信を得て、退散の潮時と見た。
19　ここから信経の筆跡が話題に。以下の逸話へつながる。
20　補注三
21　清少納言が手にしているので、実際は中宮に関係する図面だったか。
22　筆跡をからかわれた信経は、大いに腹を立てた。「評」参照。

一〇一段

淑景舎[1]、春宮[2]にまゐりたまふほどの事など、いかがめでたからぬ事なし。

正月十日[3]にまゐりたまひて、御文などはしげう通へどまだ御対面はなきを、二月十日余日[4]、宮の御方に渡りたまふべき御消息あれば、常よりも御しつらひ心ことにみがきつくろひ、女房などみな用意したり。夜中ばかりに渡らせたまひしかば、いくばくもあらで明けぬ。

登花殿[5]の東の廂の二間[6]に、御しつらひはしたり。宵に渡らせたまひて、またの日おはしますべければ、女房[7]は御膳やどりに向かひたる渡殿にさぶらふべし。殿[8]、上[9]、暁に一つ御車にてまゐりたまひにけり。つとめて、いととく御格子まゐりわたして、御曹司[10]の南に四尺の屏風、西東に御座しきて、北向き[11]に立てて、御畳、御褥ばかり置きて、

1 藤原原子。定子の同母妹（八七段補注三）。事件時は正暦六（＝長徳元）年（九九五）正月。東宮に入侍して淑景舎（桐壺）を御在所とした。
2 居貞親王。補注一
3 『小右記』によれば、原子の入侍は正月十九日。
4 勘物の引く『信経記』によれば、対面は二月十八日。
5 定子の御在所。後宮西北側の殿舎。
6 柱と柱の間が「間」。東廂の二間分の部屋。
7 淑景舎に付き添ってきた女房。
8 藤原道隆（二一段注26）。四三歳。
9 高階貴子。補注二
10 「曹司」は部屋。一説に障子。
11 四尺の屏風を北（御座所の方向）向きに立てた。

御火桶まゐれり。御屏風の南、[12]御帳の前に、女房いとおほくさぶらふ。

まだこなたにて[13]御髪などまゐるほど、「淑景舎は見たてまつりたりや」と問はせたまへば、「まだいかでか。[14]御車寄せの日、ただ御うしろばかりをなむはつかに」と聞ゆれば、「その柱と屏風とのもとに寄りて、わがうしろよりみそかに見よ。いとをかしげなる君ぞ」とのたまはするに、うれしくゆかしさまさりて、いつしかと思ふ。[15]紅梅の固紋、浮紋の御衣ども、紅の[16]打ちたる御衣、[17]三重が上にただひき重ねて奉りたる。[18]「紅梅には濃き衣こそをかしけれ、え着ぬこそ口惜しけれ。今は紅梅のは着でもありぬべしかし。[19]されど萌黄などのにくければ。紅に合はぬが」などのたまはすれど、[20]ただいとぞめでたく見えさせたまふ。[21]奉る御衣の色ごとに、やがて御かたちのにほひ合はせたまふぞ、「な[22]ほことよき人も、[23]かうやおはしますらむ」とゆかしき。

12 母屋にある定子の御帳台。中宮女房はその前に控えていた。
13 定子の整髪をしている時のこと。
14 東宮に入侍した日か。二類および能本は「積善寺供養の日」。ならば前年二月二十日の出来事（二六二段参照）。
15 以下、定子の衣装。「紅梅」は織り色。紫と紅の糸で織り上げた。「固紋」は紋様が沈むように固く、「浮紋」は浮き上がるように柔らかく糸を織り出す。「ども」とあるので小袿と表着か。
16 砧で打ってつやを出した袿、いわゆる打衣。
17 三枚重ねた袿の上に。
18 定子の言葉。補注三
19 「萌黄・紅」の組み合わせはいやなので「紅梅・紅」で妥協した。
20 定子は配色に不満げだが、それでもすばらしいと讃えた。
21 どのような色をお召しになっても。
22 「こと」（別の）「よき人」の意か。淑景舎をさす。
23 底本「かうやは」、絵詞による。

さて、ゐざり入らせたまひぬれば、やがて御屏風に添ひつきてのぞくを、「あしかめり」「うしろめたきわざかな」と聞えごつ人々も、をかし。[24]障子のいと広うあきたれば、いとよく見ゆ。上は[25]白き御衣ども、[26]紅の張りたる二つばかり、[27]女房の裳なめり、ひきかけて、奥に寄りて東向きにおはすれば、ただ御衣などぞ見ゆる。淑景舎は北にすこし寄りて、南向きにおはす。[28]紅梅いとあまた濃く薄くて、[29]上に濃き綾の御衣、すこし赤き小袿、[30]蘇芳の織物、[31]萌黄の若やかなる固紋の御衣奉りて、扇をつとさし隠したまへる、いみじう、げにめでたくうつくしと見えたまふ。殿は[32]薄色の御直衣、萌黄の織物の指貫、[33]紅の御衣ども、[34]御紐さして、廂の柱にうしろをあてて、こなた向きにおはします。めでたき御ありさまを、うち笑みつつ例のたはぶれ言せさせたまふ。淑景舎のいとうつくしげに、絵にかいたるやうにてゐさせたまへるに、宮はいとやすらかに、いますこし大人び

24 屏風の前に襖障子があったか。それが広く開いていて覗くのに好都合だった。一説に「曹司」。
25 白色の衣を重ねている。
26 糊気をつけて光沢を出した紅の衣。袿か。
27 貴子は娘たちに敬意を表して裳を着用。
28 紅梅の袿を重ね着した。
29 濃い蘇芳系の綾織を袿の上、表着の下に着用。
30 「蘇芳の織物」は「すこし赤き小袿」の説明。「織物」は高級品。
31 「萌黄の」以下は、小袿の下の表着の説明か。
32 薄紫色（一説に薄紅色）。
33 直衣の下に重ね着している衣。
34 直衣の襟紐は緩めずに。

させたまへる御けしきの、[35]紅の御衣にひかり合はせたまへる、なほたぐひはいかでかと見えさせたまふ。

[36]御手水まゐる。かの御方のは、[37]宣耀殿、貞観殿を通りて、童女二人下仕へ四人して持てまゐるめり。[38]唐廂のこなたの廊にぞ、女房六人ばかりさぶらふ。せばしとて、かたへは御送りしてみな帰りにけり。[39]桜の汗衫、[40]萌黄紅梅などいみじう、汗衫長く引きて取り次ぎまゐらする、いとなまめきをかし。[41]織物の唐衣どもこぼれ出でて、[42]相尹の馬の頭のむすめ少将、[43]北野宰相のむすめ宰相の君などぞ、近うはある。をかしと見るほどに、こなたの御手水は番[44]の采女の、青裾濃の裳唐衣、裙帯領巾などして面いと白くて、下など取り次ぎまゐるほど、これはたおほやけしう唐めきてをかし。

御膳のをりになりて、[45]御髪上げまゐりて、蔵人[46]ども御まかなひの髪上げてまゐらするほどは、へだてたりつる御屏

35　定子の衣装の「紅」を強調。先の道隆、九一段の定子の衣装描写にも通じる。
36　手などを清める水。
37　宣耀殿と貞観殿は、淑景舎（桐壺）から登花殿への通路にあたる。
38　貞観殿へ続く廊の手前の方。屋根が唐風だったか。
39　童女の正装。桜襲。
40　汗衫の下に着た袙の色か。
41　淑景舎の女房の唐衣（正装）。簾から裾などが見えている。
42　藤原相尹の娘。八七段で紹介された五節の舞姫の姉らしい。
43　菅原輔正の娘。ただし輔正が宰相となるのは翌年。
44　当番の女官。以下はその衣装。「青裾濃の裳」は裾を濃く青く染めた裳。「裙帯」は腰に結び、「領布」は肩に掛ける帯状の布。ともに礼装の飾り。
45　食事に際し、中宮の髪を結ぶ女官。
46　髪上げした女蔵人たちが給仕している。

風も押しあけつれば、[47]かいま見の人、隠れ蓑取られたる心地して[48]あかずわびしければ、[49]御簾と几帳との中にて[50]柱の外よりぞ見たてまつる。衣の裾、裳などは御簾の外にみな押し出だされたれば、殿、端の方より御覧じ出だして、「あれは誰そや、かの御簾の間より見ゆるは」ととがめさせたまふに、「少納言が物ゆかしがりて侍るならむ」と申させたまへば、「あなはづかし、かれは古き[51]得意を。[52]『いとにくさげなるむすめども持たり』ともこそ見はべれ」などのたまふ御けしき、いとしたり顔なり。

[53]あなたにも御膳まゐる。「うらやましう、方々の皆まゐりぬめり。とく聞しめして、[54]翁嫗に御おろしをだに給へ」など、日一日ただ猿楽言をのみしたまふほどに、[55]大納言、[56]三位の中将、[57]松君率てまゐりたまへり。殿いつしか抱き取りたまひて、膝にすゑたてまつりたまへる、いとうつくし。[58]せばき縁に所せき御装束の下襲[59]引き散らされたり。大納

47　のぞいていた清少納言。
48　このまま見ていたいのに、という気持ちが「あかず」（飽き足りない）。
49　母屋と東廂との間の簾。
50　東廂から見た外側、母屋側。
51　「得意」は馴染み、懇意の者。道隆の冗談。
52　以下に「したり顔なり」とあるので、実際は自慢の娘たちである。
53　淑景舎にも。
54　自分たち夫婦を冗談めかして「翁嫗」と呼んだ。
55　藤原伊周（二一段注8）。二二歳。事件時は内大臣だが、左遷前の伊周は「大納言」と呼称される（九六段「評」）。
56　藤原隆家（九九段注1）。十七歳。
57　伊周の子、道雅の幼名。補注四
58　東廂の縁。簀子より簡略な造り。
59　下襲の裾を掛ける高欄がなかったので。

言殿は[60]物々しう清げに、中将殿はいと[61]らうらうじう、いづれもめでたきを見たてまつるに、殿をばさるものにて、[62]上の御宿世こそいとめでたけれ。「御円座」など聞えたまへど、「[63]陣に着きはべるなり」とて、いそぎ立ちたまひぬ。

しばしありて、[64]式部の丞なにがし御使にまゐりたれば、御膳やどりの北に寄りたる間に褥さし出だしてすゑたり。[65]御返答は、とく出ださせたまひつ。まだ褥も取り入れぬほどに、春宮の御使に[66]周頼の少将まゐりたり。御文取り入れて、渡殿は細き縁なれば、こなたの縁にこと褥さし出だしたり。御文取り入れて、殿、上、宮など御覧じわたす。「御返し、はや」とあれど、とみにも聞えたまはぬを、「[67]なにがし見はべれば書きたまはぬなめり。さらぬをりは、これよりぞ間もなく聞えたまふなる」など申したまへば、御面はすこし赤みて、うちほほゑみたまへる、いとめでたし。「[68]まことに、とく」など上も聞えたまへば、奥に向き

60　「物々し」は、重々しく威厳があるさま。作中では伊周にしか用いられない（本段と一二五段）。
61　「らうらうじ」は、いかにも年功を経ているさま。年少者の利発さ、物慣れた様子を評すことが多い。作中に三例、特定の人物に用いるのは本段の隆家のみ。
62　揃った兄弟姉妹は、すべて貴子が産んでいる。それを前世の果報と讃えた。
63　これから陣の座に着くから、と退出した。内大臣だった伊周の言葉。
64　式部省の三等官。本段の該当者は不明。
65　帝への返事。二類「御返今日は」。
66　藤原周頼。道隆の子で、伊周らの異母弟。長徳元年正月に右近少将。
67　「なにがし」は道隆の自称。登場は本段のみ。
68　母貴子が返事を急がせる。彼女の言葉が記される唯一の箇所。

て書いたまふ。上、近う寄りたまひてもろともに書かせたてまつりたまへば、いとどつつましげなり。

宮[69]の御方より萌黄の織物の小袿、袴押し出でたれば、三[70]位の中将かづけたまふ。[71]頸苦しげに思うて、持ちて立ちぬ。松君のをかしう物のたまふを、誰も誰もうつくしがり聞えたまふ。「宮[72]の御みこたちとて引き出でたらむに、わるく侍らじかし」などのたまはするを、「げに、などかさる御事の今まで」とぞ心もとなき。[73]

[74]未の時ばかりに、「[75]筵道まゐる」など言ふほどもなく、うちそよめきて入らせたまへば、宮もこなたへ入らせたま[76]ひぬ。[77]やがて御帳に入らせたまひぬれば、[78]女房も南面に皆そよめき往ぬめり。廊に殿上人いとおほかり。[79]殿の御前に宮司召して、「くだ物さかななど召させよ」「人々酔はせ」など仰せらるる。[80]まことに皆酔ひて女房と物言ひかはすほど、かたみにをかしと思ひためり。

69 中宮方から周頼へ禄を与える。
70 隆家が禄を肩にかけてやる。
71 もらった衣装が多くて重いので。
72 中宮の産んだ子として。「たち」は軽い敬意を添えたか。皇子誕生の願望を込めた。
73 「心もとなし」は期待が実現されないじれったさ。道隆の生前に皇子誕生はなかった。
74 午後一時から三時くらい。帝の渡御は『信経記』にも「未の刻」とある。
75 帝のために筵道（薄い敷物）を敷いた。
76 御帳台のある母屋へ。
77 そのまま帝は御帳台に入る。先に言及された皇子誕生の期待に応える行為。時に一条は十六歳。
78 御帳台付近にいた女房が、南廂へ移動した。
79 道隆が中宮職の役人に饗応を命じた。
80 『信経記』にも「殿の南の妻に於て侍臣盃酒の事あり」とある。

[81]日の入るほどに起きさせたまひて、[82]山の井の大納言召し入れて、御袿まゐらせたまひて帰らせたまふ。[83]桜の御直衣に紅の御衣の夕ばえなども、かしこければとどめつ。山の井の大納言は、[84]入り立たぬ御せうとにてはいとよくおはするぞかし。にほひやかなるかたは、この大納言にもまさりたまへるものを、かく世の人はせちに言ひおとしきこゆるこそ、いとほしけれ。殿、大納言、山の井も、三位の中将、[85]内蔵頭などさぶらひたまふ。

宮のぼらせたまふべき御使にて、[86]馬の内侍のすけ参りたり。「今宵は[87]えなむ」などしぶらせたまふに、殿聞かせたまひて、「いとあしき事、はやのぼらせたまへ」と申させたまふに、春宮の御使しきりてあるほど、いとさわがし。御むかへに女房、[88]春宮の侍従などいふ人も参りて、「とく」とそのかしきこゆ。「まづ、さは、かの君わたしきこえたまひて」とのたまはすれば、「さりともいかでか」とあ

81 『信経記』に「申の時還御」とある。
82 藤原道頼。補注五
83 帝の衣装に言及するのは異例。桜襲の御引き直衣姿。
84 道頼は伊周たちほど親密ではなかったとする。正妻腹でないゆえ。
85 藤原頼親。補注六
86 内裏女房。伝未詳。
87 「えなむ参るまじき」の意。先に共寝しているし、親子団欒の折でもあるので。
88 東宮の女房。

るを、「見送りきこえむ」などのたまはするほどにも、いとめでたくをかし。「さらば遠きを先にすべきか」とて、淑景舎わたりたまふ。殿など帰らせたまひてぞ、のぼらせたまふ。道のほども、殿の御猿楽言にいみじう笑ひて、ほとほと打橋よりも落ちぬべし。

一〇二段

殿上より、梅の花散りたる枝を「これはいかが」と言ひたるに、ただ「早く落ちにけり」といらへたれば、その詩を誦して、殿上人黒戸にいとおほくゐたる、上の御前に聞しめして、「よろしき歌など詠みて出だしたらむよりは、かかる事はまさりたりかし。よくいらへたる」と仰せられき。

一〇三段

89 東宮御所（梨壺）までは清涼殿より距離がある。
90 清涼殿に上る途中の、弘徽殿との間に渡した板の橋。

1 清涼殿殿上の間。年時は内裏滞在時の某日。
2 出典は補注一
3 清涼殿の北廊にある戸。
4 一条天皇。補注一も参照。

[1]二月つごもりごろに、風いたう吹きて空いみじう黒きに、雪すこしうち散りたるほど、[2]黒戸に[3]主殿寮来て「[4]かうしてさぶらふ」と言へば、寄りたるに、「これ[5]公任の宰相殿の」とあるを見れば、懐紙に

[6]すこし春ある心ちこそすれ

とあるは、げに今日のけしきにいとようあひたる。「これが本は、いかでか付くべからむ」と思ひわづらひぬ。

「[7]誰々か」と問へば「それそれ」と言ふ。みないとはづかしき中に、宰相の御いらへをいかでか事なしびに言ひ出でむと、心一つに苦しきを、御前に御覧ぜさせむとすれど、[8]上のおはしまして大殿籠りたり。主殿寮は「とくとく」と言ふ。げにおそうさへあらむはいと取り所なければ、「さはれ」とて

[9]空寒み花にまがへてちる雪に

と、わななくわななく書きて取らせて、「いかに思ふらむ」

1　長保元年（九九九）の二月。「評」参照。
2　前段と同じく黒戸が舞台。
3　主殿寮の男官。
4　挨拶の言葉。
5　藤原公任。補注一
6　『白氏文集』「南秦の雪」に拠る。補注二
7　返答にあたり、先方の顔ぶれを確認した。
8　一条と定子の共寝を明記。七九・一〇一段以来、作中では三例目。
9　注6の「南秦の雪」を踏まえて「飛雪」を「花」に見立てた。「まがふ」（下二段）は区別しにくくする意。公任の下句とあわせて、寒さの中にも春の気配を見出す歌となる。

とわびし。「これが事を聞かばや」と思ふに、「そしられたらば聞かじ」とおぼゆるを、「[10]俊賢の宰相など『なほ内侍[11]に奏してなさむ』となむ定めたまひし」とばかりぞ、[12]左兵衛督の中将におはせし、語りたまひし。

一〇四段

[1]はるかなるもの　[2]半臂の緒ひねる。陸奥国へ行く人、[3]逢坂越ゆるほど。生まれたるちごの大人になるほど。

一〇五段

[1]方弘は、いみじう人に笑はるる者かな。親などいかに聞くらむ。供にありく者のいと[2]びびしきを呼び寄せて、「何しにかかる者には使はるるぞ。いかがおぼゆる」など笑ふ。

[3]物いとよくするあたりにて、下襲の色、うへの衣なども、

10 源俊賢。補注三
11 内侍所の三等官、掌侍。宮仕え女性の最高位の公職。
12 藤原実成。補注四

1 先の長いもの。
2 補注一
3 山城と近江の国境にある逢坂山を越えると東路に入る。

1 源方弘。五四段注12参照。
2 「びびし」は立派に整っている意。底本「ひさしき」、明本ほかによる。
3 衣服の染織などを。

人よりもよくて着たるをば、「これをこと人に着せばや」など言ふに、げにまた言葉づかひなどぞあやしき。里に宿直物取りにやるに、「をのこ二人まかれ」と言ふを、「一人して取りにまかりなむ」と言ふ。「あやしのをのこや。一人して二人がものをば、いかでか持たるべきぞ。ひと升瓶にふた升は入るや」と言ふを、なでふ[4]事と知る人はなけれどいみじう笑ふ。人の使の来て、「御返り事とく」と言ふを、「あな、にくのをのこや。などかうまどふ。[5]竈に豆やくべたる。この[6]殿上の墨筆は、何の盗み隠したるぞ。飯酒ならばこそ人もほしがらめ」と言ふを、また笑ふ。

[7]女院なやませたまふとて、御使に参りて帰りたるに、「[8]院の殿上には誰々かありつる」と人の問へば、「それかれ」など四、五人ばかり言ふに、「また誰か」と問へば、「[9]さて、往ぬる人どもぞありつる」と言ふも笑ふも、[10]またあやしき事にこそはあらめ。

4　なぜ「二人」必要なのか、方弘の説明が理解できない。

5　補注一

6　墨と筆が見つからず、焦って饒舌になっている。

7　一条天皇の母、詮子（八七段注5）。女院の病悩は頻繁に記録に見え、伊周らの配流も大赦もその病悩に連動。

8　女院御所の殿上の間。

9　同席者を尋ねたのに帰った人たちがいたと答えた。「さては寝る人」（高本）で解す説もある。

10　お見舞いを笑い話にしている点が不謹慎。

人間に寄り来て、「わが君こそ。[11]物聞えむ。『まづ』と人ののたまひつる事ぞ」と言へば、「何事ぞ」とて几帳のもとにさし寄りたれば、「『[12]むくろごめに寄りたまへ』と言ひたるを『[13]五体ごめ』となむ言ひつる」とて、また笑はる。

[14]除目の中の夜、[15]さし油するに灯台の[16]打敷を踏みて立てるに、あたらしき油単に[17]襪はいとよくとらへられにけり。さし歩みて帰れば、やがて灯台は倒れぬ。襪に打敷つきて行くに、まことに[18]大地震動したりしか。

[19]頭着きたまはぬかぎりは、[20]殿上の台盤には人も着かず。[21]それに、豆一盛をやをら取りて、小障子のうしろにて食ひければ、ひきあらはして笑ふ事かぎりなし。

一〇六段

[1]見ぐるしきもの　[2]衣の背縫ひ、肩に寄せて着たる。また、[3]のけ頸したる。[4]例ならぬ人の前に、子負ひて出で来たる

11 「わが君」は親しみを込めた呼びかけ。
12 「むくろごめ」は体ごと。後代の「むくろ」は、もっぱら「(首のない)胴体」の意。
13 補注二
14 除目(三段注21)の二日目。以下、方弘が六位蔵人となった長徳二年(九九六)正月の出来事か。
15 灯台の油をつぎ足す。六位蔵人としての職務。
16 「打敷」は灯台の下に敷く敷物で、油をひいた絹布(油単)だった。
17 足袋に似たはき物。
18 大げさな漢語表現。文章生だった方弘を意識したか。
19 蔵人頭(長官)。
20 殿上の間の食卓。
21 誰も着座していないのを良いことに。
1 見ていて不快なもの。
2 背中の縫い目を、一方の肩に寄せている。
3 襟の後ろを下げた着方か。

者。[5]法師陰陽師の、紙冠して祓したる。

色黒うにくげなる女の、[6]かづらしたると、鬚がちにかしけやせやせなる男、[7]夏昼寝したるこそ、いと見ぐるしけれ。何の見るかひにて、さて臥いたるならむ。夜などはかたちも見えず、またみなおしなべて[8]さる事となりにたれば、「われはにくげなり」とて、起きゐるべきにもあらずかし。さて、つとめてはとく起きぬる、いと目やすしかし。夏昼寝して起きたるは、よき人こそいますこしをかしかなれ、えせかたちは、つやめき寝腫れて、ようせずは頬ゆがみもしぬべし。かたみにうち見かはしたらむ程の、生けるかひなさや。やせ色黒き人の、生絹の単着たる、[9]いと見ぐるしかし。

一〇七段

言ひにくきもの　[1]人の消息のなかに、[2]よき人の仰せ言な

4　いつもと違う人。ふだんは応対しない相手。
5　僧形の陰陽師。官人ではないが祓えや呪詛を行った。
6　かもじ（添え髪）。
7　昼の共寝。
8　夜は男女が共寝するものなので。
9　その肌が透けて見えるので。

1　他人からきた手紙。
2　高貴な人。

どのおほかるを、[3]はじめより奥まで言ひにくし。[4]はづかしき人の、物などおこせたる返り事。大人になりたる子の[5]思はずなる事を聞くに、前にては言ひにくし。

一〇八段

関は　[1]逢坂　須磨の関　鈴鹿の関　くき田の関　白河の関　衣の関。

[2]ただこえの関は、はばかりの関にたとしへなくこそおぼゆれ。[3]横はしりの関　清見が関　みるめの関。

[4]よもよもの関こそ、いかに思ひ返したるならむと、いと知らまほしけれ。それを、[5]なこその関と言ふにやあらむ。逢坂などを、さて思ひ返したらむは、わびしかりなむかし。

一〇九段

森は　[1]うきたの森　[2]うへ木の森　いはせの森　たちぎき

3 伝言の最初から最後まで。
4 気おくれするほど立派な人。
5 具体的にどのような内容を指すのか不明であるが、諸注では失敗や恋愛沙汰、初潮などを挙げている。いずれにしても人前では口外しにくい内容であろう。

1 以下「衣の関」まで著名な歌枕。補注一
2 「はばかりの関」とともに補注二
3 以下「みるめの関」まで補注三
4 未詳。よもや（まさか〜するまい）の意を掛けるか。
5 陸奥国磐城の有名な歌枕。「な来そ」（来るな）の意を掛ける。

1 山城国の歌枕。補注一
2 以下、補注二

の森。

一一〇段

原は　あしたの原[1]　あはづの原[2]　しの原　その原。

1　一四段注1参照。
2　以下、補注一

一一一段

卯月のつごもり方に初瀬[1]にまうでて、淀[2]のわたりといふものをせしかば、船[3]に車をかきすゑて行くに、菖蒲、菰などの末短く[4]見えしを取らせたれば、いと長かりけり。菰積みたる船のありくこそ、いみじうをかしかりしか。「高瀬[5]の淀に」とは、これを詠みけるなめりと見えて。三日帰りしに、雨のすこし降りしほど、菖蒲[6]刈るとて笠のいと小さき着つつ、脛いと高き男童などのあるも、屏風の絵に似ていとをかし。

1　長谷寺。一二段注3参照。
2　淀（京都市伏見区）の船渡り。一帯は菖蒲や菰の産地。
3　船に牛車を載せて川を渡る。
4　水面から茎が少し顔を出していた。
5　「菰枕高瀬の淀に刈る菰のかるとも我は知らで頼まむ」（古今六帖）などが知られる。
6　補注一

一一二段

常よりことに聞ゆるもの　正月[1]の車の音、また鳥の声。暁のしはぶき[2]。物の音[3]はさらなり。

1　三段では、正月八日に叙位や除目のお礼参りに行き交う車の音を取り上げていた。
2　せきばらい。
3　楽器の音色。「暁の」を受ける。

一一三段

絵にかきおとりするもの[1]　なでしこ[2]　菖蒲　さくら。物語に「めでたし」と言ひたる男女のかたち。

1　絵に描くと見劣りするもの。
2　以下は「評」参照。

一一四段

かきまさりするもの[1]　松の木　秋の野　山里　山道。

1　「絵に」が省略されている。

一一五段

冬はいみじう[1]寒き。夏は世に知らず暑き。

1　一段にも「冬はつとめて…いと寒きに、火など急ぎおこして」とあった。

一一六段

[1]あはれなるもの　[2]孝ある人の子。よき男の若きが[3]御嶽精進したる。[4]たてへだてゐて、うちおこなひたる暁の[5]額、いみじうあはれなり。むつましき人などの目さまして聞くらむ、思ひやる。「詣づる程のありさま、いかならむ」などつつしみおぢたるに、たひらかに詣で着きたるこそ、いとめでたけれ。[6]烏帽子のさまなどぞ、すこし人わろき。なほいみじき人と聞こゆれど、こよなくやつれてこそ詣づと知りたれ、[7]右衛門佐宣孝といひたる人は、「あぢきなき事なり。ただ清き衣を着て詣でむに、なでふ事かあらむ。必ずよも『あやしうて詣でよ』と、御嶽さらにのたまはじ」とて、三月つごもりに、[8]紫のいと濃き指貫、[9]白き襖、山吹のいみじうおどろおどろしきなど着て、[10]隆光が主殿助なるには青色の襖、[11]紅の衣、摺りもどろかしたる[12]水干

1　しみじみと心打たれるもの。
2　孝心のある子供。親への「孝」には死後の供養も含まれる。
3　吉野の金峰山に詣でるための精進潔斎。役行者の千日参籠にならって長期（百日、五十日など）の精進生活を送る。
4　別室に籠って座して。
5　額をつき金峰山に向かって礼拝する。
6　参籠には質素な（萎えた）烏帽子を用いたか。
7　藤原宣孝。補注一
8　以下「やつれて」「あやしうて」とは正反対の身なり。
9　「襖」は狩衣のような外出着。「山吹」は狩襖の下の袿の色。
10　藤原隆光。補注二
11　「紅」は袿の色。
12　水干（狩衣系の装束）に合わせて着用する簡素な袴。その文様が目立っていた。

といふ袴を着せて、うちつづき詣でたりけるを、帰る人も今詣づるも、めづらしうあやしき事に、「すべて昔よりこの山にかかる姿の人見えざりつ」とあさましがりしを、四月ついたちに帰りて、[13]六月十日の程に筑前守の辞せしになりたりしこそ、「げに[14]言ひけるにたがはずも」と聞えしか。これは「あはれなる事」にはあらねど、御嶽のついでなり。

男も女も若く清げなるが、[15]いと黒き衣着たるこそあはれなれ。[16]九月つごもり、十月ついたちの程に、ただあるかなきかに聞きつけたる[17]きりぎりすの声。鶏の子[18]抱きて伏したる。秋深き庭の[19]浅茅に、露の色々の玉のやうにて置きたる。夕暮暁に、[20]河竹の風に吹かれたる、目さまして聞きたる。[21]また夜などもすべて。[22]山里の雪。思ひかはしたる若き人の中の、せく方ありて心にもまかせぬ。

一一七段

13 補注三
14 清き衣で詣でても功徳はある、という先の発言。
15 近親者が着る喪服の色。
16 晩秋から初冬の頃に。
17 今のこおろぎ。
18 「子」は雛、あるいは卵。
19 六四段注19参照。
20 真竹。清涼殿にも植えられていた。
21 夕暮れや暁だけでなく夜の間も、の意か。
22 「山里は雪降りつみて道もなし今日来む人をあはれとは見む」(拾遺集・冬・兼盛)を想起させる。

正月に寺に籠りたるは、いみじう寒く雪がちに氷りたるこそをかしけれ。雨うち降りぬるけしきなるは、いとわるし。

清水[1]などに詣でて局[2]するほど、くれ階[3]のもとに車引き寄せて立てたるに、帯[4]ばかりうちしたる若き法師ばらの、足駄[5]といふ物をはきて、いささかつつみもなく下り上るとて、何ともなき経の端うち読み、倶舎[6]の頌など誦しつつありくこそ、所につけてはをかしけれ。わが上るはいとあやふくおぼえて、かたはらに寄りて高欄おさへなどして行くものを、ただ板敷などのやうに思ひたるもをかし。「御局してはべり。はや」と言へば、沓ども持て来ておろす。衣うへさまに引き返しなどしたるもあり。裳、唐衣など、ことごとしく装束きたるもあり。深沓[7]、半靴などはきて廊のほど沓すり入るは、内[8]わたりめきてまたをかし。

内外[9]ゆるされたる若き男ども、家の子など、あまた立

1　清水寺（京都市東山区）。本尊は十一面観音。近郊の寺で女性に人気があった。能本では「初瀬」。
2　「局」は参籠者のための個室。礼堂の外陣に設けた。
3　高欄のついた唐風の階段。長廊下。
4　正式な法服でない略装。
5　高下駄。
6　『阿毘達磨倶舎論』（世親作の教理本）の頌（詩の形にしたもの）。
7　「深沓」は皮製の深い靴。「半靴」は錦（靴氈）の部分が広い靴。男性用なので「すり入る」（引きずる）形となる。
8　内裏を行き来する男性たちの靴音を想起。
9　主家に自由な出入りを許された若い男性たち。「家の子」は一門の子弟。

ちつづきて、「そこもとは落ちたる所侍り」「上がりたり」など教へ行く。何者にかあらむ、いと近くさし歩み、さいだつ者などを、「しばし、人おはしますに、かくはせぬわざなり」など言ふを、「げに」とすこし心あるもあり、また、聞きも入れず「まづわれ仏の御前に」と思ひて行くもあり。局に入るほども、ゐ並みたる前を通り入らば、いとうたてあるを、[10]犬防ぎのうち見入れたる心地ぞ、いみじうたふとく、などて月ごろ詣でで過ぐしつらむと、まづ心もおこる。

御みあかしの、[11]常灯にはあらで、内にまた人の奉れるが、おそろしきまで燃えたるに、仏のきらきらと見えたまへるはいみじうたふときに、[12]手ごとに文どもをささげて、[13]礼盤にかひろぎ誓ふも、さばかり[14]ゆすり満ちたれば、とりはなちて聞き分くべきにもあらぬに、せめてしぼり出でたる声々、[15]さすがにまたまぎれずなむ。「[16]千灯の御心ざしは何

10 本堂の内陣と外陣を仕切る低い格子。
11 備え付けではない、誰かが献上した灯明。「内」は内陣。
12 僧たちが献灯者の願文を捧げ持って。
13 「礼盤」は仏前に設けた台座。
14 祈願する僧たちの声が堂内に響き合っている。
15 僧が声を張り上げてくれるので、願主の耳にも届く。
16 多くの灯明を献上した者の志。僧が読み上げる願文の一節。

がしの御ため」などは、はつかに聞ゆ。[17]帯うちして拝みたてまつるに、「ここに[18]つかうさぶらふ」とて、[19]樒の枝を折りて持て来たるは、香などのいとたふときもをかし。犬防ぎの方より法師寄り来て、「いとよく申しはべりぬ。幾日ばかり籠らせたまふべきにか。しかじかの人籠りたまへり」など言ひ聞かせて往ぬるすなはち、火桶くだ物など持てつづけて、[20]半挿に手水入れて、[21]手もなき盥などあり。「御供の人は、かの[22]坊に」など言ひて呼びもて行けば、かはりがはりぞ行く。

誦経の鐘の音など、「わがななり」と聞くもたのもしうおぼゆ。かたはらに、よろしき男の、いとしのびやかに額など[23]つく。立ち居のほども「心あらむ」と聞えたるが、いたう思ひ入りたるけしきにて、寝も寝ず行ふこそいとあはれなれ。うちやすむ程は、経を高うは聞えぬ程に読みたるもたふとげなり。うち出で[24]させまほしきに。まいて鼻など

17　参詣する女性が、肩に掛けて後ろで結ぶ掛帯。
18　「つかう」は「仕へ」の音便形。
19　仏前に供える香木。
20　水を注ぐための容器。
21　角盥などに付いている「手」（持ち手）がない盥。
22　「坊」は僧たちがいる宿坊。
23　「つく」は内本にて補う。
24　「させ」は二類本にて補う。

をけざやかに、聞きにくくはあらで、しのびやかにかみたるは、「何事を思ふ人ならむ、かれをなさばや」とこそおぼゆれ。

[25]日ごろ籠りたるに、昼はすこしのどやかにぞ、はやくはありし。[26]師の坊に、をのこども、女、童べなどみな行きてつれづれなるも、かたはらに[27]貝をにはかに吹き出でたるこそ、いみじうおどろかるれ。清げなる[28]立て文持たせたる男などの、[29]誦経の物うち置きて堂童子など呼ぶ声、山彦ひびき合ひてきらきらしう聞ゆ。鐘の声ひびきまさりて、いづこのならむと思ふ程に、[30]やむごとなき所の名うち言ひて、「御産たひらかに」など験々しげに申したるなど、すずろに「いかならむ」などおぼつかなく、念ぜらるかし。

[31]これはただなるをりの事なめり。[32]正月などは、ただいとさわがしき。物のぞみする人など、ひまなく詣づるを見る程に、行ひも知らず。

25 以下、以前の参詣時の様子。後文によれば正月の話ではない。
26 参籠の世話をする導師の宿坊。底本「師の僧」、明本ほかに拠る。
27 時を告げる法螺貝。
28 この「立て文」は願文。
29 「誦経の物」はお布施（装束など）。「堂童子」は童子姿をした寺の雑事担当。
30 貴人のための安産祈願だった。
31 「これ」は以上のように「のどやか」な様子。
32 再び正月の話題に戻る。任官昇進を望む人が多く参詣する。

日うち暮るる程詣づるは、籠るなめり。小法師ばらの、持ちあるくべうもあらぬ鬼[33]屏風の高きを、いとよく進退して、畳などをうち置くと見れば、ただ局[34]ねに局ね立てて、犬防ぎ[35]に簾さらさらとうちかくる、いみじうしつきたり、やすげなり。そよそよと[36]あまた下り来て、大人だちたる人のいやしからぬ声の、忍びやかなるけはひにて、帰[37]る人々やあらむ、「その事あやふし」「火の事制せよ」など言ふもあなり。七つ八つばかりなるをのこ子の、声愛敬づきおごりたる声にて、侍のをのこども呼びつき物など言ひたる、いとをかし。また三つばかりなるちごの、寝おびれて、うちしはぶきたるもいとうつくし。乳母の名、「母」などうち言ひ出でたるも、誰ならむと知らまほし。

夜一夜ののしり行ひ明かすに、寝も入らざりつるを、後[38]夜など果ててすこしうちやすみたる寝耳に、[39]その寺の仏の御経をいと荒々しうたふとくうち出で読みたるにぞ、いと

33　「鬼」は異形なものの形容。屏風がかなり大型だったか。
34　「局ぬ」は部屋として仕切る意。
35　夕方、犬防ぎ（注10）に簾を下ろす。
36　オノマトペ。局から下りてくる人々の衣ずれの音。
37　挿入句。以下は、お籠りせずに帰る人々の言葉だろうと推測。
38　後夜（夜半から早朝まで）の勤行。
39　清水寺の仏（十一面観音）にゆかりのお経、『法華経』の普門品。

わざとたふとくしもあらず、[40]修行者だちたる法師の、蓑うちしきたるなどが読むなりと、ふとうちおどろかれて、あはれに聞ゆ。

また夜などは籠らで、人々しき人の、[41]青鈍の指貫の綿入りたる、白き衣どもあまた着て、子どもなめりと見ゆる若き男のをかしげなる、装束きたる童べなどして、侍などやうの者ども、あまたかしこまり[42]囲繞したるもをかし。かりそめに屏風ばかりを立てて、額などすこしつくめり。顔知らずは、誰ならむとゆかし。知りたるは、さなめりと見るもをかし。若き者どもは、とかく局どものあたりに立ちさまよひて、仏の御方に目も見入れたてまつらず。[43]別当など呼び出でて、うちささめき物語して出でぬる、[44]えせ者とは見えず。

二月つごもり、三月ついたち、花盛りに籠りたるもをかし。清げなる若き男どもの、主と見ゆる二、三人、桜の[45]襖、

40 誦経の様子から、修行僧のような人物が蓑に座って礼拝する姿を想像した。

41 青みのある薄墨色。参籠用の指貫袴。

42 「囲繞」は敬意を払って取り囲む意。仏教語。家来たちを周りにはべらせている様。

43 寺の長官。

44 その振る舞いから、身分ある人らしいと察した。

45 「襖」は前段注9参照。

柳などいとをかしうて、くくり上げたる指貫の裾もあてやかにぞ見なさるる。つきづきしきをのこに、装束をかしうしたる[46]餌袋抱かせて、[47]小舎人童どもに、紅梅萌黄の狩衣、色々の衣、押し摺りもどろかしたる袴など着せたり。花など折らせて、侍めきて細やかなる者など具して、[48]金鼓打つこそをかしけれ。「さぞかし」と見ゆる人もあれど、いかでかは知らむ。うち過ぎて往ぬるもさうざうしければ、「けしきを見せましものを」など言ふもをかし。

かやうにて寺に籠り、すべて例ならぬ所に、ただ使ふ人の限りしてあるこそ、かひなうおぼゆれ。なほ同じ程にて、一つ心にをかしき事もにくき事も、さまざまに言ひ合はせつべき人、かならず一人二人、あまたもさそはまほし。そのある人の中にも、くちをしからぬもあれど、目馴れたるなるべし。男などもさ思ふにこそあらめ。わざとたづね呼びありくは。

46　「餌袋」は食べ物を持ち運ぶ籠。
47　「小舎人童」は五二段注1参照。「に」前本にて補う。
48　仏堂の軒に吊るされている鰐口。銅製。

一一八段

いみじう心づきなきもの[1] 祭(まつり)[2]、禊(みそぎ)など、すべて男の物見るに、ただ一人乗(ひとりの)りて見るこそあれ。いかなる心にかあらむ。やむごとなからずとも、若きをのこなどのゆかしがるをも引(ひ)き乗(の)せよかし。透影(すきかげ)[3]にただ一人(ひとり)ただよひて、心ひとつにまぼりゐたらむよ。いかばかり心せばく、けにくきならむとぞおぼゆる。

物へ行(い)き、寺へも詣(まう)づる日の雨。使(つか)ふ人などの「われをばおぼさず、なにがしこそ、ただ今の時の人」[4]など言(い)ふを、ほの聞(き)きたる。人より[5]はすこしにくしと思ふ人の、おしはかりごとうちし、すずろなるものうらみし、わがかしこなる。

1 「心づきなし」は自分の気持ちと相容れない、気に入らない意。
2 四月の賀茂祭、斎院の御禊(ごけい)など。
3 牛車の簾越しに見える姿。そこから見物する男の執着心を推し量る。
4 主人の覚えめでたく、今をときめいている人。
5 どちらかといえば嫌いな人。そこそこ付き合いはある。

一一九段

わびしげに見ゆるもの[1]　六、七月の午未[2]の時ばかりに、きたなげなる車にえせ牛[3]かけて、ゆるがし行く者。雨降らぬ日、張り筵[4]したる車。いと寒きをり、暑き程などに、下衆女のなりあしきが子負ひたる。老いたるかたゐ。小さき板屋[5]の黒うきたなげなるが、雨に濡れたる。また、雨いたう降りたるに、小さき馬に乗りて御前[6]したる人。冬はされどよし。夏は[7]、うへの衣、下襲もひとつに合ひたり。

一二〇段

あつげなるもの　随身[1]の長の狩衣。衲[2]の袈裟。出居[3]の少将。いみじう肥えたる人の、髪おほかる。六、七月の修法[4]の、日中[5]の時行ふ阿闍梨。

一二一段

はづかしきもの[1]　男の心のうち。いざとき夜居[2]の僧。

1　貧相に見える、つらそうなもの。
2　暑い季節の正午から二時くらい。
3　「えせ」は似て非なる。牛とは思えない貧相さ。
4　雨よけに牛車を覆う筵。
5　板葺屋根の粗末な家。
6　騎馬で貴人を先導している人。
7　雨と汗で肌に張り付くので。能本・前本では「夏はされどよし、冬は」とあり、逆転している。

1　「随身」は四六段注2参照。「長の狩衣」に注目する理由は未詳。甲などをまとった狩衣姿か。
2　布を継ぎ合わせて作った袈裟。
3　競射や相撲の折、宮中の庭に臨時に設けた席。
4　密教の加持祈禱。護摩木を焚く。
5　正午の勤行を担当する導師。

1　自分が劣位にあると感じることによる気後れ。そこから「油断ならない」意にも。
2　夜間、貴人のために加持祈禱する僧。補注一みそか盗人の、さるべき隅にゐて見るらむを、誰かは知らむ。暗きまぎれに、忍びて物引き取る人もあらむかし。[3]そはしも同じ心に、をかしとや思ふらむ。

夜居の僧は、いとはづかしきものなり。若き人のあつまりゐて、人の上を言ひ笑ひ、そしりにくみもするを、つくづくと聞きあつむる、いとはづかし。「あなうたて」「かしがまし」など、[4]御前近き人などのけしきばみ言ふをも聞き入れず、[5]言ひ言ひの果ては、皆うち解けて寝るも、いとはづかし。

男は、「うたて。思ふさまならず。もどかしう心づきなき事などあり」と見れど、さし向かひたる人をすかしたのむるこそ、いとはづかしけれ。[6]まして情けあり、好ましう人に知られたるなどは、「おろかなり」と思はすべうももてなさずかし。心のうちにのみならず、また皆これが事はかれに言ひ、かれが事はこれに言ひ聞かすべかめるも、わ

3 以下「をかし」まで二類本で補う。「同じ心」は互いに油断ならない盗人の心情。

4 主人の近くにいる上臈の女房たち。「若き人」とは対照的な存在で、身分や年齢が高い。品格と教養が備わっているため、散々にしゃべり散らす若い女房たちを苦々しく思うのである。

5 「世の中をかく言ひ言ひの果て果てはいかにやいかにならむとすらむ」（拾遺集・雑上・よみ人しらず、同集の哀傷にも）に拠る。

6 以下、恋愛心理を心得ている男の場合。いっそう油断ならない。

が事をば知らで、「かう語るは、なほこよなきなめり」と思ひやすらむ。[7]いでされば、すこしも思ふ人にあへば、「心はかなきなめり」と見えて、いとはづかしうもあらぬぞかし。

いみじうあはれに心苦しう見捨てがたき事などを、いささか何とも思はぬも、いかなる心ぞとこそあさましけれ。さすがに、[8]人の上をもどき、物をいとよく言ふさまよ。ことに[9]たのもしき人なき宮仕へ人などを語らひて、[10]ただならずなりぬるありさまを、「清く知らで」などもあるは。

一二二段

[1]むとくなるもの　潮干の潟にをる大船。大きなる木の風に吹き倒されて、根をささげて横たはれ臥せる。えせ者の、従者[2]かうがへたる。人の妻などの、すずろなる物怨じなどして隠れたらむを、「必ずたづねさわがむものぞ」と思ひ

7　男は調子いい事を言うので、思いを抱く相手の言葉は特に疑ってかかるから大丈夫ということか。「されば」以下、能本・前本は「あはれまた会はじと思ふ人」。

8　自分の薄情さは棚に上げ、他の男を非難する。

9　しっかりした後見がいない女房。

10　女を妊娠させたことを。

1　恰好つかない、ぶざまなもの。

2　「勘ふ」のウ音便。問いただし、叱責する。

たるに、さしもあらず。[3]ねたげにもてなしたるに、さてはえ旅だちゐたらねば、心と出で来たる。

3 家出しても意に介さない夫に、妻はいまいましそうに振る舞うのが精一杯。

一二三段

[1]修法は、[2]奈良方。仏の護身どもなど読みたてまつりたる、なまめかしうたふとし。

1 密教の加持祈禱の法。
2 興福寺の方式。補注一

一二四段

[1]はしたなきもの　こと人を呼ぶに「わがぞ」とさし出でたる。[2]物など取らするをりは、いとど。おのづから人の上などうち言ひそしりたるに、幼き子どもの聞き取りて、その人のあるに言ひ出でたる。

あはれなる事など人の言ひ出で、うち泣きなどするに、「げにいとあはれなり」など聞きながら、涙のつと出で来ぬ、いとはしたなし。泣き顔つくり、けしきことになせど、

1 中途半端な状態や、そのために感じるきまり悪さ。
2 何か与えるつもりで人を呼んだ場合。

いとかひなし。めでたき事を見聞くには、まづただ出で来にぞ出で来る。

[3]八幡の行幸のかへらせたまふに、[4]女院の[5]御桟敷のあなたに、御輿とどめて[6]御消息申させたまふ、世に知らずいみじきに、まことにこぼるばかり、化粧じたる顔みな[7]あらはれて、いかに見苦しからむ。[8]宣旨の御使にて、[9]斉信の宰相中将の御桟敷へ参りたまひしこそ、いとをかしう見えしか。ただ、[10]随身四人いみじう装束きたる、[11]馬副の細く[12]白くしてたるばかりして、[13]二条の大路の広く清げなるに、めでたき馬をうちはやめて急ぎまゐりて、すこし遠くより下りて、[14]そばの御簾の前にさぶらひたまひしなど、いとをかし。御返しうけたまはりてまた帰りまゐりて、御輿のもとにて奏したまふほどなど、言ふもおろかなり。

さて、内のわたらせたまふを見たてまつらせたまふらむ御心地、思ひやりまゐらするは、[15]飛び立ちぬべくこそおぼ

3　事件時は補注一
4　東三条院詮子（八七段注5）。三四歳。
5　見物席。『信経記』によれば見物は車からだった。
6　母への御挨拶。補注二
7　「きぬに（地肌として）あらはれ」（三段）に同じ。
8　帝のお言葉を伝える使い。
9　藤原斉信（七九段注1）。二九歳。「宰相中将」は翌年四月以降の呼称。事件時の官職ではないので名前まで添えた。
10　朝廷から賜る警護の武官。「いみじう装束きたる」はその外見と解す。
11　行幸などに供奉する公卿の馬に付き従う。斉信を宰相として描くべく馬副も加えた。
12　白い装束に仕立てて。故実書類によれば馬副の袍は褐衣で、白装束ではない。
13　補注三
14　正面でなく脇の御簾。
15　抑えがたい激情があった。

えしか。それには、[16]長泣きをして笑はるるぞかし。よろしき人だに、なほ子のよきはいとめでたきものを、かくだに思ひまゐらするもかしこしや。

一二五段

[1]関白殿、[2]黒戸より出でさせたまふとて、女房のひまなくさぶらふを、「あな、いみじのおもとたちや、翁をいかに笑ひたまふらむ」とて分け出でさせたまへば、戸口近き人々、色々の袖口して御簾引き上げたるに、[3]権大納言の御沓取りてはかせたてまつりたまふ。いと物々しく清げによそほしげに下襲の裾長く引き、所せくてさぶらひたまふ。「あなめでた、大納言ばかりに沓取らせたてまつりたまふよ」と見ゆ。[4]山の井の大納言、その御つぎつぎのさならぬ人々、[5]黒き物をひき散らしたるやうに藤壺の塀のもとより登花殿の前まで居並みたるに、細やかになまめかしうて御

16 前の「こぼるばかり」から泣き続けていた。「評」参照。

1 藤原道隆（二一段注26）。事件時は不明。正暦五年（九九四）某日か。

2 清涼殿北廊の戸。

3 藤原伊周（二一段注8）。正暦三年八月に権大納言。同五年八月から内大臣。

4 藤原道頼（一〇一段注82）。正暦五年八月に権大納言。伊周と同時期に大納言だったことはない。

5 四位以上の黒袍。

佩刀などひきつくろはせたまひ、やすらはせたまふに、宮[6]の大夫殿は戸の前に立たせたまへれば、「[7]居させたまふまじきなめり」と思ふ程に、すこし歩み出でさせたまへば、ふと居させたまへりしこそ。「なほ、いかばかりの昔の御行ひのほどにか」と見たてまつりしか、いみじかりしか。

[8]中納言の君の、[9]忌日とてくすしがり行ひたまひしを、「給へ、その数珠しばし。行ひしてめでたき身にならむ」と借るとてあつまりて笑へど、なほいとこそめでたけれ。御前に聞しめして、「[10]仏になりたらむこそは、これよりはまさらめ」とてうちゑませたまへるを、[11]まためでたくなりてぞ見たてまつる。[12]大夫殿の居させたまへるを、かへすがへす聞ゆれば、「[13]例の思ひ人」と笑はせたまひし。まいて、[14]この後の御ありさまを見たてまつらせたまはましかば、ことわりとおぼしめされなまし。

6　藤原道長。補注一
7　人々が跪くなか、立っていた道長に注目が集まった。
8　中宮の上﨟女房（九二段注17）。以下、前場面から間もない頃の逸話か。
9　親族の命日に勤行していた。
10　来世での成仏は、現世の栄華（関白の威勢）にも勝る。
11　定子の言動にさらなる「めでたさ」を体感。
12　内実は「関白が道長を跪かせた」話だが、「大夫殿の居させたまへる」と、道長に焦点を当てて語っている。
13　大夫殿の話題を繰り返すので、「思ひ人」（好きな人、贔屓の人）だとからかった。
14　定子亡き後、より極まった道長の栄華。

一二六段

九月ばかり、夜一夜降り明かしつる雨の、今朝はやみて、朝日いとけざやかにさし出でたるに、前栽[1]の露は、こぼるばかり濡れかかりたるもいとをかし。透垣[2]の羅文[3]、軒の上などは、かいたる蜘蛛[4]の巣のこぼれ残りたるに雨のかかりたるが、白き玉を貫きたるやうなるこそ、いみじうあはれにをかしけれ。

すこし日たけぬれば、萩などのいと重げなるに、露の落つるに枝うち動きて、人も手触れぬに[5]ふと上ざまへあがりたるもいみじうをかし、と言ひたる事どもの、「人の心には、つゆをかしからじ」と思ふこそ、またをかしけれ。

1 庭の植え込み。
2 七二段注7参照。
3 細い竹や枝を、菱形に交差させながら組んだ飾り。
4 「秋の野に置く白露は玉なれやつらぬきかくる蜘蛛の糸すぢ」（古今集・秋・朝康）と同じ趣向。
5 急にさっと上へ跳ねあがる意。

一二七段

七日[1]の日の若菜を、六日人の持て来、[2]さわぎ取り散らし

1 正月七日（人日）。七種の若菜を食す。
2 摘んできた若菜を広げて吟味している。

などするに、見も知らぬ草を子どもの取り持て来たるを、「何とか、これをば言ふ」と問へば、とみにも言はず。[3]「いさ」など、これかれ見合はせて、「[4]耳無草となむ言ふ」と言ふ者のあれば、「むべなりけり、聞かぬ顔なるは」と笑ふに、またいとをかしげなる菊の生ひ出でたるを持て来たれば、

　つめどなほ耳無草こそあはれなれあまたしあればきく[5]もありけり

と言はまほしけれど、[6]またこれも聞き入るべうもあらず。

一二八段

二月、[1]官の司に[2]考定といふ事すなる、何事にかあらむ。[3]孔子などかけたてまつりてする事なるべし。[4]聡明とて、上にも宮にもあやしき物のかたなど土器に盛りてまゐらす。[5]頭弁の御もとより主殿司、[6]絵などやうなる物を白き

3　底本「いま」、二類本に拠る。
4　なでしこ科の多年草。漢名「巻耳」。
5　「菊」と「聞く」を掛詞にした。摘んだ草の中に菊があるように、「耳無草」の名を聞き知っている子もいることだ。
6　相手が子供では、歌に込めたしゃれも理解してもらえそうにない。

1　太政官庁。以下の記述によれば、同所での行事は馴染みの薄いものだった。
2　補注一
3　孔子と弟子たちの画像を掛けて祭る「釈奠」（二月と八月に大学寮にて行われる）と混同。
4　釈奠の折の胙（餅などの供物）。帝にも献じられる。
5　藤原行成。七段注14参照。事件時は「評」参照。
6　絵巻のように巻いてあったか。

色紙に包みて、梅の花のいみじう咲きたるにつけて持て来たり。「絵にやあらむ」と急ぎ取り入れて見れば、餅餤といふ物を二つならべて包みたるなりけり。添へたる立て文には解文のやうにて、

進上

餅餤一包

例に依て進上如件

別当 少納言殿

とて、月日書きて「みまなのなりゆき」とて、奥に「このをのこは、みづからまゐらむとするを、昼はかたちわろしとてまゐらぬなめり」と、いみじうをかしげに書いたまへり。

御前にまゐりて御覧ぜさすれば、「めでたくも書きたるかな。をかしくしたり」などほめさせたまひて、解文は取らせたまひつ。「返り事いかがすべからむ。この餅餤持て

7 白梅だろう。

8 補注二

9 内外諸司から提出される上申書。行成が公文書の形式を模した。

10 餅餤一包をしきたり通り献呈する、という内容。

11 「別当」は長官。清少納言を太政官人に見立てた。

12 補注三

13 葛城の一言主神の伝承による。葛城山と金峰山に橋を渡すよう役行者に命じられた時、「昼はかたち醜しとて」（三宝絵）夜だけ働いた。

14 能筆で知られる行成の文を定子が召し上げた。

来るには物などや取らすらむ。[15]知りたらむ人もがな」と言ふを聞しめして、「[16]惟仲が声のしつるを、呼びて問へ」とのたまはすれば、端に出でて「左大弁に物聞えむ」と侍して呼ばせたれば、[17]いとよくうるはしくて来たり。「あらず、わたくし事なり。もしこの弁少納言などのもとに、かかる物持て来る下部などはする事やある」と言へば、「さる事も侍らず。ただとめてなむ食ひはべる。なにしに問はせたまふぞ。もし[18]上官のうちにて得させたまへるか」と問へば、「いかがは」といらへて、返り事を、いみじう赤き薄様に「みづから持てまうで来ぬ下部は、いと[19]冷淡なりとなむ見ゆめる」とて、[20]めでたき紅梅につけて奉りたる、すなはちおはして、「下部さぶらふ、下部さぶらふ」とのたまへば出でたるに、「さやうの物、そらよみしておこせたまへると思ひつるに、びびしくも言ひたりつるかな。女のすこし我はと思ひたるは、歌詠みがましくぞある。さらぬこそ語

15　太政官のしきたりに疎いことは冒頭に記されていた。
16　平惟仲。六段注30参照。正暦五年九月から左大弁を務め、儀式にも精通する人物だが、事件時は左大弁ではない。これが惟仲との対話が描かれた唯一の場面。「評」参照。
17　惟仲は中宮のお召しと思ったか。
18　太政官。
19　「餅餤」との語呂合わせで「冷淡」（失礼）だと咎めた。
20　行成の「立て文」に対して結び文、色も対照させた。歌を贈る風情。

らひよけれ。まろなどにさる事言はむ人、かへりて無心ならむかし」などのたまふ。「[21]則光なりや」と笑ひてやみにし事を、上の御前に人々いとおほかりけるに語り申したまひければ、「『よく言ひたり』となむのたまはせし」とまた人の語りしこそ。[22]見苦しきわれぼめども[23]なりかし。

一二九段

「などて、官得はじめたる[1]六位の笏に、[2]職の御曹司の辰巳の隅の築地の板はせしぞ」「さらば西東のをもせよかし」などいふ事を言ひ出でて、あぢきなき事どもを、「[3]衣などにすずろなる名どもをつけけむ、いとあやし」「衣のなかに、[4]細長はさも言ひつべし」「なぞ[5]汗衫は。尻長と言へかし。男童の着たるやうに」「なぞ唐衣は。短衣と言へかし」「されどそれは唐土の人の着る物なれば」「[6]うへの衣、うへの袴はさも言ふべし」「下襲よし」「大口また長さよりは口

21 歌嫌いを公言していた橘則光（八一段参照）。底本「なりやすなど」、能本による。
22 伝聞した帝の誉め言葉を自ら記すことへの断り。「われぼめ」と明記するのは本話のみ。秀句の出来よりも、行成の嗜好に合致したことで広められた評判だった。
23 底本「をかし」、能本による。

1 「笏」は束帯の時に六位以上が持つ。
2 四七段注2参照。辰巳（東南）は「立身」に通じ、験を担いだとされる。
3 以下、女房たちのおしゃべりを再現する体。話題は装束の名称。
4 袿を細長くしたような形なので。
5 「汗衫」は後ろを長くひく。殿上童の装束を「尻長」と呼ぶことがあったらしい。
6 束帯の袍や表袴は。

ひろければ、さもありなむ」「袴いとあぢきなし」「指貫はなぞ。[7]足の衣とこそ言ふべけれ」「もしはさやうの物をば袋と言へかし」など、よろづの事を言ひののしるを、「いであなかしがまし。今は言はじ。寝たまひね」と言ふいらへに[8]夜居の僧の、「いとわろからむ。夜一夜こそなほのたまはめ」と、[9]にくしと思ひたりし声様にて言ひたりしこそ、をかしかりしに添へておどろかれにしか。

7　指貫袴は足を包み込むようにはくので。
8　「夜居の僧」は一二一段注2参照。隣室で話を聞いていたらしい。
9　嫌悪を込めた声色。先の言葉は皮肉だった。

一三〇段

[1]故殿の御ために、月ごとの十日、[2]経仏など供養せさせたまひしを、[3]九月十日、[4]職の御曹司にてせさせたまふ。上達部殿上人いとおほかり。[5]清範講師にて、説く事、はたいとかなしければ、ことにものあはれ深かるまじき若き人々、みな泣くめり。

果てて、酒飲み詩誦しなどするに、[6]頭中将斉信の君の、

1　長徳元年四月十日に薨去した藤原道隆（二一段注26）。その追善供養が毎月の命日に営まれていた。
2　納経や造仏などの供養。
3　薨去から五か月後。
4　四七段注2参照。ここは一時的な滞在。
5　説経の名人として知られた僧（三三段注41）。
6　藤原斉信（七九段注1）。補注一

「[7]月秋と期して身いづくか」といふことをうち出だしたまへり。詩、はたいみじうめでたし。いかでさは思ひ出でたまひけむ。おはします所に分けまゐるほどに、[8]立ち出でさせたまひて、「めでたしな、いみじう今日の料に言ひたりけることにこそあれ」とのたまはすれば、「それ啓しにとて物見さして参りはべりつるなり。なほいとめでたくこそおぼえはべりつれ」と啓すれば、「[9]まいて、さおぼゆらむかし」と仰せらる。

わざと呼びも出で、会ふ所ごとにては、「などか、まろをまことに近く語らひたまはぬ。さすがに、にくしと思ひたるにはあらずと知りたるを、いとあやしくなむおぼゆる。かばかり年ごろになりぬる得意の、うとくてやむはなし。[10]殿上などに明け暮れなきをりもあらば、何事をか思ひ出でにせむ」とのたまへば、「さらなり、かたかるべき事にもあらぬを、さもあらむ後にはえほめたてまつらざらむがく

7 秋の月をめでた人はどこに行ってしまったのか。「金谷花に酔ひしの地、花春毎に匂へど主帰らず。南楼月を翫びしの人、月秋と期して身何くにか去る」（本朝文粋）の一節から。藤原伊尹が父母の追善供養を営んだ時、菅原文時が作成した願文。『和漢朗詠集』（懐旧）に採録。

8 「立ち出づ」は「出てくる」意。

9 後文によれば、清少納言は斉信から「得意」（ひいき）の女房と目されていた。

10 頭の中将として殿上に常勤する斉信だが、翌年四月には宰相となり、実際に疎遠になる（八一段）。

ちをしきなり。上の御前などにても、役とあづかりてほめきこゆるに。いかでか、ただおぼせかし。かたはらいたく、[11]心の鬼出で来て、言ひにくくなりはべりなむ」と言へば、「などて。さる人をしもこそ、妻よりほかにほむるたぐひあれ」とのたまへば、「それがにくからずおぼえばこそあらめ、男も女も、け近き人思ひ、方ひきほめ、人のいささかあしき事など言へば腹立ちなどするが、わびしうおぼゆるなり」と言へば、「たのもしげなのことや」とのたまふも、いとをかし。

一三一段

[1]頭弁の、[2]職にまゐりたまひて物語などしたまひしに、夜いたうふけぬ。「明日、[3]御物忌なるに籠るべければ、[4]丑になりなばあしかりなむ」とて、まゐりたまひぬ。つとめて、[5]蔵人所の紙屋紙ひき重ねて、[6]「今日は残りおほかる心

11　「心の鬼」は気の咎め。親密な相手を公の場では褒めにくいという理屈。

1　藤原行成。七段注14参照。
2　職の御曹司。定子は長徳三年(九九七)六月より滞在中。
3　天皇の物忌。臣下も参籠する。
4　丑(午前一時から三時)が参籠の刻限。寅の刻から翌日。
5　校書殿にあった蔵人の詰所。紙屋紙は紙屋院(図書寮別所)製の官用紙。
6　行成からの後朝めかした文。

地なむする。夜をとほして昔物語も聞え明かさむとせしを、鳥の声にもよほされてなむ」と、いみじう事おほく書きたまへる、いとめでたし。御返りに「[7]いと夜深くはべりける鳥の声は、孟嘗君のにや」と聞えたれば、立ち返り、『孟嘗君の鶏は函谷関をひらきて[8]三千の客わづかに去れり』とあれども、これは[9]逢坂の関なり」とあれば、

[10]夜をこめて鳥のそらねにはかるとも世にあふさかの関はゆるさじ
　心かしこき関守侍り

と聞ゆ。また立ち返り、

[11]あふさかは人こえやすき関なれば鳥なかぬにもあけて待つとか

とありし文どもを、[12]はじめのは僧都の君、いみじう額をさへつきて取りたまひてき。後々のは御前に。さて逢坂の歌は、[13]へされて返しもえせずなりにき。いとわろし。

7 『史記』（孟嘗君列伝）の故事から。秦の昭王のもとから脱出した孟嘗君が、鶏鳴まで開かない函谷関に至り、鶏の鳴き真似のうまい食客を使って関を開かせた。
8 補注一
9 補注二
10 清少納言の歌。『後拾遺集』『百人一首』にも採録。二類本・能因本は「そらねは」。「夜をこめて」は「恋しさにまだ夜をこめて出でたればたづねぞ来たる鞍馬山まで」（清少納言集）のように、「夜のうちに」の意で用いられた。「こめる」は「とじ込める」が原義か。
11 行成の返歌。逢坂の関は当時出入り自由だったことから「逢坂に心かしこき関守などいましょうか」と切り返した。清少納言の無節操を匂わせる歌ではない。
12 能筆で知られた行成の文は、一通目は隆円（九〇段注8）、二、三通目は定子の元に渡った。
13 行成の言い分（注11）がもっともだったので。

さてその[14]文は、「殿上人みな見てしは」とのたまへば、『まことにおぼしけり』と、これにこそ知られぬれ。[15]めでたき事など人の言ひ伝へぬは、かひなきわざぞかし。また、見苦しき事散るがわびしければ、御文はいみじう隠して人につゆ見せはべらず。御心ざしのほどをくらぶるに、ひとしくこそは」と言へば、「かく物を思ひ知りて言ふが、なほ人には似ずおぼゆる。『思ひ隈なくあしうしたり』など、例の女のやうにや言はむとこそ思ひつれ」など言ひて笑ひたまふ。「こはなどて。よろこびをこそ聞えめ」など言ふ。「[16]まろが文を隠したまひける、またなほあはれにうれしき事なりかし。いかに心憂くつらからまし。今よりも、さを頼みきこえむ」などのたまひて後に、[17]経房の中将おはして、「頭弁は、いみじうほめたまふとは知りたりや。一日の文に[18]ありし事など語りたまふ。思ふ人の人にほめらるるは、いみじううれしき」など、[19]まめまめしうのたまふもをかし。

14　先の清少納言の文。行成はそれを殿上人たちに見せたという。
15　歌を見せたという行成に、あえて「歌がすばらしいからですね」と迫る。また行成の文は「隠した」と言いながら、すでに定子などに渡っている。言葉の裏を探り合いながら対話を楽しむ風情。
16　行成は相手の言い分を真に受けてみせる。
17　源経房。七八段注7参照。
18　「ありし事」は、先の清少納言との遣り取り。
19　経房のきまじめな話しぶり。行成と対照的。

「うれしき事二つにて。かのほめたまふなるに、また思ふ人のうちに侍りけるをなむ」と言へば、「それめづらしう、今の事のやうにもよろこびたまふかな」などのたまふ。

一三二段

[1]五月ばかり月もなういと暗きに、「女房やさぶらひたまふ」と声々して言へば、「出でて見よ、例[2]ならず言ふは誰ぞとよ」と仰せらるれば、「こは誰そ、いとおどろおどろしう際やかなるは」と言ふ。ものは言はで御簾をもたげて、[3]そよろとさし入るる呉[4]竹なりけり。「おい[5]、この君にこそ」と言ひたるを聞きて、「いざいざ、これまづ殿上に行きて語らむ」とて、[6]式部卿の宮の源中将、六位どもなど、あ[7]りけるは往ぬ。

[8]頭弁はとまりたまへり。「あや[9]しくて、往ぬる者どもかな。御前の竹を折りて歌詠まむとしつるを、同じくは職

1 長徳四年（九九八）五月。赤斑瘡が猛威を振るう前、月初め五月闇の頃か。
2 何人もの声がしたので。
3 「そよろ」はオノマトペ。
4 清涼殿東庭に河竹とともに植えられていた。
5 「おい」は驚きを表す感動詞。竹に語りかけた。補注一
6 式部卿の宮（村上皇子の為平親王）の子、源頼定。任中将は同年十月。事件時は弾正の弼。四三段注12参照。
7 内裏へ戻った者が情報伝達の役割を担う。
8 藤原行成（七段注14）。前段に続いて職の御曹司時代の交流が描かれる。
9 底本「あやしくても」、能本に拠る。「御前の竹で歌を詠む」という建前で来たので。

にまゐりて女房など呼び出できこえてと持て来つるに、呉竹の名をいととく言はれて往ぬるこそ、いとほしけれ。誰が教へを聞きて、人のなべて知るべうもあらぬ事をば言ふぞ」などのたまへば、「竹の名とも知らぬものを、[10]なめしとやおぼしつらむ」と言へば、「[11]まことに、そは知らじを」などのたまふ。

[12]まめごとなども言ひ合はせてゐたまへるに、「[13]栽ゑてこの君と称す」と誦してまたあつまり来たれば、「殿上にて言ひ期しつる本意もなくては、など帰りたまひぬるぞと、あやしうこそありつれ」とのたまへば、「さる事には何のいらへをかせむ。なかなかならむ。殿上にて言ひののしりつるを、[14]上も聞しめして興ぜさせおはしましつ」と語る。頭弁もろともに[15]同じ言をかへすがへす誦したまひて、いとをかしければ、人々みなとりどりに物など言ひ明かして、帰るとてもなほ同じ言をもろ声に誦して、[16]左衛門の陣入る

10 実際は会心の秀句だが、頼定らがそのまま帰ってしまったのでこう言った。
11 清少納言の空とぼけを承知の上での応答。
12 行成には蔵人頭としての公務があった。
13 藤原篤茂の詩句。補注一参照。
14 職での一件は直ちに天皇の耳に入る。
15 先の「栽ゑてこの君と称す」。
16 内裏の建春門にある。内裏への入り口として職の御曹司の人々に強く意識されていた場所。

まで聞ゆ。

つとめていととく、少納言の命婦[17]といふが御文[18]まゐらせたるに、この事を啓したりければ、下なる[19]を召して「さる事やありし」と問はせたまへば、「知らず。何とも知らではべりしを、行成の朝臣の取りなしたるにやはべらむ」と申せば、「取りなすとも」とてうちゑませたまへり。誰が事をも「殿上人ほめけり」など聞しめすを、さ言はるる人をもよろこばせたまふもをかし。

一三三段

円融院[1]の御果て[2]の年、皆人御服[3]ぬぎなどして、あはれなる事を、おほやけよりはじめて院の御事など思ひ出づるに、雨のいたう降る日、藤三位[4]の局に、蓑虫[5]のやうなる童の大きなる、白き木[6]に立て文をつけて「これ奉らせむ」と言ひければ、「いづこよりぞ。今日明日は物忌なれば蔀

17 内裏女房。
18 行成が持ち帰ったであろう定子の返答を受けての文。
19 局にいた清少納言を召した。昨夜の一件に定子は関知していない。「評」参照。

1 一条天皇の父（二一段注25）。正暦二年（九九一）二月十二日に崩御。
2 諒闇（天皇が父母の喪に服す期間）が明けた正暦三年（二月）。作者出仕前の逸話。「評」参照。
3 墨染めの喪服。
4 藤原繁子。補注一
5 蓑虫は「鬼の子」（四一段）を連想させる。
6 木を白く削って文挿みとした。

もまゐらぬぞ」とて、下は立てたる蔀より取り入れて、さなむとは聞かせたまへれど「物忌なれば見ず」とて、上についさして置きたるを、[7]つとめて手洗ひて「いで、その昨日の[8]巻数」とて、こひ出でて伏し拝みて開けたれば、[9]胡桃色といふ色紙の厚肥えたるを、あやしと思ひて開けもて行けば、法師のいみじげなる手にて、

[10]これをだにかたみと思ふにみやこには葉がへやしつる
椎柴の袖

と書いたり。「いとあさましうねたかりけるわざかな。誰がしたるにかあらむ。[11]仁和寺の僧正のにや」と思へど、「世にかかる事のたまはじ。[12]藤大納言ぞ、かの院の別当におはせしかば、そのしたまへる事なめり。これを[13]上の御前、宮などにとく聞しめさばや」と思ふに、いと心もとなくおぼゆれど、「なほ、いとおそろしう言ひたる物忌し果てむ」とて念じ暮らしてまたつとめて、藤大納言の御もとにこの

7　以下、藤三位への敬語が消える。当人の心情に添った語り。
8　読誦書写した経巻名や度数を、僧が依頼者へ送る書き付け。昨日の文を藤三位は巻数と思っていた。
9　表は薄香色、裏が白の色紙。届いた立て文の中身。
10　『後拾遺集』に一条院御製として入集。『仲文集』にも類似歌。「椎柴」（椎）は喪服の染料で常緑樹。葉替えしない木の代表（三八段）。後文によれば、このいたずらは定子主導でなされたらしい。天皇はじめ「みやこ」人が薄情だと訴える内容に、藤三位が取り乱すことは織り込み済み。
11　寛朝僧正。補注三
12　藤原朝光。補注四
13　一条（十三歳）と定子（十六歳）。

返しをしてさし置かせたれば、すなはちまた返ししておこ[14]せたまへり。

それを二つながら持ていそぎまゐりて、[15]「かかる事なむ侍りし」と、上もおはします御前にて語り申したまふ。[16][17]宮ぞいとつれなく御覧じて、「藤大納言の手のさまにはあらざめり。法師のにこそあめれ。昔の鬼のしわざとこそおぼゆれ」など、いとまめやかにのたまはすれば、「さは、こは誰がしわざにか。好き好きしき心ある上達部、僧綱などは誰かはある。それにやかれにや」など、おぼめきゆかしがり申したまふに、上の「このわたりに見えし色紙にこそいとよく似たれ」と、うちほほゑませたまひて、いま一つ御厨子のもとなりけるを取りてさし給はせたれば、「いであな心憂、これ仰せられよ。あな頭いたや。いかでとく聞きはべらむ」と、ただ責めに責め申し、うらみきこえて笑ひたまふに、やうやう仰せられ出でて、「使に行きける鬼童[18][19][20][21]

14 実際は藤大納言の仕業ではなかった。形ばかりの返事をしたか。

15 最初の文と藤大納言からの返信を。

16 参上したのは清涼殿上御局か。

17 ここから藤三位への敬語が復活。場面を俯瞰して描く。

18 定子の発言は、手紙の法師らしき筆跡と、届けたのが蓑虫(鬼の子)だったことと符合。

19 上級職の僧。

20 置き戸棚。

21 先の蓑虫のような童。

は[22]台盤所の刀自といふ者のもとなりけるを、[23]小兵衛が語らひ出だしてしたるにやありけむ」など仰せらるれば、宮も笑はせたまふを引きゆるがしたてまつりて、「などかくは、はからせおはしまししぞ。なほ疑ひもなく手をうち洗ひて伏し拝みたてまつりし事よ」と笑ひねたがりゐたまへるさまも、[24]いとほこりかに愛敬づきてをかし。

[25]さて、うへの台盤所にても笑ひののしりて、[26]局に下りてこの童たづね出でて、[27]文取り入れし人に見すれば、「それにこそはべるめれ」と言ふ。「誰か文を誰が取らせし」と言へど、ともかくも言はで、しれじれしう笑みて走りにけり。[28]大納言、後に聞きて笑ひ興じたまひけり。

一三四段

[1]つれづれなるもの　[2]所さりたる物忌。[3]馬おりぬ双六。[4]除目に司得ぬ人の家。雨うち降りたるは、まいていみじう

22 「台盤所」は清涼殿西廂の女官の詰所。「刀自」は下級女官。
23 中宮女房。八四・八七段にも登場。
24 中宮を引き揺るがして悔しがる藤三位の遠慮なさを評した。
25 以下、藤三位の視点に添った語りに戻る。
26 台盤所で見つからなかった童を女房の局で探し出して。
27 文を受け取った藤三位の女房。
28 藤大納言にも後日事情が知らされた。

1 所在ない気持ちになるもの。補注一
2 いつもの住まいから離れての物忌。
3 「馬」は双六の駒。補注二一
4 三段注21参照。補注三

つれづれなり。

一三五段

つれづれなぐさむもの[1]　碁[2]　双六　物語[3]。

三つ四つのちごの、物をかしう言ふ。また、いと小さきちごの物語し[4]、「たがへ」[5]など言ふわざしたる。くだもの[6]。男などのうちさるがひ[7]、物よく言ふが来たるを、物忌なれど入れつかし。

1 所在のなさを紛らわしてくれるもの。
2 囲碁。補注一
3 作品としての物語。
4 幼児が意味のよくわからない片言を喋る様子。
5 未詳。補注二
6 補注三
7 冗談をいう。猿楽を動詞化した形。

一三六段

とり所[1]なきもの　かたちにくさげに心あしき人。みそひめ[2]のぬりたる。これ、いみじうよろづの人のにくむなる物とて、今とどむべきにあらず。また「あと火の火箸」[3]といふ事、などてか。世になきことならねど。この草子[4]を人の見るべきものと思はざりしかば、あやしき事も、にくき事

1 「とり所」は長所、とりえ。
2 未詳。万人が嫌悪を抱くものらしい。一説「御衣姫」（飯粒を煮て作った糊）。
3 一説に「あと火」（出棺後に門前で焚く送り火）で使う火箸。他に使い道がない意か。
4 以下、跋文のコメントと重なる。当初、定子（周辺）以外の「人」は読者に想定していなかったという（跋文参照）。

も、ただ思ふ事を書かむと思ひしなり。

一三七段

なほめでたきこと、[1]臨時の祭ばかりの事にかあらむ。試楽もいとをかし。

[2]春は空のけしきのどかに、うらうらとあるに、清涼殿の御前に[3]掃部寮の畳を敷きて、[4]使は北向きに、舞人は御前の方に向きて、[5]これらはひがおぼえにもあらむ、[6]所の衆どもの、衝重取りて前どもにすゑわたしたる。[7]陪従も、その庭ばかりは御前にて出で入るぞかし。公卿、殿上人、かはりがはり杯取りて、果てには[8]屋久貝といふ物して飲みて、立つすなはち、[9]取り食みといふ者、をのこなどのせむだにいとうたてあるを、御前には女ぞ出でて取りける。思ひかけず、人あらむとも知らぬ[10]火焼屋よりにはかに出でて、おほく取らむとさわぐ者は、なかなかうちこぼしあつかふほ

1　天皇が特定の神社に対して行う。賀茂は十一月下の酉、石清水は三月中の午の日。「試楽」は二日前に清涼殿で行われる舞楽の予行演習。

2　「春」とあるので、以下は石清水臨時祭。当日に清涼殿東庭で行われる御前の儀を描く。補注一

3　掃部寮の男性官人。設営などを担当。

4　中少将から選ばれる勅使。正暦五年（九九四）には藤原隆家が務めた（日本紀略）。

5　記述の不確かさに言及。実際「使は北向き」は賀茂の場合で、石清水なら南（神社の方向）が正しく、宴の前の「御禊」の際の所作である。

6　蔵人所の雑色の下役。ただし「衝重」（檜の白木で作った四角形の食器台）を据えるのは内蔵寮の官人か（江家次第）。

7　舞人に従う地下の楽人。補注一参照。

8　高価な貝を磨いて作った杯。儀式書に拠れば勅使と舞人に勧めたもの。

9　宴の後に振る舞われた残飯を取って食べる者。

どに、軽らかにふと取りて往ぬる者にはおとりて、かしこき納殿には火焼屋をして取り入るるこそ、いとをかしけれ。掃部寮の者ども[11]畳取るやおそしと、[12]主殿の官人、手ごとに箒取りて砂子ならす。

[13]承香殿の前のほどに、笛吹きたて拍子打ちて遊ぶを、「とく出で来なむ」と待つに、[14]有度浜うたひて竹の[15]籬のもとに歩み出でて、[16]御琴打ちたるほど、ただいかにせむとぞおぼゆるや。[17]一の舞のいとうるはしう袖を合はせて、二人ばかり出で来て、西によりて向かひて立ちぬ。つぎつぎ出づるに、足踏みを拍子に合はせて、[18]半臂の緒つくろひ、冠、衣の頸など手もやまずつくろひて、「[19]あやもなきこま山」などうたひて舞ひたるは、すべてまことにいみじうめでたし。[20]大輪など舞ふは、日一日見るとも飽くまじきを、果てぬるいとくちをしけれど、[21]「またあべし」と思へばたのもしきを、御琴[22]かきかへして、このたびはやがて竹のうしろよ

10 衛士が篝火をたく小屋。後文によればそこを仕舞い場所に使う者もいた。
11 舞楽の前に畳を片付ける。
12 主殿寮の男性官人。庭を整備する。
13 清涼殿の北東の殿舎。西側の壇が楽人の控室。「そきょうでん」とも。
14 「や有度浜に、駿河なる有度浜に、打ち寄する波は」から始まる駿河舞の歌詞。
15 清涼殿東庭の呉竹の台。
16 東遊などでは和琴を御琴と呼ぶ。
17 補注一参照。
18 舞人が半臂の緒（一〇四段補注一）を整える。駿河舞（二節）の歌詞に合わせた手振りだったか。
19 「千鳥ゆゑに浜に出て遊ぶ千鳥ゆゑに、あやもなき小松が梢に、網な張りそや」という駿河舞（三節）の一節に類似する。
20 舞人が大きく輪を描いて退場するさま。
21 駿河舞の後には求子歌と舞が続く。以下その描写。補注一参照。
22 絃を手前に返すように弾く奏法か。

り舞ひ出でたるさまどもは、いみじうこそあれ。[23]掻練のつや、下襲などの乱れ合ひて、こなたかなたにわたりなどしたる、いで、さらに言へば世の常なり。

このたびは、[24]またもあるまじければにや、いみじうこそ果てなむことはくちをしけれ。上達部などもみなつづきて出でたまひぬれば、さうざうしくくちをしきに、[25]賀茂の臨時の祭は、還立の御神楽などにこそなぐさめらるれ。庭火の煙の細くのぼりたるに、神楽の笛のおもしろく、わななき吹きすまされてのぼるに、歌の声もいとあはれにいみじうおもしろし。寒く冴えこほりて、[26]打ちたる衣もつめたう、扇持ちたる手も[27]冷ゆともおぼえず。[28]才のをのこ召して、声引きたる人長の[29]心地よげさこそいみじけれ。

[30]里なる時は、ただわたるを見るが飽かねば、[31]御社まで行きて見るをりもあり。大いなる木どものもとに車を立てたれば、松の煙のたなびきて、火のかげに[32]半臂の緒、衣のつ

23 「掻練」は練糸で織りあげた絹布。紅色が多かった。袍の右肩を脱いで舞うので、中の半臂や下襲がよく見える。
24 舞は求子歌が最後となる。
25 ここから十一月の賀茂臨時祭に移る。「還立の御神楽」は社頭の儀を終えた勅使らが夜に帰参した後、清涼殿東庭で奏される神楽。石清水は遠いので、勅使らは一泊してから帰参、「還立」は翌日となり、弓場殿で饗を賜った。
26 砧で打って艶を出した打衣。
27 寒さのあまり手の感覚がなくなっている。
28 神楽の間に即興の物まねなどを演じる者。その場で殿上人などから募った。呼ぶのは「人長」（舞人の長で近衛の官人）だが、主上の任命という形を取るため「召す」と記したか。
29 （身分が上の）殿上人を呼び出すのが心地よさそうに見えた。
30 以下、里居時の賀茂臨時祭見物の様子。「わたる」のは勅使らの一行。
31 賀茂にある社まで。
32 舞人の衣装。

やも、昼よりはこよなうまさりてぞ見ゆる。[33]橋の板を踏み鳴らして、声合はせて舞ふほどもいとをかしきに、水の流るる音、笛の声など合ひたるは、まことに神もめでたしとおぼすらむかし。

[34]頭中将といひける人の、年ごとに舞人にて、めでたきものに思ひしみけるに、亡くなりて上の社の橋の下にあなるを聞けば、ゆゆしう、ものをさしも思ひ入れじと思へど、なほこのめでたき事をこそ、さらにえ思ひ捨つまじけれ。

[35]八幡の臨時の祭の日、名残こそいとつれづれなれ。「など帰りてまた舞ふわざをせざりけむ」「さらば、をかしからまし」「[36]禄を得てうしろよりまかづるこそ、くちをしけれ」など言ふを、[37]上の御前に聞しめして、「舞はせむ」と仰せらる。「まことにや候ふらむ」「さらば、いかにめでたからむ」など申す。うれしがりて、[38]宮の御前にも「なほ

33 御手洗川にかかる橋の橋板。社頭の儀で東遊が奏されている。

34 橋本社の祭神でもあった源英明か。能本「良少将」前本「在五中将」。

35 以下、石清水の話に戻る。賀茂との相違点は、注25参照。

36 舞人らに与えられる禄。疋絹。

37 一条天皇。

38 中宮定子。

『それ舞はせさせたまへ』と申させたまへ」など、あつまりて啓しまどひしかば、そのたび帰りて舞ひしは、いみじううれしかりしものかな。「さしもやあらざらむ」と、うちたゆみたる舞人、御前に召すと聞えたるに、物にあたるばかりさわぐも、いといと物ぐるほし。[39]下にある人々の、まどひ上るさまこそ。人の従者、殿上人など見るも知らず、裳を頭にうちかづきて上るを笑ふもをかし。

一三八段

[1]殿などのおはしまさでのち、[2]世の中に事出で来さわがしうなりて、[3]宮もまゐらせたまはず、小二条殿といふ所におはしますに、[4]何ともなくうたてありしかば、久しう里にゐたり。御前わたりのおぼつかなきにこそ、なほえ絶えてあるまじかりける。

[5]右中将おはして物語したまふ、

39　事情を知らずに下局にいた女房たちが、あわてて参上する。

1　藤原道隆（二一段注26）。長徳元年四月十日に薨去。
2　長徳二年、伊周と隆家が流罪に処せられた事件（解説参照）。政変に直接触れた唯一の箇所。
3　補注一
4　詳細は後文に記される。同僚との軋轢が原因だった。
5　源経房（七八段注7）。長徳二年七月から同四年十月まで右権中将。居場所を教えていた男性のひとり（八一段）。この来訪は長徳二年の秋。

今日宮[6]にまゐりたりつれば、いみじう物こそあはれなりつれ。女房の装束、裳唐衣をりにあひ、たゆまでさぶらふかな。御簾のそばのあきたりつるより見入れつれば、八、九人ばかり、朽葉[7]の唐衣、薄色の裳に、紫苑[8]萩などをかしうてゐ並みたりつるかな。御前の草のいとしげきを「などか。かきはらはせてこそ」と言ひつれば、「ことさら露置かせて御覧ずとて」と宰相[9]の君の声にていらへつるが、をかしうもおぼえつるかな。「御里居[10]いと心憂し。かかる所に住ませたまはむほどは、いみじき事ありとも、かならずさぶらふべきものにおぼしめされたるに、かひなく」とあまた言ひつる、語り聞かせたてまつれとなめりかし。まゐりて見たまへ。あはれなりつる所のさまかな。対[11]の前に植ゑられたりける牡丹[12]などのをかしきこと。

6 小二条殿。

7 「朽葉」は赤みを帯びた黄色。「薄色」は薄紫（一説、薄紅）色。

8 襲の色目。「紫苑」は表薄紫または蘇芳、裏青または萌黄。「萩」は表蘇芳、裏青。ともに秋の装い。

9 中宮女房。二一段注30参照。

10 帰参を促す女房たちの言葉。ただし後文によれば、御前には険悪な仲の女房もいた。

11 対の屋。能本「露台」。

12 牡丹の葉。補注二

などのたまふ。「いさ。人のにくしと思ひたりしが、またにくくおぼえはべりしかば」といらへきこゆ。「おいらかにも」[13]とて笑ひたまふ。

「[14]げにいかならむ」と、思ひまゐらする御けしきにはあらで、さぶらふ人たちなどの、「[15]左の大殿方の人知る筋にてあり」とて、さしつどひ物など言ふも、下よりまゐる見てはふと言ひやみ、はなち出でたるけしきなるが、見ならはずにくければ、「[16]まゐれ」など度々ある仰せ言をも過ぐしてげに久しくなりにけるを、また宮の辺にはただ「[17]あなた方」に言ひなして、そらごとなども出で来べし。

[18]例ならず仰せ言などもなくて日ごろになれば、心細くてうちながむるほどに、[19]長女文を持て来たり。「御前より宰相の君して、しのびて給はせたりつる」と言ひて、[20]ここにてさへひきしのぶるもあまりなり。「[21]人づての仰せ書にはあらぬなめり」と、胸つぶれてとくあけたれば、紙には物

13 「とて」古本にて補う。

14 改めて里下がりの経緯が説明される。問題は一部の女房たちで、中宮との信頼関係は変わらないと主張。

15 藤原道長（一二五段注6）。長徳二年七月から左大臣。

16 定子が度々帰参を促していたことは二六一段に見える。当時、返信はしても帰参せず、「げに久しく」音信が途絶えた。

17 左大臣方。

18 補注三

19 下級女官の監督にあたる女性。

20 「ここ」は作者の里。「ひきしのぶ」姿は、問題の女房たちとの軋轢が解消されていないことを物語る。

21 女房の代筆ではないらしい。数日置いた文だけに緊張が走る。

も書かせたまはず。山吹[22]の花びらただ一重を、包ませたまへり。それに「言はで思ふぞ」[23]と書かせたまへる、いみじう日ごろ[24]の絶え間嘆かれつるみななぐさめてうれしきに、長女もうちまもりて「御前にはいかが。物のをりごとに、おぼし出できこえさせたまふなるものを。誰もあやしき御長居とこそはべるめれ。などかはまゐらせたまはぬ」と言ひて、「ここなる所に[25]、あからさまにまかりてまゐらむ」と言ひて往ぬる後、御返り事書きてまゐらせむとするに、この歌の本[26]さらに忘れたり。「いとあやし。同じ古ごとと言ひながら、知らぬ人やはある。ただここもとにおぼえながら言ひ出でられねば。いかにぞや」など言ふを聞きて、前[27]にゐたるが「『下ゆく水』とこそ申せ」と言ひたる。などかく忘れつるならむ。これに教へらるるもをかし。

　御返りまゐらせて、すこしほど経てまゐりたる。「いかが」と例よりはつつましくて、御几帳にはた隠れてさぶ

22 「山吹」は晩春から初夏の花。「山吹の花色衣主や誰問へど答へず口なしにして」（古今集・雑体・素性）から「口なし」を想起させる。何も書いていない紙と合わせて「言はで」に通じる。
23 そなたへの思いは言葉では表しきれない。「心には下ゆく水のわき返り言はで思ふぞ言ふにまされる」（古今六帖）に拠る。同歌は七二段に既出。
24 この数日の仰せ事の途絶え。定子が演出した「言はで」の状態。
25 この近所。そこから戻るまでに御返事を、と言い置く。
26 「言はで思ふぞ」の上の句。「忘る」は本段のキーワードのひとつ。
27 後文によれば「童」。仕えていた童女。

らふを、「あれは今まゐりか」など笑はせたまひて、「[28]にくき歌なれど、このをりは言ひつべかりけりとなむ思ふを。おほかた見[29]つけでは、しばしもえこそなぐさまじけれ」などのたまはせて、かはりたる御けしきもなし。

[30]童に教へられし事などを啓すれば、[31]いみじう笑はせたまひて、「さる事ぞある。あまりあなづる古ごとなどはさもありぬべし」など仰せらるるついでに、

[32]なぞなぞ合せしける、[33]方人にはあらで、さやうの事にりやうりやうじかりけるが、「[34]左の一はおのれ言はむ。さ思ひたまへ」など頼むるに、「さりともわろき事は言ひ出でじかし」と頼もしくうれしうて、皆人々作り出だし選り定むるに、「[35]その詞をただまかせて残したまへ。さ申してはよもくちをしくはあらじ」と言ふ。「げに」とおしはかるに、日いと近くなりぬ。「なほこの事のたまへ。[36]非常に同

28 改めて「言はで思ふぞ」の歌が話題に上る。

29 清少納言を「見付けないと」、つまり「姿が見えないと」。

30 ここで上の句を忘れたことが定子に報告される。「下ゆく水」は七二段で「心の内に不平が溢れている」意で用いられており、それを「忘れた」とは、自分を疑った女房たちへの「不平は水に流す」ことを示唆。

31 定子の大笑いから語りに転じる。八四段と同じ流れ。

32 左右に分かれ謎を出して解き合う。

33 「方人」は一方の組の人、味方。

34 左方の一番手が最初の謎を出す。「一の上左大臣」を連想させる。

35 最初の出題は一任してほしいという。策略は左方にも秘匿された。

36 「非常」は思いがけず、万が一。出題が重なることを懸念。

じ事もこそあれ」と言ふを、「さはいさ知らず。な頼まれそ」などむつかりければ、おぼつかながらその日になりて、皆方の人男女ゐわかれて、見証[37]の人などいとおほくゐ並みて合はするに、左の一いみじく用意してもてなしたるさま、「いかなる事を言ひ出でむ」と見えたれば、こなたの人あなたの人、皆心もとなくうちまもりて、「なぞなぞ[38]」と言ふほど心にくし。「天に張り弓[39]」と言ひたり。右方の人は「いと興ありて」と思ふに、こなたの人は物もおぼえず。皆にくく愛敬なくて、「あなたによりて、[40]ことさらに負けさせむとしけるを」など、かた時のほどに思ふに、右の人「いとくちをしく、をこなり」とうち笑ひて、「やや、さらにえ知らず」とて口[41]を引き垂れて「知らぬ事よ」とて猿楽しかくるに、数[42]ささせつ。「いとあやしき事、これ知らぬ人は誰かあらむ。さらに数ささるまじ」と論ずれど、「知らずと言ひてむには、

37 立会人。審判。

38 謎を出す際の掛け声。「何ぞ何ぞ」の意。

39 答えは弓張月（上弦下弦の月）。人口に膾炙した比喩である。補注四

40 この出題ではさすがに相手は「知らず」とは答えまいと思った。

41 馬鹿にされた気がした右方は、ふざけた素振りで対抗。それでも「知らず」と答える慣例には従っている。

42 勝った印に串などを差させる。一回戦は左の勝ちとなった。左は右方の出題に正解していたことになるが、その経緯は省かれている。後文によれば勝者はすべて左の一。

などてか負くるにならざらむ」とて、[43]つぎつぎのも、この人なむ皆論じ勝たせける。[44]いみじく人の知りたる事なれども、おぼえぬ時はしかこそはあれ、[45]何しにかは「知らず」とは言ひし。後にうらみられけること。

など語り出でさせたまへば、御前なる限り「[46]さ思ひつべし。くちをしういらへけむ」「[47]こなたの人の心地、うち聞きはじめけむ、いかがにくかりけむ」なんど笑ふ。[48]これは「忘れたることは、ただ皆知りたること」とかや。

43　右方の動揺を突いて左の一が次々と論破。敵方に通じていたわけではなかった。道長方と疑われた清少納言の立場と重なる。

44　定子による総括。「忘れる」と「とぼける」は別だと指摘。「下行く水を忘れた」（不平は水に流した）という清少納言の申告を受け入れたことになる。

45　真剣勝負を仕掛けてきた相手に対処できなかった右方の敗因を指摘。

46　帰参後、初めて記される女房たちの言動。中宮の言葉に同調して右方の心中を察する。

47　以下は左方の心中を察した言葉。左の一が誤解されたのも無理はないと、中宮の語りに自分たちの正当性をも見出している。「笑い」が和解を物語る。

48　「忘れた」証しに「皆知りたる」（忘れるはずのない）歌を使ったこと。自身の申告だけでは和解に至らず、定子の取り成しが大きかったことを最後に省みた発言。「評」参照。

補注

一段（一）　四季の中でも特に愛好された季節の「春」と「秋」を、日の出にあたる「あけぼの」と日の入りにあたる「夕暮れ」という対となる時間帯に組み合わせて、対照的に示した。「あけぼの」は『枕草子』以前で和歌の用例は知られず、わずかに『蜻蛉日記』や『うつほ物語』に見える。『源氏物語』薄雲巻の春秋優劣論で、紫の上が春の曙に心を寄せているとされ、野分巻で夕霧が紫の上を垣間見て「春の曙の霞の間より咲き乱れたる樺桜を見る心地す」とその美貌をたとえたのも、本段の影響下にある。和歌の世界では、その時刻は「しののめ」と詠まれることが多かったが、『枕草子』以降、「あけぼの」と詠まれることが多くなり、王朝和歌の歌語としても定着した。『永久四年百首』『六百番歌合』には、「春曙」の題が見られ、院政期から鎌倉期の歌人たちがその情趣を好んだことがうかがわれる。

一段（二）　今日の紫色を指すのは「二藍」で、当時の紫は灰色がかった、いわゆる古代紫。紫雲は、仏教では瑞祥（めでたいしるし）とされ、阿弥陀仏がこの雲に乗って来迎するという。もともと神仙・道教思想に源があり、徳の高い天子や君子が位に就いた時に現われたとされる。しかし、王朝和歌でこの作品以前に「紫の雲」と詠む例は少なく、紫の雲に注目したのは『枕草子』の斬新な美意識といえる。

一段（三）「夏の夜」は三代集に十二例あり、清少納言の曾祖父清原深養父の詠歌に「夏の夜はまだ宵ながら明けぬるを雲のいづこに月やどるらむ」（古今集・夏）がある。「夏夜」は早くは『千載佳句』に見える詩題でもあった。曾禰好忠の『毎月集』序にも「月の明けき夏の夜」とある。なお夏の雨を詠んだ歌は少なく、『古今六帖』と清少納言の父の『元輔集』に一首ずつ見える。

一段（四）秋の夕暮れを詠んだ歌は『古今集』の秋の部でも一首と多くはない。「秋の夕暮れ」が寂蓮・西行・定家の三夕の歌のように歌題として確立するのは新古今時代である。

一段（五）風の音と虫の音は日が沈んだ後の景物を聴覚的にとらえたものであるが、王朝和歌での代表的な秋の景物であり、あえて、その前に非和歌的な景物である鳥を持ち出したところに、作品の独自の感性がある。

六段（一）生昌邸は四脚門（公卿以上の家の門）ではなかったので、中宮がそこから入輿することを揶揄する者がいた（小右記）。そうした世評に対し「東門は四足にした」と証言している。正式な四脚門ではないが、柱を添えて体裁を整えたのだろう。

六段（二）「于公高門」の故事から。前漢の于公が、自分の陰徳によって子孫が栄えるはずだと村里の門を高く修造させたところ、息子の定国は丞相にまで出世したという（漢書、故宮本蒙求）。この逸話を生昌は「于定国が事」と言った。

六段（三）第一皇女の脩子は、長徳二年（九九六）十二月十六日生まれで当時四歳（満二歳八か月）。同三年十二月に内親王宣下。寛弘四年正月に叙一品、准三宮。永承四年二月、五四歳で薨去。

六段（四）平惟仲は、生昌の同母兄で五三歳。正暦三年八月に参議、同五年九月左大弁。長徳二年七月権中納言、同四年正月に中納言。長保元年正月から中宮大夫を兼ねるも、事件時ひと月前（七月八日）に辞任していた。

七段（一）長保二年（一〇〇〇）三月（中旬か）の出来事。前段（長保元年八月）以降、左大臣道長の一女彰子が入内し（十一月一日）直ちに女御となる（七日）。定子は同七日に生昌邸で第一皇子を出産、翌年二月十一日に今内裏に入った。直後の二五日には彰子立后の儀が行われ、事件時には異例の「一帝二后」となっていた。

七段（二）第六六代一条天皇は、円融天皇の第一皇子で、母は兼家女の詮子。永観二年（九八四）八月に立太子、寛和二年六月に七歳で践祚、七月に即位の儀。事件時には二一歳で今内裏（一条院）に滞在中。寛弘八年六月十三日に譲位、同月二二日、同所にて三二歳で崩御。

七段（三）この猫は、定子が生昌邸に退出した翌月、道長・詮子らが産養を行って話題となった（小右記、九月十九日）。その先（十一月）には彰子の入内が控えていた。

七段（四）源忠隆。長保二年正月から蔵人、同三年正月に右衛門少尉、寛弘元年（一〇〇四）正月に式部丞。

七段（五）藤原行成は、祖父の一条摂政伊尹と父義孝が幼少時に早世したため外祖父に養われた。長徳元年八月に蔵人頭、同二年四月に権左中弁、同四年十月に右大弁。本段直前に実現された彰子立后の功労者。以後は長保三年に敦康親王家別当、同年参議。寛弘六年に権中納言、寛仁四年に権大納言。万寿四年に五六歳で薨去。一条朝の四納言に数えられた。能書家として知られ、日記『権記』が伝わる。

一〇段（一）一条院は、長保元年（九九九）六月十四日に内裏が焼亡した後、御所として使用された邸宅。天皇は焼亡直後の十六日に行幸、十一月一日に彰子が入内。定子は翌年二月十一日から三月二七日、八月八日から二七日まで滞在した。

一〇段（二）今内裏では中殿を清涼殿に見立てたが、清涼殿では東だった正面が南となる。正面が九十度ずれるので、東面の陣を内裏に準じて「北の陣」と呼び慣わした（四七段注27参照）。

一〇段（三）源成信は、兵部卿致平親王の子、母は左大臣源雅信女。道長の甥でその養子となっている。長徳四年（九九八）十月に右近権中将。事件時には二三歳。翌年（長保三年）二月に藤原重家とともに出家して世間を驚かせた。

一一段（一）「をぐら山」は山城国の小倉山。保津川を隔てて嵐山に対する山。紅葉の名所。「小暗」に通じる。「かせ山」は山城国と大和国の国境の鹿背山。「貸せ」「枷」に通じる。「みかさ山」は大和国の三笠山。鹿背山の「かせ」の音からも「(御)笠」に通じる。「このくれ山」は所在未詳。「この暮」に通じる。「いりたちの山」は所在未詳。「入り立つ」は女性の許に通うことを暗示。「忘れずの山」は蔵王山の古名。

一一段（二）「君をおきてあだし心をわがもたば末の松山波も越えなむ」（古今集・東歌）が知

られるように、恋心の不変を誓う時に詠まれる有名な歌枕。

二段（三）「いつはた山」は越前国。「何時はた」と当てる。「かへる山」は越前国。「帰る」への連想。「のちせの山」は若狭国。「後瀬」は「後の逢瀬」。

二段（四）「後瀬山」のある越前国隣国の加賀国江沼郡朝倉駅の縁で「朝倉山」に飛んだか。「昔見し人をぞ我はよそに見し朝倉山の雲居はるかに」（夫木抄）により、「よそに見る」が引き出される。昔の愛人も今は赤の他人と、知らん顔するというのも、なかなか隅に置けないの意味。

二段（五）東遊歌の最後「片降し」に「大ひれや、小ひれの山はや、寄りてこそ、寄りてこそ山は、良らなれや、遠目はあれど」とある。石清水や賀茂の臨時の祭で、舞人が求子を舞った後、退場する際にこれを歌うことから連想したのである。

三段（一）平城京左京九条あたりで、辰の日に開かれた市。市は「立つ」ものであるから、その名のおもしろさも掛けている。

三段（二）京から長谷寺へ参詣する入り口にある古来有名な市で、『蜻蛉日記』や『源氏物語』玉鬘巻の長谷寺参詣に見える宿泊地。交通の要所であり、『万葉集』にも「紫は灰さすものぞ海石榴市の八十の衢に逢へる子や誰」（巻十二）とあり、古くは歌垣を行ったらしい。長谷寺の本尊は十一面観音、観音信仰の地として名高く、平安時代に多くの人々が参詣した。その記録が長谷寺の縁起や文芸など数多く残っており、その霊験は唐土にも聞こえていたとされる。二一三段などに清少納言自身も参詣した記事が見え、一条天皇の母詮子や道長も参詣している。

一二段（三）「播磨なる飾磨の市に染むと聞きしかちよりこそは我は来にしか」（藤六集）。

一三段（一）「ゆづるは」（「ゆづりは」の古名）は『万葉集』にも見え、新年の飾り物などにした常緑樹で、それが自生していた峰であろう。三八段にも「ゆづり葉」への言及がある。摂津国武庫郡の「ゆづりは岳」、山城国乙訓郡の「出灰山」、山城国綴喜郡田原郷など諸説ある。

一三段（二）「今よりは阿弥陀が峰の月影を千代の後まで頼むばかりぞ」（公任集）。

一三段（三）「いやたかの峰」は近江国の伊吹山、「近江なる弥高山の榊にて君が千代をば祈りかざさむ」（拾遺集・神楽歌・兼盛）。「さざれ石の巌となれば播磨なる弥高の峰弥高になる」（元輔集）から播磨国の峰とする説もある。

一四段（一）「みかの原わきてながるる泉川いつ見てときか恋しかるらむ」（古今六帖）。「あしたの原」は大和国北葛城郡。「霧立ちて雁ぞ鳴くなる片岡のあしたの原は紅葉しぬらむ」（古今集・秋下・よみ人知らず）。「その原」は信濃国伊那郡。「園原や伏せ屋におふる帚木のありとて行けど逢はぬ君かな」（古今六帖）。

一五段（一）「青色」から蔵人の袍を連想した。天皇の日常着用の袍の色であり、臣下が袍に使用することを許されない禁色とされたが、六位の蔵人は着用を許されていた。

一五段（二）「かくれの淵」は所在未詳。「隠れ」を連想。名のおもしろさ。「いな淵」は大和国高市郡の稲淵か。「否」を連想。

一六段（一）「誰が為に渡しそめけむ与謝の海の浦に世を経る天の橋立」（能宣集）。「かはふち」は所在未詳。三巻本以外は「かはくち」。「いせの海」は催馬楽「伊勢の海」（伊勢の海の 清き渚に 潮間に なのりそや摘まむ 貝や拾はむや 玉や拾はむや）でも親しまれた歌枕。

一七段（一）「うぐひすの陵」は仁徳陵の別名や、孝徳天皇の大坂磯長陵の別名とする説がある。「かしはぎ」は能因本・前田家本に「かしは原」とあるので、桓武天皇の柏原陵とする説がある。「あめ」は「天」として天智陵や聖武陵とする説がある。

一八段（一）「しかすがに」（そうはいっても）の意を掛けて歌に詠まれた。「こりずま」は所在未詳。「失敗に懲りないで」に掛けるか。『袖中抄』に「須磨と岩屋は渡りにて」とあり、須磨から淡路への渡りという説がある。「こりずまの浦」は恋の歌に詠まれた歌枕。「水はし」は越中国新川郡水橋か。

二〇段（一）「二条」は中宮定子の里第の二条宮か。「みかゐ」は未詳、諸本「わたり」と傍書。他に村上帝母后穏子の二条院、道長の二条第の説もある。「一条」は藤原伊尹邸。東三条院詮子へ伝えられ、一条天皇の里内裏にもなった。

二〇段（二）「染殿」は藤原良房の邸宅で、娘の明子（染殿の后）の御所となった。「清和院」（底本「せかい院」、能本ほかに拠る）は、清和天皇が譲位後に住み、染殿に隣接していた。「菅原の院」は菅原道真の邸宅。

二〇段（三）「冷泉院」「朱雀院」は歴代の天皇の後院。上皇御所や儀式の場として使われた。

二〇段（四）「閑院」は藤原冬嗣の邸宅。長保三年に公季が買い取り、息子の実成も住んだ。「紅梅」は紅梅殿。菅原道真の邸宅で、左遷時に庭の紅梅を「東風吹かば匂ひおこせよ梅の花主なしとて春を忘るな」（拾遺集）と詠んだことで有名。「あがたの井戸」は一条北、東洞院西角にあった県の井戸殿。『後撰集』巻三にも「あがたの井戸といふ家より藤原治方につかはしける」の詞書で「都人来ても折らなむ蛙鳴くあがたの井戸の山吹の花」（橘公平女）とある。「竹三条」は二条院の内にあったか。能因本・前田家本では「東三条（院）」。平生昌宅とする説もある。「小八条」は所在未詳。「小一条」は藤原師尹の邸宅、小一条殿。二男済時が相続、娘娍子の里第となる。

二一段（一）藤原伊周は、関白道隆の嫡男。正暦三年八月に権大納言、同十二月に正三位。同五年八月に内大臣となる。長徳二年四月に大宰権帥に左遷され、翌年に召還。長保三年末、本位に復す。寛弘七年（一〇一〇）正月に三七歳で薨去。

二一段（二）第六四代円融天皇は、村上天皇の皇子で、母は藤原安子（師輔女）。安和二年（九六九）に即位、女御詮子（兼家女）との間に懐仁（一条）を儲ける。永観二年（九八四）八月に退位、正暦二年二月に三三歳で崩御。

二一段（三）藤原道隆は中宮定子の父。摂政太政大臣兼家の嫡男で母は藤原中正女時姫。永観二年正月から寛和二年（九八六）七月まで三位中将。永祚元年に内大臣、正暦元年に氏長者、関白を経て摂政に。同四年摂政を辞して再び関白。長徳元年四月六日に出家、十日に四三歳で薨去。

二段（四）　第六二代村上天皇は、醍醐天皇の皇子で母は藤原穏子（基経女）。天慶九年（九四六）に即位、康保四年（九六七）五月に四二歳で崩御。その治世は醍醐朝とともに聖代視されていた。一条天皇の祖父、円融天皇の父。

三段（一）　後文によれば、家庭にしか目が向いていない女性を指すらしい。「宮仕え」で得られる女性の経験を、男は尊重すべきだという、後半の主張につながる。

二七段（一）　鏡のくもりに手入れの行き届かない不安を感じるという説もあるが、「心ときめきするもの」の意にそぐわない。くもった鏡は人の美醜を曖昧にさせるの意で解したい。

二七段（三）　待ち人が来たのかとはっとするさま。参考歌「君待つとあが恋ひをれば我が宿の簾動かし秋の風吹く」（万葉集・額田王、古今六帖）。

二八段（一）　賀茂祭の際の葵が枯れて残っているさま。「枯れ」は「離れ」、「葵」は「逢ふ日」との掛詞。

二八段（三）　『枕草子』では、恋の場面で登場することがしばしばで、ここでは去年の夏の恋の思い出を暗示するという説がある。

三段（一）　「さうちう」は、『列仙全伝』に見える「湘中老人」を当てるのが妥当か。黄老の書を読みふけって家路を忘れた湘中を、家族が待ちわびるさまに喩えたとされる。能因本には「つねたう」とあり、「常住↓常任」の転化を想定すれば（枕草子集

註)、信心に専心する「常住が家」の「もどかしさ(非難したい気持ち)」も忘れるに違いないと、(例えば花山院のような)安易な出家を戒めた一節となろう(「評」参照)。

三三段(一) 藤原済時は小一条左大臣師尹の二男で、二一段で語られた宣耀殿女御(芳子)の兄。事件時には四六歳。小白川に別邸があった。

三三段(二) 藤原佐理は、小野宮摂政太政大臣実頼の孫、四三歳。三蹟のひとり。貞元二年(九七七)十月に参議(宰相)。上達部である佐理の実名を付したのは、執筆が一条朝であるゆえ。能因本には「誰たれなりけむと、すこしほど経ればなるによりなむ」という断りが見える。

三三段(三) 藤原実方は、小一条左大臣師尹の孫、済時の養子。歌人。天元元年(九七八)二月に右兵衛権佐、永観二年(九八四)二月に左近少将。本段の兵衛佐は前官。正暦二年九月に右近中将、長徳元年正月に陸奥守を兼任、同四年十二月に任地で卒去。

三三段(四) 藤原義懐は、一条摂政伊尹の五男、道隆の従兄弟。妹の懐子は花山天皇の生母。藤原惟成とともに花山朝を支えていた。寛和元年(九八五)九月に参議、十一月に従二位、十二月に権中納言。当時三十歳。この法華八講の三日後、花山に殉じて出家。寛弘五年七月に五二歳で卒去。

三三段(五) 藤原為光は、九条右大臣師輔の九男、道隆・義懐の叔父。当時四五歳。長女が義懐室、次女（前年に卒）が花山女御。貞元二年（九七七）四月に大納言。事件時の翌月（七月）に右大臣。正暦三年六月に五一歳で薨去。

三三段（六）　清範は興福寺の僧で、二五歳。長徳四年（九九八）に権律師、長保元年（九九九）閏三月に三八歳で卒去（僧綱補任）。説経の名人として知られた。

三三段（七）　「白露のおくを待つ間の朝顔は見ずぞなかなかあるべかりける」（新勅撰集・恋三・源宗于）に拠る。「おくを待つ間」（はかない一瞬）とさえ言いようのない、義懐の潔さだった。下の句を響かせれば、「見ない方がよい」とは言えない（見ておいてよかった）義懐への追想も重なる。

三五段（一）　当時の美意識の最高峰を示したか。『源氏物語』常夏巻で弘徽殿女御を評して「おもしろき梅の花の開きさしたる朝ぼらけおぼえて」、野分巻で紫の上を評して「春の曙の霞の間よりおもしろき樺桜の咲き乱れたる」、若菜下巻で明石の君を評して「五月まつ花橘、花も実も具して押し折れるかをりおぼゆ」と女性を花にたとえて賛美する表現が見られるのは、この段の影響もあろう。

三六段（一）　「かつまたの池」は大和国生駒郡にあったらしいが、所在未詳とする説もある。「勝間田の池は我知る蓮なししか言ふ君がひげなきごとし」（万葉集）、「年を経てなに頼みけむ勝間田の池に生ふてふつれなしの草」（古今六帖）など。「いはれの池」は大和国。「人にのみいはれの池のあやなくばことなし草の宿に誘はむ」（古今六帖）。「にへ野の池」は山城国。長谷寺参詣の途上にあり、『蜻蛉日記』『更級日記』にも見える。「水なしの池」は山城国相楽郡とする説と所在未詳とする説がある。

三八段（一）「この殿は、むべもむべも富みけり、三枝のあはれ三枝の、はれ三枝の、三葉四葉の中に、殿造りせりや、殿造りせりや」（催馬楽・此殿）から。三葉四葉は、家の幾棟にも分かれた繁栄の様子をいうか。

三八段（二）正月の祝儀物として使われた。『源氏物語』浮舟巻に、浮舟が祝儀物の卯槌に作り物の山橘の実を添えて、姉の中の君に贈る場面がある。

三八段（三）「世の中を憂しと言ひてもいづこにか身をば隠さむ山なしの花」（古今六帖）。『源氏物語』総角巻でも同歌を踏まえて、薫の懸想から逃れようもないと嘆く大君の心境として、「山なしの花ぞのがれむ方なかりける」の表現がみえる。

三八段（四）「足引の山路も知らず白樫の枝にも葉にも雪の降れれば」（拾遺集・冬・人丸）。『万葉集』では四句が「枝もとををに」。『綺語抄』『和歌童蒙抄』では、「素戔嗚尊歌云」としている。

三八段（五）ゆづり葉は正月の餅や歯固めと呼ばれる祝いの食べ物の下に敷いたらしい。歯固めの「歯」は齢の意で、年を延ばし齢を固めることをいう。現代のお節に当たるが、当時は大根・苽・串刺・押鮎・焼鳥を食した。

三八段（六）「旅人に宿かすが野のゆづる葉の紅葉せむ世や君を忘れむ」（夫木抄）。歌意は「春日のゆずり葉が紅葉する時が万が一にもあるならば、その時にはあなたのことを忘れるでしょう」。ゆずり葉は常緑樹で紅葉しないので「あなたのことを忘れることはない」という意味となる。

三八段（七）木の葉を守る神。「柏木に葉守の神のましけるを知らでぞ折りしたたりなさるな」（大和物語・六八段）。

三八段（八）兵衛府の長官・次官・三等官をこう呼んだ。兵衛府に限らず五衛府の官人を柏木と呼び、『源氏物語』の頭中将の長男が柏木と呼ばれるのも、衛門府の長官であったことに由来する。

三九段（一）鸚鵡は南海からもたらされた霊鳥。記録上は古く『日本書紀』の大化三年（六四七）十二月の条に見え、新羅の使者により一対の孔雀と鸚鵡が献上された。九世紀になると入唐僧が、十世紀以降は中国の海商が、孔雀と鸚鵡を一対のものとしてもたらすことが多くなる。というのも、孔雀と鸚鵡は極楽浄土に住まう鳥獣であり、それらが貴族の庭園にいることが理想の景だからである。一条朝では、長徳二年（九九六）閏七月十九日に入京した宋人が、鸚鵡と鵞と羊を献上したという。しかし、その年は伊周・隆家が流罪となり、年末の定子の出産もあり、清少納言が宮中で鸚鵡を実見する機会はなかったであろう（本文にも「まねぶらむよ」とある）。可能性があるのは、定子が宮中の職の御曹司に入った長徳三年以降で、その時期であればじっさいに宮中で鸚鵡を見ないまでも、その習性を噂に聞く機会はあったか。なお、鸚鵡が人語を操る鳥であることは、『礼記』曲礼上第一の

「鸚鵡は能く言へども、飛鳥を離れず」や、『文選』鸚鵡賦の「性弁慧にして能く言ひ、才聡明にして以て機を識る」等の漢籍をはじめ、『説文』『初学記』『和名類聚抄』など、幼学書および類書からも知ることができる。ほか、『千載佳句』や『和漢朗詠集』のような佳句撰に、元稹の「言語は巧みに偸む鸚鵡の舌、文章は分かち得たり鳳皇の毛」の詩句が見え、『白氏文集』にも「若し白家の鸚鵡鳥と称せば、籠中兼ねて合に詩を吟ずるを解すべし」(巻五六・双鸚鵡)など多数の用例がある。実物を見なくても、平安貴族は異国の鳥を知ることが可能であった。

三九段(三) キジの一種で尾の長さでも知られる。「友を恋ひて」以下は、「山鳥のをろのはつをに鏡かけとなふべみこそ汝によそりけめ」(万葉集)の解釈として、友を慕う山鳥に鏡を見せると慰むという説話があり、『俊頼髄脳』『袖中抄』等に見える。

四〇段(一) 「かりの子」「かりの卵」の二つの場合が考えられるが、『蜻蛉日記』の「三月つごもりがたに、かりのこの見ゆるを、これ十づつ重ぬるわざをいかでかせむとて」、『源氏物語』真木柱巻の「鴨の卵のいと多かるを御覧じて、柑子、橘などやうに紛らはして、わざとならず奉れたまへり」などの条から、子ではなく卵であろう。「かり」は渡り鳥の「雁」の卵の例はなく、「家鴨」の卵は稀少性に欠けるので、「軽鴨」と考えられる。かるがもは四月から七月上旬ごろ、象牙に似た白色の卵を十個から十四個ぐらい産卵する。

四一段(一) 海の藻につく小虫。「我から」と掛詞になることが多い。「海人の刈る藻にすむ虫のわれからと音をこそ泣かめ世をばうらみじ」（古今集・恋五・藤原直子）など。

四三段（一）　「あめ牛」は『うつほ物語』に三例ある。黄褐色の上等な牛で、屋形のない荷車を牽かせるような牛ではなかったことがわかる。

四三段（二）　弾正台とは、太政大臣以外の全ての官人の綱紀粛正と非法違法の摘発をする検察組織。上品な貴公子にはなじまない職位である。

四三段（三）　源頼定は、式部卿為平親王の子。母は源高明女。正暦三年（九九二）八月に弾正大弼。長徳二年四月、長徳の変に連座して勅勘を蒙る。同四年十月、右近中将。長保三年八月、左近中将。寛仁四年六月、正三位参議、四四歳で薨去。一条天皇の女御だった藤原元子との密通などで浮名を流した当代の色好み（元子とは後に結婚）。

四七段（一）　職の御曹司はしばしば仮の御在所としても用いられた。長徳二年（九九六）の政変後、内裏を離れた定子は、翌年六月二二日から長期滞在を余儀なくされている。本段を筆頭に、作中には当時の逸話が多く見られる。

四七段（二）　『権記』によれば、当時の行成は任大弁にことさら執着していた。この大げさな「笑い」は、大弁という言葉に過剰に反応してしまった行成が、とっさに艶聞のように取り繕ったものと解したい。結果としてこのやりとりが、彼の「奥深き心ざま」を知る契機となったか。

四七段（三）　前半の「目」「眉」「鼻」については、あり得ない容貌を語る。後半の「口つき」

以下は、女性が扇を掲げても見えやすい部分で、「声」も同じく隠せない。見える所だけで判断すればよいという行成の言い草であり、清少納言の容貌が暗示されているわけではない。

五四段（一）　源方弘は、左馬権頭時明の子。文徳源氏。長徳元年（九九五）十月、文章生より所雑色となる。同二年正月から長保元年（九九九）正月まで六位蔵人。長和四年（一〇一五）に四一歳で卒去。どこか憎めない失態の数々が一〇五段にも描かれている。

五四段（二）　「聞かず」は能因本に拠る。蔵人は滝口から支障の由を聞くべきなのだが、方弘が怠った。底本「すかすとて」を「（方弘を）からかおうとして」と解す説もあるが、ならば「すかさむとて」とあるべきか。

五四段（三）　底本「いとをかしがりて」、能因本に拠る。方弘の仕業と分かっていたが、主殿司（下級女官）も人々（女房たち）も空とぼけてくれた。それなのに当人が名乗ってしまったという、「名対面」に繋がるオチ。

五九段（一）　所在について、山城国の大原と紀伊国の熊野の両説がある。『能因歌枕』では紀伊国となるが、最近の注釈は山城国の大原に傾いている。いずれにしても、名についての興味が先行して、滝の最初に挙げたのであろう。「恋ひわびぬ音をだになかむ声たてていづこなるらむ音無の滝」（拾遺集・恋二・よみ人しらず）。

五九段（二）　大和国、布留川の上流にある川か。「法皇」が誰かは不明。花山法皇が正暦年間に熊野に巡幸したことと混同したか。『古今集』秋上、遍照の歌の詞書に「仁和の御門皇子におはしましける時、布留の滝御覧ぜむとておはしましける道に」とあり、光孝天皇が即位する以前に布留の滝を訪れたことがわかるが、それを法皇の御幸と勘違いしたとも。

六〇段（一）「世の中は何か常なる飛鳥川昨日の淵ぞ今日は瀬になる」（古今集・雑歌下・よみ人しらず）に拠り、飛鳥川の淵瀬の変わりやすさは、人の世の無常の喩えとなった。

六〇段（二）「大井川」は山城国葛野郡、紅葉の名所。「おとなし川」は紀伊国東牟婁郡。「音無の川とぞつひに流れける言はでもの思ふ人の涙は」（拾遺集・恋二・元輔）、「君恋ふと人知らねばや紀の国の音無川の音だにもせぬ」（古今六帖）など。「ななせ川」は山城国（能因歌枕）、七瀬の祓を行う川か。

六〇段（三）「ももしきの大宮近き耳敏川流れて君を聞きわたるかな」（古今六帖）。

六〇段（四）以下、催馬楽（注6）にまつわる川が続く。「ほそ谷川」は備中国。催馬楽「真金吹」に「まがねふく吉備の中山帯にせる細谷川の音のさやけさ」（古今集・神遊びの歌）と同様の詞が見える。吉備の中山には吉備津彦神社があり、細谷川はその祠域を流れる。「いつぬき川」は美濃国。催馬楽「席田」に「席田の、席田のいつぬき川に、や、住む鶴の、住む鶴の、や、住む鶴の、千とせをかねてぞ、遊びあへる、千とせをかねてぞ、遊びあへる」とある。席田は、美濃の国の郡名。「さはだ川」は山城国。催馬楽「沢田川」に「沢田川、袖つくばかり、や、浅けれど、はれ、浅けれど、恭仁の宮人、や、高橋わたす、あはれ、そこよしや、高橋わたす」とある。恭仁の宮は山城国相楽郡にあり、かつて聖武天皇の帝都造営のことがあった。

六〇段（五）「みちのくにありといふなる名取川なき名とりては苦しかりけり」（古今集・恋三、忠岑）など。

六〇段（六）『伊勢物語』八三段、惟喬親王が「交野を狩りて天の河のほとりに至る」を題にて歌を詠むよう命じたのに応えて、在原業平が「狩りくらしたなばたつめに宿借らむ天の河原に我は来にけり」と詠んだ故事にもとづく。『古今集』巻九にも見える。

六一段（一）底本「かはは」を「外側は」と解す説、「がはがは」（「がさがさ」の意）の誤写とする説もある。能本・前本は「つよくひき結ひなほし」。

六二段（一）「あさむづの橋」は越前国丹生郡。「あさむづの橋の、とどろとどろと降りし雨の、旧りにし我を（以下略）」（催馬楽・朝津）。「ながらの橋」は摂津国の有名な歌枕。「世の中にふりぬるものは津の国の長柄の橋と我となりけり」（古今集・雑上・よみ人しらず）ほか。古くなったものの喩え。「あまびこ」は山彦の意か。所在未詳。「はまなの橋」は遠江国、浜名湖にかかる橋で歌枕。「恋しくば浜名の橋を出でて見よ下行く水に影や見ゆると」（古今六帖）。『更級日記』の上洛の記にも「浜名の橋、下りし時は黒木を渡したりし、このたびは、あとだに見えねば舟にて渡る。入江に渡りし橋なり」とある。「ひとつ橋」は摂津国の歌枕。「津の国の難波の浦の一つ橋君をしもへばあからめもせず」（古今六帖）。「うたたねの橋」は奈良県吉野郡。『実方集』や『恵慶集』に見える。「さのの舟橋」は上野国群馬郡。古くは『万葉集』から見える歌枕。「上つ毛野佐野の舟橋とり離し親はさくれどわはさかるがへ」（万葉集）、「東路の佐野の舟橋かけてのみ思ひわたるをしる人のなき」（後撰集・恋二・源等）。「ほり江の橋」は摂津国難波。「津の国のながらへゆかば忘られで猶も見まくのほりえなるらむ」（古今六帖）。

六三段（一）　以下、男女の逢瀬に関わる名。「あふさかの里」は逢坂の関周辺か。「ゐさめの里」は「東路の寝覚めの里は初雁の長夜をひとり明かすわが名か」（古今六帖）に拠れば、東国にあったか。「ながめの里」「人づまの里」は所在未詳。

六三段（二）　「信濃なるいなの郡と思ふには誰かたのめの里といふらむ」（夫木抄）に拠れば、信濃国伊那郡。

六三段（三）　山城と大和にあり、いずれも歌枕。山城国の例に「君ならで誰かはまたは山城の伏見の里をたちならすべき」（敦忠集）、大和国添下郡の例に「いざここにわが世は経なむ菅原や伏見の里の荒れまくもをし」（古今集・雑下、古今六帖）。

六四段（一）　古くは『万葉集』から用例がある。「三島江の玉江の菰をしめしより己がとぞ思ふいまだ刈らねど」など。『古今六帖』の歌題でもある。

六四段（二）　賀茂の別雷神が葵を挿頭にして祭をせよと夢で告げたのが、賀茂祭の起源という。葵は「逢ふ日」の掛詞としてしばしば歌に詠まれる。二八段補注一も参照されたい。

六四段（三）「雪間」は雪の消えた所。「こだに」は蔦の類といわれるが未詳。『源氏物語』宿木巻に「いとけしきある深山木にやどりたる蔦の色ぞまだ残りたる。こだになど少し引き取らせ給ひて、宮へとおぼしくて持たせ給ふ」とある。

六四段（四）未詳だが『和訓栞』に「根無草の類なるべし」とある。「岸の額」は岸のふち。「身を観ずれば岸の額に根を離れたる草のごとし」（和漢朗詠集・無常・羅維）に拠る。

六四段（五）「事無し」への連想。『能因歌枕』には「ことなし草とは壁などに生ふる也」とある。『古今六帖』第六に「ことなし草」の項があり、例歌が三首ある。以下「浅茅」まで『古今六帖』第六で歌題に立てられた草の名が多くみられ、「道芝」「山すげ」「山藍」「なづな」「なへ」も『古今六帖』に例歌がある。

六四段（六）山地に自生する藍。神事に使う小忌衣に、葉の汁で草木鳥の文様を染めつけた。『拾遺集』などに例歌。縮めて「山ゐ」ともいい、『古今六帖』第五に「山高み沢に生ひたる山ゐもてすれる衣のめづらしな君」がある。

六四段（七）「浜木綿」は浜おもと。『万葉集』に例歌があり、『古今六帖』水の歌題。「葛」から「青つづら」（つづら藤のこと）までは『古今六帖』草の歌題。「笹」は丈の低い竹。「なづな」はぺんぺん草。「なへ」は稲の苗。「浅茅」は丈の低いちがや。『古今六帖』草の歌題。

六四段（八）「煙翠扇を開く清風の暁、水紅衣を泛ぶ白露の秋」（和漢朗詠集・蓮）の「翠扇紅衣」の誤写か。

六四段（九）「さしも草」は蓬の異名。灸に使う「もぐさ」を作る。『古今六帖』の歌題。「八重葎」は茂ったむぐら。荒れた宿の象徴。「つき草」はつゆくさ。花の汁は青色の染料となるが、色がさめやすいため、移り気な人の喩えともされた。『古今集』など。

六五段（一）「なでしこ」には大和撫子（河原撫子）と唐撫子（石竹）がある。「女郎花」は女性にたとえて詠まれる。「桔梗」は「きちかう」とも。いずれも秋の七草の一つ。

六五段（二）①ききょう、②むくげ、③薬用の牽牛子（今と同じ「あさがお」）など諸説があるが、前に「桔梗」があるので①説は取れない。『源氏物語』朝顔巻に「枯れたる花どもの中に、朝顔のこれかれに這ひまつはれて」とあり、つる草であるので、両作品とも今日の朝顔であろう。

六五段（三）イネ科の多年草で、秋に褐色の花穂が出る。『古今六帖』第六の歌題で、三首見える。その中の一首「まめなれどよき名も立たず刈萱のいざ乱れなむしどろもどろに」を踏まえて、『源氏物語』野分巻では、夕霧が「吹き乱れたる刈萱」に手紙を付けて雲居雁に送る場面がある。

六五段（四）『古今集』『拾遺集』『古今六帖』に物名歌として見える。『源氏物語』夕霧巻に「枯れたる草の下より竜胆のわれ独りのみ心長う這ひ出でて」と同趣の条がある。

六五段（五）後の「雁の来る花」からすれば「雁来紅」で、現在の「葉雞頭」。（派手な）葉ではなく花の部分を「らうたげなり」と評した。

六五段（六）「さを鹿の立ちならす小野の秋萩における白露我も消ぬべし」（後撰集・秋・貫之）に拠る。萩と鹿を取り合わせた歌は多い。

六五段（七）夕方に白い花が咲くことからの名称。ウリ科に属し、実は大型で干瓢をとる。『源氏物語』夕顔巻に「かの白く咲けるをなむ夕顔と申しはべる」とあり、巻のモチーフとなるのもこの段の影響があろう。

七三段（一）『古今六帖』や『大和物語』一五二段に採られた著名な古歌「心には下行く水のわきかへり言はで思ふぞ言ふにまされる」の第二句を引いて、心中には言葉に出せない不平不満があるのだろう、と供人に同情した。一三八段では重要な役割を担う歌。

七三段（一）本段では、人間関係が時間の推移によって変化しないことは困難であることに対して「かたし」が使われている。「ありがたし」と「かたし」は同じ意味というより、使い分けられるのである。

七五段（一）職の御曹司での長期滞在時（四七段注1参照）の逸話。場所柄が目新しく記されているので、長徳三年（九九七）六月二二日の遷御から間もない頃の一齣か。同年四月には伊周・隆家に召還の宣旨が下されていた。

七七段（一）正月の上の卯の日に家々を巡った祝言乞食の類か。「ほうし」は「法師」と「棒持」の説があるが、前者として乞食の類と解した。

七七段（二）数ある神楽の中でも、石清水臨時祭や賀茂臨時祭、宮中で行われる神事の折の神楽を指す。「人長」は神楽の人長舞を舞って指揮をとる人。近衛府の舎人が当たる。

七八段（一）正暦五年（九九四）末の出来事か。「御仏名」は年末に宮中で行われる仏名会という仏事。地獄変相図を描いた屏風を立てて、一年の罪障を懺悔する。ここはその翌日。

七八段（二）源経房は、左大臣源高明の子、母は師輔五女。俊賢の異母弟、道長の養子格。永祚元年（九八九）三月に左近少将。長徳元年（九九五）正月に伊勢権守を兼任。同二年七月に右近権中将、同三年正月に備中守、同四年十月に左近権中将。長保三年八月に蔵人頭。寛弘二年六月に参議。治安三年（一〇二三）十月、五五歳で薨去。『枕草子』の流布に関わった人物（跋文）。事件時は少将だが、作中では「中将」で通されている。

七八段（三）『白氏文集』「琵琶引」の一節、「声を尋ねて闇かに問ふ、弾く者は誰ぞと。琵琶の声停み、語らんと欲するも遅し」から。「琵琶の奏者を尋ねるも、すぐに返事がなかった」という詩句。皆が演奏の余韻に浸っていたので、伊周が「そろそろおしゃべりしてもよかろう」の意を込めて朗詠した。

七九段（一）藤原斉信は、太政大臣為光の子。事件時は二九歳。正暦五年（九九四）八月に蔵人頭となり、長徳二年（九九六）四月に参議（宰相）となるまで頭中将と呼ばれた。長保二年（一〇〇〇）二月に中宮（彰子）権大夫を兼任。同三年八月に権中

納言、同四年二月に中宮大夫、寛弘六年三月に権大納言。長元八年三月、六九歳で薨去。

七九段（二）『白氏文集』「廬山草堂、夜雨独宿、寄牛二・李七・庾三十二員外」の詩句。『和漢朗詠集』にも所載。「花盛りの蘭省（宮中の尚書省）にあって、美しい帳の下で友たちは華やかな時を過ごしている」。次句は「廬山の雨の夜、草庵の中」（廬山の雨の夜に、自分は草庵でわび住まいしている）。「廬山」は中国江州（白楽天の左遷の地）の山。

七九段（三）白詩の次句（補注二）から「草庵」を踏まえ（直答を避けつつ）和歌の下の句に仕立てた形。「宮中で華やいでいるのはあなたの方で、私はわびしく過ごしている」と立場を反転させ、上の句を要求。しかもこれは藤原公任の歌句（公任集所載）の借用でもあった。

七九段（四）源宣方は、左大臣重信の子、母は源高明女。前段登場の道方は同母兄弟。正暦五年（九九四）八月に右中将、長徳四年八月に卒去（勘物）。

七九段（五）橘則光は、中宮亮敏政の子。母は花山天皇乳母。清少納言との間に則長を儲けた、元夫と目される。事件時には六位蔵人で三一歳。修理亮（修理職の次官）に任じられたのは翌年（長徳二年）正月。同三年正月に左衛門尉、検非違使。同四年に従五位下、遠江権守（勘物）。後に土佐守・陸奥守を歴任。

八〇段（一）職の御曹司は四七段注2参照。ここは一時的な退出で、二月二三日の神事を避けた（信経記）。正月十六日に伊周・隆家の従者が花山院の従者と乱闘に及び、二月十日に伊周らの罪名が勘申されている。背後に緊迫した政治状況がある。八一段「評」参照。

八〇段（二）　貞観殿内で御装束の裁縫をつかさどる御匣殿の別当（長官）で、『枕草子』では道隆四女（定子の同母妹）を指す。中宮三役の御匣殿だったとも。定子崩御後、敦康親王の母代となり一条天皇の寵愛を受けたというが（栄花物語）、長保四年（一〇〇二）六月に薨去。

八〇段（三）　「翠華来たらずして歳月久しく、牆に衣有り瓦に松有り」（白氏文集・驪宮高）を踏まえた秀句。斉信の言葉（「垣なども～」）を詩句に重ねて「瓦に松」を持ち出した。「瓦松」はしのぶ草。

八〇段（四）　「瓦に松」に続く詩句を斉信が朗詠した。「西のかた都門を去ること幾多の地ぞ、吾が君遊ばざるには深意有り」。驪宮は都から遠くないのに、人民の負担を思って行幸を控えた天子の徳を風諭する詩。七八段の伊周に次ぐ朗詠の場面、ここでは女房たちが賞賛。

八五段（一）　この「一の人」は底本以下、三巻本系統の六本のみに見える。一方、能因本には本段末に「一の宮」に関する次のような記事がある。「今上一の宮（敦康親王）。まだ童にておはしますが、御おぢに上達部などの若やかに清げなるに抱かれさせ給ひて、殿上人など召し使ひ、御馬引かせて御覧じ遊ばせ給へる、思ふ事おはせじとおぼゆ」。

八五段（三）　六位蔵人が宿直時に着用した指貫(きしぬき)の色。「紫のひともとゆゑに武蔵野の草はみながらあはれとぞ見る」（古今集・雑上・よみ人しらず）に拠る。

八六段（一）　袍と形は同一ながら、官位による色の規定がないので、各自が自由に色を選ぶことができた。

八六段（二）　檜扇の薄板は八枚が単位なので、三重がさねは二十四枚であるが、四の凶数を避けて二十三枚か二十五枚が普通。五重の扇も同様に、薄板四十枚のところを三十八枚か三十九枚にする。五重の扇は『源氏物語』では美しい髪の喩えにも使われる。

八六段（三）　「はかり」未詳。猫の綱につけた重りの碇(いかり)か。この辺、五〇段「猫は」とも響きあい、舶来種で当時の高級ペットであった猫の飼われ方をうかがわせる。

八六段（四）　小忌の衣を着て、神事に奉仕する公卿・殿上人。小忌衣は白布に山藍(やまあい)で花鳥模様を摺り出したもの。次段の「小忌の君達」も連続性があろう。

八七段（一）　五節は、十一月の中(なか)の丑・寅・卯・辰の日に行われる宮中行事。舞姫が華やかな五節舞を披露する。事件時は正暦五年（九九四）か。この年は中宮が舞姫のひとりを献進。次段「評」参照。

八七段（三）　藤原詮子は、関白道隆の同母妹、父は兼家。円融天皇妃で一条天皇の生母。天元元年（九七八）八月に入内、十一月に女御。正暦二年（九九一）に出家、院号を賜る。長保三年（一〇〇一）四十歳で崩御。

八七段（三）　藤原原子は、道隆の二女、定子の同母妹。長徳元年（九九五）に東宮妃として淑景舎（桐壺）に入る（一〇一段）。長保四年（一〇〇二）卒去。ここは入侍以降の呼称を用いた。同年五月、東宮居貞は娍子（済時女）との間に皇子（敦明）を儲けている。

八七段（四）　「山井」に（小忌衣を染める）「山藍」、「水」に「見つ」を掛け、「ひも」は「氷面（日も）」と「紐」（下紐を暗示）、「とくる」は（氷が）「溶ける」と（紐が）「解ける」の掛詞。『清少納言集』『後拾遺集』『千載集（詞書）』に採録。『実方集』には宣方との連歌として類歌がみえる。

八七段（五）　「ひも」は「氷面」と「紐」、「かざす日影」は「射す日光」と「頭挿す日陰（の鬘）」を掛ける。実方の歌同様、掛詞縁語を駆使した力作。『清少納言集』『千載集』採録。

九〇段（一）　前半は本内裏が舞台とすれば長徳二年（九九六）二月以前、もしくは長保元年（九九九）前半の某日。後半は職の御曹司が舞台なので長徳三年六月以降の長期滞在時か。

九〇段（二）　隆円は関白道隆の子で、定子の同母弟。正暦五年（九九四）十一月に十五歳で権少僧都、寛弘八年に権大僧都。長和四年（一〇一五）入滅。

九一段（一）　白楽天の「琵琶引」（七八段でも引用）の一節、「猶、琵琶を抱きて半ば面を遮る」より。女の琵琶奏者が顔を隠す場面で、直後に見事な演奏が始まる。

九一段（三）演奏前の詩句（補注一）を引いた清少納言に、「別れ（散会の時）は分かっているか」（これから琵琶を弾けとでも言うのか）と応酬した。能因本・前田家本は「われは知りたりや」。

九二段（一）「南の院」は、東三条第内に造営された南院か。関白道隆が住居とし、そこで薨じている。『集成』は事件時を長徳元年（九九五）四月の中宮の南院滞在時と見て、「とみの御物」は道隆薨去後に縫製された喪服であるとした。それを「縫いまちがい」にのみ焦点をあてて描いたことになる。一方『和泉』では、「南の院」が二六二段に描かれている二条宮（東三条第東町）内の南院と同定されている。能因本には「南の院におはしますころ」に続いて「西の対に殿のおはします方に、宮もおはしませば……」という二六二段と近似する一節が見え、同時期の場面として描かれているようだ。ならば滞在時は正暦五年（九九四）二月となり、縫われていた「平絹の御衣」（能因本）は、積善寺供養の折の僧への被け物などと見る説（圷美奈子『新しい枕草子論』）が支持される。

九六段（一）「いま来むと言ひて別れし朝より思ひくらしの音をのみぞなく」（古今集・恋五・遍照）をふまえ、「待つ」が崎（先）なら「思ひくらし」て鳴く蜩だろうと戯れた。能因本には「（ほととぎすが）日ごとに鳴く」という本文が見え、それを受けての「日くらし」となる。

九六段（三）高階明順は、式部大輔成忠の三男。貴子の兄で、定子の伯父。正暦元年（九九〇）

定子立后時に中宮大進、同四年には但馬守。長保元年（九九九）中宮亮、同二年皇后宮亮。長徳の変にも連座せず（他の兄弟は連座）、道長方とも良好な関係を維持していたらしい。本段と二六二段に登場し、どちらも「朝臣」を付して呼ばれる（高階氏は正暦二年より朝臣）。

九六段（三）「一条殿」は、故一条太政大臣藤原為光（三三段注32）邸。一条大路南・大宮小路東。後の今内裏（一〇段参照）だが、「一条殿」としての登場は本段のみ。伊周らの配流に繋がった乱闘事件の現場である。その忌まわしい記憶は、以下、笑い話へと塗り替えられてゆく。

九七段（一）「職の御曹司」（四七段注2参照）での出来事で、事件時は長徳三年か四年の八月。前段と同時期と見れば四年か。

九七段（二）これまで、中宮とともに琵琶が描かれた場面はすべて内裏が舞台だった（七八・九〇・九一段）。本段のみが職の御曹司での演奏場面。

九七段（三）白楽天の「琵琶引」の一節、「東船西舫悄として言無く、唯見る江心に秋月の白きを」を踏まえる。「琵琶」演奏後の「沈黙」と「秋の月」が場面に重なる。「演奏のすばらしさに言葉を無くしています」の意。さらに月を擬人化。

九七段（四）今宵の「琵琶と月」の風情を、清少納言が「琵琶引」から意味付けたことに共感を示した。「さも」は副詞（いかにも）と解す。「琵琶引」の秀句は、七八段の伊周、九一段の定子に次ぐ三例目となる。

九九段（一）藤原隆家は、定子や伊周の同母弟。正暦五年（九九四）八月に従三位、翌長徳元年四月に中将から権中納言（十七歳）、六月に中納言。同二年四月に出雲権守に左遷。長保四年九月、権中納言に再任。大宰権帥在任中の寛仁三年には刀伊賊の入寇を撃退した。寛徳元年に六六歳で薨去。「中納言」と呼称されるのは本段のみで、以下の章段では「三位中将」（一〇一・二六二段）。

九九段（二）返答の不備に隆家が気付かぬようなので、秀句で話を転換させた。くらげの骨は、それを非常に珍しい物に喩えた例（『元真集』『能宣集』）や、奇跡的な体験を「くらげの骨にあふ」と言った例（『今昔物語集』増賀上人の臨終歌）が知られる。

一〇〇段（一）前半の逸話は、長徳三年（九九七）、清少納言が長期里下がりから復帰した初夏以降の出来事か。

一〇〇段（二）藤原信経は陸奥守為長の子で、紫式部の従兄にあたる。長徳三年正月から同四年正月まで式部丞。事件時は蔵人で二九歳。

一〇〇段（三）「作物所」は宮中の調度類を調達する役所。「別当」は長官。話は信経が別当だった長徳二年（九九六）五月三日以降に遡る。

一〇一段（一）居貞親王は、冷泉院の第二皇子。諱は「いやさだ」とも。時に二十歳で一条天皇より年長。母は兼家女の超子。寛和二年（九八六）七月に立太子。後の三条天皇。

一〇一段（二）高階貴子は道隆の北の方。ここが初登場。高階成忠の娘で、円融朝の掌侍（尊卑分脈）。定子と原子、後に登場する伊周ら兄弟の母。長徳二年十月に薨去。和歌のみならず漢詩文の教養もあったという。

一〇一段（三）　定子の衣装は、「紅梅」には「濃き」（濃い蘇芳系の色）が合うのに着ることができない、「萌黄」は「紅」に合わないので着たくない、といった思案の結果だったという。着られない理由は「年齢」「時期」「組み合わせ」など諸説あるが、「濃き」と「萌黄」は原子が着用している。事前になされたやりとりで、妹に譲った形となった「濃き色」に冗談めかして言及したか。

一〇一段（四）　藤原道雅は伊周の一男。事件時には四歳。母は源重光女。後年、前斎宮当子内親王と通じるなど、振る舞いが物議をかもし「荒三位」と称された。天喜二年、六三歳で薨去。

一〇一段（五）　藤原道頼は、道隆の子で伊周らの異母兄。祖父兼家の養子となった。事件時には二五歳。母は山城守藤原守仁女。正暦五年（九九四）八月に権大納言。翌長徳元年の六月に二五歳で病没。以下の登場場面（一二五・二六二段）でも呼称は「山の井の大納言」。

一〇一段（六）　藤原頼親は、道隆の子で、伊周らの異母兄弟。事件時には二四歳。ただし内蔵頭に任じられたのは寛弘二年（一〇〇五）六月、本段の登場人物の多くが没した後である。同年九月に敦康親王家侍所別当（権記）、同七年に三九歳で卒去。

一〇二段（一）　大江維時の詩句「大庾嶺の梅は早く落ちぬ、誰か粉粧を問はん」（和漢朗詠集・柳）に拠る。「大庾嶺」は中国の梅の名所。「粉粧」は白粉で化粧したような梅の花。ここは普通なら和歌で答える場面だろう。一条天皇はその秀句を評価しているが、一七六段の村上天皇の逸話にも通じる。一条は一二八・一三二段でも秀句を評価する役割を担っている。

一〇三段（一）　藤原公任は、関白太政大臣頼忠の一男。母は厳子女王（代明親王女）。正暦三年（九九二）八月から長保三年（一〇〇一）まで宰相（参議）。寛弘六年三月に権大納言。長久二年に七六歳で薨去。歌壇の第一人者で、才人として一目置かれていた。登場は本段のみ。

一〇三段（二）　原詩「三時雲冷やかにして雪を飛ばすこと多く、二月山寒くして春有ること少なし」の「少有春」は「春らしい感じがほとんどない」の意。「三時」（冬以外）も降雪の多い厳寒の南秦と比べて、「少し」ばかりの雪が舞う「今日のけしき」を詠んだ形となる。当時の定子を取り巻く状況も重ねられていよう。公任の歌を「今日のけしき」によく合うと理解するには、この詩句が想起されていなければならない。

一〇三段（三）　源俊賢は、安和の変で失脚した左大臣源高明の三男。母は師輔女。公任・斉信・行成とともに「寛弘の四納言」に数えられた才人。長徳元年（九九五）八月から寛弘元年（一〇〇四）まで宰相。万寿四年に六九歳で薨去。登場は本段のみ。

一〇三段（四）　藤原実成は、太政大臣公季の一男。弘徽殿女御義子の同母弟。長徳四年（九九八）十月から右近権中将。寛徳元年（一〇四四）に七十歳で薨去。「左兵衛督」

には寛弘六年（一〇〇九）三月に任じられているが、これが作中に見える最後年の官職呼称。

一〇四段（一）「半臂」は袍と下襲との間に着る、袖のない短い衣。腰を長い大紐で結んだが、後に短い小紐で代用されるようになり、大紐は畳んで左腰に垂らした。それが忘緒と呼ばれた「緒」で、黒の羅を糊で貼り合わせて作った。指先で端をひねって貼り合わせたが、幅広で長尺（一説に一丈二尺）だったので根気が必要だった。

一〇五段（一）「からまどふ」から「竈」が浮かび、「（豆の）煎らる」と「心焦られ」（いらだち）を掛けたか。一説に『世俗諺文』等にみえる「豆を煮て豆萁を焼く」（陳思七歩の故事）を踏まえて気ぜわしさを言った。いずれにせよ喩えとしてわかりにくい。

一〇五段（三）「五体」は全身。「五体投地」「五体不具」などと使われる仏教語。本題に入る前に「むくろ」か「五体」かにこだわる所が滑稽。しかも「むくろごめ」の方が珍奇な表現だったたか。

一〇六段（一）「逢坂」は山城国と近江国との境。男女が逢うことに掛けられた有名な歌枕。一三一段では「世にあふさかの関はゆるさじ」と詠んで行成と応酬している。当時、関所としては廃絶していたらしい。「須磨の関」は摂津国と播磨国との境。逢坂が畿内の東端であるのに対して、須磨は西端に位置する。「懲りずま」の掛詞に用いられる歌枕。「須磨の関ありあけの空になく千鳥かたぶく月はなれもかなしや」（千載集・冬・俊成）。「鈴鹿の関」は近江国と伊勢国の境。「鈴」の縁語で詠まれる歌枕。「くき田の関」は伊勢から大和への道の要衝。別名は川口の関。「白河の関」は東山道から奥州への入り口にある関。「都をば霞とともに立ちしかど秋風ぞ吹く白河の関」（後拾遺集・羈旅・能因）。「衣の関」は衣川の関とも。平泉の辺りにあった歌枕。

一〇八段（二）「ただこえの関」は未詳だが、「直越え」の地名は『古事記』『万葉集』に見える。まっしぐらに関を越えるという名への興味。対比される「はばかりの関」も未詳。「はばかる」という名への興味。「やすらはで思ひ立ちにし東路にありけるものかはばかりの関」（後拾遺集・雑五・実方）。陸奥国の歌枕という説もある。

一〇八段（三）「横はしりの関」「清見が関」は駿河国。ともに『更級日記』に見える。「横走り清見が関の通ひ路にいづといふことは長くとどめつ」（兼盛集）。「みるめの関」は未詳。海藻の「みる布」と「人に逢う」意を掛ける。「名を頼み今夜ばかりは心見む人を見る目の関にとまりて」（肥後集）。

一〇九段（一）「かくしてやなほや守らむ大荒木の浮田の森のしめにあらなくに」（万葉集）。

一〇九段（二）「うへ木の森」は未詳。能因本では「うつ木の森」。『能因歌枕』尾張国に「うつきの杜」が見える。「うつき」は卯の花の木。殖槻の森説もある。「いはせの森」は大和国の歌枕。「言はじ」の序詞となる。「龍田川立ちなば君が名を惜しみ岩瀬の森の言はじとぞ思ふ」（後撰集・恋六・元方）。「たちぎきの森」は未詳。「立ち聞き」の名への興味。

二〇段（一）「あはづの原」は近江国。「逢はず」にかけた歌枕。「怨めしき里の名なれや君に我があはづの原の逢はで帰れば」（兼盛集）。「しの原」は未詳。近江国の説もある。「その原」は一四段補注一参照。

二二段（一）五月五日の端午の節に用いるために刈る。屏風歌として「沢辺なる真菰刈りそけ菖蒲草袖さへひちて今日や暮らさむ」（貫之集）などが伝わる。

二六段（一）藤原宣孝は、権中納言為輔男。後に紫式部と結婚して一女（大弐三位賢子）を儲ける。筑前守となったのは正暦元年（九九〇）。長徳四年（九九八）右衛門権佐、兼山城守。長保三年（一〇〇一）卒去。

二六段（二）藤原隆光は、宣孝の長男。事件時（正暦元年）には十八歳。長保二年（一〇〇〇）時点で主殿権助（権記）。

二六段（三）宣孝は、前任者藤原知章の辞任により筑前守となった。ただし時期は正暦元年の八月。知章の辞任は、同年春の着任後に子息郎党らが疫病で大量死したためだが（小右記）、時期は不明。この年の六月は、作者の父元輔が肥後で亡くなった月でもある（三十六人歌仙伝）。「評」参照。

三一段（一）夜居の僧は、宮中では清涼殿の二間に伺候する。加持祈禱の最中に様々な話を聞き、時にはそこで得た情報を話すこともある。一二九段でも女房たちの散々なおしゃべりに腹を立てている。

三三段（一）厳密には顕教に属する。興福寺の僧では清範が有名（三三段）。「護身」は護身法。

僧は印を結び真言を唱え、仏に心身の加護を念ずる。

一二四段（一）　長徳元年（九九五）十月二二日、一条天皇が石清水八幡宮から還御した時のこと。定子は職の御曹司に移っていた（日本紀略）。石清水への行幸は、父円融の天元二年（九七九）が初例。一条も八歳の時（永延元年）に母詮子と同輿して初行幸。今回の行幸はその八年後にあたる。

一二四段（二）　ただし、勘物所引の『信経記』『小右記』によれば、乗輿騎馬のまま女院の御前を通過してよいか、お伺いを立てたとある。

一二四段（三）　『小右記』によれば、女院は朱雀院東方で見物した。だとすればここは朱雀大路が妥当。東三条院から二条大路を西へ進んだ女院が、朱雀大路の手前で出迎えたように描いたか。

一二五段（一）　藤原道長は、道隆の同母弟。正暦元年（九九〇）十月、定子立后時に「宮の大夫」（中宮職長官）となる。同二年九月に権大納言。中宮大夫は道隆薨後の長徳元年四月二七日に辞任、翌月に内覧宣旨を蒙り、六月には右大臣氏長者に。同二年七月に左大臣、正二位。万寿四年に六二歳で薨去。

一二六段（一）　底本には「かう定」とあるが、「定考」と表記して「こうじょう」と読むことが多い。「逆読之例」（名目抄）で「上皇」に通じるためとされる。八月に行われる六位以下の位階昇進の手続き。二月に行うのは「列見」で、六位以下に叙すべき官人を列立させて大臣が点呼する。

一二六段（二）餅餤は鳥の卵や野菜を餅で包んで煮て、四角に切った菓子（和名抄）。列見および定考の後に供される（ここは二月なので列見）。

一二六段（三）美麻那氏は先祖が渡来人。「額に角ある人」という伝承も（日本書紀・垂仁紀）。行成の下僚として同氏の名が『権記』に見える。「定考」（補注一）のように逆読みして「なりゆき」と名乗った。

一三〇段（一）斉信は出来事時に頭の中将だったので、七九段などのように官職で呼べばすむはずだが、あえて名前まで添えるのは、先に彼を出来事時とは異なる「宰相中将」として描いたため（一二四段）。人物認定で読者を混乱させないための配慮である。一五六・一九一段「評」も参照。

一三一段（一）孟嘗君には三千人の食客がいた。その三千人と共に脱出したことは『史記』には見えないが、この話を元にした賈嵩の詩句「函谷に鶏鳴く」（和漢朗詠集・暁）の古注には「三千人」の客を引き連れていたとある。同詩は一八六段と二九五段にも見える。

一三一段（二）「逢坂の関」は近江国の関所。男女が「逢ふ」意と掛けられる。「恋ひ恋ひてまれに今宵ぞ逢坂のゆふつけ鳥は鳴かずもあらむ」（古今集・恋三・よみ人しらず）のように、逢坂の鶏に「鳴かないでほしい」と呼びかけた歌が知られる。逢坂の関を持ち出して、恋人めかした切り返しをした。

一三二段（一）竹を愛でて「この君」と呼んだという王徽之（子猷）の故事（世説新語・任誕篇、

晋書・王徽之伝）から。それを踏まえた藤原篤茂の詩序（本朝文粋）が、「晋の騎兵参軍王子猷、栽ゑて此の君と称す。唐の太子賓客白楽天、愛して吾友と為す」として『和漢朗詠集』（竹）に採録。

一三三段（一）　藤原繁子は、右大臣師輔の娘で、一条と定子の大叔母。長保元年七月以降、同二年二月以前に三位。甥の道兼との間に儲けた尊子を後に入内させた。道兼薨去後に平惟仲室。内裏女房（紫式部日記）、一条の乳母（大鏡）とも伝えられる。本段の「局」は内裏の控室。

一三三段（二）　寛朝は敦実親王（宇多天皇の皇子）の子。天暦二年五月、仁和寺にて両部灌頂を受ける。天元四年八月に僧正。寛和元年（九八五）八月、円融の出家に際し十戒を授けた。

一三三段（三）　藤原朝光は関白太政大臣兼通の子、円融皇后媓子の兄。堀河院（円融院御所）の別当をつとめた。貞元二年権大納言、長徳元年三月に四五歳で薨去。

一三四段（一）　「つれづれ」は、物事がいつまでも変わらずに単調で、気分の紛れないこと。

一三四段（二）　双六は黒白十五の駒を盤上に並べて、さいの目の数で進み、全ての駒が早く自陣に帰りついた方を勝ちとする。

一三四段（三）　春の県召（地方官）と秋の司召（京官）、そのほか臨時の除目もあった。

一三五段（一）　一説に、囲碁のみならず弾碁などの碁を用いた遊戯全般。この時代、囲碁は男女ともに親しんだ。

一三五段（二）子供の言い間違え、遊戯の一種など諸説がある。「たがへなど言ふわざ」とあるので、言い間違えではなく、特定の遊戯を指すか。

一三五段（三）「くだもの」は八四・一〇一・一一七段などに見えたが、ここでは「つれづれなぐさむもの」として取り上げる。梨・栗・こうじなど食用の木の実の他、菓子の類も含まれる。

一三七段（一）御前の儀は「御禊事」「御前座事（宴）」「舞事」から成る。御前の座では東庭に陪従の座も設けられた。舞の事では東遊が披露され、その構成は、①一の歌、②二の歌、③駿河舞、④求子歌、⑤片降（大比礼）の五部。駿河舞だけを東遊と呼ぶ場合もある。「一の舞」は、陪従が①②を歌う間に天皇に指名された二名が進み出て、②の後に駿河舞の最初の一節を舞うこと。続いて他の舞人も位階の順に舞う（江家次第）。

一三八段（一）中宮定子は長徳二年五月一日に里第二条北宮で出家、六月九日に同所が焼亡した後、高階明順の二条宅へ移御した（小右記）。「小二条殿」は同所か。

一三八段（二）先の「ことさら露置かせて」と併せて、「晩叢白露の夕、衰葉涼風の朝。（中略）幽人坐して相対し、心事共に蕭條たり」（白氏文集・秋牡丹の叢に題す）を思わせる風情。

一三八段（三）この一節によれば「日ごろ」（この数日）以前は仰せ言があったことになる。後文によれば長徳三年（経房来訪の翌年）初夏頃の事。同年四月五日、伊周らに召還の宣旨が下されており、中宮御所にも再起の機運が高まっていた頃に、改めて帰参の催促がなされていたのだろう。

一三八段（四） 同じ出題が天元四年（九八一）の「故右衛門督齊敏（なりとし）君達謎合」に見える。同謎合わせによれば、序盤戦は正解が分かっても「知らず」と答え合っている。従って左の一は、「知らず」と答えるつもりの相手に極端に易しい謎を出したことになる。それが敵も味方も啞然とさせた。

「清少納言図」上村松園、福岡市美術館蔵　画像提供：福岡市美術館／DNPartcom

現代語訳・評

一段

春はあけぼの。しだいに白んでゆく山ぎわの空が、少し赤みを帯びて明るくなり、紫がかった雲が細くたなびいている風情（ふぜい）。

夏は夜。月の明るい頃は言うまでもなく、闇夜でもやはり蛍がたくさん乱れ飛んでいる風情。また、ほんの一つか二つなどがほのかに光って飛んでゆくのも趣がある。雨など降るのも趣がある。

秋は夕暮れ。夕日が射して、（その夕日と）山の稜線がまさに近くなっている頃に、烏（からす）がねぐらに帰るということで、三つ四つ、二つ三つなど飛び急ぐ姿までも、しみじみと感じられる。まして雁（かり）などの列を作ったのが、本当に小さく見えるのは、いかにも趣がある。日が落ちてしまって、（闇の中で聞こえてくる）風の音（おと）や虫の音（ね）など、これはもう改めて言うまでもない。

冬は早朝。雪が降ったのは言うまでもない。霜が真っ白におりているのも、またそうでなくても、本当に寒い朝に、火などを急いでおこして炭を運んで行き来するのもいかにも似つかわしい。昼になって、気温が暖かくゆるんでゆくと、火鉢の炭火も白い灰のようになって好ましくはない。

［評］本段の独自性はさまざまに説かれるが、『古今集』の美学が春秋を重んじるのに対して、春夏秋冬の季節を同等に扱うことが注目される。さらに「春は」という命題に対して、「花（桜）」「霞」「鶯」といった景物ではなく、「あけぼの」という従来歌語ではなかった時刻（補注一）を挙げて、その情趣を述べるのが斬新である。『古今集』仮名序の「春の花の朝」の組み合わせから「花」は除かれ、「朝」は「あけぼの」に転じた。「秋は」も同様にその代表的な景物の「紅葉」は不在である。一方、「雲」「月」「雨」「日」「雪」「霜」など、四季すべてに天象の景物を配するのは、中国の類書が天象で始まるのを意識している。こうした和漢のバランスに加えて、「風の音」「虫の音」「雪」など歌語としてのイメージが定着しているものは簡略に記し、非和歌的素材である烏や火鉢の灰などを加えて、それらをむしろ詳述する。本段をはじめそうした独自性については、作者の個性より、定子サロンの美意識を代表するという見方もある。

二段

時節は正月、三月四月五月、七八九月、十一（十）二月。すべて折につけては、一年中みな趣がある。

三段

正月一日は、いっそう空の様子もうららかに、清新に霞が立ちこめている折に、世の中のありとあらゆる人は、誰も身なりすべてを格別に整え、主君をも我が身をも言祝いだりしている様は、ことさら趣深い。

七日、雪の消えた所の若菜摘み。（若菜は）青々として、いつもはさほどそのような物は見慣れない御殿で、ちやほやしている様子はおもしろい。白馬を見物にというわけで、里人は車をきれいに仕立てて見に行く。中の御門（待賢門）の敷居を（車で）通り過ぎる際、頭が一箇所に揺れてぶつかり合い、さし櫛も落ち、用心しないと折れたりして笑うのも、またおもしろい。左衛門の陣あたりに殿上人などが大勢立って、舎人たちの弓を取って馬たちを驚かせて笑うので、（車から）ちらっと覗き見たところ、（門の向こうの）立蔀などが見えるあたりに、主殿司、女官などが行き来しているのはおもしろい。「どれほどの人が、宮中で平然と振る舞っているのだろう」などと想像されるのだが、門の内でも見る光景は、とても狭い所で、（近くで見る）舎人の顔の地肌があらわで、本当に黒い肌に白い物が行き渡らない所は雪がまだらに消え残っている感じがして、とても見苦しく、馬がおどり上がって騒ぐのなども大変恐ろしく見えるので、おのずと（体が奥に）引き入れられて満足にも見えない。

八日、（叙位にあずかった）人がお礼言上に走らせる車の音が、格別に聞こえておもしろい。

十五日、食膳を（主人に）差し上げてお据えし、粥の木を隠し持って家の御達女房などが隙をうかがうのを、打たれまいと用心して、常に後ろを気にしている様子もとてもおもしろいが、どのように隙を突いたのだろうか、打ち当てた時は、たいそう興趣があって、笑っている様はとても華やかに見える。（打たれて）悔しいと思っているのも、もっともだ。

新しく通う婿の君などが、宮中へ参内するのも待ちきれず、その家で我こそはと思っている女房が、のぞいて気色ばんで奥の方にじっと立っているのを、（女君の）前に座っている女房は心得て笑うのを「ああ静かに」と手招きして制するけれど、女君はまた素知らぬ顔で、おっとりして座っていらっしゃる。「ここにある物、取りましょう」などと言って近寄って、走って（女君の腰を）打って逃げるので、その場にいる人は皆笑う。男君もまんざらでもなくにっこりしているが、（女君は）ことさら驚きもせず、顔を少し赤らめて座っているのもおもしろい。また、（女房同士）互いに打って、男までもを打つようだ。どのような了見なのだろうか、泣いて腹を立てながら人を呪い、不吉なことを言う人もいるのがおもしろい。宮中あたりなどの高貴な所でも、今日はみな乱れて遠慮がない。

除目の頃など、宮中あたりはとても趣がある。雪が降りたいそう凍てついている時に、申し文を持って行き来する四位や五位で、若々しく意気揚々と見える者は、とても頼もしそうだ。年老いて白髪頭の者などが、人に取り次ぎを頼み、女房の局などに立ち寄って、我が身がいかに立派かなどと、ひとりいい気になって説いて聞かせるのを、若い女房たちはまねして笑うのだけれど、どうして（本人は）知ろうか。「よきに主上に奏上して下さい」「宮様へ申し上げて下さい」などと言ってでも、官職を得たのはまことに結構。得ないで終わったのは、とても気の毒だ。

三月三日は、うららかにのどかに日が照っている中、桃の花がもう咲き始める。柳などの風情ある様は言うまでもなく、それもまだ（葉が）繭にこもっているのは愛らしい。広がっているのは、不快に見える。きれいに咲いている桜を長く手折って、大きな瓶に挿している様は素敵だ。桜襲の直衣に出袿をして、客人であってもご兄弟の君達でも、その花の近くに座って何か話しているのは、とても心がひかれる。

四月、賀茂祭の頃はとても趣がある。上達部や殿上人も、袍の色の濃さ薄さの区別があるくらいで、それぞれの白襲も同じように涼しげで素敵だ。木々の木の葉が、まださほど茂ってはいなくて、若々しく一面に青々としている時分に、霞も霧も隔てることのない空のあり様が、何となく無性にいい感じがするのだが、少し曇った夕方、夜などに、こらえて（鳴かずに）いるほととぎすが、遠くで空耳かと思われるくらい（鳴き方が）たどたどしいのを聞きつけたような時は、どんな気持ちがするだろう。

祭が近くなって、青朽葉、二藍色の布を押し巻いて、紙などに形ばかり包んで、行き違いながら持って歩くのは趣がある。裾濃やむら濃染めなどの染物も、いつもよりは素敵に見える。童女が頭だけ洗って手入れして、服装はどこもほころび縫いの糸が切れて乱れかかっているのもいるが、屐子、沓などに「鼻緒をすげさせて」「裏を付けて」などと騒いで、「早くその日になってほしい」と（当日に）備えて歩きまわるのも、とてもかわいらしいことよ。（いつもは）妙な恰好で踊り歩く童女たちが、（祭の日には）おしゃれして飾り立てたので、まったくもって定者などという法師のようにあちこち練り歩くのが、どれほど気がかりなのだろう、身分身分に応じて、親、おばの女、姉などが供をして世話して連れ歩くのもおもしろい。

蔵人になると一途に思っていて、すぐにもなれない人が、祭の日に青色の袍を着ているのは、そのまま脱がせないでおきたいものだと思われる。綾織物でないのは玉に瑕だ。

四段

同じ内容であっても聞いた感じが異なるもの　法師の言葉　男の言葉　女の言葉。賤しい者の言葉には、必ず文字が余っている。足りないのが好ましい。

五段

愛しいような子を法師にするとしたら、（親の気持ちを思うと）いたわしい。（人が）ただ木の端などのように思うのは、とても気の毒だ。精進物のとてもひどいのを食べて寝る暮らしをも（気の毒と言うべきだ）。若い法師は何かと気になるのだろう、女などがいる所をも、どうして忌み嫌うようにさし覗かずにもいられようか。（なのに）それをも人は穏やかでないと言う。まして、験者などはとても苦しそうに見える。（加持祈禱に）疲れてつい居眠りすると「眠ってばかりいて」などと非難されるのは、本当に窮屈で、さぞや大変だと思われよう。

これは昔の事のようだ。今は気楽そうである。

［評］愛する子どもを法師にすることは、その子ばかりでなく、親の来世が救われるこ

とでもあった。だが修行生活は世間の評価も低く、つらく厳しいものであった。同情を禁じえないが、今は昔よりも楽になったと批判もしている。

六段

大進生昌の家に中宮様がお出ましなさる時に、東の門は四足に直して、そこから御輿はお入りなさる。北の門から女房の車々も、「まだ衛士もいないから入ってしまおう」と思って、髪の具合がよくない人もたいして手入れせず、「寄せて降りるはずだ」と軽く考えていたところ、檳榔毛の車などは門が小さいのでつかえて入れないので、例の筵道を敷いて降りるにつけ、本当に憎らしく腹立たしいけれども、どうしようもない。殿上人や地下である者も、陣に立ち添ってこちらを見るのも、本当にしゃくにさわる。

中宮様の御前に参上して、その次第を申し上げると、「ここでも人が見ないはずがあろうか、どうしてそんなに気を許したのか」とお笑いなさる。「けれども、見たのは私たちを見慣れた人ですから、よく飾り立てておりましたら、それこそ驚く人もございましょう」「それにしても、これほどの家に車の入らない門などあるものか。（生昌が）現れたら笑ってやろう」などと言う折も折、「これを差し上げてくださいませ」と言って（生昌が）御硯などを差し入れる。「まあ、何とも感心しない方でいらっしゃる。どうしてその門は何とまあ狭く作って住んでいらっしゃるのか」と言うと、笑って「家の程度は、身分の程度に合わせておるのです」と応じる。「でも門だけを高く作る人もあったのでは」と言うと、「ああ、恐ろしい」と驚いて、「それは于定国の事でございますね。年功を積んだ進士などでございませんと、伺っても分かりそうにない事でございましたよ。たまたま学問の道に首を突っ込ませていただいたので、この話だとだけはおのずとよく分かるのです」と言う。「その御道もたいした事ないようね、筵道を敷いたけれど、皆が足を取られて大騒ぎになったのは」と言うと、「雨が降りましたのでそのような事もございましたでしょう。はいはい、これ以上仰せつけられる事があるといけません。お暇しよう」と言って(生昌は)立ち去る。「何があったの、生昌がひどくおびえていたのは」と(中宮様は)お尋ねになる。「いいえ、車が入りませんでした事を話しておりました」と申し上げて局に下りた。

同じ局に住む若い女房などと一緒に、こまごました事も分からず、眠いので皆寝てしまった。(局は)東の対の西廂で北と通じているが、北側の障子に掛金もなかったのを、それも探したりせず、(生昌は)家の主人なので勝手を知って開けてしまった。妙にしわがれて騒々しい声で「お伺いしてよろしいか、よろしいか」と、何度も言う声に、目を覚まして見ると、几帳の後ろに立てている灯台の光が明るくて丸見えだ。障子を五寸ほど開けて言うのだった。とても愉快。まったくこうした色好みの振る舞いなど、まさかしない者なのに、わが家に(中宮様が)おいでになったというので、変に気が大きくなっているようだと思うにつけても、たいそうおもしろい。傍らに寝ている女房を揺り起こして、「あれを御覧なさい。あんな見かけない者がいるようよ」と言うと、頭を持ち上げてそちらを見てひどく笑う。「あれは誰なの、丸見えで」と言うと、「違います、家の主人としてご相談申し上げるべき事があるのです」と言うので、「門の事は申し上げたけれど、障子を開けて下さいとは申し上げていない」と言うと、（生昌は）「やはりその事も申し上げましょう。そこにお伺いしてよろしいか、よろしいか」と言うので、「それこそみっともない。いらっしゃれるはずはない」と言って（傍らの女房が）笑うようなので、「若い人がいらっしゃるのか」と言って（障子を）引いて閉めて行ってしまった後に、笑う事といったら大変で、「開けようとするのならただ入ればいいのに。尋ねられて『よろしいです』とは誰が言おうか」と、本当に愉快だ。

翌朝（中宮様の）御前に参上して申し上げると、「（生昌には）そのような評判もなかったのに、昨夜の事に感心して行ってしまったようだ。ああ、かの者をきまり悪くさせるように言ったというのは、かわいそうなこと」と言ってお笑いなさる。

姫宮様付きの童女たちの装束をお仕立てすべき次第を（中宮様が）お命じになる際に、「この衵（あこめ）の上襲（うわおそい）は何色にお仕立てさせたらよいか」と（生昌が）申し上げるのを、また（女房が）笑うのももっともだ。「姫宮のお食膳は、普通の物ではいかにも体裁が悪いでしょう。ちゅうせい折敷（おしき）にちゅうせい高坏（たかつき）などがよろしいでしょう」と（生昌が）申し上げるので、「そういうことなら、上襲を着たような童女もお仕えしやすいだろう」と言うと、「やはり世の人と同じように、この者をネタにして笑ってはいけない。とても生真面目なのだから」と、（中宮様が）気の毒がっていらっしゃる様もすばらしい。

半端な時間に「大進が、まずお話し申し上げたいと言っている」と（取り次ぎが）言うのを（中宮様が）お聞きになって、「また、どんな事を言って笑われようとするのだろう」と仰せになるのもまたすばらしい。「行って話を聞け」とおっしゃるので、わざわざ出たところ、「先夜の門の事を、中納言に語りましたところ、大変感心申されて『何とかして、しかるべき折にゆったりと対面して、お願い申し上げていろいろ承りたい』と申された」と言って、ほかに何もない。「先夜の来訪の事を言うのだろうか」とわくわくしたのに、「そのうちゆっくりとお部屋に伺いましょう」と言って行ってしまったので、（そのまま御前に）帰参したところ、「それで何事だったか」と（中宮様が）おっしゃるので、（生昌が）申した事を「これこれ」と申し上げると、「わざわざ申し入れて、呼び出すべき用事でもないではないか。たまたま端近や部屋などに居るような時にでも言えばよいものを」と言って（女房が）笑うので、「自分の気持ちの中で立派だと思う人が褒めたのを、（そなたが）うれしいと思うかと考えて告げ聞かせるのだろう」とおっしゃる（中宮様の）ご様子も、本当に申し分がない。

［評］最初の日記回想段。当時（注1参照）中宮定子は、頼るべき後見もなく、前大進に過ぎない生昌の家で出産に備えるしかなかった。行啓当日には左大臣道長の露骨な妨害があり、出立に際しても難儀している（小右記、権記）。生昌邸とその門はまさに不如意の象徴なのだが（補注一参照）、書き手はまずその門にこそ焦点を当ててみせるのだ。以下、生昌を笑い者にする自分たちの言動を描きながら、彼を思いやる定子の姿を際立たせてゆく。世間は定子の悲嘆ぶりに思いを馳せていたはずだが、作中の彼女は笑顔を絶やさず、主人としての品格を失うことがない。

七段

主上に伺候する御猫は、五位に叙せられて、「命婦のおとど」といってたいへんかわいいので、大切になさっているその猫が、縁先に出て寝ているので、乳母の馬の命婦が「まあいけない、お入りなさい」と呼ぶけれど、日がさし込んでいる所で眠って動かないのを、おどかそうとして、「翁丸、さあ、命婦のおとどを食え」と言うと、本当かと思って、おばかさんは走りかかったので、（猫は）ひどくおびえて御簾の内に入ってしまった。朝餉の御間に主上がいらっしゃる時に、それを御覧になってたいそう驚きなさる。猫を御懐にお入れになって、殿上の男どもをお召しになると、蔵人の忠隆となりなかが参上したところ、「この翁丸を打ちこらしめて犬島へやれ、今すぐ」と仰せになるので、集まって大騒ぎでつかまえる。馬の命婦をも叱責して「乳母を代えてしまおう、とても安心できない」と仰せになるので、（馬の命婦は）御前にも出ない。犬は（外へ）狩り出して、滝口の武士などに命じて追放してしまった。

「ああ、堂々とのし歩いていたのに」「三月三日、頭の弁が柳の蘰を付けさせ、桃の花をかんざしに挿させ、桜を腰に挿したりして歩かせなさった折は、このような目に遭おうとは思わなかっただろう」などと（私たちは）不憫がる。「お食事の折は、必ずこちらを向いてお控えするのに」「心さみしいことよ」などと言って三、四日になってしまった昼ごろ、犬のひどく鳴く声がするので、「どんな犬がこんなに長く鳴くのだろうか」と聞くと、たくさんの犬が声を頼りに（様子を）見に行く。御厠人なる者が走ってきて、「ああ大変、犬を蔵人が二人でお打ちになっている。死ぬに違いない。犬をお流しなさったのが、帰って参ったというので懲らしめていらっしゃる」と言う。まあいやだ、翁丸なのだ。「忠隆、実房などが打つ」と言うので止めに（人を）やるうちに、やっとのことで鳴き止み、「死んだので陣の外に引いて捨ててしまった」と言うので、不憫がりなどする夕方、ひどく腫れた姿の、驚きあきれるほどの犬で、苦しそうなのが震えてうろつくので、「翁丸か、このごろこんな犬がうろつこうか」と言うと、（他の女房も）「翁丸」と言うが聞き入れもしない。「それ（翁丸）」とも言い、「違う」とも皆口々に申すので、「右近が見知っている、呼べ」ということで（中宮様が）お召しになると（右近は）参上した。「これは翁丸か」とお見せなさる。「似てはおりますが、これはとてもひどい様子に見受けられます」「それに、翁丸かと言いさえすれば喜んでやって参るのに、呼んでも寄って来ない。違うようだ」「それは『打ち殺して捨ててしまいました』と申していた。二人がかりで打ったというなら生きておりましょうか」などと（右近が）申し上げると、（中宮様は）嘆かわしく思っていらっしゃる。

暗くなって物を食べさせたけれど食べないので、翁丸ではないということにして終わったその翌朝、（中宮様が）御調髪をなさり、御手水などお使いになって、御鏡をお持たせになって御覧になるので伺候する時に、そのまま犬が柱の下にうずくまっているのを（私が）見やって、「ああ、昨日翁丸をひどく叩いたことよ。死んでしまったようだがかわいそうなことをした。何の身に今度は生まれ変わっているだろう。どれほどつらい気持ちがしただろう」とふと言うと、このうずくまっている犬が、ぶるぶる震えて涙を止めどなく落とすので、何と驚きあきれたことには翁丸だったのだ。昨夜はじっと正体を隠していたのかと、感動に加えてすばらしいことこの上ない。御鏡をうち置いて「それでは翁丸なのか」と言うと、ひれ伏して鳴きに鳴く。中宮様も、たいそう安心してお笑いなさる。右近の内侍をお召しになって「これこれだった」と仰せになるので（皆で）笑って大騒ぎするのを、主上もお聞きになって渡っておいでになった。「あきれたことよ、犬などにもこのような心があるものだとは」と（主上は）お笑いになる。主上付きの女房なども聞いて大ぜいで参上して（翁丸を）呼ぶにつけても、今こそ立ち動く。「やはりこの顔などの腫れているのを、何か手当てさせてやりたい」と言うと、「ついにこれを公言したことよ」などと（女房が）笑うので、忠隆が聞きつけて、台盤所の方から「そういうことでしょうか。あちらを拝見しましょう」と言っているので、「まあ恐ろしい、決してそのような物はいない」と言わせると、「それでも見つける機会もございましょう。そのようにばかりお隠しにはなれないでしょう」と言う。

さて、主上のお咎めも解けて、（翁丸は）元のようになった。やはり、人から同情されて震えて鳴き立てたのは、この上なくすばらしく感動的だった。人などなら、人に言葉を掛けられて泣いたりはするけれど。

［評］冒頭「怒る人」として登場した一条天皇が、最後に笑顔を取り戻すまでが、本段には描かれている。事件時が「一帝二后」という異例の政治決着の直後だったことを思うと（補注一参照）、定子とともに「笑う」その姿こそが特筆すべき光景だった。実際、この時期に定子は第三子を懐妊しており、彰子立后後も揺るがなかった二人の絆が、犬猫騒動の顛末とともに刻まれていることになる。ここに伊周の配流事件が重ねられているという解釈は採り難い。

八段

正月一日、三月三日は、とてもうららかな日和。

五月五日はずっと曇っている。

七月七日はずっと曇って、夕方は晴れた空に、月がたいそう明るく、星の数も（分かるくらい）見えている。

九月九日は未明ごろから雨が少し降って、菊の露もおびただしく、覆っている着せ綿などもたいそう濡れ、移り香も引き立てられて、早朝には（雨は）止んでしまっているけれど、やはり曇っていて、ともすればひどく降ってきそうに見えているのも風情がある。


［評］元日と三月から九月までの四節句について、「晴れ」「曇り」「雨」など気象の面から、理想的な姿を捉え直したところに、それまでの段とは違った斬新さがある。特に九月の重陽の節句は、菊と着せ綿の色香を中心に繊細な感性が光っている。

九段

（叙位にあずかった）お礼を主上に申し上げる様は、おもしろい。（下襲の裾を）後ろに引いたままにして、主上の方に向かって立っていることよ。拝礼して舞踏してせわしなく立ち動くよ。

一〇段

今内裏の東を（内裏のように）北の陣と言う。梨の木のはるかに高いのを、「いく尋あるのだろう」などと言う。権の中将（成信）が、「根元から切って定澄僧都の枝扇にしたい」とおっしゃったのだが、（定澄僧都が）山階寺の別当になって御礼を奏上する日、近衛の役人としてこの君（成信）が出ていらしたのだが、（僧都は）高い足駄まで履いているので、恐ろしいほど背が高い。退出した後に、「どうしてその枝扇を持たせておやりにならなかったのか」と言うと、「物忘れしない人だ」と（中将は）お笑いになる。「定澄僧都に合う袿はない、すくせ君に合う衵はない」と言ったとかいう人こそおもしろい。

［評］定澄の山階寺別当就任の記事から、日時は長保二年三月、つまり先の七段と同時

期となる。七段の舞台でもあった「今内裏」が初めてここに紹介されるわけだが、それこそはかつて「長徳の変」の発端となった事件現場（為光の一条第）であり、「清涼殿焼亡」（注2参照）の記憶とも直結する、いわくつきのトポスだった。焼亡前の内裏の光景は、いよいよ後続の二一段で描かれることになる。

一一段

山は　小倉山　鹿背山　三笠山　このくれ山　いりたちの山　忘れずの山　末の松山。かたさり山は、（山が場所を譲るとは）どんなものかとおかしい。いつはた山　かえる山　後瀬の山。

朝倉山は、よそに見る（昔の愛人も今は赤の他人と、知らん顔する）のが、おもしろい。大比礼山も、おもしろい。臨時の祭の舞人などが思い出されるのだろう。三輪山は、心惹かれる。手向山　待ちかね山　たまさか山　耳成山。

［評］「は」型の類聚段の最初で、二〇段までこのスタイルが続く。小倉山という著名な歌枕にはじまり、有名無名を問わず名前のおもしろい山を列挙する段。「このくれ」「いりたち」「かたさり」は未詳であるが、男女の恋愛を想起させ、歌枕も名への興味や

「末の松山」「三輪山」など恋愛に関わるものを連ねる。それは「は」型段の全般に通じる特徴でもある。

一二段

市は　辰の市　さとの市。椿市は、大和にたくさんある市の中で、長谷に参詣する人が必ずそこに泊るのは、観音の御縁があるのだろうかと、格別に思われる。おふさの市　飾磨の市　飛鳥の市。

［評］「椿市（海石榴市）」は、『源氏物語』玉鬘巻で長谷寺参詣の前に玉鬘一行と右近が再会する場所であり、ここから玉鬘が六条院に引き取られる運命が拓かれるのである。椿市が長谷寺霊験譚の始まりの地であることは、本段とも符合している。

一三段

峰は　ゆづるはの峰　阿弥陀の峰　弥高の峰。

［評］新春に供える「ゆづるは」、阿弥陀仏に通じる「あみだ」、大嘗会（だいじょうえ）の和歌に詠まれた「いやたか」など、神仏に関わる峰を連ねたか。

一四段

原は　みかの原　あしたの原　園原（そのはら）。

［評］「園原」は、遠くからは見えても近づくと消えるという帚木（ははきぎ）伝説で有名。『源氏物語』帚木巻でも、光源氏が逢いがたい空蟬（うつせみ）を園原の帚木に喩えている。

一五段

淵は　かしこ淵（ふち）は、どのような底の心（本心）を見てそのような名を付けたのだろうかと、おもしろい。ないりその淵、誰にどのような人が教えたのだろうか。青色の淵こそ、趣深い。蔵人などが袍にできそうで。かくれの淵　いな淵（ふち）。

［評］この段も地理的な興味より、「かしこ」「な入りそ」「隠れ」「否」に通じる名のお

もしろさに焦点を当てている段。「青色の淵」を入れることで変化をつけたか。「青色の淵」も、やはり名称への興味によって列挙されたものと思われるが、三段にも見えるように、『枕草子』中では蔵人の着用する青色の袍への言及が多くある。

一六段

海は　琵琶の水海　与謝の海　かわふちの海　伊勢の海。

一七段

陵は　うぐいすの陵　柏木の陵　あめの陵。

[評]「鶯」「柏木」「天（雨）」に通じる名への興味が先行したか。

一八段

渡し場は　しかすがの渡り　こりずまの渡り　水橋の渡り。

一九段

たちは　たまつくり。

二〇段

家は　近衛の御門　二条宮　一条院もすばらしい。染殿の宮　清和院　菅原の院　冷泉院　閑院　朱雀院　小野の宮　紅梅殿　県の井戸殿　竹三条　小八条　小一条殿。

二一段

清涼殿の東北の隅の北の隔てである御障子は、荒海の絵で、生きている物たちの恐ろしそうな姿、手長足長などを描いてある。弘徽殿の上の御局の戸を押し開けていると、常に目に見えるのを、嫌がったりして笑う。

高欄のもとに青い瓶の大きいのを据えて、桜のたいそう風情ある枝の五尺ぐらいなのを、とても多く挿してあるので、高欄の外まで咲きこぼれている昼ごろ、大納言殿（伊周）が、桜の直衣の少しなやかなのに、濃い紫の固紋の指貫、白い御衣を何枚か、上には濃い綾織のとても鮮やかなのを出衣にして参上なさったところ、主上がこちらにいらっしゃるので、戸口の前にある細い板敷にお座りになって、お話など申し上げなさる。

御簾の内に女房が、桜の唐衣などをゆったりとすべらして着て、藤、山吹など色合いが感じよくて、（その袖口を）たくさん小半部の御簾からも押し出している頃、昼の御座の方では主上のお食事をご用意する（蔵人の）足音が高い。先払いの者などの「おし」と言う声が聞こえるのも、うららかでのどかな日のありさまなど、実にすばらしい折に、最後の御盤を運んだ蔵人が参上してお食事の用意が整った旨を奏上するので、（主上は）中の戸から（昼の御座へ）お出ましなさる。お供に廂の間から大納言が、お送りすべく参上なさって、先ほどの花のもとへ帰ってお座りになっている。中宮様が、御几帳を押しやって長押のもとにお出ましなさった様子など、何という事なくただすばらしいのを、伺候する女房も物思いなどない気持ちがするのに、「月も日も変わりゆけども久に経る三室の山の」という歌を、（大納言殿が）とてもゆっくりと吟誦なさったのが、たいそうすばらしく思われるにつけ、なるほど千年もこのままであってほしいご様子であるよ。

陪膳にお仕えする人が、殿上の男たちなどをお召しになるやいなや、（主上はこちらに）お越しなさる。「御硯の墨をすれ」と（中宮様が）仰せになるが、目は上の空で、ただ（お二方が）お揃いでいらっしゃるご様子ばかりをご注視申し上げるので、あやうく墨挟みの継ぎ目も外してしまいそうだ。（中宮様は）白い色紙を押し畳んで、「これに今すぐ思い出す古歌を、一つずつ書け」とお命じになる。外に座っていらっしゃる大納言殿に「これはいかがいたしましょう」と申し上げると、「早く書いて差し上げなさい、男は口出し致すべきではない」と言って（色紙を中へ）差し入れなさった。御硯をこちらに下げ渡して、「早く早く、ただあれこれ考えずに、難波津でも何でもふと思い出す歌を」と催促なさるが、どうしてそんなに気後れしたのか、まったく顔まで赤くなって心が乱れることだ。春の歌、花の情趣など、そうは言いながらも上臈女房が二つ三つほど書いて、「これに（書きなさい）」と言うので、

年月は過ぎるので老いてしまった。そうではあるが、「花をし見れば」（花を見ると）何の物思いもない

という歌を、「君をし見れば」と書き替えたのを、（中宮様は）見比べなさって、「ただこうした皆の心が知りたかったのだ」と仰せになるついでに、

円融院の御代に、「草子に歌をひとつ書け」と殿上人に仰せになられたところ、たいそう書きにくく、ご辞退申し上げる人々もあったが、「まったくただ字の上手下手、歌が折に合わなかろうがそれは問うまい」と（円融院が）仰せになられるので、困って皆が書いた歌の中に、ただ今の関白殿が、三位中将と申し上げた時の事だが、

潮の満ちるいつもの浦の「いつも」のように、いつもいつもあなたを深く「思ふはやわが」（私は思っている）

という歌の下の句を、「頼むはやわが」（私は頼みにする）とお書きになったのを、（円融院は）とてもおほめなさった。

などと仰せになられるにつけ、むやみに汗がにじんでくる気がする。「年の若いような人は、きっとそのようには書けそうにない状況だったろう」などと思われる。いつもはとても上手に書く人でも、どうしようもなく皆おのずと気後れして、書き損じなどした者がある。

（中宮様は）『古今集』の草子を御前にお置きなさって、歌々の上の句を仰せになって、「この下の句はどうか」とお尋ねになるのだが、すべて夜も昼も心に掛かって思い出されるものもある歌が、さっぱり申し出ることができないのはどうしたことか。宰相の君が十首ばかり（申し上げたが）、それも思い出したうちに入ろうか。まして五首六首などでは、率直に思い出さない旨を申し上げるべきだが、「そんなにそっけなく、仰せ言を映えなく扱ったりはできようか」と、落胆して残念がる様子もおもしろい。「知っている」と申し上げる人のない歌は、そのまま下の句まで読み続けて夾算（きょうさん）をお挿せになるのを、「これは知っている歌ではないか。どうしてこうも未熟なのか」と言って嘆く。中でも『古今集』

を何度も書き写しなどする人は、全部でも思い出せそうなものであるよ。

村上天皇の御代に、宣耀殿の女御と申し上げた方は、小一条の左大臣殿の御娘でいらっしゃったと、存じ上げない人があろうか。まだ姫君と申し上げた時、父の大臣がお教え申し上げなさった事は、「一つにはお習字を学びなさいませ。次には琴の御琴を人よりとりわけ上手に弾こうとお思いなさい。それから『古今集』の歌二十巻を全部そらんじなさる事を、御学問となさいませ」と申し上げなさったと（帝は）お聞きになって、御物忌であった日に、『古今集』を持ってお渡りになって御几帳を引き隔てなさったので、女御は「いつもと違って変だ」とお思いになったところ、草子をお広げなさって、「その月、何の折に、誰それの詠んだ歌はどうか」とお尋ね申し上げなさるので、（女御は）「こういうことなのか」と合点なさるのもおもしろいが、「覚え違いもしたり、忘れている所もあったら大変だ」と、むやみに思い乱れなさったに違いない。歌の方面に暗くない女房を、二、三人ほどお呼び出しになって、碁石で数を置かせなさるというわけで、（女御に）無理強い申し上げさせなさったという様子など、どんなに申し分なく素敵だったろう。御前に伺候していたという人までがうらやましい。

強いて申し上げさせなさると、（女御は）利口ぶってそのまま下の句まではおっしゃらないが、すべて少しも違えることはなかった。「何とか、やはり少し間違いを見付けてから止めよう」と、(帝は)しゃくだとまでお思いなさったが、十巻にもなってしまった。「まったく無駄だった」と言って、御草子に夾算を挿してお休みになったのも、またすばらしいことだ。

かなり時が経って(帝は)お起きになったが、やはりこの事を、勝負を付けずにお止めになるとしたら、たいへんよくないということで、残りの十巻をもし明日になったら別の本を(女御が)見合わせなさるということで、今日決着しようと、大殿油をお灯しして夜の更けるまでお読みなさった。けれど、とうとうお負け申し上げなさらずに終わったことだ。「主上がお渡りになって、こういう事が」などと、殿(父大臣)にお知らせすべく人を参上させなさったところ、(殿は)たいへん心配なさって御誦経など多くおさせになり、内裏に向いて終日祈念なさったのは、風流で感動的なことである。

などと(中宮様が)語り始めなさるのを、主上もお聞きになり、感心なさる。「自分は三巻四巻でさえ、見届け通せまい」とおっしゃる。「昔はつまらぬ者なども、みな風流だったことよ」「このごろは、このような事は耳にしない」などと、御前に伺候する女房たち、主上の女房でこちらへ出入りを許されている人などが参上して、口々に言い出したりしている様子は、本当に何の物思いもなく、すばらしく思われる。

［評］本段によれば中宮定子は、宮廷文化を担う者として、確かな未来図を思い描いていた。その言葉を受けて天皇の女房までもが心ひとつに決意を新たにする様が、最後に「思ふことなくめでたく」と讃えられている。実際はうち続いた不幸によって、挫折も修正も余儀なくされた未来図だったが、だからこそ、あの日には存在した「未来」に、書き手は頑なにこだわるのだろう。ちなみに本段で規範とされる「過去」、村上・円融両朝も、一条朝同様に内裏焼亡の災難に見舞われている。内裏はその度に新造され、一条朝でも焼亡の翌年（長保二年）に再建されるのだが、そこに定子が入る日は来なかった（同年末に崩御）。もはや記憶の中にしか存在しない清涼殿の「今」が、本段には輝かしく記し留められている。

二二段

将来がなく、本気で見せかけの幸いなどを仰ぎ見ているような人は、うっとうしく軽蔑したく思いやられて、やはりしかるべき身分の人の娘などは、宮仕えさせて、世間のありさまも見せて慣れさせたく、内侍（ないし）のすけなどとしてしばらくお仕えさせておきたいものだ、と思われる。

宮仕えする人を、軽薄でよくないことだと言ったり思ったりしている男などは、ひどく憎らしい。

なるほど、それもまた道理ではある。口に出すのも畏れ多い主上をはじめ奉って、上達部殿上人、五位四位は言うまでもなく、顔を見ない人は少なかろうが、女房の従者、女房の里から来る者、長女、御厠人の従者、物の数にも入らない者まで、いったいいつ、その人たちを恥ずかしがって隠れたりしたか。殿方などは（人と接する苦労は）、まあそれほどではないだろう。

先のような非難も、宮中にいる限りはその通りだろう。（宮仕え人を）奥方などと言って大切に住まわせるとしたら、奥ゆかしく思われないようなのは、もっともではあるが、また内裏の内侍のすけなどと言って、折々に参内して、祭の使いなどに加わって出掛けるのも、名誉でないことがあろうか。そうして（宮仕えを経て）家に籠って落ち着いたのは、ましてすばらしい。受領が五節の舞姫を出す時などに、ひどく田舎じみたまねや、ささいな事などを人に尋ねたりなどはしないだろう。（それこそが）奥ゆかしいと言うものだ。

［評］『枕草子』では女の宮仕え賛美論が繰り返されるが、本段はもっとも有名な段の一つ。しかも後宮の一般女房ではなく、上宮仕えの典侍のポストを礼讃するのは、一七〇段（「女は」）にも通じる。典侍と内侍のポストの差はあるが、定子の母の高内侍を念頭に置いた宮仕え礼讃という説もある。本段ではそればかりでなく、宮廷の厳格な身分制

度や、宮仕えを奥ゆかしさに欠けると批判的な男性目線も浮かび上がらせ、それに果敢に反論する語り口も興味ぶかい。

二三段

興ざめなもの　昼吠える犬。春の網代。三、四月の紅梅襲の衣。牛が死んでしまった牛飼い。赤ん坊の亡くなっている産屋。火をおこさない角火鉢や囲炉裏。博士が引き続いて女の子を産ませているの。方違えに行ったのに、もてなしをしない家。ましてそれが節分などでは、ほんとに興ざめだ。

地方からよこした手紙で贈り物がないの。京からの手紙もきっとそう思っているだろうが、しかしそれは、相手の知りたい事も書き集め、世間の出来事などをも聞くのだから、まことに結構である。人のもとにわざわざこぎれいに書いてやった手紙の返事を、「今はもう持ってくるだろう、不思議に遅いこと」と待つうちに、先ほどの手紙を、立て文でも結んである文のでも、ひどく汚らしく取り扱ってけばだたせて、上に引いてあった（封印の）墨などが消えて、「いらっしゃいませんでした」、あるいは「御物忌とのことで受け取らない」と言って持って帰ったのは、実になさけなく興ざめだ。

また、必ず来るはずの人の所に車を遣わして待つと、車の来る音がするので、「来たようだ」と人々が端近に出て見ると、車庫にどんどん引き入れて、轅をぽんとうちおろすので、「どうしたのか」と問うと、「今日はよそへいらっしゃるということで、お越しにならない」などと言い捨てて、牛だけを引き出して行ってしまうの。

また、その家に住みこむようになった婿君が来なくなってしまうのは、実に興ざめである。相当な身分の女君が、宮仕えする女のもとに婿君を行かせておいて、（来なくなってしまったのを）恥ずかしいと思っているのも、まったく筋違いだ。赤ん坊の乳母が「ほんのちょっと」と言って外出したその間、あれやこれやとあやして「早く帰って来い」と言い送ったのに、「今夜は参上できそうもない」と返事をよこしたのは、期待はずれだけでなく、実ににくらしく納得できない思いである。女を（家に）呼び寄せる男（がこんな目にあったら）ましてどんな気がするだろう。待つ人のある女の家で、夜がややふけて、こっそりと門をたたくので、胸が少しどきりとして召使いを出して尋ねさせると、まったく別の縁もゆかりもない者が名前を告げて来ているのも、つくづく、期待はずれどころの話ではない。

修験者が物の気を調伏するということで、ひどく得意顔をして（よりましに）独鈷や数珠などを持たせ、蟬のような声をしぼり出してずっと読経しているけれど、少しも（物の気が）病人から離れるふうでもなく、（よりましに）護法童子もつかないので、（一家の者が）集まり座って祈念しているが、それらの男も女も変だと思っていると、（修験者は）

時の変わるまで読経して疲れ、「まるで護法がつかない。立ち去れ」と言って（よりましから）数珠を取り返して、「ああ、まったく効験がないな」とつぶやいて、額から上の方に頭をかき上げ、あくびを自分からして物によりかかって横になってしまったの。「ひどく眠い」と思うのに、たいして好意を持てない人が、ゆり起こして無理に話しかけるのは、ひどく興ざめなものだ。

除目に官職を得ない人の家。「今年は必ず（任官できる）」と聞いて、以前この家に仕えていた者たちで、あちこちよそに行ってしまった者や、田舎めいた所に住む者たちなどが、みな集まって来て、出入りする牛車の轅（ながえ）にすきまがないように見え、寺社詣（もう）でをするお供に「我も我も」と参上して奉仕申し上げ、物を食い酒を飲んで騒ぎあっているのに、（除目の）終わる未明まで門を叩く音もしない。変だなどと耳をすまして聞くと、先払いの声がいくつもして、上達部などがみな宮中から退出なさってしまう。結果を聞きに、前夜から寒がり震えて控えていた下男が、ひどく大儀そうに歩いて来るが、それを見る者たちはもう問うことさえできない。よそから来ている者などが、「殿は何におなりになったのか」などと尋ねるが、その応答としては「どこそこの前の国司に」などと、きっと答えるものだ。本気で頼みにしていた者は「まことに嘆かわしい」と思っている。翌朝になって、すきまなく控えていた者たちが、一人二人とこっそり抜け出して行く。古くから仕えている者たちで、そうあっさりとも離れ去ることのできない者は、来年欠員になる国々を指を折って思いつくまま数えたりして、体を揺すって歩きまわっているのも、いかにも滑稽で興ざめの感じがする。

「まあまあうまく詠んだ」と思う歌をある人のもとに送ったのに、返歌をしないの。懸想人は（愛情しだいなので）どうしようもないが、それさえも、季節の風情をおもしろく詠んだりしてある（歌に）返事をしないのは幻滅する。また、忙しく時流に乗ってもてはやされている人の所に、時代から取り残されかけている人が、自分の退屈で暇の多い日常から、昔風で格別すぐれたところのない歌を詠んでよこしたの。

何かの行事の折に用いる扇を、たいそう大切だと思って、（その方面の）心得があると知っている人に渡しておいたのに、その当日になって思いもよらない（ひどい）絵などを描いて（それを）受け取ったの。

産養や、旅立ちの餞別などの使者に祝儀（心づけ）を与えないの。ちょっとした薬玉や、卯槌などを持って歩きまわる使者などにも、やはり必ず与えるべきだ。期待していないことでもらったのは、実に甲斐があると思うにちがいない。これは必ず心づけがもらえるはずの使いだと思い、胸をわくわくさせて行った時は、（何もないと）格別に期待はずれなものである。

婿を迎えて四、五年たっても産室の騒ぎのない所も、実に不調和な感じだ。成人した子どもが大勢あり、下手をすると孫なども這いまわっていそうな（年輩の）人が、親同士で昼寝しているの。そばにいる子供たちの気持ちとしても、親が昼寝している間は、近寄り所がなく気まずい思いをするものであるよ。

十二月の大晦日の夜に、寝起きて浴びる湯は、腹立たしいとまで思われることだ。十二月の月末の長雨、（これを）「一日だけの精進潔斎」というのであろうか。

［評］類聚段のうち、長大な段の一つ。現代語の「すさまじい」とは異なり、期待はずれ、しらけるが「すさまじ」の意である。その気持ちを抱かせる状態が、手紙のやりとり、人に待たされる身、修験者の物の気の調伏など、さまざまな面にわたって捉えられている。いずれもあるべき理想像からのずれが、「すさまじ」という負の感情を呼び起こすのである。圧巻は除目に外れた人の家の描写で、随想的要素も含んでおり、作者の実体験が反映しているのであろう。

二四段

自然に気がゆるんでしまうもの　精進の日の勤行。遠い先のことへの準備。寺に長い間籠っているの。

二五段

人から軽蔑されるもの　土塀のくずれ。あまりにも気が良いと人に知られた人。

二六段

にくらしいもの　急ぎの用のある時にやって来て長話をする客。(それが)軽く扱ってもかまわぬ程度の人ならば「あとで」と言ってでも帰してしまえそうだが、さすがに気おくれするような立派な人は、ほんとに腹立たしく迷惑である。硯に髪の毛が入って磨られているの。また、墨の中に石がまじってきしきしと音をたてているの。

急病人がいるので、修験者を探すのにいつもいる所にはいなくて、ほかの所を尋ねて歩きまわる間、実に待ち遠しく長く感じられるが、やっとのことで待ち迎えて、喜びながら加持をさせると、近ごろ物の気の調伏を頼まれて疲れきってしまったのだろうか、座るとすぐにそのまま眠そうな声になるのは、まことににくらしい。

なんの取柄もない人が、にやにや笑いがちに物をさかんに言っているの。火鉢の火やいろりなどに、手のひらをひっくり返しひっくり返し、押しのばしなどしてあぶっている者。いつ若々しい人などは、そんなことをしたか。年寄りじみている者に限って、火鉢の端に足を持ち上げて話をしながら押しこすったりするようだ。そうした者は、人の所へやって来て、座ろうとする場所をまず扇であちらこちらをあおぎ散らして塵をはき払い、座っても落ちつかずふらふらして、狩衣（かりぎぬ）の前を下にまくり入れて座ったりするようである。「このようなことは、とるに足らぬ賤しい身分の者のすることでは」と思うけれど、少しましな身分の者の式部（しきぶ）の大夫（たいふ）などといった人がしたのである。

また酒を飲んでわめき、口をいじり、鬚のある者はそれを撫で、杯を他人に与えるときの様子は、ほんとに腹立たしく思われる。「もっと飲め」と言うのであろう、体を震わせ、頭を振り、口の両端までも引き垂れて、子どもが「こう殿に参りて」などと謡うようにする。それをなんと、本当に身分の高い人がなさったのを見たものだから、気にいらないと思うのである。

わけもなく羨み、自分の身の上を嘆き、他人のことを噂し、ほんのささいなことでも知りたがり聞きたがって、言って聞かせてくれない人を恨み非難し、また少しばかり聞き知っていることを、自分が前から知っていたことのように、他人にも語り調子を合わせるのも、本当ににくらしい。

話を聞こうと思うときに泣く赤ん坊。烏が集まって飛びかい、ざわざわと音をたてて鳴いているの。こっそり忍んで来る人を、見知っていて吠えたてる犬。とても人の隠れられそうもない所に隠しひそませた人が、いびきをかいているの。また、人目を忍んで来る所に長烏帽子をかぶって、さすがに人には見られまいとあわてて入るときに、物に突きあって「かさり」と音をたてたの。伊予簾などをかけてあるのに、(それをくぐろうとして)頭にひっかけて「さらさら」と鳴らしたのも、実に腹立たしい。帽額の簾はそれにもまして、こはしの床に置かれる音がまことにはっきり聞こえる。それも、そっと静かに引き上げて入るときは決して鳴らないのに。遣戸を乱暴に開け閉めするのも、実に卑しい。少し持ち上げるようにして開けるだけで音をたてることがあろうか。下手に開けるから、襖障子などもやかましく音をたてるのが、はっきり聞こえるのだ。

ねむたいと思って横になっているところに、蚊がか細い声でいかにも頼りなさそうに名乗って、顔のあたりを飛びまわるの。羽風までその体相応にあるのが、実ににくらしい。

きしきし音をたてる車に乗ってあちこち出かける者は、耳も聞こえないのであろうかと、まことに腹立たしい。自分が乗っているときには、その車の持主までもにくらしい。また、話をするときにでしゃばって、自分一人で先回りをして言う者。総じて出しゃばりは、子どもでも大人でも実ににくらしい。

ちょっと遊びにやって来た子どもたち、召使いの子を、目をかけて可愛がって、興味をひく物を与えなどすると、くせになっていつもやって来ては入りこんで道具類を散らかしてしまうのは、実ににくらしい。

自分の家でも宮仕えの場所でも、「会わずにすませたい」と思う人が来た時に、寝たふりをしているのを、自分のところで使っている者が、起こしに近寄って来て、「ぐっすり眠っている」と思っている顔つきで（こちらを）揺り動かしているのは、まことににくらしい。新参者が、（もとからいる人を）さしおいて、物知り顔で教えるようなことを言って世話をしているのは、ひどくにくらしい。

自分の夫や恋人である人が、かつて関係のあった女のことを、口に出してほめたりするのも、長い時が経ったことであるけれど、やはりにくらしい。まして、それが現在のことであるとしたら、（さぞかしと）推しはかられる。けれど、かえってそれほどでもないことなどもあるものよ。

くしゃみをして呪文を唱える人。だいたい、一家の男主人以外が大きなくしゃみをしているのは、実ににくらしい。

蚤も実ににくらしい。着物の下ではねまわって、持ち上げるようにする。犬が声を合わせて長々と鳴きたてているのは、不吉な感じまでしてにくらしい。

開けて出入りする所を閉めない人は、まことににくらしい。

［評］名高い類聚段の一つで、憎悪とまではいかないが、自分の思い通りにならずに不快や嫌悪を感じさせる事物を、じつに多彩な側面から取りあげている。長話の客にはじまり、無粋な振る舞いをする老若男女、子供など、身分の上下を問わず、対象は人間関

係が中心である。そこに「墨」「烏」「犬」「蚊」など音に対する不快感を織りまぜて、変化をつけている。

二七段

どきどきするもの　雀の雛を飼うこと。幼児を遊ばせている所の前を通る時。上等な薫香をたいてひとりで横になっている時。船来の鏡が少し曇っているのを見ている時。高貴な男が、車を停めて取り次ぎを求め（何かを）尋ねさせている時。
頭を洗い化粧をして、かぐわしく香が染みている着物などを着ている時。特に見る人がいない所でも、自分の心の中はやはりとても好ましい。待つ男の人などがいる夜は、雨の音や風が吹き揺るがすのにも、はっと胸騒ぎする。

［評］一人お洒落の醍醐味とでもいうべき章段。「よき薫物たきて」以下、空薫物（そらだきもの）が香る空間を独占しながら横になる楽しみ、薫物をたきしめた衣に袖を通す女心のときめきまで伝わってくるようである。

二八段

過ぎてしまった頃が恋しいもの　枯れている葵。人形遊びの道具。二藍（ふたあい）や葡萄（えび）染めなどの、切れ地がぺちゃんこになって、本の中などに挟まっていたのを見つけた時。また、ちょうどもらった折に心を動かされた人の手紙を、雨など降って所在ない日に、探し出した時。去年使った夏扇。

［評］本段では昔を懐かしむことができるものが列挙されており、すべて「物」を契機とした事項で統一されている。章段全体が過ぎ去った恋というテーマで配列されているという説もある。「雛遊びの調度」は『源氏物語』紅葉賀（もみじのが）巻で「十にあまりぬる人は、雛遊びは忌みはべるものを」と紫の上が乳母の少納言に注意されたように、幼少期にのみ用いられ、子供時代を象徴するものであった。

二九段

心満たされるもの　上手に描いてある女絵（おんなえ）が、絵詞（えことば）をおもしろく付けて、たくさんあるの。（祭などの）見物の帰りに、牛車にあふれるほど乗って、車副（くるまぞ）いの従者たちがとても多く、牛をうまく扱う者が車を走らせているの。白くこぎれいな陸奥紙に、とてもとても細く書けそうにはない筆で手紙を書いているの。きれいに整った糸の練ってあるのを、より合わせて繰ってあるの。調半で調が多く出ているの。雄弁な陰陽師に命じて、河原に出て呪詛の祓をしたの。夜、目覚めて飲む水。

所在ない折に、さほど親しくもない客が来て、世間話や、最近の出来事でおもしろいのも気に入らないのも奇妙なのも、これかれにつけて、公私があいまいでなく、聞き苦しくない程度に語っているのは、とても快い気持ちがする。

神社や寺などに参詣して（神仏に）お願い申し上げさせる際に、寺では法師、神社では禰宜などが、事情を心得て明快に、（こちらが）思う以上に、よどみなく聞きやすくお願い申し上げているの。

［評］快適をあらわす「心地よし」に比べて、より深い充足感を得るものを多岐にわたり列挙した章段。白い陸奥紙への高評価は二六〇段「うれしきもの」などにもあり、『源氏物語』とは異なる『枕草子』の美学をうかがわせる。

三〇段

檳榔毛の車は、ゆっくりと進ませている（のがよい）。急いでいるのは見栄えがよくない。網代の車は、速く走らせているの。人の家の門の前などを通っているのを、ふと目をやる間もなく通り過ぎて、供の人だけ走るのを、「誰なのだろう」と思うのはおもしろい。ゆるゆると時間をかけて行くのは、実に好ましくない。

［評］一本二十二段に「檳榔毛はのどかにやりたる。網代は走らせ来る」とあり、本段の下書きとする説がある。網代車は本来、四位・五位クラスの車であるが、摂関や大臣クラスでもお忍びや遠出に使うので、乗り手の対象は広く、誰の車かと詮索したくなるのである。

三一段

説経の講師なら、顔のきれいな人。講師の顔をじっと見つめている時こそ、その説く事の尊さも感じられる。（そうでないと）よそ見してしまうので話をすぐ忘れるから、憎らしげな顔は罪つくりではないかと思われる。

こうした事は、もう止めておこう。いささか年などが若い頃は、このような罰が当たりそうな事は書き出しもしたろうが、今の年では仏罰がとても恐ろしい。

一方で、「尊い事だ、道心深い」と思って説経をするという場所ごとに、最初に行って座っているなんて、やはり私のような罪深い者の心情には、それほどまでしなくてもと思われる。

蔵人など、昔は御前駆などという仕事もせず、退任した年くらいは内裏あたりなどには影も見えなかったものだ。（けれど）今はそうでもないようだ。蔵人の五位と呼んで、その退任した者をかえって頻繁に使うのだが、やはり在任時の気分が抜けずに所在無くて、当人としては暇だと感じるに違いないようなので、説経の場に出掛けて一度二度と聞き始めてしまうと、常に参上したくなって、夏などの暑い盛りでも帷子をとても鮮やかに透かして、薄い二藍、青鈍の指貫などを踏みつけて座っているようだ。烏帽子に物忌の札を付けているのは、物忌で謹むべき日でも、功徳に関わるなら出かけても差支えないと思っていると（人に）見られようとの魂胆だろうか。法会を主催する寺の僧と話をして、車の停めようなどにまで目を配り、事情に通じている様子である。長らく会わなかった人で参詣に来合わせたのを、珍しがって近くににじり寄り、何か言ってはうなずき、おもしろい事などを語り出して、扇を大きく広げて口に当てて笑い、見事に仕立てた数珠をまさぐり手慰みにして、あちこちに目をやったりして、車の良し悪しを誉めたりけなしたり、何とかいう場所で誰それが行った八講、経供養をした事、こうした事、ああした事など、あれこれ品評している間に、この説経の内容は何も聞いていない。なあに、いつも聞く事なので、耳慣れて珍しくもないのだろうよ。

そうではなくて、講師が座ってしばらくした頃に、先払いを気持ちだけさせて車を停めて降りる人がいて、身なりは蟬の羽よりも軽そうな直衣（のうし）、指貫（さしぬき）、生絹（すずし）の単（ひとえ）などでも、あるいは狩衣（かりぎぬ）姿でも、同じような身なりで若くほっそりした三、四人くらいが、供の者をまた同じくらい連れて入るので、前から座っていた人々も、少し身じろいで道を作り、高座下に近い柱元に席を設けたところ、かすかに数珠を押しもんだりして座って聴聞しているのを、講師もきっと光栄に思えるのだろう、「何とかして語り草となるように」と思って説き始めているようだ。聴聞衆（しゅ）などが倒れ騒いで額（ぬか）ずくほどにもならぬうちに、頃合を見て退出するというわけで、庭の車の方などに視線をやって仲間内でしゃべっている内容も、「何を話しているのだろう」と気になる。彼らを知っている人は、（そんな様子を）素敵だと思う。知らない人は、「誰だろう、あの人だろうか」などと想像し、注目してつい見送ってしまうのがおもしろい。

「どこそこで説経した」「八講を開催したことだ」などと人が噂する時に、「あの人はいたか」「いないはずあるまい」などと決まって言われているのは、あんまりである。だがどうして、まったく顔を出さずにいるのはよいのか。（昨今は）身分の低いような女さえ、熱心に聴聞するようなのに。かといって、聴聞流行の当初ごろ、（今ほど）出歩きする女はいなかった。まれには壺装束（つぼしょうぞく）姿などで、優美に化粧して出掛ける人はあったようだが、その際に寺社詣でなどをしたものだ。説経などに（女が出掛けた話）は、ことさら多く耳にしなかった。最近、そのころ説経に出掛けたという人が、長生きして（昨今の気楽な聴聞を）見たならば、どんなに非難し悪口を言うだろう。

［評］冒頭の一文は有名で、そこから清少納言の仏道意識をくみ取る向きもあるが、続く反省文もあるように、そこまで深刻なものではない。当時の説経の場が信仰というより社交場となり、講師もアイドル化していた実態をうかがわせる。そこから参列する人々へ視点が移り、過去の栄光にすがる五位の退下した蔵人への嫌悪、それと対照的な貴公子一行への賛美、気楽に押しかける女たちへの批判が繰り広げられるのである。

三二段

菩提という寺で、結縁の八講をした折に参詣したところ、人のもとから「早くお帰りなさい、とてもさびしい」と言ってきたので、蓮の葉の裏に

求めてでも掛かって濡れたい蓮の露を（このように尊い結縁の八講を）さしおいて、いやな俗世に再び帰るものか

と書いて送った。本当にとても尊く感動的なので、そのまま寺に留まってしまいたく思わ

れるが、湘中の家の人のはがゆさも忘れてしまいそうだ。

［評］本段に見える信心深さは、作中ではかなり異質である（前段、次段では熱心過ぎる信心とは距離が置かれる）。さらに、菩提寺の八講で何がこれほどの感慨をもたらしたのかも語られない。ちなみに東山の菩提寺は、その北辺で六波羅蜜寺の僧覚信が焼身供養を行い、花山院が見物したという記録が残る（日本紀略・長徳元年九月十五日）。花山院はその後懈怠の度を深め、旧臣義懐の非難を蒙ったとされるが（栄花物語、大鏡）、対照的に義懐は、信心に専心して子息と飯室に籠っていた。その出家が描かれるのが次段である。

三三段

小白川という所は、小一条大将（済時）殿のお邸である。そこで上達部が、結縁の八講をなさる。世の中の人が、「たいへんすばらしいことで、遅く行くような車などは停めようもない」と言うので、露が置くとともに起きて（行ってみれば）、本当に隙間がないではないか。轅の上に次の車をさし重ねて、三台ぐらいまでは少し話し声も聞こえるに違いない。

六月十何日の事で、その暑さといったら経験がないほどだ。池の蓮に目を向ける時だけが、とても涼しい心地がする。

左右の大臣方をお除き申せば、いらっしゃらない上達部はない。二藍の指貫に、直衣姿で、浅葱色の帷子などを透かしていらっしゃる。すこし年配でいらっしゃる方は、青鈍の指貫、白い袴姿もとても涼しげだ。佐理の宰相などもみな若々しくしていて、すべて尊さはこの上なく、すばらしい見物である。廂の間の簾を高く上げて、長押の上に、上達部は奥に向いて長々と並んで座っていらっしゃる。その次の座には殿上人、若い君達が、狩装束や直衣などもとても風情があって、ただ座ってもいられずに、ここかしこに立ち歩いているのも大変おもしろい。実方の兵衛佐、長命侍従などは、小一条家の子なので、いま少し出入りも物慣れている。まだ子供の君達など、とてもかわいらしくていらっしゃる。

少し日が高くなるほどに、三位の中将とは今の関白殿をそう申し上げたのだが、唐の薄物の二藍の御直衣、二藍の織物の指貫、濃蘇芳の御下袴に、糊張りしてある白い単のとても鮮やかなのをお召しになって歩いて入っていらっしゃる様は、あれほど軽く涼しげな周りの方々の中で、暑苦しそうには違いないが、何とも大変すばらしい様に見えていらっしゃる。朴や塗骨など扇の骨は異なるが、ただ赤い紙を一様に張ったのを使い持っておられるのは、撫子が見事に咲いている様に、とてもよく似ている。

まだ講師も高座に上らないうちに、懸盤を用意して、何であろうか、物を召し上がるのだろう。義懐の中納言のご様子が、常よりもまさっていらっしゃるのは、この上ないことよ。色合いが華やかに、たいそう艶めいて鮮やかなので、どなたも優劣つけ難い帷子を、この方（義懐）は本当にただ直衣一つだけを着ているようで、常に車どもの方を見やりながら何か言葉を掛けていらっしゃる様を、すばらしいと見ない人はなかったろう。

後に来た車で、隙間もなかったので池近くに引き寄せて停めているのを（中納言が）ご覧になって、実方の君に「口上をふさわしく言えそうな者を一人（ここへ）」とお召しになると、どのような人だろうか、選んで連れていらっしゃった。「どう言ってやるべきか」と、近くに座っていらっしゃる方だけで、ご相談なさって言いやりなさる、その言葉は聞こえない。たいそう気取って車のもとに（使いが）歩み寄る様を、（心配する）一方ではお笑いになる。（使いは）車の後ろの方に寄って言うようだ。長らく立っているので、「（中の女は）歌など詠むのだろうか」「兵衛佐（実方）、返しを考えておけ」などと笑って、「はやく返事を聞きたいものだ」と、そこにいる人々は年配の上達部まで、皆そちらの方に目を向けていらっしゃる。まったく、庭にいる人まで目をやっていたのもおもしろかった。

返事を聞いたのだろうか、（使いがこちらへ）少し歩いて来る時に、（車の中から）扇をさし出して呼び返すので、「歌などの文字を言い間違って（詠んだら）その時だけは、このように呼び返しもしようか。長い時間をかけた上で、おのずから出来たはずの歌は、直すべきではなかろうものを」と思われた。（使いが）近くに参上する間もじれったく、「どうだどうだ」と誰も誰もお尋ねになる。（使いは）さっさと答えず、権中納言（義懐）が何かおっしゃったので、そこに参上して気取って申し上げる。三位の中将（道隆）が、「早く言え。あまりに風流ぶって台無しにするな」とおっしゃると、「これもまさに台無しと同じ事でございます」と（使いが）言うのは聞こえる。藤大納言（為光）は、人よりさらに覗き込んで「どのように言ったのか」とおっしゃるようなので、三位の中将が、「実にまっすぐな木を、押し折ったようだ」と申し上げなさると、（藤大納言が）お笑いになるので、皆が何となくどっと笑う声が、（女車にも）聞こえていようか。

中納言（義懐）が、「ところで、呼び返さなかったその前はどう言ったのか。これは直した後のものか」と（使いに）お尋ねになると、「長い間立っておりましたが、何とも返事がありませんでしたので、『では帰参しよう』と言って帰りましたところ、（私を）呼んで（の返事です）」などと申し上げる。「誰の車だろう」「ご存じでいらっしゃるか」などと珍しがっていらっしゃって、「さあ、歌を詠んで今度は遣わそう」などとおっしゃるうちに、講師が高座に上ったので、一同は座り静まって専ら講師の方に目をやるうちに、車はかき消すようになくなってしまった。下簾など、まさに今日から使い始めたと見えて、濃き単襲に二藍の織物、蘇芳の薄物の表着など、車の後ろにも文様を摺り出した裳を、そのまま広げながら簾から下げたりして、いったい何者なのだろう、どういうわけかまた、未熟な応対をするよりは「なるほど」と納得されて、かえってよい応対だと思われる。

朝座の講師は清範、高座の上も光り満ちている気持ちがして、すばらしいことだ。暑さのやりきれなさに加えて、やりかけで今日終えないといけない仕事をさし置いて（来ていて）、「ほんの少し聞いて帰ろう」としたのだが、寄せ続ける波のように集まった車なので、出るべき手立てもない。「朝講が終わったら、やはり何とかして出てしまおう」と、あたりの車たちに伝言すると、高座近くに停めることになる嬉しさからか、早々と（車を）引き出して場所をあけて外に出すのをご覧になって、何ともやかましいくらい、年とった上達部まで笑って非難するのも聞き入れず、返事もしないでむりに窮屈な所を出てみると、権中納言（義懐）が「やあ、退出するのもよい」と言って顔をほころばせていらっしゃるのは、すばらしい。それも耳にも留まらず、暑さにくらくらして外へ出て、人をして「五千人の中には（あなただって）お入りにならないことはないでしょう」と言葉をおかけして帰ってしまった。

　その八講の最初から、そのまま最終日まで停めている車があったが、人が寄って来る様子もなく、すべてただあきれることに、絵などのように微動だにせず過ごしていたので、「殊勝ですばらしく心が引かれ、どういう人なのだろう、何とか知りたいものだ」と（中納言が）問い尋ねなさったのをお聞きになって、藤大納言などは「どうしてすばらしかろう。ひどく憎らしく忌まわしい者であろうよ」とおっしゃったのは、おもしろかった。

　さて、その月の二十日過ぎに中納言（義懐）が法師におなりになってしまったのは、感慨深かった。桜などが散ってしまうのも、(それに比べれば)やはり世の常ではないか。「置くを待つ間の」とさえ言いようもないご様子に見えなさったことだ。

[評]本段は清少納言の出仕前、花山朝に材をとる点で異例だが、視点は他章段と同じく一条朝に据えられている。事件時には義懐の出家に悲哀を感じたかもしれないが、花山の退位事件があってこその当代(一条朝)であることを、書き手は知る者なのだ。描かれているのは、三台の女車との関わりを軸に「結縁」を深めてゆく義懐の姿である。その結末が「法師になりたまひにし」であってみれば、末文の「あはれ」は彼の潔さへの感嘆となる。ただし、『枕草子』では入れ込み過ぎる信心は評価されていない(三一段)。本段の義懐に捧げられた、特別な「あはれ」なのだろう。

三四段

七月ぐらいに、たいそう暑いので、どこもかしこも開けたまま夜を明かすのだが、月が明るい頃はふと目を覚まして外を見ると、(月明りで)たいへん趣深い。闇夜もまた素敵だ。有明の月はまた言うまでもない。

とても艶(つや)やかな板敷の間の端(はし)近くに、色鮮やかな畳を一枚敷いて、三尺の几帳を、奥の方に押しやっているのは意味がない。端にこそ立てるべきだ。（そうしないのは）奥が気がかりなのだろうよ。

（相手の）男はもう帰って行ったに違いあるまい、薄色で裏がとても濃くて表面は少し色あせている衣を、でなければ濃い綾織のつややかな衣でさして萎えていないのを、頭から引きかぶって（女は）寝ている。香染の単、または黄生絹の単（をまとい）、紅の単袴の腰紐がかなり長々と衣の下から引き出ているのも、まだ解けたままであるようだ。外の方に（女の）髪は幾重にも重なって、ゆったりしている様子に、長さが自然と想像されるのだが、（そこへやって来た男は）二藍の指貫に、色があるかないかの香染の狩衣姿で、白い生絹に（下の）紅が透けて見えるのだろう、つややかな光沢の、霧にひどく湿っている衣を脱いで、鬢が少しふくらんでいるので、それを押し込んでかぶっている烏帽子のさまもしまりなく見える。朝顔の露が落ちてしまう前に（昨夜の女に）文を書こうと、道中も気がかりで、「麻生の下草」などと口ずさみながら自分の部屋へ帰る途中、（この女の部屋の）格子が上がっているので、御簾の端を少し引き上げて見るのだが、女を置いて帰ってしまったと思われる人を想像するのもおもしろく、露の風情も感慨深いのだろうか、端の方に立って（見て）いると、（女の）枕元の方に朴の木に紫の紙が貼ってある扇が、広がったまま置いてある。みちのくに紙の懐紙の細く畳んだのが、縹か紅か、その色が少し映えて見えるのも、几帳のそばに散らばっている。

人の気配がするので（女が）衣の中から見ると、にこにこして長押にもたれかかって（男は）座ってしまう。遠慮などすべき人ではないが、（かといって）くつろげる気分でもないので、「いまいましくも見られてしまったことだ」と思う。「余韻が格別な朝寝でいらっしゃる」と言って（男が）簾の中に半分入ってきたので、「露より先に帰った人が恨めしくて」と言う。（こうした）風流な事は、取り立てて書くべき事ではないけれど、あれこれ言い交わす二人の様子は感じがよい。枕元にある扇を、（男が）自分の持っている扇で及び腰になってかき寄せるのが、近寄って来すぎではないかと、どきどきして自然と体が引き縮まる。（男は扇を）手に取って見たりして「よそよそしくお思いになっていることよ」などと、それとなく恨んだりするうちに、明るくなって人々の声がして、日もさし出してしまいそうだ。霧の晴れ間がもう見えそうな時分に、急いでいた後朝の文も滞ってしまうのは気がかりである。

先に出ていった男も、いつの間に書いたのかと見えて、露の付いたまま押し折ってある萩の枝に付けて（文は）届いているのだが、（使いはそれを）差し出せない。香を紙に深く染みこませた匂いが、とても趣がある。あまりに体裁悪い時刻になるので、（男は）立って出て、「自分が残してきた女の所もこうだろうか」と想像されるのも、おもしろいに違いあるまい。

［評］『枕草子』で後朝を扱った章段は少なくないが、その一つである。男女が別れたそれぞれの後朝を描くのではなく、ひとひねりして、それぞれが別の異性との逢瀬の余韻に浸りながら、交流する男女を描いたところに本段の妙味がある。しどけない後朝の衣装や扇、紙などが色彩豊かに活写されているのも特筆される。「露」の語のくり返しにより、直接には交わらない二組の男女を繋いだところにも表現上の工夫がある。

三五段

木の花は　濃いのも薄いのも紅梅。

桜は、花びらが大きくて、葉の色の濃いのが、枝は細くて咲いているの。藤の花は、花房が長く、色が濃く咲いているのが、まことにすばらしい。

四月の末や五月の初めのころ、橘の葉が濃く青いところに花がまことに白く咲いているのが、雨の降っている早朝などは、世に類がないほど風情がある様子で美しい。花の中から、（実が）黄金の玉かと見えて、たいそうあざやかに見えている様子などは、朝露に濡れている朝ぼらけの桜に劣らない。郭公（ほととぎす）が宿る木とまで思うせいか、やはり改めて言う必要がない（すばらしさだ）。

梨の花は、世間では興ざめなものとして身近に扱わず、ちょっとした手紙を結びつけなどさえもしない。愛らしさのない人の顔などを見ては喩えに言うのも、なるほど葉の色からはじめて、しっくりしない感じに見えるが、中国ではこの上ないものとして漢詩にも作る。やはりそうは言ってもわけがあるのだろうと、しいて見ると、花びらの端に美しい色つやが、頼りなさそうについているようだ。楊貴妃が、玄宗皇帝のご使者に会って泣いた顔に似せて、「梨花一枝、春、雨を帯びたり」などと言ったのは、並々ではあるまいと思うにつけて、やはりとてもすばらしい点では類があるまいと感じられた。

桐の木の花が、紫色に咲いているのは、やはり美しいもので、葉の広がり方がいやな感じで仰々しいけれど、他の木々と同列に論ずべきでもない。中国では名のある鳥(鳳凰)が選んでこの木だけに棲むというのは、たいそう格別である。まして琴に作って、いろいろな音が出てくることなどは、おもしろいなどと世間並に言ってよいだろうか。たいそうすばらしいものである。

木の恰好は嫌な感じだけれど、楝の花は、まことに趣がある。離れ離れに風変わりな咲き方をして、必ず五月五日に咲きあうのもおもしろい。

[評] 春から夏にかけて咲く花の木について、咲く順番に沿って叙する類聚段。独自の観察眼が光るが、「桜」「梅」「藤」「橘」については形や色を感覚的に評するのに対して、「梨」と「桐」は主に漢籍の教養に基づいて賞美されている。清少納言の中国趣味が色

濃く影を落とした章段ともいえよう。

三六段

池は　勝間田の池　いわれの池。

贄野の池は、初瀬に参詣した折に水鳥が隙間なく群れ騒いでいたのが、実におもしろく見えたのである。

水なしの池こそ、妙な気がして、どうしてそう名づけたのかと尋ねたところ、「五月など総じて雨がひどく降ろうとする年は、この池から水というものがなくなる。また、ひどく日照りするはずの年は、春のはじめに水がたくさん湧き出る」と言ったのを、「すっかり乾いているというのならばそう言ってもよいだろうが、（水の）湧き出る時もあるのに、一方的に名づけたものだ」と言いたいところであった。

猿沢の池は、采女が身を投げたのを、（帝が）お聞きあそばして行幸などあったというのが、たいそうすばらしい。「寝くたれ髪を」と人麻呂が詠んだという時の事などを思い浮かべると、（そのすばらしさは）言い尽くすことができない。

御前の池は、またどんなつもりで名づけたのだろう、と知りたくなる。かみの池。狭山の池は、三稜草という歌のおもしろさが思われるのであろう。こいぬまの池。はらの池は、

「玉藻な刈りそ」と歌っているのも、おもしろく思われる。

［評］前半の「贄野の池」は清少納言の初瀬詣の実体験にもとづき、後半の「猿沢の池」も采女の入水伝説への関心があるものの、それ以外は名称への興味から挙げられている池が多いのが特徴といえる。

三七段

節日は、五月に及ぶ月はない。菖蒲、蓬などが香り合っているのは、たいそう趣深い。宮中の御殿の屋根をはじめとして、取るに足りない民の住みかまで、「何とかして自分の所にたくさん葺こう」と（軒に）葺き渡してあるのは、やはりとても新鮮だ。いったいいつ他の節日の折に、そんな事はしたか。

空模様は一面に曇っている折に、中宮御所などには、縫殿寮から御薬玉といって、色とりどりの糸を組み下げて献上してあるので、御帳台が立ててある母屋の柱に左と右に付けた。九月九日の菊を、粗末な生絹の衣に包んで献上してあったのを、同じ柱に結び付けて（そのまま）何か月かあるのを、薬玉に（紐を）解き代えて捨てるようだ。同じく薬玉は、菊の節供の折までそのまま残しておくべきだろうか。けれどそれは、全部糸を引き抜いて物を結んだりして、しばしの間も残っていない。

お節供の食事を差し上げ、若い女房たちが菖蒲の腰ざしをして、（菖蒲を）物忌付けなどをして、様々な唐衣、汗衫などに、風情ある季節の枝々を、長い菖蒲の根に群濃染めの組紐で結び付けた様などは、珍しいと言い立てるべき事ではないが、とても趣がある。それにしても、春ごとに咲くからといって桜を並一通りだと思う人がいるだろうか。

土（の上）を歩きまわる童女などが、身分相応に立派におしゃれしたと思って、常に袂を気にして、人のと比べたり、何とも言えずうっとりしているのを、ふざけている小舎人童などに引っ張られて泣くのもおもしろい。

紫の紙に楝の花を、青い紙に菖蒲の葉を細く巻いて結び、また白い紙を菖蒲の根でひき結んであるのも趣がある。とても長い根を手紙の中に入れたりしてあるのを見る心地など、華やかなものだ。「返事を書こう」と相談し、親しくしている者同士は（手紙を）見せ合ったりするのも、とてもおもしろい。しかるべき人の娘や、高貴な方々のもとにお手紙を差し上げなさる人も、今日はいつも以上に優美だ。夕暮れの頃に、ほととぎすが（自分の名を）名乗って飛んでゆくのも、何もかも格別だ。

［評］『枕草子』で五月を賞美する段は多い。ここでは端午の節供の興趣が描かれていて、邪気を払う菖蒲飾りや薬玉、楝や菖蒲をつけた手紙のやり取りなど、当時の行事を知る

貴重な資料でもある。宮中ではかつて武徳殿で天皇主催の騎射・競馬が行われ、近衛府の男性官人の活躍の場であったが、ここでは女性の視点から描かれている。

三八段

花の木でない木は　かえで　かつら　五葉の松。

たそばの木は、品位に欠ける気がするけれど、花咲く木々がすっかり散って、あたり一面緑になってしまった中で、時季にもおかまいなく濃い紅葉がつやつやした感じで、思いもかけない青葉の中から差し出ているのは、珍しい。

まゆみ（のすばらしさ）は、さらに言うまでもない。その木がと言うほどの物ではないけれど、宿り木という名前は、まことにしみじみと思われる。

榊は、臨時の祭の御神楽の時など、じつに趣深い。世の中に木はいくつもあるが、「神の御前に奉る物」として生育しはじめたというのも、格別におもしろい。楠の木は、木立の多い所でも特にほかの木にまじって立っていなくて、仰山に茂ったさまを想像などして気味が悪いけれど、千の枝に分かれて、恋する人の例に詠まれているのは、誰がその数を知って言いはじめたのだろうと思うとおもしろい。

檜の木は、また身近にない物だけれど、「三葉四葉の殿造り」（と催馬楽で謡われるの）

もおもしろい。五月に雨の音をまねるとかいうのも、しみじみとした感じがする。楓の木の小さいのに、萌え出ている葉の先の方が赤らんで、同じ方向に広がっている葉の様子、花も本当に頼りなさそうに見えて、虫などがひからびている様子に似ておもしろい。

あすは檜の木は、世間の手近な所にも見られず話にも聞かないで、金峰山に参詣して帰って来た人などが持って来るらしい（その）枝ぶりなどは、まことに手でさわれそうにもないほど荒っぽいけれど、どういうつもりで「あすは檜の木」と名づけたのであろうか、あてにもならない予言であることよ。誰に頼みにさせているのだろうかと思うと、聞いてみたくておもしろい。

ねずもちの木は、一人前に他と同様に扱うべきでもないけれど、葉のたいそう細かくて小さいのがおもしろいのである。棟の木　山橘　山梨の木。

椎の木は、常磐木はどれでも（葉が）あるのに、それに限って落葉しない例に言われているのもおもしろい。

白かしというものは、まして深山の木の中でもほんとうに縁の薄いもので、三位や二位の袍を染める時だけ、せめて葉だけでも人が見るもののようなので、おもしろい事すばらしい事として取り上げるべきでもないけれど、どこともなく雪が降り積っているのに見間違えられ、須佐之男命が出雲の国にお出かけになったことを思って人麻呂が詠んだ歌などを思うと、たいへん感慨深い。何かの折につけても、一つしみじみするとも趣があるとも聞いて心にとめておいたものは、草も木も鳥も虫もおろそかには思えないことだ。ゆずり葉のたいへんふさふさと垂れて艶っぽく、茎がまことに赤く派手に見えているのは、品はないけれども美しい。（ゆずり葉は）普通の月には見られないものの、十二月の大晦日にだけ持てはやされて、亡き人の霊に供える食物に敷くものにするのだろうかとあわれをそそるのに、また寿命を延ばす歯固めの食膳の飾りとして、使っているようであるよ。いったいどういう時なのか、「紅葉(もみじ)せむ世や」と歌に詠まれているのも頼もしい。

柏木は、本当におもしろい。葉を守る神さまがいらっしゃるようなのも、尊い。兵衛の督(かみ)、佐(すけ)、尉(じょう)などを（柏木と）言うのもおもしろい。木の恰好は趣がないけれど、棕櫚(しゅろ)の木は、中国風で身分いやしい家の物とは見えない。

［評］三五段と対になる章段ながら、「木の花は」が和歌や漢籍で名高い木を挙げるのに対して、本段は必ずしもそうではなく、マイナーな木であっても名称に興味を持ち、その実体を観察して、新たな情趣を見出そうとする姿勢が顕著といえる。

三九段

鳥は　異国のものだが、鸚鵡(おうむ)は本当にしみじみとした感じがする。人が言うようなことを真似て学ぶそうだ。ほととぎす　水鶏(くいな)　鴫(しぎ)　都鳥　鶸(ひわ)　鶲(ひたき)。

山鳥は、友を恋しがって、鏡を見せると慰められるとかいうが、純情でまことにしみじみとした趣がある。（雄と雌が）谷を隔てて寝るときなどは、気の毒だ。

鶴は、じつに仰々しい姿をしているけれども、鳴く声が天にまで聞こえるのが、本当にすばらしい。頭の赤い雀　斑鳩(いかるが)の雄鳥　たくみ鳥(どり)。

鷺は、まことに見た目も悪い。目つきなども、不快な感じで何かにつけて親しみがもてないが、「ゆるぎの森にひとりは寝じ」と妻を争うとかいうのは、おもしろい。

水鳥、鴛鴦(おし)は本当にしみじみとする。たがいに居場所を交替しあって、羽の上に置いた霜を払うらしい様子など。千鳥も、じつにおもしろい。

鶯は、漢詩などでもすばらしいものとして作り、声からはじめて姿形もあんなに上品でかわいいところは別にして、宮中で鳴かないのが、じつによろしくない。ある人が「そうなのだ」と言ったのを、「そんなことはあるまい」と思ったものだが、十年ばかり（宮中に）伺候して耳を傾けたところ、本当にまったく鶯の声はしなかった。とはいうものの、（清涼殿の）竹の近くの紅梅も、本当によく通って来そうなより所なのだ。（宮中から）退出して聞くと、身分賤しい家のどうでもいいような梅の木などには、うるさいくらいに鳴く。夜鳴かないのも寝坊だと思われるが、今さらどうしようもない。夏や秋の終わりまで年とった声で鳴いて、「虫喰い」などと、たいしたこともない者は名前を付け変えて言うのは、残念で奇妙な感じがする。それもただ雀などのように年中いる鳥であるとしたら、そうも思うまい。春に鳴くからこそであろう、「年たちかへる」などと、情趣あることとして和歌にも漢詩にも作るようなのは。やはり、春のうち（だけ）鳴くのだったら、どんなにかよかろうに。人間についても人並でなく、世間の評判も軽蔑されるようになりはじめた人を、非難したりしようか。鳶や烏などのことは、注目したり聞き入ったりする人は、世間にはいないのだ。だから（鶯は）当然すばらしくなくてはいけないとなっているからこそと思うと、満足できない気がするのである。賀茂祭の帰りの行列を見物するといって、雲林院や知足院などの前に牛車を停めていると、ほととぎすもがまんしきれないのであろうか、鳴くのに、（鶯が）本当にうまくまねして似せて、小高い木々の中で声をあわせて鳴いているのは、さすがにおもしろく思われることだ。

ほととぎすは、なおさら言うべきこともない。いつのまにか得意げにも鳴く声が聞こえているのに、卯の花や橘の花などに宿をとって半分隠れているのも、しゃくなほど感心な心づかいである。五月雨の降る頃の短い夜にも目をさまして、どうにかして人より先に聞こうと心待ちにされて、夜が更けて鳴き出した声が洗練され愛らしくもあるのは、ひどく（感動のあまり）魂が抜け出して、どうしてよいかわからない。六月になってしまうと声も立てなくなってしまうのも、すべて褒めても足りないくらいだ。

夜鳴くものは、どれもこれもすばらしい。乳飲み児（の夜泣き）だけは、この限りではない。

［評］異国の鳥の「鸚鵡」にはじまり、漢詩に詠まれた「鶴」など、〈漢〉の要素に言及しながら、〈和〉の要素も同列に扱って融和させた章段。『古今六帖』の項目に採られた鳥を多く挙げていて、人口に膾炙（かいしゃ）した鳥の和歌世界に多くを負うことも注目される。また和歌や漢詩による規範的なイメージにそぐわない「鶯」の実態が、そぐう「郭公」と対照的に批判されているのも興味ぶかい。

四〇段

上品なもの　薄紫色の上に白襲（しらがさね）の汗衫（を着ているの）。かるがもの卵。削り氷に甘葛（あまずら）を入れて、真新しい金鋺（かなまり）に入れてあるの。水晶の数珠。藤の花。梅の花に雪が降りかかっている景色。たいそうかわいい幼児が、いちごなどを食べている様子。

［評］貴族生活の洗練された美が、無垢な美しさ・愛らしさ・清純さと結びつく章段。春夏の景物が多いことや、淡い色を基調とした色彩の変化にも注目したい。

四一段

虫は　鈴虫　ひぐらし　蝶　松虫　きりぎりす　はたおり　われから　ひお虫　蛍。

蓑虫は、本当に哀れだ。鬼が産んだということだから、親に似てこの子にも恐ろしい本性があるだろうと思って、親がみすぼらしい衣を引き着せて、「いまに秋風が吹くような折に迎えに来るとしよう。待っていよ」と言い残して逃げていってしまったのも知らずに、風の音を聞きわけて、八月ごろになると、「父よ父よ」といかにも頼りなさそうに鳴く。とてもかわいそうである。

額ずき虫も、またいじらしい。そんな虫の心にも道心を起こして、額をつきおじぎして歩きまわっているのだろうよ。思いがけず暗い場所などでほとほと音をたてて歩きまわっているのは、おもしろいものだ。

蠅こそは、にくらしい物の中に入れるべきで可愛げのないものではある。一人前に扱って相手にするほどの大きさではないけれど、秋などすぐ何にでも止まり、人の顔などに濡れた足で留まっていることだ。人の名に（蠅という）名がついているのは、なんとも不気味である。

夏虫は、実におもしろくいかにも愛らしい。灯火を近くに引き寄せて物語などを見るときに、その草子の上などに飛びまわるのは、本当におもしろい。蟻は、実ににくらしいけれど、身軽さはたいしたもので、水の上などをひたすら歩きまわるのはおもしろい。

［評］本段では「鈴虫」「蜩」「蝶」「松虫」など、『古今六帖』の歌題になった虫が列挙にとどまり、「蓑虫」「額ずき虫」「蠅」「蟻」など歌語にならない虫が、説話や作者の体験に結びつけられ生彩に描かれている。和歌の連想から自由であった故か。特に蓑虫の鳴き声に注目した描き方は特筆すべきもので、芭蕉をはじめ後代への影響も認められる。

四二段

七月ごろに、風がひどく吹いて雨などが騒がしい日、大方とても涼しいので、扇の事もすっかり忘れている時に、汗の香りが少しこもっている綿衣（わたぎぬ）の薄いのを、とてもうまく引き被って昼寝しているのはおもしろい。

［評］短い章段ではあるが、夏から秋への微妙な移ろいを鮮やかに捉えている。扇や汗の香は過ぎ去った夏を象徴し、夏なら昼寝もままならないのに、秋の風・雨の涼しさゆえにそれが可能になるという。『源氏物語』の昼寝はもの思い故だが、ここでは昼寝の快感を「をかし」とする。

四三段

似つかわしくないもの　賤しい者の家に雪が降っているさま。また、月がさし込んでいるのも残念だ。月の明るい夜に屋形のない車が行き合った時。また、そのような車に（上等な）黄牛を掛けてあるさま。また、年老いた女が腹を高くして出歩いている。若い夫を持っているのさえ見苦しいのに、「他の女の人の所へ行った」と言って腹を立てることよ。年老いた男がひどく眠り込んでいるさま。また、そのように老いて鬚がちな者が椎の実をつまんでいるさま。歯もない女が梅を食べて酸っぱがっているさま。賤しい者が紅の袴を着ているさま。このごろは、それればかりである。

靫負の佐の夜行姿。狩衣姿もまことにいやしげだ。人に怖がられる袍は、仰々しい。うろうろするのも、見つけて軽蔑してやりたい。「疑わしい者はいるか」と、とがめる。（女房の局に）入り込んで、空薫物で香りが染み込んでいる几帳に引っ掛けてある袴など、もうどうしようもない。

容貌が美しい君達が弾正の弼でいらっしゃるのは、とても見苦しい。宮の中将などが（弾正の弼だったのは）、いかにも残念だったことよ。

［評］「にげなし」は瞬間的に切り取られた物の組み合わせに対するもの足りなさ、不調和に気がつき、あってほしい姿を期待させるものでもある。つまり、「にげなきもの」の組み合わせから、むしろ理想的な物の取り合わせをも想像するという機微がある。

四四段

細殿に女房がたくさん座って、穏やかならず何やら話す時に、こぎれいな下男、小舎人童などが、上等な包みや袋などに（主人の）着物を包んで、（中から）指貫のくくり紐などが見えている。弓、矢立てなどを持って歩き回るので、「誰のか」と問うと、ひざまずいて「なにがし殿の」と答えて行く者はよい。気取って恥ずかしがって「知らない」とも言い、（また）物も言わないで行く者は、たいそう憎らしい。

［評］細殿の女房たちがわいわい話しているところに、男主人の宿直物などを届ける下男や小舎人童が通りかかると、品定めの対象になりがちである。女房たちの質問に愛想よく答えるのが、理想の従者なのである。

四五段

主殿司（とのもづかさ）は、やはり好ましいものではある。下仕（しもづか）え女の身分では、それくらいうらやましいものはない。身分のある人にも、やらせたい仕事のように見える。若くて容貌の美しいような人が、身なりなどきれいにしているようなのは、まして結構だろうよ。少し年老いて物事の先例を知り、あつかましい様子なのも、とても似つかわしく良い感じだ。主殿司（とのもづかさ）で愛嬌のあるような者を一人持っていて、装束を季節に応じて、裳（も）、唐衣（からぎぬ）など当世風にして出歩かせたい、と思われる。

［評］主殿司は女の下級役人であるが、男の役人（主殿寮）もいて、ともに貴人の手紙を運ぶなど、宮廷生活に欠かせない華のある存在である。七九段で藤原斉信（ただのぶ）の手紙を清少納言にもたらしたのも男の主殿寮であった。

四六段

下仕えの男は、また随身（ずいじん）こそが好ましいようだ。たいそう端正で立派な君達も、随身を連れていないのはとても味気ない。弁官などはとても立派な官だと思っているけれど、下襲の裾が短くて随身がないのは、実によくないことよ。

［評］前段の女の主殿司に対して、男の随身を下級役人として対置させた。随身を持つ君達を良しとして、持たない弁官を物足らないとしている。どのような随身が良いかは本段では述べず、後の五一段で語られる。

四七段

職の御曹司の西面の立蔀のもとで、頭の弁が何か長いこと立ち話をしていらっしゃるので、出ていって「そこにいるのは誰か」と言うと、「弁が（これから）参上するのだ」とおっしゃる。「どうしてそうも親密にしていらっしゃるのか。大弁が現れたら（あなたを）お見捨て申し上げてしまおうものを」と言うと、（頭の弁は）大笑いして、「誰が、そんな事まで言って知らせたのだろう。『その件を、そうしないでくれ』と語らうのです」とおっしゃる。

ことさら耳目を集めて、風流な方面などを押し立てる事はなく、ただ飾り気もないような（頭の弁の）様子を、皆はそういう人だとばかり理解しているのだが、（私は）より奥深い心ざまを見知っているので、「並ひと通りの方ではない」などと中宮様にも申し上げ、また（中宮様も）そう理解してくださっているが、常に「『女は己を愛する者のために化粧する、男は己を理解する者のために死ぬ』と（史記では）言っている」と（私たちに）重ねておっしゃりつつ、（頭の弁も）事情をよくわかっておいでだった。

「遠江の浜柳」と（頭の弁と）言い交わしているけれど、若い女房たちは「ただ見苦しい事なども取り繕わずにずけずけ言うから、このお方は対面しにくくていやだ」「他の人のように歌を歌って興じたりせず、何となくしらける」などと非難する。（頭の弁は）少しもそのような女房たちを相手にせず、「僕は、目は縦方向に付き、眉は額の方に生え上がり、鼻は横向きであっても、ただ口もとに愛嬌があって、顎の下、首がこぎれいで、声がひどくないような人だけに心引かれよう」「とは言っても、やはり顔のひどく憎らしげな人はいやだ」とばかりおっしゃるので、（顰蹙を買うのは当然だが）ましてや顎が細く愛嬌が欠けている人などは、むやみに目のかたきにして、中宮様にまで悪し様に申し上げる。

「何か（中宮様に）啓上させよう」という際も、（頭の弁は）最初に取り次いだ私を探して、局にいても呼んで上らせ、常に来て物を言い、里にいる時は手紙を書いてでも、（あるいは）自身でもいらっしゃって、「参上が遅くなるなら『このように申している』と（中宮様に）申し上げるべく人を参上させよ」とおっしゃる。「それなら適当な人が伺候していよう」などと言って譲っても、あまり納得しない様子でいらっしゃる。「あるもので間に合わせ、これと決めずに何事も対処するのを良しとするようよ」と世話を焼いて差し上げるが、「もって生まれた心の本性だから」とだけおっしゃって「改まらないのは心である」とおっしゃるので、「それでは『（改めるに）はばかりなし』とは何の事を言うのか」と不審がると、（頭の弁は）笑いながら「『仲よし』とも人に言われるが、こう親しく語らうからにはどうして恥じることがあろう。顔の見えるようにしなさいよ」とおっしゃる。「（私は）たいそう『憎らしげ』なので『憎らしげな人は好きになれそうにない』とおっしゃった以上、見えるようにして差し上げられない」と言うと、「本当だ、憎らしくなるといけない。ならば見えないようにしてくれ」と言って、自然と見てしまいそうな折も、自分で顔をふさいだりしてご覧にならないのも、「実直に嘘をおっしゃらないことよ」と思うが、三月の末ごろは冬の直衣が着にくい季節なのだろうか、上の衣がちに（略装で）殿上の宿直姿とする者もいる。

　翌朝、日の出る頃まで式部のおもとと小廂で寝ていると、奥の引き戸をお開けになって、主上と中宮様がお出ましになったので（私たちが）起きることもできず戸惑うのを、たいそうお笑いなさる。唐衣をただ汗衫の上に羽織って、夜具も何も埋もれたままにしてある上に（主上は）いらっしゃって、陣から出入りする者たちをご覧になる。殿上人の、まったく気付かずに寄ってきて（私たちに）話し掛ける人などがいるのを、「（ここにいる）素振りを見せるな」と言ってお笑いなさる。それから（お二方は）お立ちになる。「二人とも、さあ」と仰せになるが、「いま顔などをしっかり整えてから」と言って参上しない。

（お二方が）奥へお入りになられた後も、やはりすばらしい事だったなどと話し合って座っていると、南の引き戸のそばの、几帳の手が突き出ているのに邪魔されて簾が少し開いている所から、黒みがかった物が見えるので、「則隆（のりたか）が座っているのだろう」と言ってよく見もしないで、そのまま別の事などを話している時に、満面の笑みをたたえた顔が出てきたのにも、「やはり則隆だろう」と思って目をやったところ、違う顔だ。「あきれたことだ」と笑い騒いで、几帳を引き直して隠れると、それは頭の弁でいらっしゃった。「見えるようにしては差し上げまい、としていたのに」と、まことに残念だ。一緒に座っていた人は、こちらを向いていたので（頭の弁からは）顔も見えない。

（頭の弁が）出てきて「ほんとうに心置きなく見たことよ」とおっしゃるので、「則隆と思っていましたので気を許してしまった。どうして『見まい』とおっしゃるのに、そんなにつくづくとは（ご覧になったのか）」と言うと、「『女は寝起き顔を見るのがとても難しい』と言うので、ある人の局に行って垣間見をして、またもしや見えたりしないかと思って来ていたのだ。まだ主上がいらっしゃった時からいたのを気付かなかったのだね」と言って、それから後は私の局の簾をくぐりなどなさるようだった。

［評］本段には職の御曹司滞在時から一条院時代まで、三年近くにわたる作者と行成（ゆきなり）と

の交友が総括されている。なかでも、定子と寄り添う一条天皇を、行成が目撃する最後の場面が注目されよう。直前に実現した彰子立后の、最大の功労者が行成だったからだ（権記、御堂関白記）。天皇の苦衷を誰よりも知る行成にとって、くつろいだ両人の姿こそがおそらくは救いだった。彼はこの時まで「顔ふたぎ」して懇意の女房と距離を置いていたというが、道長の命を受けて立后に奔走していた時期の動向が、そこには暗示されていよう。書き手はそのような行成の「奥深き心ざま」を理解していたと主張し、親密ぶりを印象付けて本段を結ぶ。定子亡き後、親王家別当として敦康（あつやす）親王に奉仕する行成の姿までが、念頭に置かれていたのかもしれない。

四八段

馬は、とても黒いのが、ただ少し白い所などがあるの。紫の斑点模様がついている蘆毛（あしげ）。薄紅梅色の毛で、たてがみ、尾などがとても白いの。なるほど、木綿髪（ゆうかみ）とも言うにふさわしい。黒い馬で四つの足が白いのもとても好ましい。

［評］以下、五〇段まで「馬」「牛」「猫」と動物の色にこだわり、その良し悪しを評する。部分の色までこだわるところに細かな観察眼がみられる。

四九段

牛は、額はほんのわずか白みがかっているのが、腹の下、足、尾の筋などはそのまま白いの。

五〇段

猫は、背中だけ黒くて、腹がとても白いの。

五一段

雑色(ぞうしき)や随身(ずいじん)は、少しやせてほっそりしているのがよい。男はやはり若い頃は、そのような感じなのがよい。たいそう太っているのは、眠たかろうと見える。

［評］本段から五三段までは、「雑色」「随身」「小舎人童」「牛飼」といった男の従者の理想的な容姿に言及している。

五二段

小舎人童で、小さくて髪がとても整っている者が、その毛筋がすっきりして少しつやのある者が、声はかわいらしくて、かしこまって何か言っているのは、利発そうだ。

五三段

牛飼いは、大柄で髪が乱れた感じなのが、顔は赤みがかって、気が強そうなの。

五四段

殿上の名対面こそ、やはりおもしろい。

主上の御前に人が伺候する時は、（蔵人が）そのまま御前で点呼を取るのもおもしろい。足音を立て（殿上の間に）どっと現れる人々の様子を、弘徽殿の上の御局の東面で耳を澄まして聞く際に、恋仲にある人の名がある時は、はっと例によって胸がどきどきするものであろうよ。また、息災だともきちんと知らせない人の名などを、この折に聞きつけた時は、どう思うだろう。「名乗りがよい」「悪い」「聞きにくい」などと評定するのもおもしろい。

「終わってしまったようだ」と聞くうちに、（次に点呼を受ける）滝口の武士が弓を鳴らし、沓音を立てて、騒がしく（東庭に）出てくると、蔵人がかなり高い足音で板敷を踏み鳴らして、東北の隅の高欄の所に、「高ひざまずき」という座り方で御前の方を向いて、（滝口にとっては）後ろ向きに「誰々はお控えするか」と問うのがおもしろい。（滝口は）高く細い声で名乗り、また幾人も伺候していないと、名対面を申し上げない旨を奏上する際も、「どうしてか」と（蔵人が）問うと、差し障りの事情など奏上する滝口に対し、（蔵人は）その由を聞いて帰るものなのだが、「方弘がそれを聞かない」といって（報告を受けた）君達がお教えなさったところ、（方弘は）たいそう腹を立てて（滝口を）叱りとがめて、さらに当の滝口にまで笑われる。

（その方弘は）御厨子所の御膳棚に沓を置いて大騒ぎされたのだが、気の毒がって、「誰の沓だろうか」「知りようがない」と主殿司や女房たちが言ったのに、「ああ、方弘の汚いものだ」と（自分から）名乗って、いっそう騒がれる。

五五段

若くてまずまずの身分の男が、召使いの女の名を、呼び慣れて口にしているのは憎らしい。知っていながらも、何といったかと、一部は思い出さずに言うのは好ましい。仕えている所の局に寄って、夜などは具合悪いに違いないが、主殿寮（とのもりづかさ）の者を、それがいない普通の所などでは侍所（さぶらいどころ）などにいる者を、連れて来てでも（その人に）呼ばせなさいよ。自分で（呼ぶの）は、声もはっきりわかるので。大人でない下女、童女などは、けれど呼んでもよい。

［評］身分のある男が下賤の女の名前を親しく呼ぶのが良くないというのは、身分差を忘れた振る舞いをしないようにとの貴族意識をもとに、そのような下賤の女と、はたから恋愛関係を邪推される恐れがあるためか。大人でない下女や童女なら名前を呼んでよいというのも、恋愛対象にならないからであろう。

五六段

若い人や、幼児たちなどは、太っているのがよい。受領などの年配に見えてしまう人も、ふっくらしているのがよい。

［評］能因本では「ふくらかなるぞよき」の後に牛飼童・随人・童の身なりについての長文が続く。また四八段から本段まで、配列も三巻本とは大きく異なっている。

五七段

幼児は、粗末な弓、むちのような物などを振りかざして遊んでいるのは、とてもかわいい。車などを停めて抱き入れてみたい気がする。また、そのまま進んで行く時に、薫物の香りがたいそうこもっているのはとても趣がある。

五八段

立派な家の中門を開けて、檳榔毛の白くこぎれいな車に、蘇芳色の下簾が、色合い美しく掛けてあって、（轅が）榻に乗せてあるのはすばらしい。五位六位などが下襲の裾を（石帯に）はさんで、笏の真っ白いのに扇を重ね持ったりして行き交い、また正装し壺胡簶を背負っている随身が出入りしているのは、いかにも似つかわしい。厨女のこざっぱりしたのが出て来て、「何々殿の供人はおりますか」などと言うのもおもしろい。

［評］上流貴族の邸に檳榔毛の車が停まり、正装した五位六位や随身がお供というのは、しかるべき貴人の訪問なのであろう。しかも轅が榻に乗せてあるのは、それなりの滞在時間も推測される。絵のような光景である。

五九段

滝は　音無の滝。

布留の滝は、法皇がご見物にお出ましになったというのが、すばらしい。那智の滝は「熊野にある」と聞くと、しみじみと心ひかれるのである。轟の滝は、どんなにうるさく恐ろしいであろう。

［評］歌枕の滝を列挙するが、最初に「音無し」を挙げ、最後に「轟き」を持ってくるところに対照的な名称への関心がうかがわれる。その間に法皇巡幸と信仰の地の聖なる滝を入れたというべきか。

六〇段

川は　飛鳥川、淵瀬も定まっておらずどんなであろうと、しみじみと心ひかれる。大井川　音無川　七瀬川。

耳敏(みみと)川、またも何を差し出がましく聞いたのだろうかと、おもしろい。玉星(たまほし)川。細谷(ほそたに)川、いつぬき川、沢田川などは、催馬楽などが思わせるのであろう。名取(なとり)川は、どんな評判を取っているのだろうかと、聞いてみたいものだ。吉野川。

天の川原は、「七夕つめに宿からむ」と業平(なりひら)が詠んだのも、風情がある。

［評］「飛鳥川」「大井川」など知名度の高い歌枕から始まり、「耳敏川」以下、地名への関心や催馬楽からの連想が続く。「名取川」から和歌の世界に戻り、有名な歌枕である「吉野川」を挙げ、七夕伝説の「天の川原」で締めくくった。

六一段

明け方に（女のもとから）帰るような男は、服装などをたいそうきちんとして、烏帽子の紐、元結(もとゆい)をしっかり結ばなくてもよいだろうにと思われる。ひどくだらしなく、見苦しく、直衣や狩衣など着方がおかしくても、誰が見つけて嘲笑して非難したりしようか。

男は何といっても未明の立ち居振る舞いに、風情があるべきである。むやみにしぶって起きにくそうなのを、（女が）無理にすすめて、「夜が明け過ぎた」「ああ見苦しい」などと言われて、（男が）ため息をつく様子も、なるほど満ち足りぬ気分でつらかろうと思われる。指貫なども、座ったままはこうともせず、まずは（女のもとに）さし寄って、昨夜話したことの残りを、女の耳もとにささやき、何をするというわけでもないのに、帯などは結ぶようだ。格子を押しあげ、妻戸のある所では、そのまま一緒に連れて行って、（離れ離れでいる）昼の間の気がかりで待ち遠しくなろうことなども言い出してそっと出て行くとしたら、（女もその後ろ姿を）自然と見送るような気持ちになって、逢瀬の余韻も風情があるというものだろう。

何か思い出すところがあって、まことにさっぱりと起き出して、ばたばたと動きまわって、指貫の腰紐をごそごそと勢いよく結び直し、袍でも狩衣でも袖をまくりあげて「がさり」と手をさし入れ、帯を実にきりりと結び終えて、ひざまずいて、烏帽子の紐をぎゅっときつそうに結び入れて、頭にかぶり据える音をたてて、扇や畳紙(たとうがみ)など、昨夜枕もとに置いたのに、自然にあちこち散らばってしまったのを探すけれども、暗いのでどうして見えよう、「どこだどこだ」と周囲をたたきまわし、見つけ出して、扇をぱたぱたと煽いで、懐紙を懐にさし入れて、「失礼するよ」とだけ言うようだ。

［評］後朝の別れに際して、男の好対照のありようを活写した段。一般論にはじまり、次に理想的な男の振る舞いを、物語の主人公風に描写する。前半は『源氏物語』夕顔巻の光源氏と六条御息所の後朝に、「格子…」以下は、総角巻の匂宮と中の君の後朝に、連想を誘う。後半は後朝の情緒を解さず、事務的に去っていく男を戯画的に描く。オノマトペの多用により、男の粗雑さをあます所なく印象的に描くが、それが世にありがちな後朝の現実である。

六二段

橋は　あさむづの橋　長柄の橋　あまびこの橋　浜名の橋　ひとつ橋　うたたねの橋　佐野の舟橋　堀江の橋　かささぎの橋　山菅の橋　おつの浮橋。
板一枚渡してある棚橋は、狭量といった感じだが、名を聞くとおもしろいのである。

［評］前半は有名な歌枕の橋を連ねて、「かささぎの橋」以下は「浮橋」「棚橋」など橋の形状に注目したか。いずれにしても名称への興味が先行している。

六三段

里は　逢坂の里　ながめの里　いさめの里　人妻の里　頼めの里　夕日の里。

つまどりの里は、（妻を）ほかの男に取られたのであろうか、（それとも）自分が（人妻を）わがものとしたのだろうか（と思う）とおもしろい。伏見（ふしみ）の里　朝顔の里。

［評］「あふさかの里」以下、男女の逢瀬にかかわる里の名が連ねられている。未詳の里が多く、歌枕として一般的でない。男女が結ばれたものの、夜離れがちになり、女に新たな男が現れて、共寝し朝を迎えるといった恋の進展に沿って配列されたと見ることもできる。

六四段

草は　菖蒲　菰（こも）。

葵は、まことにおもしろい。神代からはじまってそうした挿頭（かざし）となったということが、たいそうすばらしい。その姿もじつにおもしろい。

沢瀉（おもだか）は、その名がおもしろいのである。気位が高いのだろうと思うので。三稜草（みくり）　蛇む（ひる）

しろ　苔　雪間の若草　こだに。

かたばみは、綾織物の紋様にあるのも、ほかの草よりはおもしろい。あやう草は、崖の端に生えているというのも、なるほど頼りない。いつまで草は、またはかなくてしみじみとする。崖の端よりも、こちらの方は崩れやすそうなのだ。本物の漆喰（の壁）などには、生えられそうもないと思うと、見劣りがする。

事なし草は、思うことをなしとげるのだろうかと思うのもおもしろい。

忍ぶ草は、まことにしみじみとした感じがする。道芝は、本当におもしろい。茅花もおもしろい。蓬は、まことにおもしろい。山菅　日陰　山藍　浜木綿　葛　笹　青つづらなずな　苗。浅茅は、じつにおもしろい。

蓮の葉は、ほかの草よりもすぐれて立派である。仏の妙法蓮華の喩えにも（なって）、花は仏前にお供えし、実は数珠の玉に貫いて、念仏をして極楽往生の縁とするのだから。また他の花のない時期に、緑色の池の水に紅色に咲いているのも、本当に美しい。「翠翁紅」とも漢詩に作っているのだ。

唐葵は、日の光の移るのにつれて傾くのも、草木と言えそうにもない（格別の）心である。さしも草　八重葎。つき草は、（染め色の）移ろいやすいというのが、感心できない。

［評］次の「草の花は」と対をなす一段である。『古今六帖』第六で歌題に立てられた草

の名が多くみられ、その他の草も『古今六帖』に例歌の多いことが注目される。形姿や生えぐあいに風情をおぼえる草、名称そのものに興味をいだく草、詩歌や文物との関わりに心ひかれる草の三種類に大別される。

六五段

草の花は　撫子（なでしこ）、唐のはいうまでもなく、大和撫子も本当にすばらしい。女郎花（おみなえし）　桔梗（ききょう）　朝顔　刈萱（かるかや）　菊　壺（つぼ）すみれ。

竜胆（りんどう）は、枝ぶりなどもうっとうしいが、ほかの花がみな霜枯れしてしまった中に、まことに華やかな色彩で顔をのぞかせているのは、実におもしろい。また、わざわざ取りあげて一人前に扱うほどのこともない花の姿ではあるものの、かまつかの花は、いかにも可憐である。名前はいやな感じがしそうだけれど。「雁（かり）の来る花」と、文字には書いている。かにひの花は、色は濃くないが、藤の花と実によく似て、春も秋も咲くのがおもしろいのである。

萩は、ほんとうに色が深く、枝もしなやかに咲いているのが、朝露に濡れてなよなよと広がり伏している（のが良い）。雄鹿が特に立ち寄って馴れ親しんでいるというのも、格別の感がある。八重山吹。

夕顔は、花の形も朝顔に似て、並べて言い続けると実に美しいはずの花の姿に対し、実の恰好は、まったくがっかりする。どうして、あのように成長してきたのだろう。ほおずきなどという物の実のようにせめてあってほしいものだ。けれども、やはり「夕顔」という名だけはおもしろい。しもつけの花　葦の花。

この中に薄を入れないのは、「ひどく不思議だ」と人は言うようだ。秋の野の総じての風情は薄にこそある。穂先が蘇芳色でほんとうに濃いのが朝霧に濡れて風になびいているのは、これほどのものがほかにあるだろうか。（しかし）秋の終わりには、まったく見るべき所もない。色とりどりに咲き乱れていた花があとかたもなく散ってしまった中で、（薄ひとりが）冬の末まで頭がまっ白でぼうぼうとなっているのも知らず、往時を思い出しているような顔つきで風になびいてゆらめき立っているのは、人間にそっくりである。（人に）なぞらえる気持ちから、その点をしみじみ感慨深く思うのであろう。

［評］「木の花は」が春、「草は」が夏の植物から始まるのに対して「草の花は」は秋の七草への注視から始まっている。「草は」は名称への興味に溢れていたが、この段はそうした面もある一方、「りんどう」「萩」「夕顔」と観察の結果が細やかに語られ、「薄」を擬人化した描写の圧巻で閉じられる。秋草としては定番の「薄」を良しとしないことへの世の人々の反発を予測しながら、晩秋には見る影もないことから、従来の「薄」評

価が実態の美しさではなく、人事との関わりから見出されてきたことを指摘して、世評とは一線を画すのである。

六六段

和歌の集は　万葉集　古今集。

六七段

歌の題は　都（みやこ）　葛（くず）　三稜草（みくり）　駒（こま）　霰（あられ）。

六八段

はっきりせず気がかりなもの　延暦寺に十二年間籠って修行している法師の母親。知らない場所に闇夜に行ったところ、外からまる見えになっては困るというので、灯火もともさず、それでもやはり並んで座っているの。新参者の召使いで気心もわからない者に、貴重な品物を持たせて人のもとにつかわしたところ、遅く帰ってくるの。まだ口もきかない乳飲み子が、そっくりかえって誰にも抱かれずに泣いているの。

[評]「おぼつかなし」は、はっきりせず不安な気持ちで、それを静めることのできる安定した状態を願う思いがある。そうはできないと思いながら、それを望む矛盾した気持ちである。

六九段

比べようもなく違っているもの　夏と冬と。夜と昼と。雨が降る日と陽が照る日と。人が笑うのと腹を立てるのと。年をとったのと若いのと。白いのと黒いのと。（自分の）愛する人と憎む人と。同じ人物であっても（自分に）愛情がある時と変わった時とでは、ほんとうに別人と思われる。火と水と。肥えている人と痩せている人。髪の長い人と短い人と。

[評]本段では相異なるものを列挙するが、そこに陰陽思想の影響もあるか。愛情のある時とない時では別人のようだと、人の心の両面性も凝視している。

七〇段

夜烏どもが木にとまっていて、夜中ぐらいに寝ながら騒ぐ。落ちてあわてて木を伝って、寝起き状態の声で鳴いているのは、昼の（憎らしい）姿と違っておもしろい。

七一段

（男女が）人目を忍んで逢っている場所では、夏が趣がある。ひどく短い夜が明けてしまうので、一睡もせず終わってしまう。昨夜からそのままどこもかしこも開け放してあるので、涼しく見渡されている。やはりまだ話したいことがあるので、お互いに受け答えなどするうちに、座っているすぐ上から烏が高く鳴いて行くのが、見られた気持ちがしておもしろい。

また、冬の夜の非常に寒い時分に（夜具に）埋もれて聞くと、（寺の）鐘の音がただ何かの底で鳴るように聞こえるのは、とても趣がある。鶏の声も、はじめは羽の中で鳴くのが、口を（羽に）つっこんだままで鳴くので、たいそう奥深く遠い声が、夜が明けるにつれ近くに聞こえるのもおもしろい。

［評］夏と冬を対にして、男女の後朝を対照的に表現している。視覚的、聴覚的に開放されている夏と、聴覚的に音が籠って聞こえてくる冬という対照がみごとに描き分けられている。本段は四つの「をかし」をくり返すことで、春秋に比べると極端な気候である夏冬の季節ならではの情趣を捉えている。夏にせよ冬にせよ、明け方の時間の推移を、鳥や鶏の声の変化で「をかし」と捉えた点が興味ぶかい。

七二段

恋人として来ている男性は言うまでもなく、ただ少し親しくする相手でも、またそれほど親しくもないけれど、たまにやって来たりもする人が、簾の内に女房たちがたくさんいて何か話している所に座り込んで、すぐにも帰りそうにないのを、供の男や童などが、とかくのぞき込んで（主人の）様子を見るに、「斧の柄もきっと朽ちてしまいそうだ（長く待たされそうだ）」と、（状況が）実にめんどうなようなので、長々とあくびをして、聞こえないと思って言うようだが「ああやりきれない、煩悩苦悩だよ、（帰りの）夜は夜中になってしまっているだろうよ」と言っているのは、大変に気にくわない。その不平を言う供人はどうとも思わないが、ここに座っている主人こそ、好ましいと思われて世に知られた事も台無しになるように思われる。

また、そうはっきりと表明はできずに、「ああ」と甲高く声に出して嘆息しているのも、「下行く水の（口に出来ない不平があるのだろう）」と気の毒だ。立蔀や透垣などの元で「きっと雨になりそうだ」などと聞こえよがしに申すのも、ひどく憎らしい。

たいそう身分の高い人の御供人などは、そんなこともない。君達などの身分（の供人）はまずまずだ。それ以下の分際では、みなそんなものである。大勢いるだろう従者の中でも、気立てまで見極めて連れ歩いてほしいものだ。

〔評〕訪問先に付いてきた従者への評言。主人が長居することをあからさまに嫌う従者の言動に対して、容赦ない批判がなされる。それは従者の問題というより、主人の管理能力が問われているのである。『十訓抄』には本段を参照し、「げにことわりなれ」と同意を示す評言が見え、主従関係への評論の段として享受されたことがわかる。

七三段

めったにないもの　舅にほめられる婿、また、姑にかわいがられる嫁の君。毛のよく抜ける銀の毛抜き。主人の悪口を言わない従者。少しも癖のない人。容貌や心ばえがすぐれていて、世間に身を置く間に一向に非難を受けることのない人。

同じ所に奉公住みしている人で、お互いに敬意を払いあい、すこしも油断なく気を遣っているとと思う人が、最後まで隙（すき）が見えないのはむずかしいことだ。

物語や歌集など書き写す時に、もとの本に墨を付けないこと。豪華な草子などはたいそう気を遣って書き写すけれど、決まって汚してしまうようだ。男と女の関係については言うまい、女同士でも、行く末長くと契って仲良く付きあう人で、終わりまで仲の良い人は、めったにいない。

［評］「ありがたし」は、単なる稀少さよりも、めったにないほど立派だと、容貌・人づかい・心づかいなどのすばらしさを表現するときに用いられることが多い。人間関係の話が多いが、毛抜きや本の書写も話題に入れて、内容に変化をつけている。

七四段

宮中の局（つぼね）の、細殿（ほそどの）はたいそうおもしろい。上の蔀（しとみ）を上げていると、風がたいそう吹き込んで、夏もたいそう涼しい。冬は、雪や霰（あられ）などが風と一緒になって降り込んでいるのも、とても素敵だ。狭くて、童などが上がってしまうのは具合悪いけれど、屏風の内側に隠して座らせておくと、他所の局のように高く笑い声も立てたりなどもできなくて、とても具合が良い。

昼なども、油断なく気遣いさせられる。夜はまして気を許せそうにないのが、とてもおもしろいのだ。沓の音が、夜通し聞こえるのが（局の前で）立ち止まって、ただ指一本で（男が戸を）叩く様子が、「その人だ」とたちまち分かるのがおもしろい。かなり長い間叩くのだが（中からは）音もしないので、「寝入ってしまった」と（男が）考えているだろうと（思うと）しゃくにさわって、（女が）少し身じろぐ衣ずれの気配に、「起きているようだ」と（男は）思っているだろうよ。冬は、（女が）火桶にそっと立てる火箸の音も「人目を忍んでいるのだな」と聞こえるのだが、（男には聞こえないのか）強くしきりに叩くので、（女が）声に出しても答える際に、物陰に隠れたままそっと近寄って聞き耳を立てる時もある。

また、大勢の声で詩を朗詠し歌などを歌う折には、叩かなくても先に戸を開けていると、ここに寄ろうとも思わなかった人も足を止めてしまう。座りようもなくて夜を立ち明かすのも、やはりおもしろそうなのだが、几帳の帷子がとても色鮮やかで（女房の）裾の褄と少しうち重なって見えている所に、直衣の背中にほころび縫いの糸が切れて隙間がある君達や、六位の蔵人が青色の袍などを着て、でしゃばって遣戸のもとなどに身を寄せては立てずに、塀の方に背中を押し当てて、両袖をかき合わせて立っているのはおもしろい。

また、指貫がとても色濃く直衣が鮮やかで、（下に着ている）様々な色の衣を何枚かこぼし出している人が、簾を押し込んで、半分（体が）中に入っているような姿も、外から見るのはたいそうおもしろかろうが、（その男が）こぎれいな硯を引き寄せて手紙を書き、あるいは鏡を借りうけて（顔などを）見直したりしているのは、すべておもしろい。

三尺の几帳を立ててあるのだが、帽額の下に（几帳越しに話せる）わずかな空間がある。外に立っている人と中に座っている人が話すのが、顔のあたりに（その空間が）ちょうどよく当たっているのはおもしろい。背が高く、（逆に）低いような人などはどうであろうか。とはいえ普通の背丈の人は、そのように誰もうまく行くだろう。

まして賀茂の臨時の祭の調楽の折などは、たいそうおもしろい。主殿寮の官人が、長い松明を高く灯して頸は襟にすくめて行くので、松明の先は突っかかってしまいそうなのだが、（楽人が）見事に演奏し笛を吹き立てて、晴れがましく思っている時に、君達が、束帯姿で立ち止まって（女房に）話しかけたりすると、供の随身たちが、先払いの声を忍びやかに短く、自分の君達のために発しているのも、演奏にまじっていつもと違っておもしろく聞こえる。

やはり（細殿の）戸を開けたまま（楽人らが）帰るのを待つうちに、君達が声を上げて「荒田に生ふる富草の花」と歌っているのは、この度はいま少し素敵なのに、いかなる真面目人間なのだろうか、どんどん静々と歩いて行ってしまう者もいるので（それを）笑うのだが、「少し待って。どうしてそう世（夜）を捨ててお急ぎになるのかと（歌などにも）

ある」などと言うと、気分などが悪いのではないか、倒れてしまいそうで、もしや人などが追いかけて（彼を）捕えるのかと見えるくらいあわてて退散する者もあるようだ。

［評］細殿を賛美し、そこでの見聞を記した段。細殿の夏と冬、昼と夜の風情を細かく綴っている。特に外の男と内側の女の駆け引きが活き活きと語られ、男が手紙を書いたり、身だしなみを整えたり都合よく細殿を使っているのもおもしろい。

七五段

職の御曹司に（中宮様が）いらっしゃる頃、木立などが遠くに古めかしく茂り、建物の造りも高くてがらんとしているけれど、無性におもしろく思える。「母屋には鬼がいる」と言って、南側に母屋と隔てて御在所を作り出し、（御在所となった）南の廂の間には御几帳を立てて、又廂に女房は伺候する。

近衛の御門から左衛門の陣に参上なさる上達部の前駆たち（の声）が、殿上人のは短いので、「大前駆」「小前駆」と名付けて聞いては騒ぐ。何度も聞くので、その声々もみな聞き分けて、「その人だ」「あの人だ」などと言う時に、また（誰かが）「そうではない」などと言うので、人を見せにやったりすると、言い当てた人は「やはりそうだ」などと言うのもおもしろい。

有明の月の頃、一面に霧が立ち込めている庭に下りて（女房が）歩きまわる気配を耳になさって、中宮様におかれてもご起床になっていらっしゃる。御前にいる女房たちはすべて、端に出て座ったり庭に下りたりして遊ぶうちに、しだいに夜が明けてゆく。「左衛門の陣に参ってみよう」と言って出かけると、「私も私も」と（女房が）続いて追って行く時に、殿上人たち大勢の声がして、「何々一声の秋」と朗唱して参上する物音がするので、（職の御曹司に）逃げ込んで（彼らと）話などをする。「月を見ていらっしゃったのだね」などと感心して、歌を詠む人もいる。

夜も昼も、殿上人の絶える折はない。上達部までも参内する際に、ことさら急ぐ用のない時は、必ずこちらに参上なさる。

七六段

甲斐のないもの　わざわざ決心して宮仕えに出た人が、勤めをおっくうがり、わずらわしく思っているの。養子の顔がにくらしげなの。（婿になるのを）しぶっている人を強いて婿として迎えて、「期待通りではない」と嘆くの。

［評］本段では、宮仕え人、養子、婿がそれぞれ期待外れの結果になったことを「あぢきなし」、取り返しがつかずどうしようもないという閉塞感を表す言葉でまとめている。

七七段

気持ちがよさそうなもの　卯杖をもった乞食法師。御神楽の時に指揮をとる人。神楽（の先頭）で振り幡とかいうものを持っている者。

七八段

御仏名会の翌日、地獄絵の御屏風を（主上が御前から）移動させて、中宮様にお目にかけ申し上げなさる。気味の悪いことこの上ない。「これを見よ、これを見よ」と仰せになるけれど、「決して見ますまい」と言って、気味悪さに（私は）小部屋に隠れ臥してしまう。

雨がたいそう降って所在ないというので、殿上人を上の御局にお召しになって、管絃のお遊びがある。道方の少納言の、琵琶はとてもすばらしい。済政の箏の琴、行義の笛、経房の中将の笙の笛など見事な音色だ。一通り演奏して最後の琵琶が弾き止んだ時分に、大納言殿が、「琵琶声やんで、物語せんとする事おそし」と朗詠なさったので、隠れ臥していた私も起きてきて、仏罰は確かに恐ろしいけれど、「もののすばらしさは、終わりになりそうにない」と言って笑われる。

七九段

頭の中将が、いいかげんな作り話を耳にして（私を）ひどくけなし、「『どうしてまともな人と思ってほめたのだろう』などと、殿上の間でさんざんおっしゃる」と聞くにつけても気が引けるけれど、「本当ならば何かあろうが、自然と事実を聞いてお考え直しになるだろう」と笑っていると、（頭の中将は）黒戸の前などを渡る時も（私の）声などがする折は袖を顔にふさいで全くこちらを見ず、ひどく憎んでいらっしゃる様子なので、あれこれ言わずに無視して過ごすが、二月末の、ひどく雨が降って所在ない時に、「（頭の中将が）御物忌に籠って、『そうは言っても物足りないことよ。何か言ってやろうか』とおっしゃる」と女房たちが語っても「まさかそのような事はあるまい」などと答えているうちに、一日自分の局で過ごしてから参上したところ、（中宮様は）夜の御殿にお入りになってしまっていた。

長押の下に（女房たちは）灯火を近くに取り寄せて、扁つぎをする。「まあうれしい」

「早くいらっしゃいよ」などと私を見つけて言うが、興ざめな気持ちがして「何のために参上したのだろう」と思われる。炭櫃の所に座っていると、そこにまた大勢（女房たちが）座って（皆で）おしゃべりする時、「何某がお伺いする」と、とても華やかに言う。「妙なこと、いつの間に何の用があるのか」と尋ねさせると、来たのは主殿寮なのだった。「ただこちらに、人づてでなく申し上げるべき事が」と言うので出て行って聞けば、「これを、頭の中将殿が（あなたに）さし上げる。お返事をすぐに」と言う。「たいそう私を憎んでいらっしゃるのに、どんな手紙なのだろう」と思うが、ただちに急いで見るべき物でもないので、「行け、じきにお返事申し上げよう」と言って手紙を懐に突っ込んで、やはりそのまま誰かの話を聞いたりしていると、（主殿寮が）すぐに引き返してきて、『返事がないなら、その先程のお手紙をいただいて来い』と仰せです。早く早く」と言うのが妙で、「伊勢の物語なのか」と思って見ると、青い薄様紙にとてもこぎれいに書いていらっしゃる。どきどきしてしまうような有り様ではなかった。

　　蘭省の花の時錦帳の下

と書いて「下句はどうかどうか」と書いてあるのを、どうしたらよいものか。「中宮様がおいでならばお目にかけるべきだが、この下句を知ったふうにおぼつかない漢字で書いたらそれもひどく見苦しい」と思案する間もなく（主殿寮が）せきたて動揺させるので、ただその詩の先に、炭櫃に消え炭があるのを使って、

草の庵を誰が訪ねてこようか

と書き付けて持たせたけれど、次の返事もない。

皆寝てその翌朝、たいそう早く局に下がったところ、源の中将（宣方）の声で「ここに草の庵はいるか」と仰々しく言うので、「妙ね、どうして人らしからぬ者はいようか。『玉の台』と言ってお探しになるなら、返事もしように」と言う。「ああうれしい、下局にいたことよ。御前で探そうとしたので」と言って、昨夜のいきさつを、

頭の中将の宿直所に、少し話し相手になる者はすべて、六位の蔵人まで集まって、いろいろな人のうわさ、昔や今の事を語り出したついでに、「なおこの者（清少納言）、まったく交際が絶え果ててみると、やはりこのままでいられない」「もしや何か言って来ないかと待っても、全然平気な顔で、すげないのもひどくしゃくだ」「今夜、悪いとも良いとも結論を出して終わりにしよう」と言って、皆で相談したその便りを、「すぐには見るまいと言って奥に入ってしまった」と（戻った）主殿寮が言ったので、また追い返して「ただ手をつかんで有無を言わせず（返事を）求めて手に入れて、持って来ないなら（先の）手紙を取り返せ」と注意して、あれほどひどく降る雨の盛りにやったところ、（主殿寮は）あっという間に帰って来て、「これを」と差し出したのが、さっきの手紙なので、「返してきたか」と目をやると同時に（頭の中将が）声を上げるので、「妙だ」「どうした事か」と

皆が寄って見ると、「たいした盗人よ。やはり捨ててはおけそうにない相手だ」と見て騒いで、「この上の句を付けて送ろう」「源の中将、付けよ」などと、夜の更けるまで付けあぐねて終わったのは、「これからも語り草にすべき事だ」などと皆の意見が一致した。

などと、（源の中将は）たいそうきまり悪いまでに話して聞かせて、「今はあなたのお名前を草の庵と付けたよ」と言って急いでお立ちになったので、「何ともよろしくない名前が末の世まで残るとしたら、不本意なことだ」などと言う頃に、修理の亮則光（が来て）、「格別の御礼言上をしようと、御前にいるかと思ってそちらへ参上してしまったよ」と言うので、「何でしょう、司召などがあるとも聞いていないのに、何におなりになったのか」と問うと、「いいえ、本当にうれしい事が夕べありましたのを、（早く伝えたくて）じれったく夜を明かしていました」「これほど面目ある事はなかった」と言って、最初にあったあれこれを、源の中将がお話しになったのと同じ事を言って、

「ただこの返事しだいでは、〈こかけをしふみして〉、いっさいそんな者がいたとさえ思うまい」と頭の中将がおっしゃるので、居合わせた者が全員で熟考してお送りになったのだが、（使いが）手ぶらで帰って来たのは、かえってよかった。次に持って帰って来た時は、どうだろうと胸がつぶれて、本当に良くない返事ならこの兄人のためにも良くはあるまい

と思ったけれど、並の出来どころでなく、大勢の人がほめて感心して「兄人こちらへ来い、これを聞け」とおっしゃったので、内心はうれしいけれど、「そうした方面には、まったく加えていただけそうにない身でして」と申し上げたところ、「口を出せとか理解しろとかではない、ただ人に語れと聞かせるのだ」とおっしゃったのは、少し残念な兄人の信望でございましたが、「上の句を付けようにも、適当な言葉がない」「ことさらに、再度この返事をすべきだろうか」などと相談し、「良くない歌だと言われては、かえってしゃくだろう」と言って夜中まで集っていらっしゃった。これはわが身のためにもあなたのためにも、この上ない慶事ではないでしょうか。司召に少々の官職を得たとしましても、何とも思われまい。

と言うので、「まったく、大勢でそのような事をしていようとも知らずに、(下手に答えていたら)くやしい結果になるところだった」と、この一件では胸がつぶれる思いがしたことだ。この「妹」「兄人」というのは、主上まですっかりご存じで、殿上でも官職名は言わないで「兄人」と(則光の)呼び名が付けられている。

おしゃべりなどして座っている時に、「何はさておき参れ」と(中宮様が)お召しになったので参上したところ、この一件を仰せになろうとの事だった。主上がお渡りになって(中宮様に)お話し申し上げなさって、「男たちがみな扇に(草の庵の句を)書き付けて持っている」などと仰せになるのには、あきれたこと、何が（あの句を）言わせたのかと思われた。さてその後、（頭の中将は）袖の几帳なども取り捨てて、ご不興も解けなさったようだった。

八〇段

翌年の二月二十何日、中宮様が職の御曹司へお出ましなさった御供には参らずに、梅壺に残っていた次の日、頭の中将のご伝言という事で、「昨日の夜、鞍馬に参詣していたが、今夜は方角が塞がったので方違えに行く。まだ夜が明けないうちには帰る予定だ。どうしても話したい事がある。あまり戸を叩かせないで待っていてくれ」との仰せだったけれど、「局にどうして一人でいるのか、ここで寝よ」と御匣殿がお召しになったのでそちらへ参った。

随分と寝てから起きて局に下がっていると、「昨夜ひどく人が戸を叩いていらっしゃいました。やっと起きて伺候したところ、『上においでか、ならばこれこれと申し上げよ』とお言葉がございましたが、『よもやお起きになりますまい』と思って寝てしまいました」と（下仕えが）語る。「（頭の中将には）非情な事であるよ」と聞くうちに、主殿司が来て、「頭の殿が申し上げなさる、『ただいまお暇するのだが、申し上げるべき事がある』」と言うので、「面倒を見るべき事があって上局へ上ります。そこで（対面しましょう）」と言ってやった。

局での対面は（頭の中将が）簾をひき上げなさるかもしれないと、どきどきして面倒なので、梅壺の東面の半部を開放して「こちらに」と言うと、すばらしい様で歩み出ていらっしゃる。桜襲の綾の直衣のたいそう華やかで、裏の色つやなど、言いようもなく美しいのに、葡萄染めのとても濃い指貫は、藤の折枝模様を派手に乱れ織りして、（袿の）紅色や、打ち出した模様などが、輝くばかりに見える。白や薄色の衣などが、その下にたくさん重なっている。狭い縁に片足は下ろしたまま、少し簾のもと近くに寄って座っていらっしゃる様ときたら、本当に絵に描いて物語ですばらしいと言っているのは、このような姿であろうと思われた。

御前の梅は、西のは白く東のは紅梅で、少し散り頃になっているがそれでも風情があって、うららかに日差しはのどかで、人に見せたい景色だ。御簾の中にまして、年若い女房などで髪が端整にこぼれかかって、などといったような姿で、何やら応答などしているとしたら、いま少し素敵で見所があるはずだが、（実際は）ひどく盛りを過ぎて年のいった人で、髪なども自前ではないからだろうか、所々乱れて散らばって、だいたいが服の色が異なる服喪の時なので、色があるかないかの薄鈍色で、重ねの取り合わせもわからない薄衣などばかり、たくさん着てもまったく見栄えがしないのに、中宮様がいらっしゃらないので裳も付けず、袿姿で座っている自分こそ、雰囲気を台無しにして残念だ。

「職へ参上する」「言付けはあるか」「いつ参上するのか」などと（頭の中将は）おっしゃる。「それはそうと、昨夜は（宿で）夜を明かしてしまわずに、いくらなんでも前もってそう言っておいたのだから待っているだろうと思って、月がたいへん明るい頃に、西の京という所から帰って来るままに局の戸を叩いた時、やっとの事で寝ぼけて起きてきた（下仕えの）様子、応対のつれなさよ」などと語ってお笑いになる。「まったくもって嫌になってしまった。どうしてあんな者を置いているのか」とおっしゃる。「なるほどその通りだったのだろう」と、おかしくも気の毒でもある。しばらくして（頭の中将は）出ていかれた。外から見る人がいたら、おもしろいことに、「中にどれだけ素敵な人がいるのだろう」ときっと思うだろう。（逆に）奥の方から見られたらこの後ろ姿では、「外にそのような素敵な人がいよう」とは思われないだろう。

日が暮れたので（職の御曹司へ）参上した。中宮様の御前に女房たちがとても大勢、主上の女房なども伺候して、物語の良し悪し、気に入らない所などを論じて非難する。（うつほ物語の）涼と仲忠などについて、中宮様も優劣などを仰せになっていた。「まずこれをどう思うか」「はやく説き明かせ」「（中宮様は）仲忠の幼少の頃のいやしさを、しきりに仰せになるのだ」などと（女房が）言うので、「どうして、（仲忠は）琴なども天人が下りてくるほどに弾き鳴らし（涼に劣ろうか）、（涼こそ）とても見劣りする人だ。（仲忠のように）帝の御娘を手に入れたか」と言うと、仲忠のご贔屓たちは勢い付いて「それだから（仲忠が勝る）」などと言う時に、「こんな話などよりは、昼に斉信が参上したのを見たならば、（そなたなら）どれだけ我を忘れて賞賛したろうかと思われた」と（中宮様が）仰せになると、「そうそう本当に、いつも以上に申し分のない姿で」などと（女房が）言う。「まずその事をこそ申し上げようと思って参上したのに、物語の話題にまぎれて」と、先のいきさつなどを申し上げると、「誰もが彼を見たが、とてもこう縫った糸や針目までは注視しなかった」と言って（女房は）笑う。

「西の京という所のしみじみとした有り様を、一緒に見る人があったなら、と思われた。垣などもみな古びて、苔が生えていてね」などと（頭の中将が）語ったので、宰相の君が「瓦に松はあったか」と応じたところ、（頭の中将は）とても感じ入って、「西の方、都門を去れる事いくばくの地ぞ」と口ずさんだ事などを、やかましいまで（人々が）語ったのは、おもしろかった。

［評］斉信については八一段の評を参照されたい。後半、中宮の御前で『うつほ物語』の仲忠・涼優劣論が展開されているが、それぞれ方人（味方となる人）がいて論争しているのは、『源氏物語』絵合巻での藤壺御前の物語絵合を想起させる。本段で仲忠の出生の賤しさが非難されているのは、絵合巻でのかぐや姫が竹の中から生まれたという批

判に通じる。仲忠が皇女を得たことで涼より優れていると作者が反論するのも、かぐや姫が入内しなかったことを非難するのと同じ価値観であろう。

八一段

里にお暇(いとま)している時に、殿上人などが訪ねて来るのをも、穏やかでないと人々は言い立てるようだ。ことに思慮があって控えめな人だという評判は、これまた（私には）ないので、穏やかでないと人が言おうとも腹は立てまい。一方で、昼も夜もやって来る人を、どうして「いない」とまで言ってきまり悪く帰そうか。本当に親しくなどない人も、そんなふうに里まで来るようだ。あまりに煩わしくもあるので、今回は、どこにいると大方には知らせない。左中将経房(つねふさ)の君、済政(なりまさ)の君などだけが居場所を知っていらっしゃる。左衛門(さえもん)の尉則光(じょうのりみつ)が来て話などする時に、「昨日、宰相の中将（斉信）が殿上に参上なさって『妹の居所を、まさか知らぬはずあるまい、言え』としつこくお尋ねになったので、まったく知らない由を申し上げたのに、厳しく問い詰めなさったことよ」などと言って、「事実としてある事は、それに反して言うのはとてもつらい。危うく口がほころびそうだった時に、左の中将がまったくすげなく知らん顔で座っていらっしゃったのを、あの方と目さえ合わせたら笑ってしまいそうだったので、困って台盤の上にあった海藻を取って、ひたすら口に入れて紛らわせたものだから、半端な時間に妙な食い物だと（人は）見ただろうよ。けれど、うまい具合にそれで、そこだとは居場所を申し上げずに済んだ。もし笑っていたらぶち壊しだよ。『本当に知らないようだ』と思われたのも、愉快だった」などと語るので、「決して申し上げなさいますな」などと言ってかなりの日数が過ぎた。

夜がたいそう更けて、門をひどく騒がしく叩くので、「何者が、こうも分別なく部屋から遠くもない門を音高く叩くのだろう」と思って（人に）尋ねさせると、（来たのは）滝口なのだった。「左衛門の尉の」と言って手紙を持ってきている。みな寝ているので、灯火を取り寄せて見ると、「明日は御読経の結願日で、宰相の中将は、御物忌に籠っていらっしゃる。『妹の居場所を申せ申せ』と責められる際には、なす術がない。とてもお隠し申せる自信がない。そこにいるとお知らせ申し上げてよろしいか。どうすべきか、仰せに従うつもりだ」と言ってきている、その返事は書かずに、海藻を一寸ぐらい紙に包んで持たせた。

さて後に（則光が）来て、「先夜は（宰相の中将に）責めたてられて、いいかげんな所をあちこちお連れして回った。本気で叱責するので、何ともつらい。ところで、なぜどうこうとお返事はなくて、意味のない海藻の切れ端を包んでくださったのか。妙な包み物だね。人のもとにそんな物を包んで送るわけがあるか。取り違えたか」と言う。「まったく思い至らなかったのか」という様子が憎らしいので、何も言わずに硯箱にあった紙の端に、素潜りする海女の居場所の海底ではないが、「そこ」とだけでも、決して住みかを言うなと、誰があなたに布を食わせた（目配せした）のだろうか
と書いて差し出したところ、「歌をお詠みになったのか、絶対に見ますまい」と言って紙を扇ぎ返して逃げて行く。
このように親しくして、互いの世話を焼いたりするうちに、これという訳もなく少し仲が悪くなった頃、（則光が）手紙をよこした。「不都合などがありましても、やはりお約束申し上げた向きはお忘れにならずに、他所では私を『そのように（兄である）』とはご覧になってほしいと思う」と言っている。
いつも（則光が）言う事には、「私を思ってくれるような人は、歌を詠んでよこしてはならない。よこせばすべて仇敵と思う。もう限界で、絶交しようと思ったらその時に歌は詠め」などと言ったので、この返事に、
崩れ寄る（吉野川を埋める）「妹背の山」のような私たちの「仲」なので、（見えなくなった）吉野の「川」ではないが、あなたをもう「彼は」兄だとさえ思わないだろう
と言ってやったのも、本当に見ないままだったのだろうか、返事もよこさずそのままになってしまった。
それから、（則光は）叙爵して遠江の介と称したので、憎らしくて（私たちの）関係は終わってしまった。

［評］七九段（長徳元年二月）八〇段（翌年二月）と続いてきた斉信関係の章段が、ここでいったん終結する。「道隆薨去（こうきょ）」「花山院事件」「伊周・隆家（たかいえ）の左遷」「定子の出家」等、主家を襲った大事件の間隙を縫って描かれた三章段だった。時に斉信は道長追従の姿勢を鮮明にし、伊周・隆家に配流の宣命が下された長徳二年四月二四日、宰相を射止めている。本段には宰相となった斉信との絶縁状態が描かれるが、政変が影を落としていることは明らかだろう。本段では最後に、斉信の「家司（けいし）同然」（御堂関白記）と目された橘則光との決別が描かれる。一五六段の源宣方と合わせて、記されない斉信との絶縁譚を、彼らが引き受けた形となる。

八二段

しみじみとした気持ちを人に知らせるようなもの　鼻が垂れて、ひっきりなしにかみながら物を言う声。眉毛を抜く（表情）。

［評］聴覚と視覚の両面から気の毒な思いをそそる物を取り上げている。しみじみとした情感を表現する『源氏物語』の「もののあはれ」とは別次の趣である。

八三段

さて、その左衛門の陣などに行った一件の後、里に退出してしばらく経つ頃に、「早く参上せよ」などとある（中宮様の）仰せ言の端に、

左衛門の陣に行った（あなたの）後ろ姿を、いつも（中宮様は）思い出していらっしゃる。どうして、そうかまわずに古びた恰好でいたのだろう。「たいそうすばらしかろう」と（自分では）思っていたのか。

などと仰せ言があったお返事に、恐縮の旨を申し上げて、私事としては、

どうして（自分では）「すばらしい」と思わないことがありましょう。中宮様におかれても「中なるおとめ」とはご覧になっておいでだったのではと思っておりました。

と申し上げたところ、折り返し、

たいそうなご贔屓らしい仲忠の面目をつぶす事は、どうして申し上げたか。すぐ今夜のうちに、万事うち捨てて参上せよ。そうしないとたいそうお憎みなさるだろう。

と仰せ言があるので、

並みのご不興でさえも大変な事。まして「たいそう」とある文字には、命も身もそのまま捨てて伺います。

と申して参上した。

八四段

職の御曹司に（中宮様が）いらっしゃる頃、西の廂で不断の御読経があるので、仏などをお掛け申し上げ、僧たちが座しているのはもちろんだ。

二日ほどして、縁のもとに卑しい者の声で、「やはり、あのお供えのお下がりがございましょう」と言うので、「どうして（やれようか）、こんな早くには」と（僧が）言うようなのを、「何者が言うのだろう」と思って立って出て見ると、何となく老けている女法師が、ひどく汚れた衣を着て、みすぼらしい様で言うのであるよ。「あれは何を言うのか」と言うと、（女法師は）声を取りつくろって、「自分は仏の御弟子でございますので、お供えのお下がりをいただこうと申すのに、このお坊さんたちが物惜しみなさる」と言う。（私への物言いは）華やいで、優雅だ。このような者は、うちしおれているのが哀れなのに、不快にも華やいでいることよと思って、「ほかの物は食わずに、ただ仏のお下がりだけを食うのか。なんとご立派なこと」などと（私が）言う様子を見て、「どうして、ほかの物もいただかないことがあろうか。それがございませんからこそ、取り立てて申し上げたのだ」と言う。果物や薄い餅などを物に入れて取らせたところ、むやみに仲良くなっていろいろな事を語る。

若い女房たちが出て来て、「夫はいるか」「子はいるか」「どこで暮らすのか」などと口々に問うと、おもしろい事や無駄口などを交えるので、「歌は歌うか」「舞などはするか」と質問も終わらないうちに、「夜は誰と寝よう、常陸のすけと寝よう、寝た時の肌がいい」と、この先もまだたくさんある。また「男山（おとこ）の峰のもみじ葉、さぞ名は立つや、さぞ名は立つや」と頭をぐるぐる振る。ひどく憎らしいので、（女房たちが）笑って嫌がって「行け行け」と言う時に、「（そのまま帰すのは）気の毒というもの、これに何か与えよう」と言うのを（中宮様が）お聞きになって、「何ともいたたまれない事をさせたものよ。聞いていられなくて耳をふさいでいた。その衣を一つ与えて早く下がらせよ」と仰せになるので、「これは中宮様が下さるのだぞ。（おまえの）着物は汚れているようだ。きれいに着よ」と言って投げ与えたところ、伏し拝んで肩に載せて拝舞（はいぶ）するではないか。真に憎らしくて皆が奥へ入ってしまったその後、癖になったのだろうか、（女法師は）常に来てこれ見よがしにうろうろする。

歌のまま（女法師を）「常陸のすけ」と名付けた。着物もきれいにせず相変わらず汚れているので、「（与えた衣は）どこへやったのだろうか」などと憎らしがる。右近の内侍（ないし）が参上した時に、「このような者を（女房たちが）手なずけ慣らして置いているようだ。うまいことを言っていつも来ることよ」と、先日の様子などを、小兵衛（こひょうえ）という人にまねさせてお聞かせなさると、「その者を、何とかして見たいものです。必ずお見せください」「こちらのご贔屓のようね。まさか手なずけて横取りなどしないつもり」などと（右近は）笑う。その後また、尼姿の物乞いでとても品のいい者がやって来たのを、また呼び出していろいろ尋ねると、この者はとても恥ずかしそうで哀れなので、同じように衣を一つお与えになるのを、伏し拝むのはそれでも結構。そして泣いて喜んで去っていったのを、早くもこの常陸のすけは来合わせて目にしてしまった。その後、久しく姿が見えないけれど誰が思い出そうか。

師走の十何日頃に、雪がたくさん降ったのを、女官たちなどに命じて（片付けさせて）縁にとても多く積み置くのを、「どうせなら、庭に本物の山を作らせましょう」ということで侍をお召しになって、中宮様の仰せだと言い付けると集まって作る。主殿寮の官人でお掃除に参上した者なども、皆参加してとても高く作り上げる。宮司なども参上して集って、指図しておもしろがる。三、四人参上した主殿寮の者たちが、気がつけば二十人ほどになっていた。里にいる非番の侍を召しに使いをやったりする。「今日この山を作る人には、出勤日を三日分くださるだろう」、一方「参上しない者は、また同じ日数を停止しよう」などと言うと、聞きつけた者には、あわてて参上するのもいる。里が遠い者には、伝え切る事ができない。作り終わったので、宮司をお召しになって絹を二くくり持たせて縁に投げ出したのを、（主殿たちは）一巻ずつ受け取って、拝みながら腰に差して皆退出した。いつも袍など着ている者は、ところで（今日は）狩衣姿であるよ。

「これは、いつまであるだろう」と（中宮様が）女房たちにおっしゃるので、「十日はあろう」「十何日はあろう」などと、ただ近い日にちを全員が申し上げると、「どうか」と（私に）お尋ねになるので、「睦月の十何日まではありましょう」と申し上げるのを、中宮様におかれても「それはあり得まい」とお思いになっている。女房は皆「年内、月末までも持ちこたえられまい」とばかり申し上げるので、「あまりに遠い日にちを申し上げてしまったことよ。なるほどそこまでは持ちこたえられないだろう。月初めなどと言うべきだった」と内心では思うが、「ままよ、そこまで残ってなくても口に出してしまったことは（貫こう）」というわけで、頑固に言い争った。

二十日の頃に雨が降るが、（雪山は）消えそうな気配もない。少し丈が低くなっていく。「白山の観音、これを消えさせないでください」と祈る私もまともでない。

さて、その雪山を作った日、帝の御使いとして式部の丞忠隆が参上したので、敷物を差し出して話などする時に、「今日、雪の山を作らせなさらない所はない。御前の壺庭でも作らせなさった。東宮でも弘徽殿でも作られた。京極殿でも作らせなさった」などと言うので、

　ここでだけですばらしいと見る雪の山、あちこちに降る雪によって（山を作って）目新しくなくなってしまったことよ

と、傍らにいる人に言わせると、何度も首をかしげて、「返事は、差し上げてお歌を汚すまい。それは馴れ馴れしい。御簾の前で人に披露しましょう」と言って立ち去ってしまった。歌をとても好むと評判なのに、おかしなことだ。中宮様におかれては（それを）お聞きになって、「よほど上手に詠もうと思ったのだろう」とおっしゃる。

月末ごろに、（雪山は）少し小さくなるようだが、それでもたいそう高いままあるので、昼に縁に女房たちが出て座ったりしていると、常陸のすけが出て来た。「どうして（来たのか）、随分と長らく姿が見えなかったのに」と問うと、「いいえどうして、嫌な事がございましたので」と言う。「何事か」と問うと、「何といってもこう思ったのでございます」と言って、長く声を引いて詠み出す。

うらやましい、足も動かせないほどの施し物で、（そのような物を私以外の）どのような人にお与えになるのか（わたつ海の海女ならぬ例の尼でしょう）

と言うのを、憎らしがって笑って皆が無視するので、（常陸のすけは）雪の山に登り、うろうろとまとわりついて行ってしまったその後に、右近の内侍（ないし）に「こういう事があった」と言い送ったところ、「どうして人を付けてよこしてくださらなかったのか。その者がばつが悪くて雪の山まで登ってさまよったようなのは、何ともかわいそう」と返事にあるのをまた笑う。

さて、雪の山は何事もなくて年も改まった。正月一日の日の夜、雪がとても多く降ったのを、「うれしくもまた降り積もったことよ」と見る時に、「これは筋が通らない。最初の部分を残して今の雪はかき捨てよ」と（中宮様は）仰せになる。

（その日は）局へ朝かなり早く下りると、侍の長である者が、柚の葉のような濃緑の宿直衣の袖の上に、青色の紙で松に付けたのを載せて、震えて出てきた。「それはどちらのか」と問うと、「斎院から」と言うので、急にすばらしく思われて、受け取って御前に参上した。（中宮様は）まだお休みになっていたので、まず御帳台の前にあたる御格子を、碁盤など引き寄せて一人で我慢して上げるが、とても重い。格子の片方を持ち上げるので、きしめく音に（中宮様は）目を覚まされて、「なぜそのような事をするのか」とおっしゃるので、「斎院からお便りがございますからには、どうして急いで格子を上げずにおれましょう」と申し上げると、「なるほど本当に早い時間だこと」とお起きになられた。（中宮様が）お便りをお開けになると、五寸ほどの卯槌二つを、卯杖の様に頭などを紙で包んで、山橘、日陰、山菅などで、かわいらしく飾ってあって、お手紙はない。「何もない事はあるまい」というわけでご覧になると、卯杖の頭を包んである小さい紙に、

　山が揺れるほど鳴りわたる斧の響きを訪ねてみれば、卯の日の祝いの杖を切り出す音
であることよ。

お返事をお書きになる間も、（中宮様のご様子は）たいへんすばらしい。斎院には、こちらから差し上げなさるお手紙も、お返事も、やはり格別で書き損じも多く、お心遣いが見

られた。御使いに（与えたのは）白い織物の単と、蘇芳色なのは梅襲のようだ。雪が降りしきる中を肩に掛けて退出する様も、素敵に見える。その時のお返事を知らぬままになってしまったのは残念なことで。

さて、その雪の山は、本物の越の白山だろうかと見えて消えそうにもない。黒くなって見るに忍びない様はしているが、現に勝った気持ちがして、「何とかして十五日を待ち受けさせたい」と祈念する。けれども「七日をさえ越す事はできまい」とやはり（女房たちは）言うので、「何とかしてこれを見届けたい」と誰もが思う時分に、突然（中宮様は）内裏へ三日にお入りになる事になる。「とても残念だ、この山の結末を知らずに終わりそうな事が」と心から思う。他の女房も「本当に知りたかったのに」などと言うのを、中宮様におかれてもそのように仰せになるので、「同じ事なら言い当てて（当日の雪山を）ご覧にいれたい」と思ったけれど仕方ないので、お道具類を運んで、たいそう騒がしい時分に合わせて、木守という者で築地のあたりに廂を差しかけて住んでいるのを縁の下近く呼び寄せて、「この雪の山をしっかり守って、子供などに踏み散らさせないで、壊させずによく守って、十五日まで伺候せよ。その日まであったら、すばらしい褒美を中宮様がくださろう。個人的にも、丁重にお礼を言おう」などとあれこれ話して、いつも台盤所の人が、下仕えなどにやる物を、果物や何やとかなりたくさん与えたところ、にこにこして「実にたやすい事、確かに守りましょう。子供が登りましょうから」と言うので、「それを止めて聞かないような者は（私の方に）申せ」などと言い聞かせて、（中宮様が）内裏にお入りになったので七日までお仕えして里に退出した。その間もこの山の事が心配なので、女官、樋すまし、長女などを使って絶えず（木守を）注意しに行かせる。七日の節供のお下がりなどまでも与えたところ、（木守が）拝んだ事などを皆で笑い合った。

　里にいても、まず夜が明けるやいなや、この雪山を一大事として使いを見分にやる。十日の頃に「十五日を待つくらいはある」と言うので、うれしく思われる。また昼も夜も（使いを）やるうちに、十四日の夜になる頃、雨がひどく降るので、「これで消えてしまうだろう」とひどくがっくりして、「あと一日二日も待ってくれないで」と夜も寝ないで嘆きを口にしていると、聞く人も「正気でない」と笑う。家の人が出て行く時にもそのまま起きていて、下仕えを起こさせるが、まったく起きないのでたいそう憎らしく腹が立って、（ようやく）起きて出て来たのを遣わして雪山を見分させると、「円座の大きさくらいあります。木守は、『完璧に守って子供も近寄らせません。明日の朝までもきっとございましょう。褒美をいただきたい』と申している」と言うので、大変うれしくて、「早く明日になったら、歌を詠んで雪を物に入れて（中宮様に）献上しよう」と思う。とても待ち遠しくてやりきれない。

　暗いうちに起きて、折櫃などを持たせて、「これに雪の白そうな所を入れて持って来い、汚らしそうな所をかき捨てて」などと言って（使いを）行かせたところ、またたく間に持たせた物をぶら下げて、「すでに無くなっていました」と言うのであきれ果てて、うまく詠み上げて人にも語り伝えさせようと、苦吟した歌も、あろうことか無駄になってしまった。「どうしてそんな事になるのだろう。昨日までそれなりに残っていよう物が、夜のうちに消えたという事なのか」と言ってがっくりしていると、「木守が申した事には『昨日たいそう暗くなるまでありました。褒美をいただこうと思っていたのに』と言って、手を打って騒いでおりました」などと言って騒ぐ時に、内裏から仰せ言がある。「さて雪は今日まであるか」と（中宮様の）仰せ言があるので、とてもしゃくで残念だけれど、「『年内、月初めまでさえあるまい』と人々は申し上げたのに、昨日の夕暮れまでありましたのは、本当にたいしたものだと思います。今日までというのは出来過ぎた事でしょう。夜のうちに誰かが憎らしがって取り捨てましたのではと推察していますと、啓上させて下さいませ」などとお返事申し上げさせた。

二十日に内裏に参上した折にも、まずこの事を御前でも口にする。「身は投げてしまった」と言って蓋ばかりを持って来たという法師のように、すぐに（使いが折櫃(おりびつ)を）持って来たのには驚きあきれてしまった事、何かの蓋の上に雪で小山を作って、白い紙に歌を見事に書いてお持ちしようとした事などを申し上げると、（中宮様は）大いにお笑いになる。御前にいる女房たちも笑うので、こんなに一心に思っている事を無にしてしまったのだから、罰も当たろう。本当は十四日の夜、侍どもを遣わして取り捨てたのだ。（そなたが）返事で言い当てたのは、たいそうおもしろかった。その庭番の女が出てきてひたすら手を合わせて懇願したけれど、「これは仰せ言であって、あちらの里から来ているような人にそうと聞かせるな。聞かせたら小屋をぶち壊そう」などと言って、左近の司の南の築地あたりにみな捨ててしまった。「とても固くてたくさんあった」などと（侍は）言うようだったので、じっさい二十日までも持っただろう。今年の初雪も降り添っただろう。主上もお聞きになって、「たいそう深く考えて争ったものだ」などと、殿上人たちなどにも仰せになったことよ。それにしてもその詠んだという歌を語れ。今となってはこうして打ち明けたのだから同じ事、（そなたが）勝ったのだ。

と中宮様も仰せになり、女房たちもそうおっしゃるが、「どうして、それほどつらい話を聞きながら申し上げられましょうか」などと、本当に心から落ち込んで情けながっていると、主上もお渡りになって、「本当に年来は、中宮のお気に入りであるようだと思っていたのに、この一件で疑問符が付いたよ」などと仰せになるので、いよいよ情けなく堪えがたく、今にも泣いてしまいそうな気持ちがする。「ああもう、何とつらい世の中であることか。後から降り積もりました雪を、うれしく思っておりましたのに、『それは筋が違う、かき捨てよ』と仰せ言があったのですよ」と申し上げると、「勝たせまいと（中宮は）お思いになったのだろう」と言って、主上もお笑いなさる。

［評］積善寺供養の段（二六二段）に次ぐ長編となる本段は、長徳四年末の雪山作りを契機にその残存をめぐって展開するが、日付が詳細に記載されるのが大きな特徴。その中に定子が職の御曹司から内裏に還御した「正月三日」が織り込まれている。この日付は他書に見えず、『枕草子』だけが伝えた。勘物が記すように「密儀」だった可能性が高い。雪山にばかり執着する自身を描きながら、第一皇子誕生に繋がる入内年時をさりげなく伝えたわけだ。なお、雪を捨てさせた定子の真意には一切言及がない。両者の信頼関係から見て、ひとり勝ちした清少納言が周囲の反感を買わぬように配慮したものか。ただしここに感謝の言葉は記されず、悔しがる自身の姿が描かれるばかり。だがそれこそが、一条天皇と定子の「笑顔」を見事に際立たせている。

八五段

すばらしいもの　唐錦　飾り太刀　作り仏の木絵。色合い深く花房が長く咲いている藤の花が、松にかかっているの。

六位の蔵人。たいそうな身分の君達でも、とてもお召しになれない綾織物を思いのままに着ているその青色姿などが、とてもすばらしいのだ。（もとは）蔵人所の雑色、地下人の子供たちなどであって、身分の高い人の家の侍所で、四位五位の官職のある人の下でかしこまって、何とも目に入らない者なのに、蔵人になってしまうと、（その変り様には）何とも言えず驚きあきれてしまうよ。宣旨などを持って参上し、大饗の折の甘栗の使いなどとして参上した（蔵人への）態度、その重々しく扱っていらっしゃる様は、どこから降りてきた天人なのだろうと思われる。

御娘が后でいらっしゃる方、あるいはまだ入内前でも姫君などと申し上げる方の所に、主上のお手紙の使いとして（蔵人が）参上していると、お手紙を取り入れる様からはじめとして、敷物をさし出す（女房の）袖口など、（その待遇は）明け暮れ見慣れた者とも思われない。下襲の裾を引き散らして、衛府である蔵人はいま少し素敵に見える。主人がご自身で杯などをお勧めなさるので、蔵人本人の気持ちとしてもどう感じているだろう。ひどくかしこまり、（かつては）跪いていた家の子の君達に対しても、（蔵人は）気持ちばかりは慎んでかしこまっているが、（君達と）同じように連れ立って出歩く。夜、主上が近くでお使いあそばすのを見るにつけては、ねたましいとまで感じられる。

（主上に）親しくお仕え申し上げる三年四年ばかりを、身なり悪く、たいしたことない色を纏って（宮仕え人たちと）交際するようなのは、情けないことだ。叙爵の時期になって、殿上を下りるべき時が近くなるような事さえ、命よりも惜しいはずなのに、臨時の所々の年官年爵をお願い申し上げて殿上を下りるなんて、情けなく思われる。昔の蔵人は（任期満了を控えた）その年の春夏から泣き出したものだが、当世ではいち早く叙爵の競争をする。

博士で学識ある者は、すばらしいと言うのも愚かである。顔は憎らしげで、かなり身分も低いけれど、高貴な人の御前に近付き申し上げて、しかるべき事などを（貴人が）ご下問なさる侍読として伺候するのは、うらやましくすばらしいと思われる。願文、表、何かの序などを作り出してほめられるのも、とてもすばらしい。法師で学識ある者は、これもまたすべて言うまでもない。

后の昼の行啓。一の人のお出掛け、春日詣で。葡萄染めの織物。すべて何もかも紫の物はすばらしいのだ。花も糸も紙も。庭に雪が厚く降りしきっているの。一の人。紫の花の中では、かきつばたが、少し気に入らない。六位蔵人の宿直姿が素敵なのも、紫のゆえである。

［評］「めでたし」は最高に賛美されるべきものをいい、宮廷の美学を代表する装飾品や景物、色彩、官職などが記される。その中にあって、帝に近侍する蔵人への並々ならぬ思い入れの叙述は特筆するべきものであろう。

八六段

優美なもの　ほっそりとこざっぱりした貴公子の直衣姿。愛らしげな童女が上袴などを、ことさらきちんとつけず、ほころびがちな汗衫ぐらいを着て、卯槌や薬玉など（の飾りの組糸）を長く垂らして、高欄のもとなどに扇で顔を隠して座っているの。

薄い鳥の子紙の綴じ本。柳の芽吹いた枝に、青い薄様に書いた手紙をつけてあるの。三重がさねの檜扇。五重がさねは、あまりに厚ぼったくなって、手元のあたりがいかにも不恰好である。あまり新しくはなく、ひどく古びてもいない檜皮葺の屋根に、長い菖蒲をきっちり並べて葺いてあるの。青々とした簾の下から、几帳の帷子の朽木形の模様が実につやつやして、その紐がおのずと風に吹き流れているのは、まことに美しい。白い組紐で細いもの。帽額の色鮮やかなもの。簾の外や高欄で、いかにも愛らしげな猫が、赤い首綱に白い札がついて、いかりの緒や、組紐の長いのなどをつけて引きずって歩きまわるのも、かわいらしく優美である。

五月五日の節会の菖蒲の女蔵人。菖蒲の髪飾りと、赤紐の派手な色でないものを（つけ）、領布や裙帯などの晴れの装束で、薬玉を、親王方や上達部がずらりと立ち並んでいらっしゃる所にさしあげるのは、たいそう優美である。（また薬玉を）受け取って腰にまといつつ、（帝に向かって）舞踏して拝礼なさる所作も、まことに立派である。紫色の紙を包み文（ぶみ）の形にして、花房の長い藤につけたの。小忌衣（おみごろも）を着た貴公子も、まことに優美である。

［評］本段では、前段の「めでたきもの」とは対照的に、格式ばらず優雅でしっとりした美が列挙されている。三重がさねの扇のすっきりした美しさや、五月の節供に関わるもの、白や青の色に「なまめかしき」美を見出している。

八七段

中宮様が五節（ごせち）の舞姫をお出しになるのに、かしづきの女房を十二人（揃え）、他の所では「女御や御息所（みやすどころ）の御方の女房を出すのを不適切とする」と（の指摘も）耳にするが、（中宮様は）どうお考えなのか、中宮女房を十人はお出しになる。あとの二人は女院と淑景舎（しげいさ）の女房で、そのまま姉妹同士である。辰の日の夜、（中宮様は）青摺（あおずり）付きの唐衣（からぎぬ）や汗衫（かざみ）を（かしづきから童女たちまで）皆に着せさせなさった。女房にさえ前もってそうとも知らせず、殿人（とのびと）にはまして徹底的に隠して、すべて装束を整えきって、暗くなった頃に（青摺を）持ってきて着せる。赤紐を素敵に結び下げて、よく光沢を出してある白い衣に、（通常は）型木で摺る模様は絵で描いている。織物の唐衣などの上に着ている青摺は、本当にすばらしいがその中でも、童女はまして幾分かみずみずしい感じでいる。下仕えまで端近に座っている姿に、殿上人や上達部が驚いておもしろがって「小忌の女房」と名付けて、小忌の君達は簾の外に座って（中の女房に）言葉をかける。五節の局を、「日も暮れないうちにみな撤去して、ただみすぼらしくしておくのは、とてもおかしな事だ。当日の夜までは、やはり立派な局のままにしておきたい」と（中宮様が）仰せになって、そうも（舞姫たちを）困惑させたりしない。（女房たちも舞姫のために）几帳などの隙間を綴じ合わせながら（その袖は外に）こぼれ出ている。

小兵衛という女房が、（自分の）赤紐が解けているのを「これを結びたい」と言うと、実方の中将が近寄って直すので、ただ事でない。

山の湧き水は凍っているのに、いかなる氷面がこの日ざしで溶けるのだろう（山藍で染めた小忌衣姿の、冷たいあなたなのに、うちとけるように紐が解けるとはどういうことか）

と（実方が）詠みかける。（小兵衛は）年の若い人で、そうした衆目の集まる場なので、言いにくいのだろうか、返歌もしない。その傍らの女房たちも、ただ見て見ぬふりをしながら何も言わないのを、宮司などは耳を傾けて聞いていたが、時間がかかりそうな様子のいたたまれなさに、別の方から入って、女房のもとに寄って「どうしてこのままにしておられるのか」などとささやくようだ。（私は）四人ほど隔てて座っているので、うまく（返歌を）思いついたとしても言いにくい。それよりもなお、歌を詠むとわかっている人への返歌は「格別でないような出来ではどうしてできよう」と、気後れするのはよくない。歌を詠む人はそういうものではない。会心の出来でなくとも、さっさと詠むものだ。（宮司などが）指を鳴らして回るのが困りものなので、

水面が薄く凍っている氷なので、射す日光で溶け出したに過ぎないのに（上の方を解けやすく結んだ紐なので、日陰の鬘を飾りつけて緩んだだけなのに）

と弁のおもとという女房に伝えさせると、（弁は）動転しつつとても言い通すことができないので、「何と言ったか、何と言ったか」と（実方は）耳を傾けて尋ねるけれど、（ただでさえ）少し言葉のつかえる人が、たいそう気取って、立派に披露しようと思ったので（うまく伝わらず）、（実方が）聞き取れずに終わったのは、かえって恥をかかずに済んだ気がしてよかった。

（舞姫が御殿に）上る際の見送りなどに「気分が悪い」と言って行かない女房をも、（中宮様は行くように）おっしゃったので、いるだけの女房たちで連れ立って（行く様は）、他の所とは異なり、気配りが行き届き過ぎているようだ。（中宮様の）舞姫は相尹の馬の頭の娘、染殿の式部卿の宮の御妹の四の君の御腹で、十二歳でとても愛らしげだった。最後の夜も（舞姫を）背負って担ぎ出す騒ぎもない。（舞った後）そのまま仁寿殿を通って清涼殿

の御前の東の簀子から、舞姫を先にして上の御局に参上した様子もすばらしかった。

八八段

細太刀に平緒をつけて、こぎれいな下男が持って歩くのも、優美だ。

［評］「なまめかしきもの」（八六段）に属するような一文。八六段は、項目にあげた「赤紐」「小忌の君達」などを次段（八七段）に引き継いでいたが、その次にこの一文が来ることで、「なまめかしきもの」との関わりは、ここまでゆるやかに保たれていたことが明らかになる。一方、八七段で取り上げた「五節」は、続く八九段で改めて描き直されてゆく。そもそも伝本に今日のような章段区分はない。こうした複線的な繋がりこそ、雑纂本の妙味と見なすべきだろう。

八九段

内裏は五節の頃が、何となくただ、すべて目に入る人も素敵に感じられる。主殿司の女孺などが、色とりどりの端切れを物忌の札のようにして釵子に付けている様なども、清新に見える。宣耀殿の反橋に、（結い上げた髪の）元結のむら濃染めをとても際立たせて出て座っているのも、何につけ情趣あふれるばかりだ。上の雑仕や、女房に仕える童女も、ここ一番の晴れがましさと思っている、その様ももっともだ。山藍や日陰の蔓などを柳筥に入れて、元服している男などが持って歩く様など、とても素敵に見える。殿上人が、直衣を脱ぎ垂れて扇か何かで拍子を取って、「つかさまさりと、しきなみぞたつ」という歌を歌って、五節の局々の前を通るのは、たいそう慣れているような人でも心が騒ぐに違いないことよ。まして（彼らが）どっと一度に笑ったりしている様は、とても恐ろしい。行事の蔵人の掻練襲は、ほかの衣装より特に美しく見える。褥などが敷いてあるが、とてもその上に座ってなどいられず、控えている女房の身なりをほめたりけなしたりして、五節の頃はそれ以外は頭にないようだ。

　帳台の夜、行事の蔵人がとても厳しく仕切って、「理髪役の女房、二人の童女以外は、誰も入ってはいけない」と（舞殿の）戸を押さえて、小憎らしいまでに言うので、殿上人なども「それでもこの一人くらいは（入れてくれ）」などとおっしゃるが、「（そんな事をすれば）うらやましがられて、どうして（入れられよう）」などと厳格に言うのに、中宮の女房が二十人ばかり、蔵人を物ともしないで戸を押し開けてがやがやと入るので、（蔵人は）あっけにとられて、「何とも、これはどうしようもないご時世だ」と言って立ち尽くしているのもおもしろい。それにつけ込んで、介添えの女房たちもみな入る。（蔵人の）様子は、ひどくいまいましそうだ。主上もお出ましになって、おもしろいとご覧になっていらっしゃるようだ。灯台に向かって居眠りしている舞姫の顔なども、かわいらしい。

［評］五節をめぐる随想と、寅の日（二日目）や丑の日（初日）の体験が記されている。辰の日（豊明節会）を描いた八七段とあわせて、正暦五年、中宮が主導した五節のリポートとなっている。この時期の中宮女房は、数にまかせて舞殿に押し入ったりする一方、実方に誰も返答できないなど、個々人はまだ「つつましさ」に囚われていたようだ。翌年四月に道隆が薨去し、これが定子が関わった最後の五節となったが、小忌衣の新趣向など、人々に与えた鮮明な印象を『枕草子』だけが後世に伝えた形となる。

九〇段

無名という名の琵琶の御琴を、主上が持っておいでになった時に、（皆で）見たりして「かき鳴らしたりする」と言うので、（私は）弾くというのではなく緒などを手でまさぐって、「この琵琶の名だが、何と言ったか」と（女房から中宮様に）申し上げさせると、ただ「何ともはかなくて、名もない」とおっしゃったのは、やはりとてもすばらしいと思われた。

淑景舎などがおいでになって、お話しなさるついでに、「私のもとに、いかにも風情ある笙の笛がある。亡き殿がお与えくださった」とおっしゃるのを、僧都の君（隆円）が、「それは隆円にお譲りください。私のもとにすばらしい琴の琴がございます。それと交換してくださいませ」と申し上げなさるのを、（淑景舎は）聞き入れもなさらずに他の話をなさるので、（僧都の君は）お返事をいただこうと何度も申し上げなさるけれど、やはり何もおっしゃらないので、中宮様が『いなかへじ（いや取りかえまい）』とお考えなのに」とおっしゃったご様子が、たいそう見事なことこの上ない。

この御笛の名は、僧都の君もお知りになることができない名だったので、ただ恨めしくお思いのようだ。これは職の御曹司に中宮様がいらっしゃった頃の事だったか。主上の御前に「いなかへじ」という御笛がございますその笛の名なのだ。

御前にございます物は、御琴も御笛もみな珍しい名が付いている。玄上、牧馬、井手、渭橋、無名など（の琵琶）。また和琴なども、朽目、塩釜、二貫などと申し上げる。水龍、小水龍、宇多の法師、釘打、葉二つと、あれこれとたくさん聞いたけれど忘れてしまった。「宜陽殿の一の棚に」という言いぐさは、頭の中将が（口癖に）なさったことだ。

［評］「無名」という琵琶の名を冒頭に掲げるのは、「名もなし」という定子のしゃれの種明かしとなってしまい、構成に難があるようにも見える。「いなかへじ」の逸話では

その難が回避されているので、ここはむしろ「無名」への特別な思いがそうさせたか。後に彰子に譲られたその琵琶（注2）を、他ならぬ一条天皇と定子との思い出の品として、書き手は記録に残したわけだ。両人の姿は、後に「枕草子絵巻」に描かれることになる。

九一段

上（うえ）の御局の御簾の前で、殿上人が一日中琴や笛を吹き奏でて過ごして、灯火をお灯しする頃に、まだ御格子はお下げしないのに灯火を差し出したところ、戸の開いている部屋の中が丸見えなので、（中宮様は）琵琶の御琴を立ててお持ちになっている。紅のお召し物などで、言うまでもなく見事な袿（うちき）、また糊の張ってあるのなどを何枚もお召しになって、とても黒くつやのある琵琶に、御袖をうち掛けて（それを）抱えていらっしゃるだけでもすばらしいのに、琵琶の脇から御額のあたりが何とも白くすばらしく、くっきりと外れて（見えて）いらっしゃるのは、喩えようもないことよ。そばに座っていらっしゃる女房に近寄って、「（琵琶で顔を）半ば隠していたという女も、このように美しくはあり得なかったろう。あちらは高くはない身分だったようだ」と（私が）言うのを、（女房が）道もない所をかき分けて参上して申し上げると、（中宮様は）お笑いになって、「別れは分かっているか」と仰せになるのも本当にすばらしい。

しゃくにさわるもの　人の所にこちらから送る手紙も、人の手紙の返事も、書いて送ってしまった後、言葉を一つ二つ思い直した時。急ぎの物を縫う際に、「うまく縫った」と思うのだが、針を引き抜いたところ、初めに糸の端を結ばなかったのだ。また、裏返しに縫ったのもしゃくにさわる。

九二段

南の院に中宮様がいらっしゃる頃、「急ぎの御縫い物だ。誰も彼も時を移さず、大勢で縫って差し上げよ」ということで（皆に布を）お与えになったので、南面に集まってお召し物の半分ずつを、「誰が早く縫うか」と近くで向かい合わずに縫う様子も、とても正気と思えない。命婦の乳母が、とても早く仕上げ終えてさっと置いたのは、ゆき丈の片身頃を縫った物なのだが、後ろ向きなのを気付かず、糸の結び目も仕上げ終えずにあわてて置いて立ってしまったが、御背を合わせたところ元々裏表が違っていたのだ。笑い騒いで「早くこれを縫い直せ」と言うのに、（命婦は）「誰が下手に縫ったと知って直そうか。綾などならば裏を見ないような人も（分かるから）『いかにも』と直そうが、これは無紋のお召し物なので何を目印にしようか。直す人は誰でもいるだろう。まだ縫っていらっしゃらない人に直させよ」と言って聞かないので、「そう言っていられようか」ということで、源少納言、中納言の君などという人たちが、おっくうそうに取り寄せてお縫いになったのを、（本人が）見やって座っていたのはおもしろかった。

風情のある萩、薄などを植えて眺める間に、長櫃を持った者が、鋤などを引きさげて、どんどん掘って持ち去ったのは、やりきれずしゃくにさわる。まずまずの身分の人などがいる時は、そのようにはしないものを。懸命に止めるけれど、「ほんの少し」などと軽く言って行ってしまうのは、情けなくしゃくにさわる。

受領などの家に、しかるべき所の下男などが来て無礼そうに口をきき、「だからといって、自分をどうもできまい」などと思っているのは、本当にしゃくにさわる感じだ。

見たい手紙などを、人が奪って庭に下りて見て立っているの。とてもやりきれず、いまいましく思って追って行くけれど、簾の所に留まって（外を）見て立ち尽くしている気持ちときたら。今にも飛び出して行きたい気持ちがする。

九三段

いたたまれないもの　客人などに会って話をする時に、奥の方で無遠慮な話などをするのを、制することもできずに聞く気持ち。好きな人がひどく酔って同じ言動をしているの。

（当人が）聞いていたのを知らずに、その人の身の上を話しているの。それはたいした内容ではないが、召し使う人などの場合でさえ、（当人に聞かれては）とてもいたたまれない。外泊している所で、賤しい者どもがずっとふざけているの。かわいげない幼児を、（親が）自分のいとしい気持ちにまかせていつくしみ、かわいがり、その子の声のままに言った事などを語っているの。才学ある人の前で、才学ない人が知ったような口で人の名などを言っているの。ことさら良いとも思われない自分の歌を人に語って、人がほめたりしている次第を（自分に）言うのも、聞いていられない。

［評］「かたはらいたし」は傍から見れば痛々しいのにもかかわらず、当の本人が気づかず、その時に抱く心情。本段では、その心情が他者の「語る」「話す」といった行為から生まれていることも特徴的である。

九四段

あっけにとられるもの　挿し櫛をこすって磨くうちに、何かに突き当たって折った時の気持ち。牛車がひっくり返っているの。そのような巨大な物は、倒れようもあるまいと思ったのに、ただ夢のような気持ちがして、あっけにとられてどうにもならない。

当人にとって、恥ずかしく具合の悪い事を、遠慮もなく言い続けているの。必ず来るだろうと思う人を、一晩中起きたまま待って、未明頃にふと忘れて寝入ってしまったが、烏（からす）がすぐ近くで「かか」と鳴くので、少し目をあけたところ昼になってしまったのは、まったくあっけにとられる。

見せてはいけない人に、ほかへ持って行く手紙を見せているの。まったく身におぼえのない事を、人が面と向かって反論させようもなくしゃべっているの。何かをすっかりこぼした時の気持ちは、本当にあっけにとられる。

［評］前段がすべて他者の行為について驚きあきれたものを取り上げたのに対して、本段は自分の行為もふくめて、意外な成り行きに失望する、がっかりする事柄を列挙している。古語の「あさまし」は稀に称賛を表す場合もあったが、概ね悪い意味で使われ、現代の「あさましい」に通じる。

九五段

残念に思うもの　五節（ごせち）、御仏名会（みぶつみょうえ）に雪が降らないで雨が空一面を暗くして降っているの。節会などに、しかるべき御物忌があたっているの。準備して、早く早くと待つ行事が、差しさわりあって、急に中止になってしまうの。管絃の遊び、もしくは見せるべき事があって、呼びにやった人が来ないのは、実に残念だ。

男も女も法師も、出仕する所などから、同じような（身分や趣味）の人が、一緒に寺へ参詣し、どこかへ出掛ける時に、風流に（車から衣装が）こぼれ出て、支度は万全で、言ってみれば「異様だ、あまりに見苦しい」とでも（人が）見るに違いない様であるのに、しかるべき人が馬でも車でも出会うことなく終わってしまうのは、とても残念だ。がっかりしては、「風流心ある身分低い者などの、人などに必ず語りそうな者がいてほしい」と思うのも、本当にどうかしている。

［評］「くちをし」は自分の運命を嘆くような重々しい例もあるが、ここでは期待していたことが思い通りにならなかったことを嘆く、より軽い気持ちである。特に晴れの儀式が雨や中止で台無しになったり、趣向を凝らした出衣が評価されなかったりした時の無念さが描かれるのである。

九六段

五月の御精進（みそうじ）の時分、職（しき）の御曹司（みぞうし）に中宮様がいらっしゃる頃、塗籠（ぬりごめ）の前の二間（ふたま）分の所を特別にしつらえたので、普段と様子が違うのもおもしろい。

月初めから雨がちで終日曇っている。「所在ないことよ、ほととぎすの声を尋ねに出かけたい」と（私が）言うと、「私も私も」と出立する。賀茂の奥に「何さき」といったか、七夕の渡る橋ではなくて気に入らない名で知られた（所があり）、「そのあたりでほととぎすが鳴く」と人が言うと、「それはひぐらしだ」と言う人もいる。「そこへ（行こう）」ということで五日の朝に、宮司に車の手配を頼んで、北の陣から（来た車を）「五月雨の時期は咎められないものだ」ということで殿舎にさし寄せて、四人だけで乗って行く。（ほかの女房は）うらやましがって「やはりもう一台の車でいっそのこと（同行しよう）」などと言うけれど、「だめ」と（中宮様が）仰せになるので、（女房の言葉は）無視して薄情なさまで出かけてゆくと、馬場という所で人が大勢で騒ぐ。「何をするのか」と問うと、「演習で馬から弓を射るのだ。しばしご覧になっていらっしゃい」と言って（供人が）車を停めた。「左近の中将、みな着座なされよ」と言うが、そのような人も見えない。六位などがうろうろしているので、「見たくないことよ。早く通り過ぎよ」と言って（車を）先へ進めて行く。道中も、賀茂の祭の頃が思い出されて趣深い。

こう言う所に明順の朝臣の家があった。「そこもさあ見よう」と言って、車を寄せて降りてしまう。田舎風で簡素で、馬の絵が描いてある障子、網代屏風、三稜草の簾など、ことさら古風な様を模している。家屋の様子も仮初め風で、廊のように端近で奥行きはないけれど風情ある所に、本当にやかましいと思うほど鳴き合っているほととぎすの声を、残念ながら中宮様にお聞かせ申し上げることなく、あれほど来たがった人たちなのに（聞かせられないことだ）と思う。「こんな所では、こうした事を見るといい」と言って（明順は）稲という物を取り出して、若い下賤の者たちで汚なげではない、そのあたりの家の娘などを連れてきて、五、六人で脱穀させ、また見たこともないくるくる回る物を、二人で引かせて歌を歌わせたりするのを、珍しくて笑う。ほととぎすの歌を詠もうとしたのも、まぎれてしまう。

　唐絵（からえ）に描いてある懸盤（かけばん）で（私たちに）物を食べさせたのに、見向きする人もいないので、家の主人（明順）は、「何ともやぼったい。こうした所に来てしまった人は、下手をすれば主人が逃げ出してしまうくらい責め立てて召し上がるべきだ。むやみにこうして（召し上がらないの）は、都の人らしくない」などと言って座を盛り立てて、「この下蕨（したわらび）は自分で摘んだ」などと言うので、「どうして、そのように女官などみたいに（懸盤に）着いて並んで食べられようか」などと笑うと、「ならば取り下ろして（召し上がれ）、いつもの『這い臥（ぶ）し』に慣れていらっしゃるあなた方なのだから」と言ってうるさく世話を焼くうちに、（供人が）「雨が降ってくる」と言うので急いで車に乗る際に、「ところでこの（ほととぎすの）歌は」「ここで詠もう」などと（誰かが）言うと、「それもそうだが」「帰り道にでも」などと言って皆で車に乗ってしまう。

卯の花が見事に咲いているのを折って、車の簾や、脇などに挿し（それでも）余って、屋根や棟木などに長い枝を（菖蒲を）葺いたように挿したところ、（車の様は）ただ卯の花の垣根を牛に取り付けたかに見える。供の男たちも、たいそう笑いながら「ここがまだだ、ここがまだだ」と互いに挿し合っている。

「誰か行き会ってほしい」と思うが、さっぱりで、みすぼらしい法師、賤しくつまらない者だけが、まれに目に入るので、とても残念で、「（大内裏）近くに来てしまうのに、本当にこのままで終わるのはどうか。この車の有り様を人に語り草にさせて終わりたい」というわけで、一条殿のあたりに車を停めて「侍従殿はいらっしゃいますか。ほととぎすの声を聞いて今帰るところ」と言わせた、その使いが、「（侍従殿は）『ただいま参ります、しばし（お待ち下さい）あなたさま』とおっしゃっている。侍所でくつろいだ姿でいらっしゃったところで、急いで立って指貫をお召しになった」と言う。「待つ必要もない」と言って車を走らせて土御門の方へ向かわせると、（侍従殿は）いつの間に装束を着けたのか、帯は道々に結んで、「しばらくしばらく」と追って来る。供に侍が三、四人ばかり、履物もはかずに走るようだ。「早くやれ」と、いっそう車を急がせて土御門に行き着いてしまう頃に、ひどく息を切らせておいでになって、この車の様をたいそうお笑いになる。「本当の人間が乗っているなんて、まったく思えない。やはり降りて見なさい」などと（侍従殿が）お笑いになるので、供をして走った人も、一緒におもしろがって笑う。

「歌はどうかね、それを聞こう」と(侍従殿が)おっしゃるので、「今から、中宮様にご覧に入れてその後で」などと言ううちに、雨が本当に降って来てしまう。「どうして、他の御門と異なり、土御門に限って屋根もなく作り始めたのだろうかと、今日という今日は実に憎らしい」などと言って、「どうやって帰ったらよいものか。こちらの方へは『ひたすら遅れまい』と思ったので人目も気にせずつい走ってしまったが、(あなた方が)奥に行くのだとしたら何とも興ざめだ」とおっしゃるので、「さあ一緒にいらっしゃい、中へ」と言う。「烏帽子では、どうして(行けよう)」「(では)取りに人をおやりなさい」などと言う時に、(いよいよ)本降りになるので、笠もない供人たちは、(車を門内に)懸命に引き入れてしまった。一条殿から傘を持ってきたのを(侍従殿は)ささせて、振り返りつつ、今度はのろのろと大儀そうに、卯の花だけを手に取っていらっしゃるのもおもしろい。

そうして(中宮様のもとに)参上したところ、有り様などをお尋ねになる。(行けなくて)機嫌を損ねた女房たちは、恨みを言って不快がりながらも、藤侍従(公信)が一条の大路を走った様子を語ると、みな噴き出してしまう。「それでどうしたの、歌は」と(中宮様が)お尋ねになるので「これこれで(詠めませんでした)」と申し上げると、「残念なことよ、宮中の人などが聞いたとしたら、どうして趣ある事が全くなくて済まされようか。その(ほととぎすを)聞いたという所で、さっさと詠めばよかったのだ。あまりに格式ばったようなのがよくない。ここででも詠め。本当に情けない」などとおっしゃるので、ない。

「もっともだ」と思うと実につらいので、（歌の）相談などする時に、藤侍従（から文が来て）、さっきの（持ち帰った）花に付けて卯の花襲の薄様紙に書いてある。この歌は記憶に

「この返歌をまずしよう」などと、硯を取りに局に人をやると、「いいからこれを使って、早く詠め」と（中宮様は）御硯箱の蓋に紙などを入れてお下しになった。「宰相の君、お書きなさい」と（私が）言うのを、「やはりあなたが」などと（宰相が）言ううちに、空一面を暗くして雨が降って、雷も恐ろしく鳴っているので、頭が真っ白になる。ただ恐ろしいので御格子を一心にお下げしてまわった時点で、返歌の事も忘れてしまう。

かなり長く（雷は）鳴って、すこし止む頃には暗くなってしまう。「今すぐに、やはりこの返事を差し上げよう」ということで取り掛かるが、様々な人、上達部などが雷のお見舞い言上に参上なさっているので、西面に出て座ってお話し申し上げたりするうちに、（返歌のことは）まぎれてしまう。私以外の人は、「とはいえ（返歌するなら）、名指しで受け取った人がしてほしい」ということで手を引いてしまう。「やはり、この（歌の）事に縁がない日のようだ」とがっくりして、「今となっては何とかして『ほととぎすを聞きに出かけた』とさえ人に広く知らせないようにしよう」などと（私は）笑う。「今からでも、どうしてその出かけた人たちだけで詠まないのだろう。けれど（詠まないのは）『詠むまい』との了見だろう」と、不興そうなご様子なのも実に愛らしい。「けれど、今となって

は興ざめになっておりますので」と申し上げる。「興ざめなはずがあるか」などと（中宮様は）おっしゃったけれど、それで（歌の件は）終わってしまった。

二日ほどたって、その日の事などを話題に出すと、宰相の君が、「どうだったか、『自分で手折った』と（明順が）言った下蕨は」とおっしゃるのを（中宮様は）お聞きになって、「思い出す事ときたら」とお笑いになって、散らばっていた紙に、

　下（した）蕨が恋しいことよ

とお書きになって「上の句を言え」と仰せになるのも、とても興味深い。

　ほととぎすを訪ねて聞いた声よりも

と書いて差し上げたところ、「何とも憚りのないことよ。このような歌にしてまで、どうしてほととぎすの事を書いたのだろう」と言ってお笑いになるのも、恥ずかしいけれど、

　いいえ。この歌というものを詠みますまいと思っておりますので。何かの折など、人が詠みますような時にも、「詠め」などと仰せになるのなら、伺候できそうにない気がします。実にどうして、歌の字数を知らないとか、春には冬の歌を、秋には梅、桜の歌などを詠むようなことはありましょうか。けれども「歌をよく詠む」と言われた家の子孫は、少しは人よりまさって、「その折の歌は、これこそ見事であった」「そうは言うが、あの歌人の子であれば（当然か）」などと言われればこそ、詠み甲斐ある心地もするでしょう。（実

際は）まったく抜きん出た所もなくて、それでもたいそうな歌らしく、「我こそは」と思っているかのように真っ先に詠み出しましたなら、亡き人のためにも迷惑ですから。と、真剣に申し上げると（中宮様は）お笑いになって、「それならば、そなたの心に任せる。私は『詠め』とも言うまい」とおっしゃるので、「とても気が楽になりました」「今はもう歌の事は気にかけまい」などと言っている頃、庚申待ちをなさるということで、内大臣殿（伊周）が、たいそうな心積もりをなさっている。

夜が更ける頃に、（内大臣は）題を出して女房にも歌を詠ませなさる。みな色めき立ち、しぼり出して詠んでみせるのにも、（私は）中宮様の近くに伺候して、何か申し上げたり別の話ばかりしているのを、大臣はご覧になって、「どうして歌は詠まないでむやみに離れて座っているのか。題を取れ」と言って（題を）下さるが、「さる事を（中宮様から）承って、歌を詠まないつもりでおりますので、考えておりません」と申し上げる。「それは異な事、本当にそのような事があるのですか。どうして、そのようにお許しになられたのか」「実にあるまじき事だ。よかろう、他の時は知らないが、今宵は詠め」などとお責めになるけれど、さっぱり聞き入れないで伺候していると、人々がみな詠んだ歌を出して良し悪しなど評定される頃に、（中宮様は）ちょっとしたお手紙を書いて投げてお寄こしになった。見ると、元輔の子と言われるあなたともあろう人が、今宵の歌会に加わらないでいるのかとあるのを見るにつけ、すばらしい事この上ないではないか。（私が）たいそう笑うので、「何事だ、何事だ」と大臣もお尋ねになる。

その人の子と言われない我が身であったならば、今宵の歌を真っ先に詠もうものを遠慮する事がございませんでしたら、千の歌だってこの口から出てまいるでしょうと中宮様に申し上げた。

［評］後半に登場する伊周は、長徳の変以後では唯一の登場場面となる。帰京後の伊周は法師のように精進潔斎していたと伝えられるが（栄花物語）、事件時が九月四日ならば（補注四）「九月の御精進」に合わせた来訪だったか。伊周の呼称は内大臣時代も「大納言（殿）」で統一されているので（七八・一〇一段）、内大臣と記されるのは本段と跋文のみ。歌会を主導するなど、往時と変わらない姿に見えるが、衣装や言動に対する賛美がない点、政変前とは描き方が異なる。詠歌をめぐる逸話によって中宮との絆を描きつつ、いまだ復権前の伊周をさりげなく登場させた所に、書き手の趣意が見て取れる。

九七段

職の御曹司に中宮様がいらっしゃる頃、八月十何日の月が明るい夜、右近の内侍に琵琶を弾かせて、（中宮様は）端近くにいらっしゃる。女房たちで何か話したり笑ったりする時に、（私は）廂の間の柱に寄りかかって物も言わずに伺候していると、「なぜこのように静かなのか。何か言え、つまらないから」と（中宮様が）仰せになるので、「ただ秋の月の心を見ておりますのです」と申し上げると、「いかにも言い得ていよう」と仰せになる。

九八段

中宮様のお身内の方々、君達、宮中の人など、御前に人がとても多く伺候しているので、廂の間の柱に寄りかかって女房とおしゃべりなどして座っている所に、（中宮様が）何か投げてお寄こしになったのを、開けて見たところ、「そなたを思うべきか否か、人が（思われるとして）第一でないならどうか」とお書きになっていらっしゃる。

御前で話などをするついでにも、「すべて人に一番に思われなくては何にもならない。（一番でないなら）ただひどく、かえって憎まれ、悪く扱われたい。二番三番では死んでもいたくない。一番でこそありたい」などと（私が）言うので、「一乗の法のようだ」などと女房たちも笑うその筋の事のようだ。

筆や紙などを下さったので、「九品蓮台の間に入れるなら下品であっても」などと書いてさしあげたところ、「ひどく気弱に考えたことよ。とてもよくない。言い切った事は、そのまま通すのがよい」とおっしゃる。「それは相手によりけりです」と申し上げると、「それがよくないのだ。第一の人に、また一番に思われようと思うがよい」と仰せになるのが、たいへんすばらしい。

［評］前段同様、廂の間の柱に寄り掛かっている清少納言に、定子が言葉を掛けている。「琵琶引」の秀句が評価された前段とは反対に、本段の答えは定子を満足させなかった。気の利いた秀句が奨励され、かつ品評されていた後宮の気風を伝える逸話の一つで、清少納言を感服させた定子の矜持が印象深い。

九九段

中納言が参上なさって、御扇を（中宮様に）献上なさる時に、「隆家は、すばらしい扇の骨は手に入れております。それを（紙を）張らせてさしあげようとするにあたり、並たいていの紙は張るわけにいかないので、探しているのでございます」と申し上げなさる。「どのようなものなのか」と（中宮様が）お尋ね申し上げなさると、「すべてすばらしいのでございます。『全く今まで他には見ない骨の有り様だ』と人々が申します。そのとおり、これほどの物は目にすることはできなかった」と声高におっしゃるので、「それならば扇のではなくて、くらげの（骨）であるようだ」と申し上げると、「これは隆家の（言った）事にしてしまおう」と言ってお笑いになる。

このようなこと（を書くの）は「いたたまれない事」の中に入れてしまいたくなる（書けばいたたまれなくなりそうだ）けれど、「ひとつも落とすな」と（人が）言うので、やむをえない。

［評］藤原隆家を中心人物として描く唯一の章段。定子亡き後、長保四年（一〇〇二）に復権を果たして一家の中で存在感を増していった隆家だが、作中では定子や伊周らと比べて活躍の場に乏しい。貴重な登場場面となる本段でも、いわば対話のスキル不足が浮き彫りとなっている。それはそれで微笑ましくあるが、この記事の掲載にあたっては、ひと言弁明が必要だったのだろう。ただ次段と合わせれば、相手の秀句を「笑って受け入れた隆家」と「自分の功績だと強弁する信経」とで器の大小が際立つ形となる。

一〇〇段

雨が長々と降る頃、今日も降るなか、主上の御使いとして式部の丞信経（じょうのぶつね）が参上している。

いつもどおり敷物をさし出したのを普段よりも遠くに押しやって座っているので、「誰が使う物なのか」と言うと、（信経は）笑って、「このような雨に（敷物に）上りましたら、足形が付いて、実に具合悪いことに汚くなってしまうでしょう」と言うので、「どうして、せんぞく料にはなろうに」と（私が）言うのを、「これはあなた様がうまく仰せになったのではない。信経が足形の事を申し上げなかったら、おっしゃることはできなかったろうに」と、繰り返し言ったのはおもしろかった。

かつて、中后の宮に「えぬたき」といって名高い下仕えがいた。美濃の守として亡くなった藤原時柄が、蔵人だった折に、下仕えたちがいる所に立ち寄って、「これがこの名高い『えぬたき』か、なぜそのようにも見えないのか」と言ったその返事に、「それは時柄（その時しだい）で、そうも見えるのだろう」と言ったというのは、「相手として選んでも（みたい）。そのような（あっぱれな）事はどうしてあろうか」と上達部や殿上人までおもしろいことだとおっしゃった。また実際おもしろかったのだろう、今日までこのように言い伝えるのは。

と、申し上げた。「それはまた、『時から』が言わせたのでしょう。すべてただ『題から』（題しだい）で、詩文も歌も良い出来になる」と（信経が）言うので、「なるほどそれもそうだ。ならば題を出そう、歌をお詠みください」と言う。「たいへん結構」と（信経が）言うので、「（一つの題など）どうして出せようか。どうせなら、たくさんお出ししましょう」などと言う頃に（中宮様の）お返事が出てきたので、「ああ恐ろしい、退散いたします」と言って出ていってしまうのを、「相当に漢字も仮名もひどい字で書くのを人が笑ったりする、（それを）隠しているのだ」と（人が）言うのもおもしろい。

（信経が）作物所の別当をする頃、誰の所に送ったのだろうか、何かの絵図面を送るといって、「この通りにお作りするように」と書いてある漢字の様、その字が見たことがないほど妙なのを（私が）見つけて、「この通りにお作りしたら、異様になるに違いない」と（書き加えて）殿上の間に送ったところ、人々が手に取って見てたいそう笑ったので、（信経はその時）大いに腹を立てて（私を）憎んだことよ。

［評］作物所の別当時代（長徳二年五月以降）の信経に、清少納言はあえて怒りを買うような仕打ちをしている。同年六月には定子が暮らしていた二条北宮が焼亡しているが、不足した調度類などについて信経と何らかの遣り取りがあったか。政変の直後でもあり、彼の応対がすげなかったのかもしれない。本段前半はその約一年後、二人が再会した際の逸話となるが、言葉の端々に棘がある。

一〇一段

淑景舎が、東宮に入侍申し上げなさる頃の事など、どうしてすばらしからぬことがあろうか。

正月十日に参上なさって、お手紙などは頻繁にやりとりするけれどまだご対面はないのを、二月十何日かに、中宮様のもとにお渡りになるべくお便りがあるので、いつもよりもお部屋の飾りつけを格別に磨き整え、女房などみな心配りしている。夜中ごろに（淑景舎が）お渡りなさったので、さほど時を経ずして夜が明けてしまう。

登花殿の東廂の二間に、お部屋の飾りつけはしている。（淑景舎は）宵にお渡りになって、翌日も（そのままこちらに）いらっしゃるはずなので、その女房は配膳室に向き合った渡殿に控えているのだろう。殿（道隆）、上（貴子）は、未明に一台の車で参上なさったのだった。翌朝、たいそう早く御格子をすべてお上げして、お部屋の南側に四尺の屏風を、西と東にお敷物を敷き、北向きに立てて、（御座には）御畳と御褥ばかりを置いて、御火桶をご用意申し上げている。御屏風の南や、御帳台の前に、女房はとても大人数で伺候する。

まだこちらで御髪など整えてさしあげる頃、「淑景舎は拝見したか」と（中宮様が）お尋ねになるので、「まだどうして（拝見できましょうか）。御車寄せの日、ただ御後ろ姿ばかりをわずかに」と申し上げると、「その柱と屏風との際に寄って、私の後ろからこっそり見よ。とても愛らしい君であるよ」とおっしゃるので、うれしくも拝見したい気持ちがたかまって、はやく（その時が来ないか）と思う。（中宮様は）紅梅の固紋、浮紋のお召し物などと、紅の砧で打ったお召し物を、三枚（の袿）の上にただひき重ねて着用なさっている。「紅梅には濃き色の衣が素敵なのだが、着ることができないのが残念だ。今は紅梅の衣は着ないでおきたいものだ。けれど（紅梅を選んだのは）萌黄などがいやだから。紅に合わない所が」などとおっしゃるけれど、（そのままでも）実にたいそうすばらしく見えていらっしゃる。着用なさるお召し物の色ごとに、そのままお顔のつやに映えていらっしゃるのを（目の当たりにして）、「やはりもうひとりの高貴な人も、同じようでいらっしゃるのだろうか」と拝見したくなる。

それから、（中宮様は）膝行してお入りになってしまうので、そのまま（私が）御屏風にくっついて覗くのを、「みっともなく見える」「気がかりな振る舞いであることよ」と聞こえるように言う女房たちも、おもしろい。襖障子がとても広く開いているので、とてもよく見える。北の方（貴子）は白いお召し物を何枚かと、紅のぱりっとした衣を二枚ほど（お召しで）、女房の裳のようだが、それを引きかけて、奥に寄って東向きに座っていらっしゃるので、ただお召し物などが見える。淑景舎は北に少し寄って、南向きに座っていらっしゃる。紅梅（の袿）を何枚も濃く薄く（変化をつけて）、その上に濃い綾のお召し物を、

（一番上に）少し赤みを帯びた小袿で、蘇芳の織物を、（その下に）萌黄の若々しい固紋のお召し物を着用なさって、扇をしっかりと（あてて）顔を隠していらっしゃるのが、すばらしく、本当に美しく可憐に見えていらっしゃる。殿は薄色の御直衣、萌黄の織物の指貫に、紅のお召し物を何枚か（召され）、（直衣の）御紐を締めて、廂の間の柱に背中を当ててこちら向きに座っていらっしゃる。（娘たちの）すばらしいご様子に、にこにこしながらいつもの冗談をおっしゃる。淑景舎がいかにも可憐そうに、絵に描いてある姫君のように座っていらっしゃるのに対して、中宮様はとても落ち着いて、いま少し大人びていらっしゃるご様子が、紅のお召し物と輝き合っていらっしゃるのは、やはり匹敵する方はどうして他にあろうかと見えていらっしゃる。

御手水を差し上げる。かの御方（淑景舎）のは、宣耀殿と貞観殿を通って、童女二人と下仕え四人で持って参上するようだ。唐廂のこちらの廊に、女房が六人ほど伺候する。（廊は）狭いということで、半分は（淑景舎を）お送りして（昨夜）みな帰ってしまった。（童女の）桜の汗衫、（その下の）萌黄や紅梅（の袙の色）などがきれいで、汗衫（の裾）を長く引いて（手水を）お取り次ぎ申し上げるのは、とても優美で素敵だ。織物の唐衣がいくつか（御簾から）こぼれ出て、相尹の馬の頭の娘である少将、北野宰相の娘である宰相の君などが、近くには控えている。素敵だと見るうちに、こちらの御手水は当番の采女が、青裾濃の裳と唐衣、裙帯と領巾などを着けて顔をたいそう白く塗って（運び）、下仕えなどが取り次いで差し上げる時、これはまた格式ある風で唐めいておもしろい。

　お食事の折になって、御髪上げの女官が参上して、女蔵人たちがお給仕のための髪上げ姿で（お食事を）さしあげる頃は、隔ててあった御屏風も押し開けてしまったので、のぞき見の人（私）は、隠れ蓑を取られた気がして飽き足らなくて辛いので、御簾と几帳との間で柱の外から拝見する。着物の裾、裳などは御簾の外にみな押し出されているので、殿が、（部屋の）端の方から見つけ出しなさって、「あれは誰かな、あの御簾の間から見えるのは」と見とがめなさるので、「少納言がこちら見たさに控えておるのだろう」と（中宮様が殿に）申し上げなさると、「ああ恥ずかしい、あの人は古いなじみだよ。『とても不器量そうな娘たちを持っている』とでも思って見るといけません」などとおっしゃるご様子は、たいそう得意顔である。

　あちら（淑景舎）にもお食事を差し上げる。「うらやましくも、お二方の食事はすべてお出し申し上げたようだ。早く召し上がって、じじばばにせめてお下がりだけでも下され」などと、一日中ただ冗談ばかりをおっしゃるうちに、大納言（伊周）、三位の中将（隆家）が、松君を連れて参上なさった。殿がさっそく抱き取りなさって、膝に座らせ申し上げなさる（松君の）様子は、たいそうかわいらしい。狭い縁に窮屈な（お二方の）御装束の下襲（の裾）が引き散らされている。大納言殿は重々しく清爽として、中将殿はとても物慣れて、どちらもすばらしい様を拝見するにつけ、殿はもちろんとして、北の方の御宿世は本当にすばらしい。「御敷物を」などと（殿が）申し上げなさるが、（大納言殿は）「陣に着きますので」と言って、急いでお立ちになってしまう。

しばらくして、式部の丞なにがしが主上の御使いとして参上したので、配膳室の北寄りの間に敷物をさし出して座らせた。（中宮様の）お返事は、すぐさまお出しになった。（式部の丞が帰って）まだ敷物も取り入れないうちに、東宮の（淑景舎への）御使いに周頼の少将が参上した。お手紙を取り入れて、渡殿は幅が狭い縁なので、こちらの縁に別の敷物を差し出した。お手紙を取り入れて、殿、北の方、中宮様などがそれぞれご覧になる。「お返事を、早く」と催促があるけれど、すぐにはお返事申し上げなさらないのを、「わたくしが見ておりますからお書きにならないのだろう。そうでない折は、こちらから絶え間なく差し上げるそうだから」などと（殿が）申し上げなさると、お顔は少し赤らんで笑みを浮かべていらっしゃる（淑景舎の）様子は、とてもすばらしい。「本当に、早く」などと北の方も申し上げなさると、奥に向いてお書きになる。北の方が、近くにお寄りになって一緒に書かせ申し上げなさるので、いっそうきまり悪そうだ。

中宮様の方から（使いへの禄として）萌黄の織物の小袿、袴を（縁に）押し出したところ、三位の中将が（周頼に）お与えになる。首を苦しそうにして、手で持って立ち上がった。松君が愛らしく何かおっしゃるのを、誰も彼もかわいがり申し上げなさる。「中宮の御子たちとして（この子を）人前に出したとしても、差し支えございますまいよ」などと

（殿が）仰せになるのを、「本当に、どうしてそうした事（ご懐妊）が今までないのか」と待ち遠しい。

未の時ごろに、「筵道をお敷きする」などと言う間もなく、衣ずれの音をさせて（主上が）入っていらっしゃるので、中宮様もこちら（母屋）へお入りになってしまう。そのま ま（お二人で）御帳台にお入りになられたので、女房も南廂に皆衣ずれの音をさせて出て行くようだ。廊に殿上人がとても大勢いる。殿が御前に中宮職の役人をお召しになって、「果物や肴など召し上がらせよ」「人々を酔わせよ」などと仰せになる。本当に皆酔って女房と言葉を交わす頃には、互いに気分良くなっているようだ。

日が沈むころに（主上は）お起きあそばされて、山の井の大納言（道頼）をお呼び入れなさって、御袿をお召しになってお帰りになる。桜の御直衣に紅のお召し物が夕日に映えた様なども、畏れ多いので（これ以上書くのは）ひかえた。山の井の大納言は、親密でないご兄弟としてはとても良い身分でいらっしゃることよ。華やかな方面では、この大納言（伊周）にもまさっていらっしゃるのに、このように世の人はしきりに悪く申し上げるのが、ふびんだ。殿、大納言、山の井も（加わり）、三位の中将、内蔵頭など（主上のお供に）お仕え申し上げなさる。

中宮様が（清涼殿に）お上りなさるようにとの（主上からの）御使いとして、馬の内侍のすけが参上した。「今宵はとても参上できない」などと（中宮様が）ためらっていらっしゃると、殿がお聞きあそばして、「とんでもないことだ、はやくお上りなさいませ」と申し上げなさる時に、東宮からの御使いがしきりに来る様子は、たいへん騒がしい。お迎えに女房、東宮の侍従などという人も参上して、「はやく」とお勧め申し上げる。「まず、それでは、かの君（淑景舎）を（殿が）お渡し申し上げなさって」と（中宮様が）おっしゃるので、「そうは言ってもどうして（先に参れましょう）」と（淑景舎の返答が）あるのを、「（ここで）お見送り申し上げよう」などと（中宮様が）おっしゃる様子にも、とてもすばらしくて魅力を感じる。「それでは遠い方を先にすべきか」という次第になって、淑景舎が（まず）お渡りになる。殿などが（淑景舎を送って）お帰りになってから、（中宮様は）お上(のぼ)りなさる。道中でも、殿のご冗談に大いに笑って、うっかりすると打橋(うちはし)からも落ちてしまいそうだ。

［評］二人の娘を、天皇と東宮とに入内させた関白道隆。彼が宮中で娘たちと対面した記念すべき一日が描かれる。詳細な衣装描写、次々登場する主家の面々など、積善寺供養の段（二六二段）と双璧をなす華やかな章段である（両段の共通点は二六二段「評」参照）。笑いを絶やさない道隆の上機嫌ぶりが印象的だが、当時その体調はかなり悪化していた（小右記）。実際、待望の孫皇子誕生を待たずに、約二か月後には帰らぬ人となっている。作中で道隆が関白として登場するのは本段が初めてだが、それはまた生前最

後の姿でもあった。

一〇二段

殿上の間から、梅の花が散った枝を（よこして）「これはどうか」と言ってきたので、ただ「早く落ちにけり」と答えたところ、その詩を吟誦して、殿上人が黒戸にとても大勢で座していたが、（いきさつを）主上にお聞きあそばして、「一通りの歌などを詠んでよこすような応対よりは、このような事は勝っていることよ。見事に答えた」と仰せになった。

一〇三段

二月の月末ごろに、風がひどく吹いて空は真っ黒で、雪が少し舞っている頃、黒戸に主殿寮が来て「こうしてお伺いする者です」と言うので、近寄ったところ、「これは公任の宰相殿の」と言って持っている文を見ると、懐紙に

　少し春を感じる心持ちがする

と書いてあるのは、なるほど今日の情景にとてもよく合っている。「この上の句は、どう

付けたらよかろうか」と思い悩んでしまう。

「(同席者は)誰々か」と尋ねると「誰それ」と言う。みなとても気後れする方々の中で、宰相へのお答えをどうして平然と口に出そうかと、ひとり胸が苦しいので、中宮様に御覧に入れようとするけれど、主上がいらっしゃって(ともに)床についていらっしゃる。主殿寮は「早く早く」と言う。本当に(出来が悪いのみならず)遅れてもしまったら取り柄がないので、「ままよ」と思って

　空が寒いので花に見まちがわせて散る雪に

と、震えながら書いて渡して、「(先方では)どう思っているだろう」とやりきれない。「この反応を聞きたい」と思うが、(やはり)「けなされているなら聞くまい」という気がしていると、「俊賢の宰相などが『やはり主上に奏上して内侍に任じよう』と議定なさった」とだけ、左兵衛の督で(当時)中将でいらっしゃった方が、語ってくださった。

[評]公任と俊賢が宰相で、二月末に定子が内裏にいた可能性のあるのは、長保元年(九九九)。実成の中将時代とも合致する。同年正月三日の入内(八四段)以降も一条天皇の定子への寵愛が続いていることが、本段ではさりげなく伝えられている。寒々とした「今日のけしき」のように貴族社会の風当たりは強かったと思われるが、中宮らしい暮らしを取り戻しつつある春でもあった。その懐妊の可能性も察すればこそ、男性たち

も中宮女房に進んで接触をはかってきたのだろう。第一皇子の懐妊は（逆算すれば）本段のひと月前頃と推定される。

一〇四段

行く末のはるかなもの　半臂の緒をひねるとき。陸奥国へ行く人が、逢坂の関を越えるころ。生まれた赤ん坊が大人になるまで。

［評］前途はるかで時間のかかるものを、さまざまな次元から捉えた章段。その連想の変化が絶妙である。

一〇五段

方弘は、たいそう人に笑われる者であることよ。親などは（それを）どう聞いているだろう。供について歩く者でとても立派な者を呼び寄せて、「何のつもりでこのような者に使われているのか。どんな気持ちか」などと（人は）笑う。

（方弘の家は）衣服の染織などとてもよくする所で、下襲の色、袍なども、人よりも立派に仕立てて着ているのを、「これをほかの人に着せたい」などと（人は）言うが、なるほどさらに言葉遣いなども妙だ。里に宿直の衣服を取りに（従者を）遣る時に、「男二人参れ」と（方弘が）言うと、（従者は）「一人で取りに参りましょう」と言う。「おかしな男だな。一人で二人分の物を、どうして持てようか。ひと升瓶にふた升は入るか」と（方弘が）言うのを、どのような事かと分かる人はいないが（聞いた人は）たいそう笑う。人の使いが来て、「お返事を早く」と言うのを、「ああ、憎らしい男だ。どうしてこう慌てるのか。竈に豆をくべているのか。この殿上の間の墨や筆は、何者が盗んで隠したのだ。飯や酒ならば人も欲しがろうに」と（方弘が）言うのを、また笑う。

女院がご病気でいらっしゃるということで、主上のお使いとして（方弘が）参上して戻ったので、「女院の（御所の）殿上には誰々がいたか」と人が問うと、「その人あの人」などと四、五人ほどの名を言うので、「ほかには誰が」と問うと、「それから、立ち去った人たちがいた」と言う方も笑う方も、またよくない事ではあろう。

人のいない時に（方弘が）寄ってきて、「あなた様。物を申し上げよう。『まず（あなたに）』と人がおっしゃった事だが」と言うので、「何事か」と言って几帳のもとに近寄ったところ、「（こういう場合は）『むくろごめにお寄りください』と言っているが（その人は）『五体ごめ』と言った」と言って、また笑われる。

除目の二日目の夜、（灯火に）さし油をする時に灯台の敷物を踏んで（方弘が）立っていると、新しい油単に襪はぴったり捕えられてしまった。さし足で帰ると、そのまま灯台は倒れてしまう。襪に敷物がくっついて行くので、まさしく大地震動したことよ。

蔵人の頭がご着席にならないうちは、殿上の間の台盤には誰も着席しない。それで、（方弘は）豆一盛りをそっと取って、小障子の後ろで食べたので、（障子を）引いて丸見えにして笑うこと際限がない。

一〇六段

見苦しいもの　着物の背縫いを、肩に寄せて着ているの。また、のけ頸しているの。いつもと違う人の前に、子をおぶって出て来ている者。法師陰陽師が、紙のかぶり物で祓えをしているの。

色黒くいかにも醜そうで、かもじを添えている女と、鬚が濃くやつれて痩せこけた男が、夏の昼に共寝しているのは、とても見苦しい。どこに見映えがあって、そうして横になっているのだろう。夜などは顔かたちも見えず、また皆一様にそういう次第となっているのだから、「自分はいかにも不細工だ」と言って、起きたままではいられそうもないことだ。共寝して、翌朝は早々に起きてしまうのが、とても良い感じだ。夏の昼に共寝して起きた姿は、美しい人はいま少し風情あるのだが、なまじっかな容貌は、てかって寝起き顔がはれて、悪くすると頬がゆがんでもいるに違いない。互いに顔を見交わしたならその際の、生きている甲斐のなさといったら。痩せて色黒の人が、生絹の単を着ているのは、実に見苦しいものだ。

[評] 見るに堪えないものを列挙する本段では、特に醜い男女が昼に共寝する姿を苛烈なまでに非難する。「よき人こそいますこしをかしかなれ」と、その対極には高貴な男女が共寝する姿が意識され、それが判断基準となって容赦ない批判となるのである。

一〇七段

言いにくいもの　人からの手紙の中に、高貴な方の仰せ言などがたくさんあるのを、はじめから最後まで（取り次ぐのは）実に言いにくい。気おくれするほど立派な人が、贈り物をしてきた（それへの）返事。成人した子の思いもかけないことを聞く時には、人前では（意見を）言いづらい。

[評]「よき人」の伝言が言いにくいのは、分量が多いだけでなく、相手の身分が高く緊張するからである。そうした人からの贈り物の返事が書きにくいのも同様の意識である。

一〇八段

関は　逢坂　須磨の関　鈴鹿の関　岫田の関　白河の関　衣の関。

（まっすぐに越えるという）ただ越えの関は、（遠慮するという）はばかりの関とは喩えようもなく対照的と思われる。横走の関　清見が関　見る目の関。

よもよもの関は、どうして思い返したのだろうかと、ぜひそのわけを知りたいものだ。そういうのを、な来そ（来るな）の関というのであろうか。逢坂の関などを、そのように思い返したとしたら、つらいことだろうよ。

［評］前半は東国への入り口である「逢坂の関」に始まり、西国と陸奥の関を挙げて歌枕づくし。次に名前のおもしろい関を挙げて、男女の「別れ」の話に持っていく巧みな展開である。

一〇九段

森は　うきたの森　うえ木の森　岩瀬の森　立ち聞きの森。

［評］有名な歌枕の「浮田の森」にはじまり、後半の二つは「言はせ」から「立ち聞き」という言葉の連想で繋げている。「森は」の段は一九五段にもあり、「浮田の森」以外は重なっている。

一一〇段

原は　あしたの原　粟津の原　篠原　園原。

［評］「原は」は一四段にもあり、「あしたの原」「その原」が重なっている。

一一一段

四月の月末頃に長谷寺に参詣して、淀の渡りというものをしたところ、船に車をかつぎ乗せて行くと、菖蒲や菰などの先が短く見えたのを取らせたところ、（実は）ずいぶん長かったことよ。菰を積んでいる船が行き来するのは、大変に風情があった。「高瀬の淀に」とは、これを詠んだようだと見えて。

（五月）三日に帰った時に、雨が少し降った折、菖蒲を刈るといって笠のとても小さいのを被りながら、脛（すね）を上まで出した男の子などがいるのも、屏風の絵に似てとても趣がある。

［評］長谷寺参詣は『蜻蛉日記』や『源氏物語』のように宇治を経由するものと、淀川を経由するものがあって、ここでは後者の道筋をたどっている。菰を積んだ船に高瀬の歌枕を、菖蒲刈りの少年に月並屏風の絵を連想し、そのような美的範疇から初夏の旅路の風情を綴るのである。

一一二段

いつもより格別に聞こえるもの　正月の車の音、また鶏の鳴き声。暁の咳ばらい。（暁の）楽の音色はいうまでもない。

［評］ふだんはそれほどでもないが、時宜を得ることで価値が上がる音声を列挙している。

一一三段

絵に描いて見劣りがするもの　なでしこ　菖蒲（しょうぶ）　桜。物語で「すばらしい」と言っている男女の容貌。

［評］撫子と菖蒲は、六五段「草の花は」と六四段「草は」でそれぞれ筆頭に挙げられていた。桜とともに好んで賞美された草花であればこそ、絵に描くと本来の良さが失われるのだろう。物語に関しては、言葉を尽くして描かれる容姿が、引目（ひきめ）鉤鼻（かぎばな）の絵には投影されない点に不満があったか。

一一四段

絵に描いて見栄えのするもの　松の木　秋の野　山里　山道。

［評］前段の対となる章段である。「松の木」以下、伝統的な画材で描きやすく見栄えがするものを挙げている。

一一五段

冬はひどく寒い冬。夏は世に類ないほど暑い夏。

［評］四季の中では春秋が好まれがちだが、本段では冬夏を取り上げ、しかも冬の厳寒と夏の猛暑という最もその季節らしい気候を賛美する。

一一六段

しみじみするもの　親孝行な子。身分が高く若い男が御嶽精進しているの。（部屋を）隔てて座して、勤行している未明の礼拝は、たいそうしみじみする。親しい人などが目を覚まして（それを）聞いているのだろうと、思いをはせる。「（精進の後）参籠する時分の様子は、どんなだろう」などと（見守る方も）身を慎み不安に思っているが、無事に参り着いたのは、実にすばらしい。烏帽子のあり様などは、少しみっともない。やはり身分が高い人と申し上げても、ことさら身なりを慎ましくして参詣するものと（誰もが）知っているが、右衛門の佐宣孝といった人は、「つまらない事だ。まさに綺麗な着物を着て詣でるとして、どんな不都合があろうか。必ずしもまさか『みすぼらしくして参詣せよ』と、御嶽は決しておっしゃるまい」ということで、三月末に、紫のとても濃い指貫、白い狩襖、山吹色のひどく派手な物などを着て、主殿の助である（息子の）隆光には青色の狩襖、紅の衣、乱れ模様を擦り出した水干という袴を着せて、（二人）続いて参詣したのを、（御嶽から）帰る人もこれから参籠する人も、見慣れぬ奇妙な事に、「まったく昔からこの山にこのような姿の人は見かけなかった」と驚きあきれたのだが、四月の初めに（御嶽から）帰って、六月十日の頃に筑前の守が辞任した時に（後任に）なったのは、「なるほどその言にたがわぬことよ」と評判だった。これは「あわれなる事」ではないが、御嶽の話のついでである。

男も女も若くてこぎれいな人が、真っ黒な喪服を着ているのはしみじみする。九月の末、十月の初めの頃に、ただあるかないか（かすか）に聞きつけたきりぎりすの声。鶏が子を抱いてうつ伏しているの。秋深き庭の浅茅に、露が様々な色の玉のように置いているの。夕暮れや未明に、河竹が風に吹かれているのを、目をさまして聞いているの。また夜などもすべて。山里の雪。思い合っている若い人の仲が、邪魔する者がいて思うにまかせないの。

［評］本段で多くの筆が割かれるのは、後に紫式部の夫となる藤原宣孝が、常識外れの服装で御嶽に詣でて功徳を得た逸話。宣孝の派手好きで大胆な性格がうかがえる。淡々

とした筆致からは、批判や揶揄は感じ取れず、これが紫式部の逆鱗に触れたという説には従い難い。彼女の清少納言批判は私憤とは次元を異にしていよう（解説参照）。むしろ注目すべきは「六月十日」という日付で（作中に日付が明記されることは少ない）、これを同年同月、父元輔が任地で卒去した事実と関連付けた三田村雅子説（『枕草子　表現の論理』第一章）が示唆に富む。任期をわずかに残して亡くなった父の悲運とはあまりに対照的な宣孝の任官（同年八月）は、作者に特別な感慨を抱かせたに違いない。

一一七段

正月に寺に籠っている折は、たいそう寒く雪がちに凍てついているのが趣がある。雨が降った情景であるのは、とてもよくない。清水などに参詣して部屋を設える間、くれ階のもとに車を引き寄せて停めていると、帯ばかり締めた若い法師たちが、足駄という物を履いて、少しの遠慮もなく上り下りするといって、何ということのない経の一節を口にし、倶舎の頌などを唱えつつ歩きまわるのは、こうした場所だけに趣がある。自分が上るにはとても危うく思われて、端の方に寄って高欄を押さえたりして行くものなのに、（法師たちは）まるで板敷などであるかのように思っているのもおもしろい。（係の僧が）「お部屋を用意しています。早く」と言うと、（供が）皆の沓を持って来てそこに置く。着物の裾を上の方に裏返しにはしょったりしている人もいる。裳、唐衣など、大仰に着飾っている人もいる。深沓、半靴などを履いて廊のあたりに沓を引きずって入るのは、内裏あたりの感じがしてまたおもしろい。

内、外と出入りを許された若い男たち、一家の子弟などが、大勢後に続いて、「そこのあたりは低い所があります」「高くなっている」などと（主人に）教えて行く。何者なのだろうか、かなりこちらに近づいて歩き、追い越して行く者などに対して、（供が）「しばし待て、しかるべき人がいらっしゃるのに、このような事はしないものだ」などと言うのを、「なるほど」と少し配慮する者もいるし、一方で、聞き入れもせずに「まず自分が仏様の前に」と思って行く者もいる。部屋に入る時も、（参詣者が）並んで座っている前を通って入るのなら、とてもうとましいが、犬防ぎの内側に目をやった時の気持ちは、大変に尊く、どうして幾月も参詣せずに過ごしてしまったのだろうかと、まず信心も起こる。

御灯明の、常のものではなくて、内陣にまた誰かが献上したのが、恐ろしいまで燃えている中に、仏が金色に輝いて見えていらっしゃるのは大変に尊いのに、（僧たちが）それぞれ手で願文を捧げ持って、礼盤に座って体を揺り動かして仏に誓う声も、それほど堂内を揺らすまで満ちているので、個々に切り離して聞き取ることもできないが、無理にしぼり出している声々は、それでもやはり（願主にも）紛れずに届く。「千灯のお志は誰それの御ため」などは、かすかに聞こえる。掛帯をして（仏を）拝み申し上げていると、（係の僧が）「こちらにお仕えします」と言って、樒の枝を折って持って来たのは、香りなどがとても尊くてそれも素敵だ。

犬防ぎの方から法師が寄って来て、「（祈願は）しっかりと申し上げました。幾日くらいお籠りになるご予定か。これこれの人が（今は）籠っていらっしゃる」などと話し聞かせて立ち去るやいなや、火桶や果物などを次々持ってきて、半挿に手水を入れてくれて、持ち手もない盥などが用意してある。「お供の人は、あちらの宿坊に」などと言って呼び立てて行くので、交替で（宿坊へ）行く。

誦経の鐘の音などを、「自分のためであるようだ」と聞くのも頼もしく思われる。傍らに、悪くない身分の男が、とても忍びやかに額などをつく。立ったり座ったりする気配も「わきまえがあるのだろう」という感じに聞こえているその男が、ひどく思いつめた様子で、一睡もせずに勤行するのはとてもしみじみする。祈りを少し休む間は、経を声高くは聞こえない程度に読んでいるのも尊い感じがする。（もっと）声を出させたいものだが。まして鼻などをはっきりと、聞いて不快ではない感じで、忍びやかにかんでいる様子は、「どのような事を思い悩む人なのだろう、かの願いを成就させたい」と思われる。

数日も籠っていると、昼間は少しのんびりと、以前はしていたものだ。導師の宿坊に、供人たち、下女、童女などはみな出掛けて所在ない時も、傍らで法螺貝を急に吹き出したのには、本当に目も覚める気持ちになる。こぎれいな立て文を（供人に）持たせている男などが、誦経のお布施をそこに置いて堂童子などを呼ぶ声が、山彦と響き合って輝くような音に聞こえる。鐘の音が一段と響いて、どちらのご祈願だろうと思ううちに、（僧が）高貴な所の名を言って、「お産が平らかであるように」などと効験ありそうに（仏に）申している様など、むやみに「安否はどうなのだろう」などと心配になり、（我が身の上でなくても）自然と念じられるものだ。

これは普段の折の事であるようだ。正月などは、ただ何とも騒がしい。願いをかなえたい人などが、絶え間なく参詣するのを見るうちに、勤行も頭に入らない。

日が暮れる頃に参詣するのは、お籠りする人であるようだ。小法師たちが、持ち歩けそうにもない鬼屏風の丈があるのを、とても上手に扱って、畳などを置くのだなと思って見ると、ひたすら（屏風を）部屋の形に囲み立てて、犬防ぎに簾をさらさらと掛ける様は、大変に慣れていて、たやすそうだ。衣ずれの音を立てて大勢で（局から）下りてきて、年輩めいた人の品の悪くない声で、忍びやかな感じに、帰る人々なのだろうか、「何々が気がかりだ」「火の用心をせよ」などと言う者もあるようだ。七つ八つくらいの男の子が、愛嬌ある威張った声で、侍の男たちを呼んでせっついて何か言っているのは、とても可愛らしい。また三つくらいの幼児が、おっとり顔で眠って、ふと咳をしているのもとても可愛らしい。乳母の名や、「母」などと（その子が）ふと口にしたのも、それは誰なのだろうと知りたくなる。

一晩中（僧が）大声で勤行して夜を明かすので、熟睡もせずにいたのだが、後夜の勤行などが終わって少しうとうとしている寝耳に（聞こえてきた）、その寺の仏の御経文をとても荒々しくも尊く声に出して読んでいる様子に、さほど取り立てて品位があるわけではない、修行者めいた法師で、蓑を敷いているような者が読むようだと、ふと目が覚めて、しみじみと聞きなす。

また夜などはお籠りせずに、それなりの身分の人が、青鈍色の指貫の綿が入ったのや、白い着物などを何枚も身にまとって、その子供だろうと見える若い男で可愛らしいのや、正装姿の少年などを連れていて、（その主人を）侍などという者たちが、大勢でかしこまって取り囲んでいるのもおもしろい。かりそめに屏風ばかりを立てて、額などを少しついて祈るようだ。

顔を知らない人は、誰なのだろうと知りたくなる。知っている相手は、誰それのようだと眺めるのもおもしろい。若い男たちは、とかく（女性たちの）部屋のあたりをうろうろして、仏様の方に目もお向け申し上げない。寺の別当などを呼び出して、小声で話をして出て行ってしまう様は、身分の卑しい者には見えない。

二月の末、三月の初め、桜の花盛りに参籠しているのも趣がある。こぎれいな若い男たちで、主人と思われる二、三人は、桜襲の襖、柳襲などがとても良い感じで、くくり上げてある指貫の裾も上品そうに見なされる。（お供に）ふさわしい従者に、素敵な装飾を施した餌袋を抱えさせて、小舎人童たちに、紅梅や萌黄の狩衣、色とりどりの衣、乱れ模様を押し摺り出した袴などを着せている。桜の花などを手折らせて、侍ふうのほっそりした者などを連れて、金鼓を打つのはおもしろい。「あの人だろう」とわかる人もいるけれど、（先方はこちらの事を）どうして知ろうか。そのまま通り過ぎて行ってしまうのも物足りないので、「（参詣に来ている）様子を見せたいのに」などと言うのもおもしろい。

このようにして寺に籠る際、（また）どこであれ普段と違う所に、ただ召し使う人ばかりと滞在するのは、出掛け甲斐がないと思われる。やはり同じ程度の身分で、気持ちを一つにしておもしろい事も憎らしい事も、様々に話して分かち合えそうな人を、必ず一人二人、（できれば）大勢でも誘いたい。その召し使う人の中にも、期待外れでない者もいるけれど、新鮮味はないはずだ。男などもそう思うのだろう。わざわざ（同行者を）探して声を掛けて回るのは。

一一八段

ひどく気に入らないもの　賀茂の祭、禊など、何でも男が見物する時に、ただ一人で車に乗って見るのは気に入らない。どのような了見なのだろうか。高貴でなくとも、若い下男などで見物したがる者でも乗せてほしい。車の透影にただ一人ふらふらして（見える姿は）、一心に見入って座っているのだろうよ。どれほど了見が狭く、小憎らしかろうと思われる。

どこかに出かけ、寺などへ参詣する日の雨。使用人などが「私を何ともお思いにならず、誰それが、ただ今のお気に入り」などと言うのを、小耳に挟んだの。人よりは少し憎らしいと思う人が、当て推量をして、筋違いな恨みを抱き、自分は賢いという顔をするの。

〔評〕賀茂祭や御禊（ごけい）の見物に一人で出かけ、他人が眼中にないような男性の了見の狭さを非難するのは、前段末にも通じる。見たがる下男でも乗せた方がましだというのは、男性どうし、あるいは女性と同車した祭見物こそ見映えすると主張したいのであろう。『源氏物語』葵（あおい）巻の賀茂祭では、源氏が紫の上と同車して見物し、ひときわ人目を引いた。

一一九段

わびしそうに見えるもの　六、七月の午未（うまひつじ）の時くらいに、いかにも汚い車に貧相な牛をかけて、ゆすって行く者。雨の降らない日に、張り筵（むしろ）している車。とても寒い折、暑い頃などに、身分賤しい女で身なりの悪い者が子供を背負っているの。年老いた物乞い。小さい板葺の家の黒く汚らしそうなのが、雨に濡れているの。また、雨がひどく降っている時に、小さい馬に乗って御前駆(ぜんく)している人。冬はそれでもよい。夏は、袍、下襲(したがさね)もぴったり張り付いている。

［評］いかにも貧相でやりきれない思いをかきたてる事柄を列挙した段。夏と冬、貧相な牛車や馬や家、雨、下衆や従者の装いなど、いくつか負の要素が重なった時に、こうした感情がわき上がるのである。

一二〇段

いかにも暑そうなもの　随身の長の狩衣。衲(のう)の袈裟。出居(いでい)の近衛の少将。ひどく肥えた人で、髪の毛の多いの。六、七月の加持祈禱で、正午の勤行をする阿闍梨(あじゃり)。

一二一段

気のおけるもの　男の心のうち。目ざとい夜居(よい)の僧。

こそ泥が、隠れやすい物陰にじっとして様子をうかがっているようなのを、誰が知るだろうか。（また別に）暗闇にまぎれて、こっそり物を引き寄せて取る人もいるだろうよ。

それこそ同じ盗人の心持ちから、おもしろいと思っているだろうか。

夜居の僧は、とても油断ならないものだ。若い女房が集って座って、人の身の上を話題にして笑い、非難して憎んだりもするのを、（僧が）じっと聞き留めるのは、とても気恥ずかしい。「ああいやだ」「やかましい」などと、ご主人に近い人などがはっきり言うのも聞き入れず、言うだけ言ってその果てには、みなくつろいで眠るのも、たいそう気恥ずかしい。

男は、「いやだ。理想と違う。はがゆく気に入らない事などがある」と（その女を）見なすのに、面と向かったその人をおだてて頼みにさせるのは、とても油断ならない。まして情趣を心得て、色好みだと人に知られている男などは、「薄情だ」と（女に）思わせるようには振る舞わないことよ。心のうちで思うだけでなく、また何でもこの女の事はあの女に言い、あの女の事はこの女に言い聞かせるに違いないようなのも、（女は）自分が言われている事は知らずに、「このように語るのは、やはり（自分こそ）格別であるようだ」と思っているのだろうか。さてそういうわけだから、少しでも好意を抱く人に出合うと、「愛情はあてにならないようだ」と自然に思われて、さして油断ならないこともないことよ。

たいそう気の毒で心配で見捨てがたい（女の）事情などを、（男が）少しも気にかけないのも、どういう了見かとあきれてしまう。そのくせに、他人のことを非難し、あれこれ批評しまくる様子ときたら。特に後見する人のいない宮仕え女房などを懇意にして、ただならぬ身になってしまった（女の）境遇を、「さっぱり知らないで」などと（うそぶく男）もいるのは。

［評］前半では、こそ泥と同様、こちらからは見えない場所に伺候する夜居の僧に、知らぬうちに会話を聞かれる恥ずかしさを挙げ、後半では男性の身勝手さをあげつらう。『源氏物語』でも光源氏が他の女性に対する批評を紫の上に語る場面がある（朝顔・若菜下）。他の女性たちの批評を聞かせることで、紫の上への愛情を表現しているわけだが、本段ではこうした男性のやり口が鋭く批判されている。

一二二段

ぶざまなもの　干潟にじっとしている大船。大きな木が風に吹き倒されて、根を上にあげて横倒しにころがっているの。つまらない者が、従者をとがめているの。人の妻などが、むやみな嫉妬などをして（どこかに）隠れているようなのを、「きっと大騒ぎで探すだろうよ」と（本人は）思っているのに、そうでもない。（妻は）いまいましそうに振る舞っているが、そのように外泊し続けることはできないので、自分から出てきたの。

［評］本来あるべき姿でなく、傍から見て見苦しい状況を列挙した段。妻が嫉妬して家出し夫を懲らしめようとして失敗する話は、『源氏物語』の雨夜の品定め（帚木巻）でも取り上げられている。

一二三段

修法は、奈良方。仏の護身法などを次々お読み申し上げているのは、優美で尊い。

一二四段

きまり悪いもの　他の人を呼ぶのに「自分だ」と思って出しゃばった時。物などを与える折は、なおのこと。なりゆきで人の身の上などを口にして非難したところ、幼い子供が聞き取って、当人がいるのに言い出したの。

しみじみした事などを人が話し出して、泣いたりする時に、「なるほど本当に心が打たれる」などと聞くものの、涙がさっと出てこないのは、とてもきまり悪い。泣き顔を作り、表情を（悲しそうに）変えても、まったく甲斐がない。すばらしい事を見たり聞いたりする時には、まずただひたすら流れ出てくる。

八幡への行幸から主上がお帰りになられる時に、女院の御桟敷の向こうに、御輿を止めて御挨拶を申し上げなさる、（その光景は）この上なく感動的なので、本当にこぼれるほど（涙があふれ）、化粧した顔はすっかり地肌があらわになって、どれほど見苦しいことだろう。宣旨の御使いとして、斉信の宰相の中将が（女院の）御桟敷に参上なさった様は、とてもすばらしく見えたことよ。ただ、随身四人の立派に正装した者や、馬副のほっそりと白い衣装に仕立てた者ばかりを伴って、二条の大路の広くこぎれいな所に、立派な馬を早めて急ぎ参上して、（桟敷の）少し遠くから馬を降りて、脇の御簾の前に伺候していらっしゃった様などは、何ともすばらしい。（女院の）御返事をお聞きしてまた（主上のもとに）帰参して、御輿のもとで奏上なさる折（のすばらしさ）など、今さら言うまでもない。

そうして、主上がお通りになるのを拝見していらっしゃるだろう（女院の）お気持ちを、想像申し上げるのは、飛び立ってしまいそうな思いに駆られた。それには、長泣きをして笑われる始末であるよ。普通の身分の人でさえ、やはり子が立派なのは実にすばらしいものなのに、このように（女院の心中など）拝察するのも畏れ多いことよ。

［評］長徳元年（九九五）五月に内覧宣旨を下された道長は、権勢を確固たるものにしていった。そこには姉である詮子の強力な後押しがあったという。本段ではその詮子が、

同年十月に石清水から還御するわが子を出迎えた場面が描かれている。本文には記録との齟齬があまりに多いが（脚注・補注参照）、「馬副」を従えた「斉信の宰相中将」の姿などはその最たるもの。道長に組した彼が、翌年に射止めた「宰相」にあえて焦点を当ててみせるのだ。清少納言はそれを泣きながら眺めたというが、涙に曇った瞳が映した現実ならざる光景には、政変の一断面が確かに刻み付けられている。

一二五段

関白殿が、黒戸からお出ましなさるということで、女房が隙間なく伺候するのを、「ああ、立派なお方たちよ、この年寄りをどんなに笑っていらっしゃることか」と言ってかき分けてお出ましになるので、戸口に近い女房たちが、色とりどりの袖口で御簾を引き上げていると、権大納言が御沓を取ってお履かせ申し上げなさる。とても重々しくこぎれいに装いを凝らしたように下襲の裾を長く引き、仰々しい様子でお控え申し上げていらっしゃる。「ああすばらしい、大納言ほどの方に沓をお取らせ申し上げなさるよ」と思われる。山の井の大納言、それに次ぐ官位の身内でない人々が、黒い物をひき散らしているように藤壺（ふじつぼ）の塀のもとから登花殿の前まで居並んでいるのに、（関白殿が）ほっそりと優美な姿で御佩刀（みはかし）などをお直しなさり、立ち止まっていらっしゃる時に、宮の大夫（だいぶ）殿は戸の前にお立ちになっていらっしゃるので、「お跪きになるはずはないようだ」と思ううちに、少し（関白殿が）歩み出しなさると、（その瞬間に）すっとお跪きになったことよ。「やはり、どれほどの前世の御善行の果報であるか」と（関白殿を）拝見したのは、この上ないことだった。

中納言の君が、忌日ということで神妙ぶってお勤めなさったのを、「お貸しくださいその数珠をしばし。お勤めして（来世には関白殿のような）すばらしい身になろう」と借りようとして（女房たちが）集まって笑うけれど、そもそも（関白殿の威勢は）とてもすばらしいものだ。中宮様がお聞きになって、「仏に生まれ変わるような事は、これよりは勝るだろう」とにっこりしていらっしゃるご様子を、さらにすばらしい気持ちになって拝見する。大夫殿がお跪きになった話を、繰り返し申し上げると、「いつものご贔屓ね」とお笑いになった。まして、この後の（大夫殿の）御栄華を（もし中宮様が）拝見なさったとしたら、道理とお思いになったことだろう。

［評］道長を道隆・伊周と同一場面に収めた唯一の段。当時の関白の威光を、跪いた道長の姿によって浮かび上がらせている。だが後に清少納言が何度も語ったのは、最後に跪いてみせた道長の振る舞いだった。定子の「例の思ひ人」という発言ともあわせて、道長を単なる引き立て役に終わらせない、巧妙な叙述となっている。「まいて」以下は、

執筆が定子の崩御後であることを示す重要な一節。

一二六段

九月のころ、一晩中朝まで降りつづいた雨が、今朝は止んで、朝日がぱっとあざやかにさし出したときに、庭の植え込みの草木に置いた露は、こぼれ落ちるほどにぬれそぼっているのもまことに趣がある。透垣の羅紋（らんもん）や、軒先などは、張り渡した蜘蛛の巣の破れ残っているのに雨のかかっているのが、まるで真珠を糸で貫いたようなのは、たいそうしみじみとした興趣をさそう。

すこし日が高くなってしまうと、萩などが（露を帯びて）とても重そうであるのが、露が落ちると枝が少し動いて、人も手を触れないのにさっと上へはねあがったのも非常におもしろい、と（私が）言ったことなどが、「他の人の心には、少しもおもしろくあるまい」と思うのが、またおもしろいことだ。

［評］全般に雨を嫌う『枕草子』であっても、晩秋の雨の翌朝は別格であり、庭の情趣を繊細につづった段。破れかかった蜘蛛の巣に水滴がつき、糸を通した白玉に転じたかと思わせるのも、雨露のマジックである。萩の露が落ちて跳ね上がるおもしろさも、他

の人が興味を示さないと思うところに、観察眼の鋭さを自負する心がのぞく。

一二七段

正月七日の日の若菜を、六日に人が持って来て、騒いで取り散らしたりする時に、見も知らぬ草を子供たちが取って来たのを、「(名は)何と、この草は言うのか」と問うと、(子供たちは)すぐにも名を言わない。「ええと」などと、この子もあの子も顔を見合わせて(いる中に)、「耳無草(みみな)と言う」と言う者がいるので、「なるほどそうだ、聞いていない顔なのは」と笑う時に、今度はとても愛らしげな芽吹いたばかりの菊を持って来たので、

摘み取ってもなお(「聞かぬ顔」される)耳無草はかわいそうだ。(それでも)摘んだ草はたくさんあるので、その中に菊もあるように、大勢の中には名を聞き知っている子もいることよ

と言いたいところだけれど、またこの歌にも(子供たちが)耳を貸すはずもない。

［評］正月七日に摘んだ若菜を食するのは、宮中をはじめとする正月行事で、今日の七草粥に通じる。本段はその前日の準備をめぐる逸話である。子供たちが持ってきた「耳無草」「菊」という物の名の対照に興じて、掛詞を駆使した駄洒落のような歌を思い浮

かべるのである。

一二八段

二月、太政官庁で定考という事をするというのは、どういう事なのだろうか。孔子の画像などをお掛け申し上げて行う事なのだろう。聡明といって、主上にも中宮様にも妙な形の物などを土器に盛って差し上げる。

頭の弁の御もとから主殿司が、絵などのような物を白い色紙に包んで、梅の花の見事に咲いている枝に付けて持って来た。「絵だろうか」と急いで取り入れて見ると、餅餤という物を二つ並べて包んであるのだった。添えてある立て文には解文のように、

　進上
　餅餤一包
　例に依りて進上　件の如し
　別当　少納言殿

とあって、月日を書いて「みまなのなりゆき」という名で、最後に「この者は、自分で参上しようとするも、昼は容貌がよくないといって参上しないようだ」と、とても素敵な様で書いていらっしゃる。

中宮様の御前に参上して御覧に入れると、「すばらしい書きぶりであることよ。おもしろい趣向にしてある」などとお褒めになって、（そのまま）解文はお取りになった。「返事はどうすべきだろうか。この餅餤を持って来る者には何か与えるのだろうか。知っている人がいれば」と言うのを（中宮様が）お聞きになって、「惟仲（これなか）の声がしたから、呼んで聞け」とおっしゃるので、端に出て「左大弁（惟仲）にお話し申し上げたい」と侍（さぶらい）に呼ばせたところ、とても威儀を正してやって来た。「いいや、私事である。もしもこの弁や少納言などといった人のもとに、このような物を持って来る下部（しもべ）など（がある時）は何か与えたりするか」と言うと、「そのような事はありません。ただもらって食べるのです。何のためのお尋ねでしょう。もしや太政官の内で入手なさったのか」と問うので、「まさか」と答えて、先の返事を、真っ赤な薄様の紙に「自分で参上して来ない下部は、とても冷淡（失礼）に見えよう」と書いて、見事な紅梅（の枝）に付けて差し上げたところ、すぐに（頭の弁は）いらっしゃって、「下部が来ております、下部が来ております」とおっしゃるので出たところ、「そのような物には、適当に歌を詠んでお寄こしになるものと思ったのに、見事にも言ってきたことよ。女で少し我こそはと思っている人は、歌人がましくするものだ。そうでない人こそが親しみやすい。私などに歌を詠むような人は、かえって無風流だろうよ」などとおっしゃる。「（それでは）則光ではないか」と笑って終わった次第を、主上の御前に人々が大勢いたときに（頭の弁が）お話し申し上げなさったので、『うまく言った』と（主上が）仰せになった」とまた人が（私に）語ったことだ。（これぞ）見苦しい自画自賛の類であることよ。

［評］本段の年時は、行成の頭の弁時代（長徳二年四月以降）で、定子が二月に内裏にいたと思われる長保元年（九九九）。同二年も今内裏には滞在していたが、行成が清少納言に「顔ふたぎ」していた時期と思われ（四七段）、可能性は低い。よって惟仲の左大弁（正暦五年九月から長徳二年七月まで）は前官となる。当時の惟仲は、長く不在だった中宮大夫に任じられた直後で、中宮方の期待も大きかった。だが七月には（おそらくは道長に憚って）あっさり辞任している。「大夫」と呼ぶことに、執筆時には抵抗があったのだろう。

一二九段

「どうして、官職を初めて得た六位の笏（しゃく）に、職（しき）の御曹司（みぞうし）の辰巳（たつみ）（東南）の隅の土塀の板を使ったのか」「それならば西や東の塀のも使えばよい」などという事を（皆で）言い出して、つまらない事などを（話し続けたのだが）、「着物などにいいかげんな名前を付けたようなのは、とても妙だ」「着物の中で、細長（ほそなが）はそう呼ぶにふさわしかろう」「どうして汗衫（かざみ）

は（そう呼ぶのか）。尻長と言いなさいよ。男の子が着ている物のように」「どうして唐衣は。短衣と言うのがよい」「けれどそれは唐土の人が着る物だから」「上の衣、上の袴はそう言うべきだ」「下襲はいい」「大口袴はまた長さに比べて口が広いので、それでもよかろう」「袴の名は実につまらない」「指貫はなぜ（指貫なのか）。足の衣と言うべきだ」「あるいはそのような物は袋と言いなさいよ」などと、（皆が）様々な事を言って騒ぐので、「いやもう騒々しい。これ以上私は口を出すまい。もうお休みなさいよ」と言うのに答えて夜居の僧が、「（寝るなんて）実によくなかろう。一晩中もっとお話しなさいませ」と、苦々しく思っていたような声で言ったのは、おもしろかったのみならず驚かれたことだ。

[評]『枕草子』に見える美意識は、作者の個性というより、中宮定子サロンという集団に帰属するものだという見解がある（近年では土方洋一『枕草子つづれ織り』など）。さしずめ本段などは、そうした成り立ちを想像させるものといえようか。もとより清少納言の個性が消えるわけではないが、こうした女房たちとの交流で磨かれた見識が類聚段・随想段で披露されているると考えてよいだろう。

一三〇段

故殿の御ために、月ごとの十日、（中宮様は）経や仏などの供養をなさったが、九月十日は、職の御曹司で営んでいらっしゃる。（参列の）上達部や殿上人がとても多い。清範が講師で、説く事が、また実に心にしみるので、ことさら情け深いわけでもなさそうな若い女房たちも、みな泣くようだ。

供養が終わって、酒を飲み詩を吟誦したりする時に、頭の中将斉信の君が、「月秋と期して身いづくか」という句を詠じなさった。その詩が、また大変すばらしい。どうしてそのような詩句を思い出しなさったのだろう。（中宮様が）いらっしゃる所に人をかき分けて参上する間に、（中宮様も）お出ましになって、「すばらしいことよ、本当に今日のために用意して口にした言葉である」とおっしゃるので、「それを申し上げようと見物も切り上げて参上したのです。やはりとてもすばらしいと思われました」と申し上げると、「まして（そなたには）、そう感じられるのだろうよ」と仰せになる。

わざわざ（頭の中将が）呼び出したりもして、会う所ではその都度、「どうして、私と真に親密になってくださらないのか。かと言って、私を憎らしいと思っているわけではないとは分かっているけれど、どうにも不可解に思われる。これほど付き合いの長くなったご贔屓が、疎遠なままということはない。殿上の間などに（この先）朝晩出仕しない折もあるとしたら、何を思い出にしようか」とおっしゃるので、「もちろん、親密になるのは難しいはずの事でもないけれど、親しくなったらその後はお褒め申し上げることができないのが残念なのだ。主上の御前などでも、自分の役目だと引き受けてお褒め申し上げるのに。何とか、お気持ちだけにしてください。(より親密になれば)きまり悪くて、気がとがめてきて、褒めにくくなりましょう」と言うと、「どうしてそうなるのか。そのような人こそを、妻でなくとも褒める連中もいる」とおっしゃるので、「それが憎らしくないと思えるならよかろうが、男でも女でも、近しい人を思って、贔屓して褒めて、人が少しでも悪くなど言おうものなら腹を立てたりするのが、やりきれないと思われるのだ」と言うと、「頼りにしがいもないことよ」とおっしゃるのも、とてもおもしろい。

一三一段

頭の弁が、職の御曹司に参上なさってお話などなさった折に、夜もたいそう更けてしまう。「明日は、主上の御物忌なので殿上に籠らねばならないから、丑の刻になってしまうと具合が悪かろう」と言って、参内なさってしまう。翌朝、蔵人所の紙屋紙を重ねて、「今日は心残りが多い気がする。夜を通して昔話でも申し上げて明かそうとしたのに、鳥の声にせかされて」と、実に子細を尽くして書いていらっしゃるのは、とてもすばらしい。お返事に「かなり夜深く鳴いておりました鳥の声は、孟嘗君の鶏でしょうか」と申し上げたところ、折り返し、「『孟嘗君の鶏は函谷関を開いて三千人の食客がやっと逃れた』と故

事にあるけれど、これは（私たちが逢う）逢坂の関だ」とあるので、

夜のうちに鳥の鳴きまねで騙すとしても、（函谷関ならいざ知らず）逢坂の関は決して開門を許すまい

しっかりした関守がおります

と申し上げる。また折り返し、

逢坂は人が越えやすい関なので、鳥が鳴かずとも門を開けて待つとか

とあった手紙を、最初のは僧都の君が、激しく額までついてお取りになってしまった。次とその次の手紙は中宮様の元に。ところで逢坂の歌は、気圧されて返歌できずに終わってしまった。何ともみっともない。

ところで私の手紙は、「殿上人がみな見てしまったよ」と（頭の弁が）おっしゃるので、『本当に（私を）思ってくださることだ』と、この件でわかってしまった。すばらしい事などを人が言い伝えないのは、甲斐なき振る舞いだから。また、見苦しい事が広まるのは辛いので、あなたのお手紙は厳重に隠して人には決して見せておりません。あなたのお心配りと比べると、お相子でしょう」と言うと、「このように物を分かって言うのが、やはり他の人とは一味違うと思われる。『軽率にも人に見せた』などと、普通の女のように文句を言うのではと思った」などと言ってお笑いになる。「それはどうして。（むしろ）お礼を申し上げたい」などと言う。

「私の手紙を隠してくださったのは、またやはり心からうれしい事であるよ。（隠してくれなかったら）どれほど情けなく辛かったことか。今後とも、そのようにお頼み申し上げたい」などと（頭の弁が）お話しになった後に、経房の中将がいらっしゃって、「頭の弁は、（あなたを）たいそう褒めておられるとはご存じか。先日の手紙に書いてあった事などを人に話していらっしゃる。思う人が人に褒められるのは、たいそううれしい」などと、きまじめにおっしゃるのもおもしろい。「うれしい事が二つになりました。頭の弁が褒めて下さるようだという事に加えて、またあなたの思う人の中に入っておりましたことが」と（私が）言うと、「それを珍しく、初めて知った事のようにお喜びなさることだ」などと（中将は）おっしゃる。

［評］『百人一首』にも採られて人口に膾炙（かいしゃ）している歌がいかにして詠まれたか、本段はその舞台裏を明かす。孟嘗君（もうしょうくん）の故事を踏まえた機知的な応酬で、作者は重ねて返歌は詠めなかったと謙遜する。しかし行成が「夜をこめて」の歌を殿上人たちに披露したと言うと、自讃に転じて行成の歌を難じるのは冗談とはいえ、したたかでもある。歌だけでなく会話で機知に富むやり取りを続けて、行成や経房と親交を深める手腕は作者の独壇場でもあろう。

一三二段

五月頃の月もなく実に暗い晩に、「女房は伺候しておいでか」と声々に言うので、「出て見なさい、いつになく（声々に）言うのは誰なのか」と（中宮様が）仰せになるので、「これは誰か、たいそう騒々しく際立つ声は」と言う。何も言わずに御簾を持ち上げて、かさっと差し入れるのは呉竹なのだった。「おや、この君ではないか」と（私が）言ったのを聞いて、「さあさあ、これをまず殿上の間に行って話題にしよう」と言って、式部卿の宮の源の中将、六位蔵人たちなど、そこにいた者は立ち去ってゆく。

頭の弁はお残りになっている。「不思議なことに、立ち去る者たちであるよ。御前の竹を折って歌を詠もうとしたのだが、どうせなら職に参上して女房などをお呼びして詠もうと（竹を）持って来たのに、呉竹の名を即座に言われて帰ってしまうとは、困ったものだ。誰の教えを聞いて、人が普通知りそうにもない事を言うのか」などと（頭の弁が）おっしゃるので、「竹の名とも知らないのに、失礼だと思っていらっしゃるだろうか」と言うと、「本当に、それは知らないのだろうよ」などとおっしゃる。

真面目な話なども交わして（頭の弁が）座っていらっしゃると、「栽えてこの君と称す」と吟誦して（先の人々が）また集って来たので、「殿上で決めてきた本懐も遂げずに、どうしてお帰りになってしまったのかと、不思議に思っていたよ」と（頭の弁が）おっしゃると、「あのような事にはどう答えたらよいのか。かえって遠慮した方がよかろう。殿上で言い騒いだのを、主上もお聞きになっておもしろがっていらっしゃった」と（人々が）語る。頭の弁も一緒に同じ詩句を何度も吟誦なさって、とても趣深いので、女房たちとも皆で思い思いにおしゃべりして夜を明かして、帰るという時もやはり同じ句を声を合わせて吟誦して、それが左衛門の陣に入るまで聞こえる。

翌朝かなり早くに、少納言の命婦という人が主上のお手紙を（中宮様に）お持ちした時に、この一件を申し上げたので、（中宮様は）下局の私をお召しになって「そのような事があったのか」とお尋ねになるので、「知りません。何とも分からずにおりましたのを、行成の朝臣が取りなしたのではないでしょうか」と申し上げると、「取りなすと言っても」と微笑んでいらっしゃる。誰の事でも「殿上人が褒めたそうだ」などとお聞きになると、そう言われる人のこともお喜びになるのもすばらしい。

［評］一条天皇が、職の御曹司滞在中の定子と直接交流する様を伝えた唯一の段。行成の来訪は、蔵人頭としての公務でもある。冒頭で「出でて見よ」と命じた定子だが、なぜか以下の展開に関わっていないのは、帝への返信に専心していたためだろう。今後の定子の処遇、内裏への帰参をめぐり、内々に御意向が伝えられたのかもしれない。ただ直後（六、七月）に猛威を振るった疫病の影響か、還御は翌年正月まで待たねばならな

かった（八四段参照）。

一三三段

円融院の御諒闇明けの年、皆が御喪服を脱いだりして、しみじみした事を、朝廷を始めとして院の御事などを振り返る頃に、雨のひどく降る日、藤三位の局に、蓑虫のような恰好の大柄な童が、白い木に立て文を付けて「これを献上したい」と言ったので、「どこからか。今日明日は物忌なので蔀もお上げしないのだ」と言って、下は閉めてある蔀から（女房が）取り入れて、このような文が来たとは（藤三位も）お聞きになったけれど「物忌なので見ない」ということで、（女房が）蔀の上に差して置いたのを、翌朝（藤三位は）手を洗い浄めて「さて、その昨日の巻数は」と言って、取ってもらって伏し拝んで開けたところ、胡桃色という色紙の厚ぼったい紙なので、変だと思って開いてゆくと、ことさらに法師らしい筆跡で、

　せめてこれだけでも亡き院の形見と思って着ているのに、都では脱ぎ替えてしまったのか（葉替えしないはずの）椎柴（喪服）の袖を

と書いてある。「何とも呆れてしゃくにさわることよ。誰の仕業なのだろう。仁和寺の僧正だろうか」と思うけれど、「まさかこのような事はおっしゃるまい。藤大納言が、かの

院の別当でいらっしゃったので、その方のなさった事のようだ。これを主上、中宮などに早くお聞かせ申し上げないと」と思うと、たいそうじれったい気がするけれど、「やはり、畏怖するものと言っている物忌を果たそう」と言って我慢して過ごしてまた翌朝、藤大納言の御もとにこの歌の返しをして（使いに）置かせたところ、すぐに（藤大納言は）返事をお寄こしになった。

それを二つとも持って（藤三位は）急いで参上して、「このような事がございました」と、主上もいらっしゃる御前で（中宮様に）お話し申し上げなさる。中宮様は実にすげなく御覧になって、「藤大納言の筆跡ではないようだ。法師のものであるようだ。昔の鬼の仕業と思われる」などと、かなり真顔で仰せになるので、「それでは、これは誰の仕業なのか。物好きな心のある上達部、僧綱などは誰がいるか。あの人かこの人か」などと、不審がり知りたがってあれこれ申し上げなさると、主上が「このあたりで見掛けた色紙にとてもよく似ている」と、笑みをもらしなさって、もう一枚御厨子の所にあった紙を手に取って差し出しなさったので、「いやまあ情けない、わけを仰せられよ。ああ頭が痛い。何としてもすぐにわけを聞きましょう」と、ひたすらお責め申し上げ、お恨み申し上げてお笑いになるので、しだいに（主上は）真相を話し始めなさって、「使いに行った鬼童は台盤所の刀自という者の所にいたのを、小兵衛が言い含めて送り出してやった事だろうか」などと仰せになるので、中宮様もお笑いになるのを（藤三位は）揺さぶり申し上げて、

「どうしてこのような事は、おはかりになったのか。何といっても（巻数だと）疑いもせずに手を洗って伏し拝み申し上げたことよ」と笑って悔しがっていらっしゃる様も、実に意気揚々として愛嬌があっておもしろい。

そうして、清涼殿の台盤所でも（藤三位は）笑い騒いで、局に下りてこの童を探し出して、文を受け取った女房に見せると、「その童でございましょう」と言う。「誰の文を誰が持たせたのか」と言うけれど、何とも言わないで、呆けた顔でにやにやして走り去ってしまった。大納言は、後に聞いて笑っておもしろがっておられたという。

［評］本段は正暦三年（九九二）、清少納言の出仕以前の出来事と認定される。にも関わらず臨場感に溢れるのは、藤三位の視点に沿った叙述（敬語を省いた箇所）が効果的に織り交ぜられているため。自身が「登場人物の一人」という制約を逃れたことで可能になったドラマチックな語りである。後半には様々な笑いが響き合うが、最後は巻き添えを食った形の藤大納言の笑顔で幕引きとした。

一三四段

所在ないもの（いつもの）場所を離れている物忌。駒が進まない双六。除目で官職を得ない人の家。雨の降っているのは、なおのことひどく所在ない。

［評］双六は、駒を進めるに必要なさいの目が出なければ、ひたすら待つ態勢になり、所在ないことときわまりない。「除目に司得ぬ人の家」は二三段「すさまじきもの」にもあり、その悲哀の様子が詳しく語られる。それに加えて雨が降るのでは、所在ない気分に追い打ちをかけるというのももっともである。

一三五段

所在なさを紛らわすもの　碁　双六　物語。

三つ四つの幼児が、かわいらしくおしゃべりすること。また、ごく小さい幼児が片言を言い、「たがえ」などというものをしているの。くだもの。男なんかで冗談を言い、弁の立つ人が来たのを、物忌といえども入れてしまうものだ。

［評］前段と対をなす章段。『三宝絵』序で僧にも許された楽しみでもある「碁」をとりあげ、「双六」のプラス面に目を向けている。女性の愛読するものとして「物語」を挙げて、そこから幼児の「物語」が導かれ、男性の「猿楽言（さるごうごと）」へと転じていく。「猿楽言」

は『枕草子』に三例あり、発話者はすべて道隆である。その明るさは定子サロンの雰囲気にも反映されていよう。

一三六段

とりえのないもの　容貌がいかにも憎らしく性格の悪い人。みそひめが塗ってあるの。これは、ひどく万人が憎むという物だからといって、今すぐ書くのをやめるべきではない。また「あと火の火箸」という事は、どうして言うのか。世間で（使い道が）ないことではないのに。この草子を人が見るべきものとは思わなかったので、おかしな事も、憎らしい事も、ただ心に思う事を書こうと思ったのだ。

［評］前半は取柄のないものを挙げるが、後半の「この草子」以下は作品をある程度執筆した時点での追記の形になっている。類聚段に作品への自己言及が加わった珍しい章段である。

一三七段

やはりすばらしいこと、（それは）臨時の祭くらいの行事であろうか。試楽もとてもおもしろい。

春は空模様がのどかで、うららかである頃に、清涼殿の御前の庭に掃部寮が畳を敷いて、勅使は北向きに、舞人は御前の方に向いて（座り）、ただこれらには覚え違いもあろう、蔵人所の衆どもが、衝重を持って各席の前に据えて回っている。陪従も、その庭くらいは（許されて）御前で出入りをすることだ。公卿、殿上人が、代わる代わる杯を取って、最後には屋久貝という物で飲んで、席を立つやいなや、取り食みという者が、（それは）男などがするのさえとても嫌な感じなのに、この御前には女が出て来て（食べ物を）取ることよ。思いがけず、人がいるなんて思いもしない火焼屋から急に出て来て、たくさん取ろうと騒ぐ者は、かえって取りこぼし手こずるうちに、軽やかにすっと取って行く者には後れを取って、巧みな仕舞い場所として火焼屋を使って取り入れるのは、実におもしろい。掃部寮の連中が畳を取り払うのを待ちきれないように、主殿の官人が、それぞれ手に箒を取って砂を掃きならす。

承香殿の前あたりで、（楽人が）笛を吹きたて拍子を打って演奏するのを、「早く出て来てほしい」と待つ時に、有度浜を歌って竹の籬垣のもとに歩み出て、御琴を打ち鳴らしている間は、（わくわくして）ただもうどうしようかと思われるよ。一の舞人が実にきちんと袖を合わせて、二人くらい出て来て、西に寄って向き合って立った。次々と（舞人が）出て来るが、足踏みを拍子に合わせて、半臂の緒を整え、冠や袍の襟などを手も休めずに整えて、「あやもなきこま山」などと歌って舞っているのは、すべて本当に大変すばらしい。

大輪などを舞うのは、一日中見るとしても飽きそうにないのを、終わってしまうのは実に残念だけれど、「また次があるはずだ」と思えば頼もしいのだが、御琴を掻き返して、今回はただちに竹の後ろから舞って出た様子などは、大変にすばらしい。掻練のつや、下襲などが乱れ合って（見えて）、こちらやあちらに動き回ったりしているのは、いやもう、これ以上言えばありきたりだ。

今度は、もう次の舞があるはずもないからか、本当に終わってしまうのは残念だ。上達部なども皆続いて退出なさってしまうので、もの足りなくて残念なのに、賀茂の臨時の祭では、還立の御神楽などに慰められる。庭の篝火の煙が細く立ちのぼっているのに（合わせて）、神楽の笛が素敵に、ふるえる音色で吹き澄まされて空へのぼるので、歌の声も実にしみじみと感動的だ。寒く凍てついて、打った衣も冷たく、扇を持っている手も冷えるとも感じられない。才の男をお召しになり、（それを呼ぶ際に）声を引きのばしている人長の気持ちよさそうな様子は大変なものだ。

里にいる時は、（一行が）通ってゆくのを見るだけでは物足りないので、御社まで行って見る折もある。大きな木々のもとに車を停めていると、松明の煙がたなびいて、火影で半臂の緒や、衣のつやも、昼よりはこの上なくまさって見える。橋の板を踏み鳴らして、声を合わせて舞う様も実に素敵なのに、水の流れる音、笛の音などが一つになっているのは、本当に神もすばらしいとお思いになっているだろうよ。

頭の中将といった人が、毎年の舞人で、（舞が）すばらしいものと（人々は）感じ入っていたのに、亡くなって上の社の橋の下に（霊として）留まっているようだと聞けば、気味悪くて、物にそこまで執着はするまいと思うけれど、やはりこの祭のすばらしさを、決して顧みずにいられそうにない。

八幡の臨時の祭の日は、終演後の気分がとても満たされない。「どうして帰ってきてまた舞うことをしなかったのだろう」「そうしたら、おもしろいのに」「禄をもらって後方から退出するのは、残念だ」などと（女房たちが）言うのを、主上がお聞きになって、「舞わせよう」と仰せになる。「本当でございましょうか」「だとすれば、どれほどすばらしいだろう」などと申し上げる。うれしがって、中宮様にも「やはり『それを舞わせなさってください』と申し上げてくださいませ」などと、集まって一途に申し上げたところ、その時は帰ってきて舞ったのは、大変うれしかったことよ。「そのような事はないだろう」と、油断していた舞人は、主上がお召しだと聞きつけた時に、物にぶつかるくらいに騒ぐのも、それはもうほとんど正気を失っている。下局にいる女房たちの、あわてて（清涼殿に）参上する様といったら。人の従者や、殿上人などが見るのも知らず、裳を頭にかぶって参上するのを（見る人が）笑うのもおもしろい。

［評］石清水と賀茂の臨時祭については随所に言及があるが（中でも詳しいのは本段と二〇七段）、ここでは宮中の御前の儀や還立などが描かれる。正暦五年（九九四）の体験か。作者も当時は毎年のように観覧できると思って臨んでいたはずだが、以後定子は宮中を離れることが多くなり、清涼殿も長保元年（九九九）に焼亡してしまう。「ひが覚え」（覚え違い）は承知の上で、細部まで記し留めようとしたのは、それが結果として内裏での貴重な体験となってしまったからだろう。なお、見物する側の浮き立つ心を躍動感をもって写した本段にあって、一点の翳りというべき上賀茂神社の橋下の霊は、清少納言と関わりの深い藤原実方とする説が後に広まっていった（徒然草・六七段など）。

一三八段

殿などがお亡くなりになった後、世の中に事件が起こり騒然となって、中宮様も参内なさらず、小二条殿という所にいらっしゃるのだが、（私は）何ということなく嫌な気分だったので、久しく里に下がっていた。（それでも）中宮様の御身辺が気がかりで、やはり音信が途絶えたままでは過ごせそうにない。

右中将がいらっしゃってお話しなさる（には）、

今日中宮御所に参上したところ、何とも雰囲気がしみじみしていた。女房の装束は、裳や唐衣が時季に合い、怠りなく伺候していることよ。御簾の脇の開いている所から中を見たところ、八、九人ほど、朽葉色の唐衣、薄色の裳に、紫苑（しおん）や萩など綺麗に着飾って居並んでいたことだ。御前の庭草がひどく茂っているのを「どうしてですか。刈り取らせればよいのに」と言ったところ、「わざわざ草に露を置かせて（中宮様が）御覧になるということで」と宰相の君の声で答えたのが、おもしろくも感じられたことだ。「（少納言の）御里居（さとい）はとても情けない。このような所に住んでいらっしゃるような折は、大変な事があっても、絶対に伺候するはずだと（中宮様は）思っていらっしゃるのに、甲斐もなく」と大勢で言ったのは、（あなたに）語り聞かせて差し上げよということのようだよ。参上して御覧なさい。しみじみと風情ある所だよ。対（たい）の屋の前に植えられてあった牡丹などの趣あることといったら。

などとおっしゃる。「さあどうでしょう。人が（私を）憎らしいと思っていたのが、こちらでも憎らしく思われましたので」とお返事申し上げる。「そっけないことで」と（中将は）お笑いになる。

（中宮様は）「実際にどうお思いなのか」と、ご心配申し上げる御様子ではなくて、お仕えする女房たちなどが、「左大臣様方の人と通じている」と言って、集まっておしゃべりする時も、（私が）下局から参上するのを見ては急に話をやめ、のけ者にしている様子なのが、（そんな仕打ちに）慣れていなくて憎らしいので、「参上せよ」などと度々ある仰せ言もそのままにして本当に久しくなってしまったのを、また中宮様の周辺ではただ「あちら方」と決め付けて、作り話までも出て来るに違いない。

いつもと違って（中宮様からの）仰せ言などもなくて何日か過ぎたので、心細くて物思いに沈んでいる時に、長女（おさめ）が手紙を持って来た。「中宮様から宰相の君を通して、こっそり下さった」と言って、この家に来てまで人目を忍ぶのもあんまりだ。「人づての仰せ言ではないようだ」と、どきどきしてすぐ開けたところ、紙には何も書いていらっしゃらない。山吹の花びらただ一枚を、紙に包んでいらっしゃる。それに「言はで思ふぞ」と書いていらっしゃるのは、何ともこの何日か音信不通が嘆かれたこともすべて晴らしてくれてうれしいのだが、長女も（私を）見つめて「あなた様はどうなのです。何かの折ごとに、（皆さんがあなたを）思い出し申し上げていらっしゃるようなのに。誰もが不可解にも長い里居だと思っているようです。どうして参上なさらないのか」と言って、「このあたりに、ちょっと出て参ってから伺いましょう」と言って出て行った後に、御返事を書いて差し上げようとすると、この歌の上の句をすっかり忘れている。「何ともおかしい。同じ古歌と言いながら、これを知らない人があるか。ただここまで出てきているのに言い出せないのだから。いったいどういうわけか」などと言うのを聞いて、前に座っている者が「『下(した)ゆく水』と申します」と言ったことだ。どうしてこう忘れてしまったのだろう。この者に教えられるのもおもしろい。

御返事を差し上げて、少し時を経て参上した。「どうしたものか」といつもよりは気がひけて、御几帳に半分ほど隠れて伺候するのを、「あれは新参か」などと（中宮様は）お笑いになって、「気に入らない歌だが、この場合はああ言うべきだったと思うから。だいたい（そなたの）姿が見えないと、少しの間も落ち着いていられそうにない」などとおっしゃって、以前と変わった御様子もない。

女童(めのわらわ)に（上の句を）教えられた事などを申し上げると、（中宮様は）たいそうお笑いになって、「そういう事はある。有名すぎて軽んずる古歌などにはありがちだ」などと仰せになるついでに、

謎々合わせをしたのだが、味方ではなくて、そのような事によく通じていた人が、「左方(かた)の一番は私が出そう。そう心得なさいませ」などと頼みにさせるので、「そう言うから

にはまさか下手な事は言い出すまい」と頼もしくうれしくて、皆人々が問題を考え出して選定する段になって、「最初の謎をただ私に任せて（選定から）外しておいて下さい。こう申し上げるからには必ずや期待に応えよう」と言う。「なるほど」と（その自信の程を）推し量るうちに、いよいよ当日近くになってしまう。「やはり問題をお教え下さい。思いがけなく同じ事になったらいけない」と言うと、「それならもう知らぬ。頼みにするな」などと腹を立てたので、気がかりながらも当日になって、皆味方同士が男女分かれて座って、立会人などが実に大勢居並んで謎を合わせる時に、左の一番手が念には念を入れている素振りなのは、「どのような事を言い出すのだろう」と（興味深く）見えたので、こちら方の人もあちら方の人も、皆が待ち遠しく見守って、「なぞなぞ」と口を開く間も心ひかれる。

「天に張り弓」と（左の一番は）言った。（易しすぎる謎に）右方の人は「何とも興あることで」と思うが、こちら（左方）の人はわけが分からない。皆が憎らしく小癪に思って、「あちら方にすり寄って、わざと負けさせようとしたのだな」などと、一瞬思う間に、右の人は「何とも答え甲斐がなく、ばかばかしい」と笑って、「やあ、全く理解できない」と言って口をへの字にして「知らぬことよ」と言っておふざけを仕掛けると、（対戦は）左の勝ちとなった。「何ともおかしなことだ、これを知らない人があろうか。決して負けにはならないはずだ」と異議を唱えるが、「知らないと言ったからには、どうして負けにならぬはずがあろうか」と言って、次々の謎も、この左の一番手がみな論破して味方を勝たせたのだった。誰もがよく知っている事であっても、思い出さない時は仕方ないが、何だって「知らない」とは言ったのか。(言った者は)後から恨まれたことよ。

などと(中宮様が)お話しなさるので、御前にいる限りの女房は「(右方が)恨みに思うのも当然だ。(知らぬとは)何と残念な答えをしてしまったのだろう」「こちら(左方)の人からすれば、最初に(天に張り弓と)聞いたという時は、どれほど憎らしく思っただろうか」などと笑う。これ(私の場合)は「忘れたこと(下ゆく水)は、まさに皆が知っている歌だった」ということか。

[評] 同僚女房と軋轢のあった清少納言が、定子の導きによって再出仕するまでが描かれている。その際に定子が披露したのは「疑われた者は無実だった」話ではあるが、一方で誤解した側にも弁明の余地を与えている。「下行く水を忘れた」(不平は水に流した)という清少納言の表明は、定子の語りを経て、ようやく女房たちにも受け入れられたわけだ(脚注参照)。

ただ定子の語りには、それだけに収まらない要素が含まれている。「左の一」が道長を、「天に張り弓」が花山院奉射事件を連想させるなど、随所に(冒頭で触れられた)政変の影が見て取れる。初戦の躓き（つまず）から一方的に打ち負かされた右方は、花山院事件を契機に配流にまで追い込まれた伊周方と重ねられよう。先例となる謎々合わせ（補注四）によれば、「左の一」の勝因は掟破りの真剣勝負を仕掛けた所にあったわけだが、定子は敗者側の対応の悪さにも言及している。政変から約一年、伊周らの召還も決まったこの時期に、何らかの形で事件の総括が定子によってなされ、それが本話にも盛り込まれたのだろう。

ちなみに能因本の末文は「これは忘れたる事かは、みな人知りたる事にや」とある。「これ（中宮の話）は忘れた事ではない、誰もが知っている事（政変の話）ではなかろうか」と、語りが内包する事件の暗喩としての側面を、より強く意識させる一文となっている。定子の語りがどこまで忠実に再現されているのかはわからないが、少なくとも書き手にとって「女房との和解」と「政変の総括」は、再出仕の顚末に欠かせないファクターだったのだ。

新訂
枕草子 上
現代語訳付き

清少納言　河添房江・津島知明＝訳注

令和６年　３月25日　初版発行
令和６年　９月15日　３版発行

発行者●山下直久

発行●株式会社KADOKAWA
〒102-8177　東京都千代田区富士見2-13-3
電話　0570-002-301（ナビダイヤル）

角川文庫 24106

印刷所●株式会社KADOKAWA
製本所●株式会社KADOKAWA

表紙画●和田三造

ISBN 978-4-04-400066-0　C0195

◆◇◇

角川文庫発刊に際して

角川源義

第二次世界大戦の敗北は、軍事力の敗北であった以上に、私たちの若い文化力の敗退であった。私たちの文化が戦争に対して如何に無力であり、単なるあだ花に過ぎなかったかを、私たちは身を以て体験し痛感した。西洋近代文化の摂取にとって、明治以後八十年の歳月は決して短かすぎたとは言えない。にもかかわらず、近代文化の伝統を確立し、自由な批判と柔軟な良識に富む文化層として自らを形成することに私たちは失敗して来た。そしてこれは、各層への文化の普及滲透を任務とする出版人の責任でもあった。

一九四五年以来、私たちは再び振出しに戻り、第一歩から踏み出すことを余儀なくされた。これは大きな不幸ではあるが、反面、これまでの混沌・未熟・歪曲の中にあった我が国の文化に秩序と確たる基礎を齎らすためには絶好の機会でもある。角川書店は、このような祖国の文化的危機にあたり、微力をも顧みず再建の礎石たるべき抱負と決意とをもって出発したが、ここに創立以来の念願を果すべく角川文庫を発刊する。これまで刊行されたあらゆる全集叢書文庫類の長所と短所とを検討し、古今東西の不朽の典籍を、良心的編集のもとに、廉価に、そして書架にふさわしい美本として、多くのひとびとに提供しようとする。しかし私たちは徒らに百科全書的な知識のジレッタントを作ることを目的とせず、あくまで祖国の文化に秩序と再建への道を示し、この文庫を角川書店の栄ある事業として、今後永久に継続発展せしめ、学芸と教養との殿堂として大成せんことを期したい。多くの読書子の愛情ある忠言と支持とによって、この希望と抱負とを完遂せしめられんことを願う。

一九四九年五月三日

角川ソフィア文庫ベストセラー

古事記
ビギナーズ・クラシックス 日本の古典
編／角川書店

天皇家の系譜と王権の由来を記した、我が国最古の歴史書。国生み神話や倭建命の英雄譚ほか著名なシーンが、ふりがな付きの原文と現代語訳で味わえる。図版やコラムも豊富に収録。初心者にも最適な入門書。

万葉集
ビギナーズ・クラシックス 日本の古典
編／角川書店

日本最古の歌集から名歌約一四〇首を厳選。恋の歌、家族や友人を想う歌、死を悼む歌。天皇や宮廷歌人をはじめ、名もなき多くの人々が詠んだ素朴で力強い歌の数々を丁寧に解説。万葉人の喜怒哀楽を味わう。

竹取物語（全）
ビギナーズ・クラシックス 日本の古典
編／角川書店

五人の求婚者に難題を出して破滅させ、天皇の求婚にも応じない。月の世界から来た美しいかぐや姫は、じつは悪女だった？　誰もが読んだことのある日本最古の物語の全貌が、わかりやすく手軽に楽しめる！

蜻蛉日記
ビギナーズ・クラシックス 日本の古典
右大将道綱母
編／角川書店

美貌と和歌の才能に恵まれ、藤原兼家という出世街道まっしぐらな夫をもちながら、蜻蛉のようにはかない自らの身の上を嘆く、二一年間の記録。有名章段を味わいながら、真摯に生きた一女性の真情に迫る。

枕草子
ビギナーズ・クラシックス 日本の古典
清少納言
編／角川書店

一条天皇の中宮定子の後宮を中心とした華やかな宮廷生活の体験を生き生きと綴った王朝文学を代表する珠玉の随筆集から、有名章段をピックアップ。優れた感性と機知に富んだ文章が平易に味わえる一冊。

角川ソフィア文庫ベストセラー

ビギナーズ・クラシックス　日本の古典
古今和歌集
編／中島輝賢

春夏秋冬や恋など、自然や人事を詠んだ歌を中心に編まれた、第一番目の勅撰和歌集。総歌数約一一〇〇首から七〇首を厳選。春といえば桜といった、日本的美意識に多大な影響を与えた平安時代の名歌集を味わう。

ビギナーズ・クラシックス　日本の古典
伊勢物語
編／坂口由美子

雅な和歌とともに語られる「昔男」（在原業平）の一代記。垣間見から始まった初恋、天皇の女御となる女性との恋、白髪の老女との契り――。全一二五段から代表的な短編を選び、注釈やコラムも楽しめる。

ビギナーズ・クラシックス　日本の古典
土佐日記（全）
紀貫之
編／西山秀人

平安時代の大歌人紀貫之が、任国土佐から京へと戻る旅を、侍女になりすまし仮名文字で綴った紀行文学の名作。天候不順や海賊、亡くした娘への想いなどが、船旅の一行の姿とともに生き生きとよみがえる！

ビギナーズ・クラシックス　日本の古典
うつほ物語
編／室城秀之

異国の不思議な体験や琴の伝授にかかわる奇瑞などの浪漫的要素と、源氏・藤原氏両家の皇位継承をめぐる対立を絡めながら語られる。スケールが大きく全体像が見えにくかった物語を、初めてわかりやすく説く。

ビギナーズ・クラシックス　日本の古典
和泉式部日記
和泉式部
編／川村裕子

為尊親王の死後、弟の敦道親王から和泉式部へ手紙が届き、新たな恋が始まった。恋多き女、和泉式部が秀逸な歌とともに綴った王朝女流日記の傑作。平安時代の愛の苦悩を通して古典を楽しむ恰好の入門書。

角川ソフィア文庫ベストセラー

更級日記
ビギナーズ・クラシックス 日本の古典

菅原孝標女
編／川村裕子

平安時代の女性の日記。東国育ちの作者が京へ上り憧れの物語を読みふけった少女時代。結婚、夫との死別、その後の寂しい生活。ついに思いこがれた生活を手にすることのなかった一生をダイジェストで読む。

大鏡
ビギナーズ・クラシックス 日本の古典

編／武田友宏

老爺二人が若侍相手に語る、道長の栄華に至るまでの藤原氏一七六年間の歴史物語。華やかな王朝の裏の権力闘争の実態や、都人たちの興味津津の話題が満載。『枕草子』『源氏物語』への理解も深まる最適な入門書。

新古今和歌集
ビギナーズ・クラシックス 日本の古典

編／小林大輔

伝統的な歌の詞を用いて、『万葉集』『古今集』とは異なった新しい内容を表現することを目指した、画期的な第八番目の勅撰和歌集。歌人たちにより緻密に構成された約二〇〇〇首の全歌から、名歌八〇首を厳選。

方丈記（全）
ビギナーズ・クラシックス 日本の古典

鴨長明
編／武田友宏

平安末期、大火・飢饉・大地震、源平争乱や一族の権力争いを体験した鴨長明が、この世の無常と身の処し方を綴る。人生を前向きに生きるヒントがつまった名随筆を、コラムや図版とともに全文掲載。

南総里見八犬伝
ビギナーズ・クラシックス 日本の古典

曲亭馬琴
編／石川博

不思議な玉と痣を持って生まれた八人の男たちは、やがて同じ境遇の義兄弟の存在を知る。完結までに二八年、九八巻一〇六冊の大長編伝奇小説を、二九のクライマックスとあらすじで再現した『八犬伝』入門。

角川ソフィア文庫ベストセラー

新版 古事記
現代語訳付き
訳注／中村啓信

天地創成から推古天皇につながる天皇家の系譜と王権の由来書。厳密な史料研究成果に拠る読み下し文、平易な現代語訳、漢字本文（原文）、便利な全歌謡各句索引と主要語句索引を完備した決定版！

風土記（上）（下）
現代語訳付き
監修・訳注／中村啓信

風土記は、八世紀、元明天皇の詔により諸国の産物、伝説、地名の由来などを撰進させた地誌。現存する資料を網羅し新たに全訳注。漢文体の本文も掲載する。常陸、出雲、播磨、豊後、肥前と逸文を収録。

新版 万葉集（一～四）
現代語訳付き
訳注／伊藤　博

古の人々は、どんな恋に身を焦がし、誰の死を悼み、そしてどんな植物や動物、自然現象に心を奪われたのか——。全四五〇〇余首を鑑賞に適した歌群ごとに分類。天皇から庶民にいたる万葉人の想いが今に蘇る！

新版 竹取物語
現代語訳付き
訳注／室伏信助

竹の中から生まれて翁に育てられた少女が、五人の求婚者を退けて月の世界へ帰っていく伝奇小説。かぐや姫のお話として親しまれる日本最古の物語。第一人者による最新の研究の成果。豊富な資料・索引付き。

新版 古今和歌集
現代語訳付き
訳注／高田祐彦

日本人の美意識を決定づけ、『源氏物語』などの文学や美術工芸ほか、日本文化全体に大きな影響を与えた最初の勅撰集。四季の歌、恋の歌を中心に一一〇〇首を整然と配列した構成は、後の世の規範となっている。

角川ソフィア文庫ベストセラー

新版 伊勢物語
現代語訳付き
訳注／石田穣二

在原業平がモデルとされる男の一代記を、歌を挟みながら一二五段に記した短編風連作。『源氏物語』にもその名が見え、能や浄瑠璃など後世にも影響を与えた。詳細な語注・補注と読みやすい現代語訳の決定版。

土佐日記
現代語訳付き
紀　貫之
訳注／三谷榮一

紀貫之が承平四年一二月に任国土佐を出港し、翌年二月京に戻るまでの旅日記。女性の筆に擬した仮名文学の先駆作品であり、当時の交通や民間信仰の資料としても貴重。底本は自筆本を最もよく伝える青谿書屋本。

新版 蜻蛉日記（Ⅰ、Ⅱ）
現代語訳付き
右大将道綱母
訳注／川村裕子

美貌と歌才に恵まれ権門の夫をもちながら、自らを蜻蛉のように儚いと嘆く作者二一年間の日記。母の死、鳴滝籠り、夫との実質的離婚――。平易な注釈と現代語訳の決定版。Ⅰ（上・中巻）、Ⅱ（下巻）収載。

新版 うつほ物語 一
現代語訳付き
訳注／室城秀之

『源氏物語』にも影響を与えたといわれる日本文学史上最古の長編物語。原文、注釈、現代語訳、各巻の梗概、系図などの資料を掲載。第一冊となる本書には、「俊蔭」「藤原の君」「忠こそ」「春日詣」をおさめる。

新版 落窪物語（上、下）
現代語訳付き
訳注／室城秀之

『源氏物語』に先立つ、笑いの要素が多い、継子いじめの長編物語。母の死後、継母にこき使われていた女君。その女君に深い愛情を抱くようになった少将道頼は、継母のもとから女君を救出し復讐を誓う――。

角川ソフィア文庫ベストセラー

和泉式部日記
現代語訳付き

和泉式部
訳注／近藤みゆき

弾正宮為尊親王追慕に明け暮れる和泉式部へ、弟の帥宮敦道親王から手紙が届き、新たな恋が始まった。式部が宮邸に迎えられ、宮の正妻が宮邸を出るまでを一四〇首余りの歌とともに綴る、王朝女流日記の傑作。

紫式部日記
現代語訳付き

紫式部
訳注／山本淳子

華麗な宮廷生活に溶け込めない複雑な心境、同僚女房やライバル清少納言への批判――。詳細な注、流麗な現代語訳、歴史的事実を押さえた解説で、『源氏物語』成立の背景を伝える日記のすべてがわかる！

源氏物語（全十巻）
現代語訳付き

紫式部
訳注／玉上琢彌

一一世紀初頭に世界文学史上の奇跡として生まれ、後世の文化全般に大きな影響を与えた一大長編。寵愛の皇子でありながら、臣下となった光源氏の栄光と苦悩の晩年、その子・薫の世代の物語に分けられる。

和漢朗詠集
現代語訳付き

訳注／三木雅博

平安時代中期の才人、藤原公任が編んだ、漢詩句588と和歌216首を融合させたユニークな詞華集。全作品に最新の研究成果に基づいた現代語訳・注釈・解説を付載。文学作品としての読みも示した決定版。

更級日記
現代語訳付き

菅原孝標女
訳注／原岡文子

作者一三歳から四〇年に及ぶ平安時代の日記。東国から京へ上り、恋焦がれていた物語を読みふけった少女時代、晩い結婚、夫との死別、その後の侘しい生活。ついに憧れを手にすることのなかった一生の回想録。

角川ソフィア文庫ベストセラー

大鏡

校注／佐藤謙三

一九〇歳と一八〇歳の老爺二人が、藤原道長の栄華にいたる天皇一四代の一七六年間を、若侍相手に問答体形式で叙述・評論した平安後期の歴史物語。人名・地名・語句索引のほか、帝王・源氏、藤原氏略系図付き。

今昔物語集 本朝仏法部 (上)(下)

校注／佐藤謙三

一二世紀ごろの成立といわれるインド・中国・日本の三国の説話を収めた日本最大の説話文学集。名僧伝、諸大寺の縁起、現世利益をもたらす観音霊験譚、啓蒙的な因果応報譚など、多彩な仏教説話二一二話を収録。

今昔物語集 本朝世俗部 (上)(下)

校注／佐藤謙三

芥川龍之介の「羅生門」「六の宮の姫君」をはじめ、近代の作家たちが創作の素材をここから得たことは有名。世間話や民話系の説話は、いずれも的確な描写と簡潔な表現で、登場人物の豊かな人間性を描き出す。

山家集

西　行
校注／宇津木言行

新古今時代の歌人に大きな感銘を与えた西行。その歌の魅力を、一首ごとの意味が理解できるよう注解。たっぷりの補注で新釈を示す。歌、脚注、補注、校訂一覧、解説、人名・地名・初句索引を所収する決定版。

新古今和歌集 (上)(下)

訳注／久保田　淳

「春の夜の夢の浮橋とだえして峰に別るる横雲の空　藤原定家」「幾夜われ波にしをれて貴船川袖に玉散る物思ふらむ　藤原良経」など、優美で繊細な古典和歌の精華がぎっしり詰まった歌集を手軽に楽しむ決定版。

角川ソフィア文庫ベストセラー

方丈記
現代語訳付き

鴨 長明
訳注／簗瀬一雄

社会の価値観が大きく変わる時代、一丈四方の草庵に遁世して人世の無常を格調高い和漢混淆文で綴った随筆の傑作。精密な注、自然な現代語訳、解説、豊富な参考資料・総索引の付いた決定版。

無名抄
現代語訳付き

鴨 長明
久保田 淳＝訳

宮廷歌人だった頃の思い出、歌人たちの世評――従来の歌論とは一線を画し、説話的な内容をあわせ持つ。鴨長明の人物像を知る上でも貴重な書を、中世和歌研究の第一人者による詳細な注と平易な現代語訳で読む。

新版 発心集（上）（下）
現代語訳付き

鴨 長明
訳注／浅見和彦・伊東玉美

鴨長明の思想が色濃くにじみ出た仏教説話集の傑作。人間の欲の恐ろしさを描き、自身の執着心とどう戦うかを突きつめていく記述は秀逸。新たな訳と詳細な注を付し、全八巻、約100話を収録する文庫完全版。

宇治拾遺物語

校注／中島悦次

全一九七話からなる、鎌倉時代の説話集。仏教説話・世俗説話・民間伝承に大別され、類纂的な今昔物語と共通の説話も多いが、より自由な連想で集められている。底本は宮内庁書陵部蔵写本。重要語句索引付き。

保元物語
現代語訳付き

訳注／日下 力

鳥羽法皇の崩御をきっかけに起こった崇徳院と後白河天皇との皇位継承争い、藤原忠通・頼長の摂関家の対立、源氏・平家の権力争いを描く。原典本文、現代語訳、脚注、校訂注を収載した保元物語の決定版！

角川ソフィア文庫ベストセラー